BELVA PLAIN

Américaine, Belva Plain a publié plusieurs best-sellers, parmi lesquels *Les silences du cœur* (1994), *Et soudain le silence* (1996), *Promesse* (1997) et *À force d'oubli* (1998). Ses histoires, intenses et vraies, ont conquis un public mondial.

À FORCE D'OUBLI

BELVA PLAIN

À FORCE D'OUBLI

Belfond

Titre original :
SECRECY

publié par Delacorte Press, Bantam Doubleday
Dell Publishing Group, Inc., New York.

Traduit de l'américain
par Rebecca Satz

ISBN 2-266-08770-3

PREMIÈRE PARTIE

1986

1

Une porte claqua, si fort que les prismes de verre du lustre de l'entrée s'entrechoquèrent dans un tintement inquiet. Un adulte très en colère venait d'entrer dans une pièce, ou bien d'en sortir. Le silence retomba, lourd, menaçant. Puis les éclats de la dispute s'élevèrent, et Charlotte se cacha la tête dans l'oreiller.

Ils se chamaillaient de nouveau. Mais cela passerait, comme d'habitude. Au bout d'un moment, sa mère allait se calmer, car c'était elle sans aucun doute qui avait claqué la porte. Les parents des autres se conduisaient-ils de la même manière ?

« Infantile », avait dit un jour Emmabrown en discutant avec son neveu, le facteur, sur le pas de la porte. « Charlotte a quatorze ans, et elle a mille fois plus de plomb dans la cervelle que sa mère. »

Emmabrown — c'était le surnom que Charlotte lui avait donné et que tout le monde avait repris ensuite — était très fière de s'occuper de la maison ; elle avait connu trois générations de Dawes et adorait parler des affaires de la famille. Le père de Charlotte était son préféré. En écoutant les conversations téléphoniques de la gouvernante, Charlotte avait souvent entendu les commentaires critiques mais pleins d'affection dont elle abreuvait ses amis.

« Je connais Bill et Cliff depuis qu'ils sont gamins ; à peine s'ils savaient parler. Bill était le plus éveillé des deux, et bon caractère, avec ça, un vrai plaisir. Et voilà qu'il va passer un été en Europe pour ses études, Dieu sait pourquoi il faut aller jusque là-bas pour apprendre des choses, mais bon, il y va, et trois mois plus tard il rentre marié à cette Elena. Une petite de vingt ans, et lui n'en avait pas plus de vingt-deux. Deux gosses. La famille n'a pas vu ça d'un très bon œil, je peux te le dire. Encore heureux qu'il ne soit pas tombé sur une aventurière. Elle était orpheline, et avait hérité d'un tas d'argent. Une fille vraiment jolie avec un accent étranger, une Italienne. Un corps d'actrice, beau visage, grands yeux, charmant sourire. Pas étonnant qu'il soit tombé amoureux d'elle. Elle le mène par le bout du nez. »

Par le bout du nez ? Oui, peut-être bien. Le père de Charlotte n'aimait pas les disputes. Parfois, il ne répondait même pas, ce qui mettait sa mère encore plus en rage. *Mama*... Les gens appellent leur mère maman, mais la sienne voulait se faire appeler mama. C'était bête, mais elle y tenait dur comme fer. Peu importait, dans sa tête, Charlotte l'appelait Elena.

Il faisait froid, même sous la couette. Charlotte sentait le vent glacé d'octobre traverser les murs. « Mais non, se dit-elle, le vent ne peut pas passer à travers les murs ; j'ai froid à l'intérieur, parce que j'ai peur. Pourtant, je devrais être habituée à tout ça. »

Maintenant, les voix bourdonnaient dans le hall, à peine assez hautes pour qu'on comprenne. Elle distingua le timbre plus profond de son père.

— Dis-moi ce que j'ai encore fait de travers.

— Rien.

— Rien ? Je ne fais jamais rien de travers ? Est-ce que ça veut dire que je fais toujours tout bien ?

Un rire retentit.

— Non, certainement pas !

Un silence.

— Bon sang, Elena, tu vas parler, oui ou non ? Dis-moi ce qui ne va pas aujourd'hui, exactement !

— Beaucoup de choses. Oh, et puis non, rien. Je ne sais pas.

— Tu ne fais pas beaucoup d'efforts.

— Que veux-tu que je te dise ?

— Si tu ne passais pas ta vie au club, tu saurais peut-être un peu mieux où tu en es. J'ai pris l'adhésion pour te faire plaisir, mais je n'imaginais pas que tu y serais fourrée plus souvent qu'ici.

— Et comment voudrais-tu que je m'occupe ? Tu préférerais que je me fasse élire au Conseil du collège ou au Comité de protection de l'environnement, c'est ça ? Je ne suis pas comme toi, Bill, je ne m'intéresse pas aux mêmes choses ; et puis je ne pourrais jamais m'intégrer.

Elle avait raison : elle n'y serait pas à sa place. Non seulement elle ne ressemblait pas aux mères des amies de Charlotte, avec leurs pulls, leurs mocassins et leur jeep, mais elle ne faisait rien comme elles. Voilà probablement pourquoi elle n'avait pas d'amies à l'Association des parents d'élèves ; on ne l'aimait pas.

« *Les femmes peut-être pas, mais les maris un peu trop* », pensa Charlotte. Les gens seraient bien étonnés s'ils savaient tout ce que leurs enfants remarquent : les coups d'œil, les petits bonjours le samedi matin à la poste, ou au spectacle de fin d'année.

À présent, ils venaient d'entrer dans leur chambre, de l'autre côté du hall, et cependant, elle les entendait encore. Sans doute s'imaginaient-ils qu'elle dormait.

— Trouve-toi une occupation un peu plus utile, Elena, tu te sentiras mieux.

— Je ne serai heureuse que le jour où je partirai de cette ville, cette « bourgade », si c'est comme ça qu'on doit dire. Je viens en Amérique, et il faut que j'atterrisse en Nouvelle-Angleterre, dans une ville industrielle moribonde. Quinze ans, j'ai passé quinze ans ici ! « Une bourgade », je t'entends encore, et moi qui imaginais un endroit plein de charme, comme en Toscane, avec des vignes et des vieilles maisons de pierre. Quinze ans, enterrée ici...

— Tu mènes une vie plutôt confortable !

— L'hiver n'est pas encore commencé, et je gèle déjà.

Le père de Charlotte soupira.

— Mais nom d'une pipe ! qu'est-ce que tu veux, Elena ?

— Je veux aller en Floride, louer un appartement pour quelques mois.

— C'est ridicule, Charlotte doit aller en classe.

— Nous pourrions lui trouver des précepteurs. Elle apprendrait beaucoup plus de choses qu'au collège.

— Ridicule !

— Ou alors nous pourrions la laisser avec Emmabrown. Tant pis, nous ne resterions que six semaines.

— Tu sais bien tous les ennuis que nous avons avec l'usine en ce moment. De toute façon, je ne laisserai pas la petite pendant six semaines, c'est hors de question.

— Très bien, je n'ai qu'à y aller toute seule, dans ce cas.

— C'est ça, vas-y sans moi.

La colère de son père s'était éteinte, il était fatigué. La porte se referma.

« Peut-être que je vais pouvoir m'endormir, maintenant », se dit Charlotte. Elle pensa soudain à poser la main sur son cœur pour sentir si son rythme s'était accéléré. Oui, il battait plus vite, comme chaque fois qu'ils se disputaient.

Il fallait qu'ils crient, même la veille du mariage d'oncle Cliff. Même ce jour-là, ils se débrouillaient pour le gâcher.

2

Les chaises étaient disposées en rangs, et deux bouquets avaient été placés dans de grands vases à l'endroit où les mariés devaient se tenir. Si les deux colleys, Rob et Roy, n'avaient pas été là, on se serait vraiment cru à l'église. Charlotte s'était bien doutée qu'oncle Cliff et Claudia, la femme qu'il épousait, ne voudraient pas d'une atmosphère trop solennelle ; ni l'un ni l'autre n'étaient des gens « à chichis ».

Cette maison leur allait comme un gant. Le père de Charlotte y avait grandi et y était resté jusqu'à son mariage avec Elena. Pour elle, il avait fait construire une maison neuve, moderne, où tout était rangé et astiqué. Mais, ici, il y avait des recoins cachés, des escaliers de service, des galeries extérieures, des paniers à chiens, des jardinières de fleurs échevelées sur les rebords des fenêtres, des imperméables pendus au portemanteau du hall. « Dire que c'est la plus belle maison de la ville, gémissait souvent Emmabrown, et qu'il a fallu qu'il déménage parce qu'elle voulait vivre dans du neuf. »

Charlotte était assise au premier rang entre Emmabrown, sobrement vêtue de soie noire, et Elena. Son père, qui était garçon d'honneur, attendait Claudia à côté du pasteur et d'oncle Cliff.

La voisine d'Elena demanda :

— Qui est la demoiselle d'honneur ?

— Il n'y en a pas, c'est son fils Ted qui est témoin.

— Son fils ? Ce n'est pas banal.

— Claudia est une originale. Mais elle est charmante, et c'est exactement la femme qu'il fallait à Cliff.

— Il paraît qu'elle a mené une existence très difficile.

— Oui, terrible. Son mari a été abattu dans son bureau à coups de revolver. Elle est venue de Chicago pour refaire sa vie. Elle avait besoin de changer d'air.

Elena était de bonne humeur ce matin-là. Elle aimait les occasions de se faire belle pour qu'on l'admire, et adorait les grandes réceptions mondaines. Ses mains, ornées de ses superbes bagues, reposaient tranquillement sur sa jupe de velours vert foncé qu'Emmabrown ne quittait pas des yeux parce qu'elle lui arrivait dix centimètres au-dessus du genou.

— Tiens-toi droite, murmura Elena. Redresse-toi, Charlotte. Et, quand la cérémonie sera terminée, va dans les toilettes des invités pour te repeigner, tes cheveux se défont par-derrière.

Elle s'interrompit pour sourire.

— Je sais que je t'ennuie, mais c'est pour ton bien, ne sois pas fâchée contre moi, ma petite chérie.

À ce sourire et à ces mots affectueux, Charlotte sentit son cœur se gonfler de tendresse. Son père lui disait toujours qu'elle était une tendre, et il avait raison, elle lui ressemblait. La gentillesse réussissait parfois à lui faire monter les larmes aux yeux. Et justement, les petites tracasseries d'Elena étaient souvent des marques d'affection. Cette fois-ci, Charlotte ne s'en agaçait pas ; au contraire, cela la rassérénait.

Quelqu'un dans le fond de la salle commença à jouer *La Marche nuptiale* au piano. Claudia s'avança alors, tout habillée de bleu pâle, au bras de son fils, un grand jeune homme aux cheveux noirs à côté duquel elle semblait très blonde et rondelette. Charlotte aimait son visage aux traits expressifs ; les extrémités de ses lèvres remontaient, et même le coin de ses yeux se plissait comme si elle allait se mettre à rire ou à pleurer d'un instant à l'autre.

Oncle Cliff avait l'air très sérieux ; le pasteur sourit, et son père adressa un clin d'œil à Charlotte.

— Ce qu'il est beau, chuchota-t-elle.

— Qui ? demanda Elena à voix basse.

— Ted, son fils.

— Je pensais que tu parlais de ton père.

« Elle ne doit plus être en colère contre lui, pensa Charlotte, autrement elle n'aurait pas dit ça. »

À cet instant, le pasteur commença ; les murmures se dissipèrent et les bruissements cessèrent.

— Mes bien chers frères...

Un grand frisson parcourut Charlotte ; elle ressentait la même émotion, le même frémissement que lorsqu'elle écoutait de la musique. Elle rechercha le mot exact pour qualifier ce sentiment : « pénétrant ». Oui, c'était cela, profond. En voyant les expressions graves de ceux qui l'entouraient, elle se demanda si tout le monde éprouvait un trouble similaire au sien. Étaient-ils plongés dans leurs souvenirs ? Pensaient-ils à l'avenir ?

Elena se rappelait ses vingt ans. « Que tu es petite, que tu es légère », disait Bill à cette époque en la soulevant dans ses bras, comme s'il s'émerveillait du contraste entre sa fragilité de jeune femme et sa propre carrure imposante. C'était justement la haute taille et la force de Bill qui l'avaient immédiatement séduite. « Chez moi, on m'appelle Grand Bill », lui avait-il avoué avec un rire. Elle avait aussi apprécié son bon caractère, sa sérénité, sa maturité. Et puis, évidemment, il y avait eu l'aventure, l'euphorie du départ avec lui pour l'Amérique.

Tourné courtoisement vers le prêtre, il avait l'air rêveur. Elena ne s'y trompa pas ; elle avait toujours trouvé beaux ses grands yeux opalins qui donnaient l'impression d'un homme distrait ou inattentif, de sorte qu'on s'étonnait souvent de constater qu'il avait tout écouté, tout observé, et que rien ne lui avait échappé. Il était extrêmement intelligent, cela ne faisait aucun doute ; pourtant, il l'ennuyait. Tant de choses l'ennuyaient...

— ... et de rester fidèles jusqu'à ce que la mort vous sépare ?

« Oui, pensa Bill, on y croit, à ce serment. Et puis tout finit par changer. » Il savait qu'elle le regardait, qu'elle se décidait peut-être à... à quoi au juste ? Alors il resta tourné vers le pasteur, ce qui ne l'empêchait pas de la voir en pensée : raffinée, jolie comme une poupée avec la masse épaisse de ses boucles noires qui formaient un cadre trop dense pour son visage délicat et plein d'esprit.

À l'avenir, il leur faudrait mieux contrôler leurs batailles verbales ; ils devaient se dominer pour épargner Charlotte. En bougeant imperceptiblement le visage de quelques millimètres, il parvint à faire entrer dans son champ de vision sa fille, fruit de la rencontre entre deux extrêmes. Elle était grande, comme lui, elle avait de grands bras, de grandes jambes ; elle ne ressemblait en rien à sa mère. Absorbée, attentive, elle portait toute sa gentillesse sur son visage. Comme elle était fragile, confiante, suprêmement innocente ! Mais il révisa ce dernier jugement, car à quatorze ans personne ne restait vraiment innocent. Ce qui n'empêchait qu'il fallait la protéger de toute douleur inutile.

— Je vous déclare mari et femme...

« Voilà, pensa Charlotte, c'est terminé. » Maintenant, tout le monde allait se féliciter, s'embrasser. Les gens échangeraient des plaisanteries pas drôles et papillonneraient à droite et à gauche jusqu'à l'heure d'entrer dans la salle à manger pour le déjeuner. Charlotte, qui avait déjà assisté à un mariage, savait bien à quoi s'attendre ; et, puisqu'il n'y avait personne de son âge, elle avait tout intérêt à se trouver une occupation.

Dès qu'elle eut présenté ses félicitations aux mariés, elle fonça vers les tables de hors-d'œuvre où elle repéra immédiatement ses préférés : les crevettes, les hot-dogs miniatures, et les petits feuilletés aux champignons qu'elle adorait. Ensuite, elle prit position entre le bar et le buffet, son assiette remplie à ras bord dans les mains, pour avoir une vue d'ensemble sur toute la pièce. C'était amusant d'observer les gens sans qu'ils s'en doutent ; évidemment, on se moquait bien de son jugement ! Elle était aussi éloignée du monde des adultes qu'un enfant de trois ans. Aussi passa-t-elle son temps à regarder la foule, devinant qu'on ne lui adresserait guère la parole. En effet, personne ne s'approcha, sauf la mère de Patsy Jersey qui la félicita d'avoir été inscrite au tableau d'honneur. On voyait bien que Mme Jersey était une solitaire ; elle se tenait, timide et gauche, à l'écart des différents groupes, comme un petit animal craintif. M. Jersey, lui, parlait avec Elena depuis une dizaine de minutes ; ils riaient ensemble. Elena étincelait, avec ses diamants aux oreilles et au poignet. Pauvre Mme Jersey... Charlotte se sentait désolée pour elle.

Les gens allaient et venaient, s'agglutinaient et se séparaient autour de Charlotte, qui attrapait au passage des bribes de leurs conversations.

— C'est agréable de voir Cliff enfin marié. Il était temps. Il doit approcher de la quarantaine.

— ... une femme charmante. Elle tenait une librairie à Ridgedale, vous étiez au courant ? C'est là qu'il l'a rencontrée.

— Le fils est très beau garçon, vous ne trouvez pas ?

— Vous ne croyez pas si bien dire ! Il a toute une cour d'admiratrices au lycée. Il n'a pas de très bons résultats scolaires, mais c'est un champion de foot, et un bourreau des cœurs.

— Je ne l'ai pas trouvé très aimable.

— Oh, vous savez, à dix-sept ou dix-huit ans...

— Quelle horreur, Charlotte ! s'exclama Elena. Tu ne vas pas avaler tout ça avant le déjeuner, j'espère.

— J'ai faim, mama.

— Peut-être, mais tu vas devenir énorme si tu ne te surveilles pas. Avec ta taille, tu ne peux pas te permettre le moindre écart. Chérie, je t'ai demandé d'aller rattacher ta queue de cheval avant de passer à table, elle se défait. Tu t'amuses ?

— Pas tellement.

— Ce n'est pas étonnant, si tu restes plantée là toute seule. Il faut que tu fasses la conversation aux gens.

« Faire la conversation... » Charlotte, pleine de mépris, n'avait rien répondu. Elle se regarda dans le miroir de la salle de bains : cheveux blond foncé, peau pâle, yeux clairs, comme ceux de son père, sans couleur précise. Au moins, elle ne portait plus son appareil dentaire, encore heureux ! Il n'y avait rien à ajouter ; elle n'avait pas d'autre trait remarquable. Rassasiée par toutes les bonnes choses qu'elle avait englouties, elle avait à présent envie de rentrer.

On la fit asseoir, évidemment, à la table des proches, avec quelques cousins d'une quarantaine d'années et des amis intimes de Cliff. Comme il fallait s'y attendre, on la plaça à côté de Ted.

— Vous êtes cousins, maintenant, déclara Claudia d'un air heureux. Il faut que vous fassiez connaissance.

On voyait bien qu'elle nageait dans le bonheur, et qu'elle voulait que tout le monde partage sa joie.

Charlotte le devinait; elle sentait en Claudia une immense chaleur qui se traduisait peut-être dans sa voix, ou la lenteur paisible de ses gestes. N'empêche, Claudia aurait pu se douter que Ted s'ennuierait en sa compagnie.

Avec une réticence manifeste, il lui demanda dans quelle classe elle était.

— En troisième.

Il balaya Charlotte de ses yeux brillants, noirs comme des olives, et se désintéressa d'elle aussitôt. Mais comme la politesse exigeait qu'il ajoute encore quelque chose, il lui demanda qui était son professeur principal.

— Pas M. Hudson, j'espère, c'est un fumier.

— Je vais dans un cours privé.

Elle regretta aussitôt la manière dont elle avait lancé cette phrase. On aurait cru qu'elle était fière de ne pas fréquenter l'école publique. Bien sûr, ce n'était pas du tout ce qu'elle avait voulu dire. Mais pourquoi les mots sortaient-ils toujours de travers ? Et, en plus, elle s'était sentie rougir.

— Où ça ? demanda-t-il avec indifférence.

— Au cours Lakewood.

— Je connais, ce n'est pas mixte.

— Non.

Il se tourna alors de l'autre côté, vers son voisin qui avait commencé à parler foot. Naturellement, c'était beaucoup plus intéressant que tout ce qu'elle aurait pu avoir à raconter. Oui, mais si elle avait été belle, si elle avait su « faire la conversation » comme disait Elena, malgré sa jeunesse, le déjeuner aurait pu se passer autrement.

Elle retomba dans le silence, se contentant d'observer et d'écouter, comme elle l'avait fait plus tôt. C'était fou tout ce qu'on arrivait à comprendre quand on faisait attention ; on voyait même ce que les gens essayaient de cacher. Par exemple, on se rendait compte que deux personnes, tout en échangeant des tas de politesses, pouvaient se détester.

— Ce voyage de noces en Italie, dit Elena de sa voix de mondaine, c'est merveilleux. Vous allez adorer. Je me demande parfois pourquoi je suis partie.

— J'imagine que c'était pour suivre votre mari, intervint une dame.

Charlotte la connaissait, c'était la mère d'une fille qui avait des tonnes d'amis. Elle souriait, pourtant elle avait remis Elena à sa place.

Elena ne fut pas dupe. Elle haussa les épaules dans un mouvement qui voulait dire : « Je me moque bien de ce que vous pensez », puis elle se tourna vers son voisin pour reprendre ses minauderies de séductrice.

Comment son père s'arrangeait-il pour ne pas s'en apercevoir ? Ou alors il s'en rendait compte mais il était trop préoccupé pour y prêter attention.

— Après quatre-vingts ans, nous avons été obligés de fermer l'usine, expliqua oncle Cliff à un convive. Et je peux t'assurer que ça nous fait très mal. Malheureusement, les textiles se délocalisent vers le Sud, et surtout vers l'Asie. Tu connais la situation comme moi.

Son père se faisait du souci. Dès qu'il rencontrait le regard de Charlotte, il souriait ; pourtant, elle devinait son inquiétude.

Bill avait de nombreux sujets de préoccupation qu'il ne parvenait pas à mettre de côté, même pendant un repas de noce. Il se demandait si Charlotte les avait entendus se quereller la nuit précédente. De toute façon, même si elle ne s'était aperçue de rien, elle en savait déjà trop. On ne pouvait pas tout se cacher quand on vivait ensemble. On avait beau s'appliquer à garder un calme apparent, l'énervement, les tensions se devinaient. « Comme certains d'entre nous souffrent, se dit-il, et comme nos enfants souffrent à cause de nous ! »

Il frôla Ted du regard, puis s'arrêta sur Claudia.

Malgré sa joie d'aujourd'hui, une ombre assombrissait le visage de sa belle-sœur. Ted était un souci pour elle. Mais peut-être ne le savait-elle pas encore ? Peut-être n'avait-elle pas remarqué, ou ne pourrait-elle jamais vraiment percevoir, ce que Bill avait tout de suite vu : la démarche arrogante, la bouche dédaigneuse du jeune homme, le regard fuyant, faux, qui ne rencontrait jamais les yeux des autres en face. C'était un renard certainement capable de cruauté.

Puis il se jugea absurde. « J'ai trop d'imagination, pensa-t-il. Je vois tout en noir parce que je suis déprimé... Elena et moi allons nous séparer. Malgré tous mes efforts, et Dieu sait que j'en fais, la rupture arrivera tôt ou tard, et Charlotte en souffrira beaucoup... ma petite Charlotte. »

Sur le chemin du retour, Bill remarqua joyeusement :

— Le mariage s'est très bien passé ; une petite réception intime. J'aime vraiment beaucoup Claudia.

— Oui, la cérémonie était très jolie, répondit Elena. Dommage que Claudia ne sache pas s'habiller !

Personne ne commenta. Sa réflexion, pourtant anodine, avait jeté un froid.

Au bout d'un moment, Bill intervint.

— Elle a travaillé dur pour gagner sa vie. J'imagine qu'elle n'a eu ni le temps ni les moyens de se préoccuper beaucoup de ses vêtements. Oh ! regardez sur la branche, là-bas, à gauche... Il y a au moins une dizaine de geais. Ils vont sûrement rester ici cet hiver.

Charlotte reconnaissait bien là son père, qui essayait toujours d'alléger l'atmosphère. Parfois, ses efforts paraissaient presque ridicules tant ils étaient rarement couronnés de succès. Elena laissa aller la tête contre son dossier, appuyant ses épaisses boucles d'un noir lustré sur son col remonté. Elle n'avait pas cessé de bavarder toute la journée, mais maintenant elle se taisait.

En son for intérieur, Charlotte l'implora : « Dis quelque chose, réponds-lui. » Une sorte de malaise, comme une nausée, l'envahissait.

— Tiens ! Des flocons de neige ! s'exclama Bill.

Le matin, il avait fait doux, mais pendant qu'ils étaient à l'intérieur la température avait chuté et le ciel avait viré au gris. « Un gris dur, pensa Charlotte, comme un couvercle d'acier. »

— On a annoncé un hiver précoce, reprit Bill, et je crois avoir remarqué que les écureuils amassaient plus de nourriture que d'habitude. Tu t'en es aperçue aussi, Charlotte ?

— Non, mais demain je vais regarder.

— J'ai horreur de l'hiver, soupira Elena. Quel climat détestable ! Quand il faut sortir de son lit le matin... J'ai la chair de poule rien que d'y penser. Où vas-tu, Bill ? Je croyais que nous devions rentrer directement à la maison.

— Je veux passer jeter un coup d'œil à l'usine d'abord.

— Mais pour quoi faire, au nom du ciel ?

— Je suis sentimental, je sais.

De l'endroit où la voiture s'était arrêtée, le vieux bâtiment des Textiles Dawes, sur l'autre rive du fleuve, avait l'air abandonné depuis longtemps, bien que l'usine ne fût fermée que depuis deux mois. « C'est déjà un vestige historique », se dit Bill, tristement. L'usine s'ajoutait à la longue série des entreprises décrépites qui longeaient tant de rivières de la côte Est, et qui avaient mis la clé sous la porte, dépassées par leur siècle. La plupart des fenêtres du bâtiment, aux petits carreaux vieillots, avaient été brisées, cibles trop tentantes pour les cailloux des gamins de la région. Bientôt, la pluie et la neige allaient pourrir l'intérieur ; des oiseaux et des rats s'y installeraient, à moins qu'un acheteur ne vienne le sauver. Mais il y avait fort peu de repreneurs pour un endroit de ce genre, haut de trois étages, vieux de quatre-vingts ans, avec deux mille mètres carrés de plancher et encore quinze hectares de terrain, principalement marécageux, à l'arrière. Devant, le fleuve coulait vers l'océan lointain ; il n'y avait aucun signe de vie, où qu'on portât le regard. Pendant un moment, ils restèrent assis tous les trois, immobiles, à contempler l'usine dans l'obscurité croissante de cette fin d'après-midi.

— Personne ne l'achètera jamais, dit soudain Elena. Kingsley est une ville qui se dégrade, déjà fichue. On n'a rien construit ici depuis 1890, excepté le centre commercial de l'autoroute.

— Ce n'est pas tout à fait vrai, protesta Bill.

— Mais si. Tu aurais dû accepter la proposition du holding, il y a cinq ans. Maintenant, tu ne vas plus pouvoir t'en débarrasser.

— Tu sais très bien pourquoi nous avons refusé. Nous voulions tenir le cap pour sauver les emplois des gens d'ici.

— Et ça a changé quoi ? Maintenant, ils sont au chômage. Tu es trop gentil, Bill, c'est ton grand défaut. Un gaillard d'un mètre quatre-vingt-dix, et tendre comme de la guimauve ! Quand je pense à toutes les histoires que tu as faites pour Mme Boland ! Finalement, elle s'en est très bien tirée, non ?

Il se garda bien de dire qu'elle s'en était sortie uniquement parce que Cliff et lui avaient placé une somme suffisante pour lui permettre de vivre de ses rentes.

— Mme Boland, dit-il, était la secrétaire de mon père avant de devenir la mienne. C'était une vieille veuve avec une mère d'un âge canonique clouée dans un fauteuil roulant. Il y avait de quoi « faire des histoires », comme tu dis !

Puis, cédant malgré lui à l'agacement, il ajouta :

— Claudia comprendrait à quel point c'est important ; elle connaît cette réalité-là, elle.

— Ah ! Claudia..., persifla Elena.

Charlotte sentit quelque chose se briser en elle.

— Vous allez arrêter, oui ? s'écria-t-elle. Vous vous disputez à cause de cette histoire depuis que je suis en sixième.

Bill se reprit aussitôt.

— Tu as raison. Si on cessait de parler de tout ça. On va rentrer et manger un morceau. Le déjeuner me semble très loin. On pourrait allumer un feu et faire griller quelques marshmallows.

— Oui, approuva Elena, excellente idée.

Elle se tourna pour sourire à Charlotte.

— Tout le monde m'a chanté tes louanges, ma chérie. Les gens savent que tu réussis très bien en classe, et ils te trouvent charmante. J'étais très fière de toi.

Il faisait noir quand ils arrivèrent chez eux. L'obscurité d'automne ne ressemblait pas à celle des soirées d'été, qui, vaporeuse et constellée de lumières, invitait à rester dehors. Aujourd'hui, la nuit, épaisse et pesante, pressait contre les vitres noires comme si elle voulait entrer. Charlotte tendit les mains vers le feu, non qu'elle eût froid, mais parce que cela lui donnait chaud au cœur.

Elle avait fini ses sandwichs, ses pommes, et achevait ses marshmallows lorsque Elena s'exclama :

— Mais où est-ce que tu mets toute cette nourriture !

— Dans mon estomac.

— Je n'en reviens pas ! commenta Elena, qui pourtant se vantait souvent de pouvoir se laisser aller à la gourmandise, car elle n'avait jamais pris un gramme de sa vie.

— Charlotte est en pleine croissance, intervint Bill pour clore le débat.

Après cela, les parents se mirent à discuter tranquillement comme des adultes raisonnables. Charlotte, qui lisait un magazine, ne prêta pas attention à leurs propos. Elle était simplement contente qu'ils soient gentils l'un avec l'autre. Peut-être cette bonne entente allait-elle durer longtemps, deux ou trois semaines, comme cela arrivait souvent. Elle releva la tête une seule fois, au moment où Elena parlait de la Floride et où un regard de mise en garde de Bill l'interrompit. Cela voulait dire : « Pas maintenant, pas devant Charlotte. »

Cliff et Claudia dînèrent aussi devant leur cheminée d'un plateau repas composé de restes, tout en buvant du vin. Les invités étaient partis, les traiteurs avaient tout rangé, et Ted était sorti avec des amis, ce qui permettait aux nouveaux époux de se retrouver seuls chez eux. Après deux ans, leur relation était enfin officielle, et leur donnait le droit de vivre sous le même toit.

— Je ne parviens pas à croire que c'est fini, dit Claudia.

— Ça ne fait que commencer, au contraire. Nous devons partir tôt demain matin pour prendre notre avion à Boston. Et puis Rome, nous voilà !

Claudia posa sa main sur celle de Cliff.

— Je regrette presque de quitter cette maison. Je suis aux anges, tu n'imagines pas à quel point. Toi et cette maison magnifique... c'est le paradis.

— C'est drôle, j'ai vécu ici toute ma vie mais, avant de te rencontrer, je n'ai jamais eu le sentiment que la maison était trop grande, et pourtant Dieu sait qu'il y a de l'espace. Je remplissais le vide en accueillant des relations d'affaires, ou des parents en visite, et j'étais ravi d'avoir autant de place. Mais, depuis le jour où je suis entré dans ta librairie et où j'ai fait ta connaissance, cette maison est devenue aussi impersonnelle qu'un hôtel.

Il souleva la main de Claudia pour l'embrasser.

— Je n'avais jamais réalisé, compléta-t-il, que je me sentais seul.

— Trente-huit ans et jamais marié...

— Jusqu'au jour où j'ai rencontré une femme irrésistible, dit-il en riant.

Puis, devenant soudain grave, il déclara :

— Il n'est plus question que tu te fasses le moindre souci. Maintenant que tu t'es débarrassée de la librairie, je veux que tu restes à la maison sans rien faire. Laisse-toi vivre.

— Voyons, Cliff, je ne me vois pas rester inactive.

— Pense à tes petits ennuis cardiaques...

— La meilleure thérapie, justement, c'est de prendre de l'exercice et de travailler.

— Dans ce cas, cuisine-moi de bons repas, lance-toi dans le bénévolat, cela suffira amplement. C'est un ordre.

Elle n'avait pas l'habitude qu'on prenne soin d'elle ainsi, et ce petit miracle la surprenait encore.

— C'est la première fois...

Elle s'interrompit.

— C'est une grande chance pour Ted aussi, reprit-elle. J'espère que tu l'aimeras, maintenant que tu vas avoir l'occasion de le connaître mieux. Il n'est pas très facile, peut-être parce qu'il n'a plus de père depuis l'âge de quatre ans. Les garçons ont besoin d'un père, même à dix-huit ans.

Elle se rendait bien compte qu'elle cherchait des excuses à son fils, mais elle ne put s'empêcher de poursuivre.

— La journée a dû être difficile pour lui. Je suis persuadée qu'il ne se sentait pas à l'aise. Il n'a rien dit, mais de toute façon il ne parle jamais beaucoup.

— Ne t'inquiète pas. Pour ce qui est des taciturnes, j'ai l'habitude dans ma petite famille. Tu as bien dû remarquer que je suis le plus bavard du lot. Bill, lui, est un cérébral qui réfléchit en silence.

— J'aime bien Bill. On sent qu'il est solide, on peut compter sur lui.

— Et que penses-tu d'elle ?

— Elle est tout à fait charmante, répondit Claudia, trop consciente de son statut de nouvelle épouse pour formuler la moindre critique.

— Oui, mais ce n'est pas mon type de femme.

— Et tu crois que c'est le type de Bill ?

— Tu me poses la question parce que tu as bien vu que ce n'était pas le cas, ma chérie. Elena est une séductrice... en tout bien tout honneur, évidemment. Du moins, je l'espère.

— Mais il l'aime ?

Cliff haussa les épaules.

— Je t'ai dit qu'il ne parlait pas beaucoup. S'il ne l'aimait pas, jamais il ne me le dirait.

— Peut-être qu'il ne sait même pas lui-même s'il l'aime.

— Tu es bien fine, madame Dawes, mais qu'est-ce qui te pousse à dire ça ?

— Les rares fois où je me suis trouvée avec eux, j'ai eu l'impression qu'il essayait de lui faire plaisir mais qu'ils ne se sentaient pas bien ensemble.

— Pas comme toi et moi.

— En effet, pas du tout comme nous deux.

Elle eut la vision des soirées à venir, qu'ils passeraient, heureux ensemble, dans cette pièce, ou sous les arbres pendant les après-midi d'été.

— Celle qui souffrira le plus de leur mésentente, remarqua-t-il, ce sera Charlotte, naturellement. C'est une petite fille adorable qui mérite autre chose. Je suis très attaché à elle.

Après une pause, il reprit :

— Elena part pour la Floride pendant deux mois.

— Seule ? C'est bizarre, non ?

— Oui, je trouve aussi, mais je me trompe peut-être.

Elle vit que Cliff était inquiet et qu'il valait mieux changer de sujet.

— Si nous montions ? proposa-t-elle. Il est tard.

Rob et Roy, comme s'ils avaient compris, les suivirent dans l'escalier et commencèrent à se diriger vers le couloir.

— Non, pas par ici, intervint Cliff. Maintenant, c'est la chambre de Ted, là-bas, plus la mienne. Ils vont dormir dans un coin de notre chambre. Ça y est, nous y voici, elle a été refaite pour toi. Tu aimes ?

Le grand lit ancien était couvert d'une courtepointe en patchwork vert d'eau et corail. Les murs avaient été peints de la même couleur verte. Sur une table de nuit, un bol émeraude contenait une poignée de roses. L'air embaumait. La chambre avait été conçue dans ses moindres détails pour accueillir l'amour. Il ferait bon y dormir côte à côte, et s'éveiller ensemble pour saluer un matin tout neuf.

— C'est Elena qui s'est chargée de la décoration. Elle n'a rien accroché aux murs parce qu'elle sait que tu adores la peinture et que tu auras envie de choisir toi-même tes tableaux.

— C'est merveilleux, Cliff. Les murs ont la couleur de la mer, on se croirait dans une grotte. Je n'en ai jamais vu, mais je suis certaine que c'est beau comme ça.

— Tu en verras une très célèbre à Capri. Maintenant, dis-moi si tu veux jouer les vierges effarouchées et te déshabiller dans la salle de bains, ou si je peux...

— Tu peux. Tu peux, tout de suite.

Non, elle n'avait rien d'une vierge effarouchée. Cela

existait-il seulement encore ? Malgré tout, elle avait apporté pour cette nuit un déshabillé tout en dentelle, un rêve de jeune épouse pour sa nuit de noces. Quel dommage, pensa-t-elle en se moquant un peu d'elle-même, elle n'allait même pas avoir l'occasion de le passer !

— Ton père aurait vraiment pu faire l'effort de venir cette semaine, dit Elena en s'appliquant de la crème solaire sur le nez.

— Il n'a pas pu. De nouveaux acheteurs passaient à Kingsley pour visiter l'usine.

— Personne ne l'achètera jamais. On pourrait aussi bien la dynamiter.

— T'es bête.

— Oui, je sais. Ce n'est pas une solution, mais on pourrait la donner... à la ville, par exemple. Bon, passons à autre chose. Tu viens te baigner ?

— Je n'ai pas le temps. Je dois lire tout ce livre pendant les vacances, et je rentre après-demain.

— Tu n'y as pas jeté un coup d'œil depuis dix minutes. Je me demande bien à quoi tu rêves.

— Je ne rêve pas.

— En tout cas, tu as le regard perdu dans le vide.

Avec Elena, on ne pouvait jamais rester assis à ne rien faire. Elle estimait que tout le monde devait être aussi actif qu'elle, même si elle dépensait souvent son énergie à perdre son temps, à se maquiller ou à bavarder au téléphone, par exemple.

Charlotte répondit calmement, d'un ton qui masquait son impatience :

— Je regardais ce bateau, là-bas.

— Qu'est-ce qu'il a de particulier ? Ils attendent leur tour pour descendre dans le lagon.

— Je trouve qu'il a l'air féroce. Le devant est pointu comme une tête de requin. Tu vois les hublots de la cabine ? Ils ressemblent à des yeux. Je parie qu'il sert au trafic d'armes ou à passer de la drogue.

— Que tu es drôle ! Drôle et adorable.

Elena se leva d'un bond de sa chaise longue. Contrairement au commun des mortels, au lieu de s'en extirper avec peine, elle se mettait toujours debout en une seule fois, d'un mouvement souple. Elle étendit les bras pour s'étirer tout en bâillant comme si elle faisait de la gymnastique.

— Tout ce soleil, ça m'endort, déclara-t-elle. Bon, je reviens tout de suite.

Charlotte la regarda s'éloigner, imitée en cela par de nombreux estivants, car Elena portait un string noir et un immense chapeau de paille rouge qu'elle laissait au bord de l'eau quand elle allait nager ; elle ne se privait pas de bronzer mais se protégeait toujours le visage. Elena ne faisait jamais rien comme les autres. Même si Charlotte adorait sa mère, elle avait la douloureuse conscience de cette différence. Ce sentiment s'accompagnait d'un embarras qu'elle savait pourtant assez banal ; tous les adolescents étaient gênés par leurs parents. Mais quand même, cette réaction était-elle normale ? Elle avait l'impression de prendre trop de distance. Une mère, cela devait être là, tout simplement, sans qu'on le remarque plus qu'un lit, ou qu'une paire de chaussures en bas de la penderie. On n'aurait pas dû avoir à penser à une mère.

Elena avait déjà rejoint un groupe de baigneurs qui entraient dans l'eau, ou, plus exactement, c'étaient eux qui étaient venus la retrouver. À croire qu'elle connaissait tout le monde. C'était l'impression qu'elle donnait sur la plage et dans la résidence où les vacanciers se rassemblaient autour de la piscine en fin de journée. Ils s'étaient tous mis à rire. Charlotte entendit un des hommes pousser un rugissement joyeux ; Elena avait dû dire quelque chose de drôle.

Jusqu'à présent, la semaine s'était assez bien passée. Charlotte, qui n'était jamais allée en vacances que dans le Nord ou dans l'Ouest, voyait pour la première fois des palmiers et une eau aussi bleue. Du bleu à perte de vue. Elena avait lié connaissance avec une famille qui faisait une croisière à bord d'un yacht privé, et qui les avait emmenées en mer toute une journée. La veille, elles avaient été invitées à déjeuner chez les propriétaires d'une villa gigantesque aux immenses pelouses. Mais Charlotte avait trouvé cette maison au sol de marbre trop grande et trop froide ; on ne devait pas s'y sentir chez soi. Elle y avait cependant rencontré deux filles de son âge et, finalement, avait passé une journée très agréable.

Il n'y avait qu'une seule ombre au tableau : les vacances auraient été très réussies sans la présence de Judd, qui ne les lâchait pas d'une semelle.

Pourtant, se dit Charlotte, il fallait être juste ; il était sans doute très sympathique. Ce n'était pas normal de détester quelqu'un qui ne le méritait pas. Judd était jeune, aimable, très soigné, et il possédait une décapotable magnifique dans laquelle il les conduisait partout où elles voulaient. De toute évidence, il aimait bien Elena, et elle se montrait charmante envers lui, ce qui n'était pas une raison pour lui en vouloir. Elena se comportait toujours de la même façon ; elle ne se cachait pas d'aimer les hommes. Elle disait, même à son mari, qu'elle trouvait plus facile de s'entendre avec les hommes qu'avec les femmes. Après tout, c'était peut-être normal. Charlotte ne se sentait pas capable d'en juger étant donné le peu d'expérience qu'elle avait dans ce domaine.

— Regarde la couleur qu'a prise le ciel ! s'exclama

Elena en s'enveloppant dans un peignoir écarlate assorti à son chapeau. Il va pleuvoir. Ici, ça peut se mettre à tomber en dix secondes sans préavis.

D'énormes nuages moutonnants s'étaient accumulés, se soudant pour former un plafond d'un sombre gris brunâtre. La chaleur était devenue étouffante et humide.

— Rentrons, proposa Elena. Judd doit passer nous prendre pour le déjeuner.

— On ne peut pas y aller sans lui ?

Le gémissement était sorti tout seul.

Elena, qui jetait déjà dans son sac de plage tout son attirail — lunettes de soleil, crème solaire, sandales, magazines, sac à main, et parapluie pliant —, s'interrompit pour répondre.

— On pourrait, mais je ne vois pas pourquoi ça te dérange.

— Je ne sais pas..., répliqua Charlotte en haussant les épaules. Ce serait sympa de faire un truc sans lui.

— Ce n'est pas très gentil de dire ça. Il nous emmène goûter de la vraie langouste du Maine. En plus, c'est lui qui en a eu l'idée parce que tu as dit que tu aimais ça.

Réduite au silence par ce reproche, Charlotte traversa avec sa mère la route qui les séparait de leur appartement.

— S'il te plaît, Charlotte, ne lui montre pas que tu n'as pas envie de le voir.

Charlotte ne répondit pas non plus à cette prière. Comme si elle avait pu manquer de tact à ce point ! Elle n'avait aucune intention de vexer Judd. C'était plutôt à Elena qu'il fallait rappeler de faire attention aux autres. L'autre jour, elles s'étaient même un peu accrochées à ce sujet après la séance de manucure d'Elena. Charlotte, que sa mère avait traînée avec elle, s'était indignée de l'entendre comparer les mérites du vison d'élevage et du vison sauvage devant l'esthéticienne qui ne pouvait pas se permettre d'en acheter. Cette attitude lui avait semblé peu généreuse. Plus tard, elle le lui avait fait remarquer gentiment.

— Tu en as du culot de me donner des conseils sur ce que je dois dire ! avait rétorqué Elena.

— Je ne voulais pas t'embêter, mais je n'ai pas pu m'empêcher d'avoir de la peine pour elle. J'ai remarqué qu'elle parlait beaucoup de ses enfants, et du coût de la vie.

— C'est bon, tu es comme ton père, et ce n'est pas entièrement un défaut, avait déclaré Elena avec un sourire, pour se rattraper. Il est très attentif aux paroles des autres.

« Elle me trouve bizarre, réalisa soudain Charlotte. Elle a peut-être raison, mais, heureusement, ce n'est pas l'opinion de papa. »

— Dépêchons-nous, dit Elena. Je meurs de faim. Mets ton pantalon de lin blanc. Là où nous allons, les gens s'habillent.

Les deux chambres à coucher n'étaient séparées que par un petit dégagement carré qui leur permettait de se parler de l'une à l'autre.

— Judd est quasiment le premier ami que je me suis fait à mon arrivée, expliqua Elena. Des gens m'ont présentée à sa sœur, et c'est comme ça que je l'ai rencontré. Ils sont tous les deux très sympathiques. J'aime beaucoup leurs amis ; ce sont des gens très accueillants. Ils ne sont pas snobs et ils m'amusent.

La voix d'Elena monta d'un ton.

— Ne va pas t'imaginer des choses sur lui.

— Bien sûr que non. Je ne vois pas pourquoi, répondit Charlotte qui n'avait aucune envie de s'imaginer « des choses » sur sa propre mère.

— Je ne sais pas. Je voulais simplement que ce soit bien clair. Judd est un excellent partenaire de tennis. Je devrais être flattée qu'il veuille bien jouer avec moi.

Il n'a pas encore trente ans, et Dieu sait ce qu'il peut me trouver, à part que je suis bonne joueuse aussi.

Elle s'interrompit pour rire.

— Peut-être qu'il aime bien mon petit accent étranger !

Judd les attendait au volant. Pas à dire, sa voiture était cool ; un rêve de gamin de dix-sept ans.

— Ouah, qu'elle est bien habillée ! s'exclama-t-il à leur arrivée.

Charlotte mit une seconde à comprendre qu'il s'adressait à elle.

— Merci, répondit-elle, tu n'es pas mal non plus.

Il était vêtu comme elle d'un pantalon blanc et d'une chemise, à la différence qu'il portait aussi un gilet de laine à rayures rouges et bleues ainsi que deux grosses chaînes en or autour du cou.

En prévision de l'averse, qui n'avait pas encore éclaté, la capote était fermée. La voiture prit en douceur la route de la côte, et, lorsque Judd alluma la radio, Elena et lui se mirent à accompagner les chansons en chœur. Ils s'amusaient bien. Judd ne conduisait que d'une main et avait passé son bras derrière Elena sur le dossier de son siège. Dans le parking du restaurant, Charlotte s'aperçut qu'ils se ressemblaient. Judd était mince, et ses épais cheveux noirs bouclaient comme ceux d'Elena. Elle se demanda si les gens pensaient qu'ils étaient tous les deux ses parents. Quelle drôle d'idée...

Judd était aussi bavard qu'Elena quand elle ne faisait pas sa mauvaise tête. À table, leur conversation n'eut rien d'intéressant. Ils ne discutèrent que de gens que Charlotte ne connaissait pas, et de choses matérielles, principalement de voitures et de maisons.

— Je suis sûr que tu donnerais n'importe quoi pour avoir une des grandes villas de la côte, remarqua Judd.

— Si je pouvais vivre ici, j'en achèterais une, avec une plage privée de l'autre côté de la route.

— Quelle bonne idée ! s'écria-t-il avec un mouvement de tête désinvolte. Tu devrais le faire !

— Pourquoi pas ? répondit-elle en imitant son geste.

On aurait dit qu'elle le taquinait. Charlotte ne l'avait jamais vue se conduire comme ça. Le silence qui suivit lui sembla riche de sous-entendus intrigants. Judd le brisa en s'adressant à Charlotte à qui ni l'un ni l'autre n'avaient prêté la moindre attention depuis le compliment du départ.

— Tu ne vas pas laisser tout ça dans ton assiette, j'espère !

— C'était délicieux, mais il y en a trop, répondit-elle poliment. Je n'en peux plus.

Judd se mit à rire.

— Tu n'es pas comme ta mère : cinquante-deux kilos avec ses chaussures, et elle mange comme quatre.

Comment savait-il son poids ? Le détail semblait trop intime pour qu'il le connût. Mais sans doute se faisait-elle des idées ? Elle lui trouvait tous les défauts parce qu'elle aurait préféré qu'il ne fût pas là.

— Regarde cette pluie, dit Elena. Si nous allions au centre commercial ?

— Que veux-tu faire là-bas ? demanda Judd.

— Des courses. À quoi d'autre peut-on s'occuper quand il pleut ?

— J'ai quelques idées.

— Oui, je te crois. Bon, allons-y.

Elle fit signe au serveur et régla l'addition.

Voilà qui était bizarre aussi, pensa Charlotte. Elle avait cru comprendre que c'était lui qui les invitait.

— Je n'ai pas envie d'aller au centre commercial, dit-elle. Vous devriez me déposer à l'appartement pour que je puisse finir mon livre.

— Tu auras tout le temps de le terminer dans l'avion pendant ton trajet du retour, répondit Elena.

Viens, tu n'as encore jamais vu de centre commercial comme celui-ci.

Elle avait raison. Les galeries marchandes brillaient comme des sapins de Noël. Ils flânèrent dans des boutiques remplies de chaussures, de parfums, de raquettes de tennis, de vêtements en soie italienne, de chocolats et de lin irlandais. Judd acheta des cravates et une housse de raquette de tennis ; Elena choisit un foulard, un rouge à lèvres brun foncé et un éléphant en cristal. Aux yeux de Charlotte, qui s'était très vite lassée, il devint clair qu'ils n'achetaient que pour le plaisir d'acheter, et elle essaya de s'imaginer la tête de son père s'il avait été là.

— Tu as grand besoin d'une ou deux robes d'été, déclara Elena. Regarde cette bleue, là ! Tu serais très mignonne là-dedans.

— Mama, protesta-t-elle, quand veux-tu que j'aie l'occasion de porter une robe aussi chic à Kingsley ? Personne n'organise de fêtes en plein été.

— Dis plutôt que personne ne fait jamais rien du tout là-bas, en aucune saison. D'accord, ça suffit, on rentre.

Le trajet du retour fut plus calme que celui de l'aller. Judd avait mis la radio, mais personne ne chanta. Le vent avait fait tourner la girouette des humeurs. Judd s'arrêta devant la porte ; elles descendirent et le remercièrent.

— À demain.

— Oui, à demain, à la plage, dit-il en redémarrant.

— On s'amuse vraiment bien avec lui, déclara Elena au moment où elles passaient la porte de l'appartement. Franchement, tu n'es pas d'accord ?

Pourquoi la contrarier ? C'était beaucoup plus simple de lui faire plaisir.

— Oui, il est sympa.

Charlotte se réveilla de bonne heure, avant Elena. Elle s'habilla puis sortit ; apparemment, tout le monde dormait encore dans la résidence. Elle s'assit dans le jardin collectif près d'un bassin entouré de fleurs aux couleurs vives, dont elle ne connaissait pas les noms. Dans l'eau, des poissons rouges glissaient de l'ombre à la lumière en scintillant. Tout était calme, pas un souffle de vent ; rien ne bougeait, mis à part les poissons.

C'était un matin à être heureux, la nature était si belle. Alors, pourquoi se sentait-elle comme ça ? Elle avait l'impression... d'être de trop. Il lui semblait qu'elle dérangeait, même si sa mère l'aimait et avait été vraiment déçue par son refus d'accepter la robe bleue à froufrous. Elle essaya d'analyser ses sentiments. En classe, des équipes de psychologues venaient parfois parler aux élèves de la sexualité, des relations de groupe, et aussi des problèmes familiaux. On sortait de ces séances avec l'impression de ne plus rien comprendre aux autres, ni à soi-même. C'était quoi, le bonheur, au juste ? Personne ne pouvait être heureux tout le temps, c'était impossible. Tout le monde se sentait triste de temps à autre. Oui, mais pas constamment. À quel moment commençait-on à se dire qu'on souffrait trop ? Eût-elle été plus heureuse si ses parents s'étaient disputés un peu moins ? Comment se faisait-il qu'après toute une semaine de vacances elle en soit réduite à pleurer sur son sort ? Dans des cas semblables, Emmabrown disait : « Arrête de pleurnicher, et viens m'aider à peler les pommes. » Mais ce n'était pas méchant, et ça ne faisait pas de peine.

Maintenant des bruits de voix s'échappaient par une fenêtre ouverte. De l'autre côté de la pelouse, un gros bonhomme partait faire son jogging sur le chemin. La résidence se réveillait. Elle se leva pour rentrer ; la journée commençait. Ouf, vivement demain et la fin des vacances !

— Mama ! appela-t-elle en s'arrêtant sur le seuil de la chambre, dont la porte était ouverte.

En entendant des bruits d'eau dans la baignoire, elle retraversa le séjour pour commencer à préparer le petit déjeuner... et s'arrêta net. Le gilet de Judd et ses deux chaînes en or étaient posés sur le canapé. Stupéfaite, elle resta là, immobile, à les contempler.

Pourtant, il les portait en repartant la veille au soir. L'image de son départ lui revint clairement en mémoire : la décapotable avait pris la boucle de l'allée trop vite. Elle revoyait très bien le gilet rayé et entendait encore les beuglements de la musique.

Donc, il était revenu en pleine nuit. Charlotte elle-même ne s'était couchée que très tard après avoir regardé la télévision.

— Tu ne vas pas au lit ? lui avait demandé Elena toutes les cinq minutes.

« Elle voulait se débarrasser de moi pour qu'il puisse revenir », pensa Charlotte. Il avait dû passer la nuit ici, et, en se dépêchant de partir avant qu'elle ne le surprenne, il avait oublié les affaires jetées sur le canapé. Cela ne faisait pas l'ombre d'un doute.

Prise de nausée, elle s'assit. Elle n'avait pas bougé lorsque Elena entra dans le salon à moitié habillée, un peignoir rose posé sur le bras.

— Bonjour chérie ! Tu es tombée du lit ce matin...

Comme deux paires de flèches, leurs yeux filèrent ensemble vers le tas oublié, s'en détachèrent, se rencontrèrent puis se séparèrent. Légèrement, Elena s'assit sur le canapé, puis, mine de rien, elle laissa tomber son peignoir sur les objets compromettants, comme si elle n'avait pas remarqué leur présence.

— Encore une magnifique journée pour aller à la plage. Quelle heure est-il, ma chérie ?

— Je ne sais pas.

— Il ne doit pas être très tard. Bon, nous ne sommes pas pressées. Si on se faisait des œufs, ce matin ?

— Ça m'est égal, comme tu veux.

« C'est absurde, pensa Charlotte, elle joue la comédie ! Elle sait que je sais, mais elle n'a pas encore décidé comment réagir. Ça doit être le choc ; elle a besoin de temps pour mettre au point une stratégie. J'imagine que c'est très désagréable d'être percée à jour par sa fille. »

Pourquoi ? Pourquoi ? hurlait Charlotte en pensée, prise d'une rage impuissante. Mais, paradoxalement, à la colère se mêlait de la pitié, comme on peut en éprouver pour un animal pris au piège.

— Je vais m'habiller, dit Elena. Ensuite nous préparons le petit déjeuner. Je meurs de faim.

Elle se leva tout en faisant adroitement disparaître les affaires de Judd dans un flot de soie rose, puis retourna dans sa chambre. Sans un mot, il avait été décidé que Charlotte n'avait rien vu et que rien ne s'était passé. Tout devait garder l'apparence de la normalité.

Une histoire de fous... Et pourtant, une dispute aurait-elle été préférable ? À quoi cela aurait-il servi ? Il y aurait eu des larmes, des mensonges trop évidents. En se taisant, elles s'épargnaient aussi beaucoup de honte ; il aurait fallu poser des questions terribles qui n'auraient entraîné que des réponses trop dures, telles que : *Est-ce que ça signifie que tu ne vas jamais revenir à la maison ? Et si tu ne reviens pas, qu'est-ce que je vais devenir ? Pourquoi nous fais-tu ça ?*

« Je dois tenir le coup, il ne reste plus qu'une journée », pensa Charlotte. Mais Judd n'avait pas intérêt à revenir dans l'appartement. Sur ce point, elle serait très ferme. Il n'avait pas intérêt à se montrer...

Il ne revint pas, et la journée finit par s'écouler.

Debout, côte à côte dans le hall de l'aéroport, elles attendaient l'embarquement de Charlotte. Elena se sentait nue, comme dans ces rêves horribles où l'on se retrouve dehors avec seulement une robe de chambre sur le dos et où il est trop tard pour rentrer s'habiller.

Dire qu'un épisode aussi mineur avait causé tant de chagrin ! C'était absurde. Un imbécile insignifiant comme Judd était passé par là, et elle avait brisé le pauvre cœur innocent de sa fille. Charlotte avait une tête à faire peur, les yeux ternes et des cernes affreux. Elle n'était pas du tout jolie aujourd'hui, pas un garçon ne se retournerait sur son passage.

« Que faut-il lui dire ? Est-ce que je peux lui expliquer que je ne suis pas de celles qui trompent leur mari l'après-midi et rentrent ensuite un sourire aux lèvres pour dîner avec lui, puis tolèrent de partager son lit ? Je ne suis pas comme ça. Mais quel genre de femme suis-je donc ? Et, de plus, est-ce qu'on peut discuter de ce genre de sujet avec une fille de quatorze ans ? »

Charlotte ne lui avait pas demandé quand elle allait rentrer, ni, et c'était vraiment la question, si elle comptait revenir un jour. Ces dernières semaines, quand elle lui avait parlé au téléphone, pas une fois Bill ne le lui avait demandé non plus. Il attendait probablement, tout comme elle, que la situation se résolve d'elle-même. Et, après tout, pourquoi pas ? Le temps permettait toujours aux sentiments d'évoluer, en bien ou en mal ; les crises ne restaient jamais stationnaires. L'idée de retourner à Kingsley l'angoissait, mais, en même temps, la perspective de ne jamais rentrer la paniquait un peu.

Elles attendaient donc en silence, observant le va-et-vient de la foule, les retrouvailles et les séparations. Dans les aéroports, il y avait toujours trop d'émotions...

Puis, tout à coup, on appela les passagers du vol de Charlotte à l'embarquement. Poussées soudain par un élan d'amour désespéré et douloureux, elles se jetèrent dans les bras l'une de l'autre.

— Au revoir, mama.

— Au revoir, ma chérie. Prends soin de toi.

En un instant, la queue de cheval et le sac à dos de Charlotte s'éloignèrent puis disparurent.

4

— Elle a une petite mine, avait observé Emmabrown après le dîner, profitant du départ de Charlotte
qui était allée défaire sa valise. J'ai l'impression que
ses vacances ne se sont pas très bien passées.

— Elle doit surtout être fatiguée par le voyage,
avait répondu Bill, sans trop y croire.

Emmabrown était très observatrice et se trompait
rarement.

Les maigres informations que Bill avait réussi à
récolter en ramenant Charlotte de l'aéroport avaient
suscité plus d'interrogations qu'elles n'avaient apaisé
sa curiosité. Au cours de la conversation, il avait glané
des détails qui ne lui plaisaient guère.

— ... le jour où nous sommes allés à Alligator Alley,
nous sommes à peine descendus de voiture. En plus
nous n'avons pas vu un seul crocodile, et mama a
dormi pendant tout le trajet du retour.

— Comment ça, elle a dormi ? Qui était au volant ?

— Judd, je t'ai dit. C'est un de ses amis, je t'en ai
déjà parlé.

— Ah oui, je me souviens.

Il avait l'impression qu'Elena aussi essayait de l'em-
brouiller.

Au téléphone, un jour où elle était particulièrement

en verve, elle lui avait énuméré la liste de ses amis, tous très sympathiques, avait-elle déclaré avec enthousiasme, très simples et très naturels. Elle avait dit cela sans avoir l'air d'y attacher la moindre importance, légèrement... trop légèrement.

Mais tous ces soupçons étaient-ils dignes de lui ? Elena ne lui avait jamais donné aucune raison sérieuse de douter de sa fidélité. Par contre, elle était tout à fait capable de jouer la comédie.

Elena était une femme de passion ; en cela, elle n'avait guère changé au cours de leur longue vie commune. Malheureusement, les disputes avaient la fâcheuse tendance d'étouffer le désir, et ils se querellaient trop souvent et depuis trop longtemps.

En y réfléchissant, il se rendit compte avec une certaine surprise que, s'il découvrait qu'Elena le trompait, il ne ressentirait plus aujourd'hui la même colère douloureuse qu'il aurait éprouvée quelques années auparavant. Il n'y aurait plus de déchirement, mais simplement un très profond regret.

Le bruissement des pages avait cessé, et, alerté par le silence, il se tourna vers Charlotte. Tout comme lui, elle ne lisait plus ; elle avait posé son livre et regardait la nuit noire par la fenêtre. Emmabrown avait raison : la petite avait une mine de déterrée. De toute évidence, il s'était passé quelque chose.

— Et de quoi avez-vous parlé ? demanda-t-il.

La question, il s'en rendait compte, était trop vague pour avoir le moindre intérêt. Il tournait autour du pot, mais aussi la situation était impossible : un père ne demande pas à sa fille de surveiller sa mère.

— De rien de particulier, répondit Charlotte. Je ne sais pas, moi... de sport. De tennis et de golf.

— Et de natation aussi, j'imagine. J'espère que tu en as profité pour nager souvent.

— Oui, tous les matins.

Charlotte le regarda en face, juste un instant, et il

se rappela une fois de plus à quel point elle était enfant pour son âge. C'était encore une gosse, mais dans ses yeux il y avait aussi une détresse très adulte. Elle le suppliait d'admettre ce qu'ils savaient tous deux : la crise n'allait pas tarder à éclater.

— Va te coucher, dit-il gentiment. Tu as voyagé toute la journée ; tu dois être épuisée.

— Je vais passer quelques jours en Floride, annonça Bill à son frère.

— Je préférerais que tu attendes que le sort de l'usine soit réglé. Franchement, je ne me sens pas capable de marchander sans toi.

Il avait raison. Bill, malgré toute la tendresse qu'il éprouvait pour son frère, savait bien qu'il était plus dur en affaires que Cliff. Mais les négociations traînaient en longueur, et il pouvait se permettre de partir.

— Les impôts fonciers et les taxes locales vont nous ruiner si nous ne trouvons pas un moyen de nous débarrasser de l'usine, grommela Cliff.

— Si nous ne parvenons pas à la vendre, il va falloir la louer. Nous devons la rentabiliser un peu en attendant quelque chose de plus intéressant. On peut toujours rêver. Mais il faut absolument que je voie Elena.

Bill attendait une question, mais Cliff avait beau être plus bavard que lui, il ne demanda rien ; nul doute, cependant, qu'il s'interrogeait sur les raisons de ce voyage. Même s'ils étaient proches, dans cette région de tradition puritaine, on ne s'épanchait pas beaucoup en famille. Aujourd'hui, pourtant, Bill avait trop besoin de se confier pour rester discret sur sa vie privée. Espérant trouver un soutien moral auprès de son frère, il se lança :

— Je m'inquiète pour Charlotte. Sa mère est partie depuis trop longtemps ; la petite a besoin de la voir. Ce n'est pas normal qu'une fille de son âge passe le plus clair de son temps seule dans sa chambre. Elle ne me dit plus rien.

Charlotte souffrait, c'était évident. Il avait essayé plusieurs fois de la faire parler, sans succès, et, voyant à quel point ses questions la perturbaient, il n'avait pas insisté. Bill s'aperçut soudain, à son grand désarroi, que ses yeux se remplissaient de larmes.

Plein de tact, Cliff détourna le visage. Il attendit patiemment dans le brouhaha du café où ils étaient installés que son frère se reprenne.

— C'est dur, marmonna-t-il, surtout avec tout ce qu'on voit à la télé... Dans la société où nous vivons, c'est une sacrée responsabilité d'élever une petite fille.

Bill pensait aux grands yeux si graves, si tendres ! « On n'en fait plus beaucoup des gentilles gamines comme elle, surtout de nos jours », disait souvent Emmabrown.

— Oui, c'est dur, approuva Bill, une fois que ses larmes intempestives furent maîtrisées.

— Allez, ne t'en fais pas, conseilla Cliff avec optimisme. Tâche de ne pas t'empoisonner la vie. Il faut prendre les choses comme elles viennent, c'est ce que dit Claudia, et elle a raison.

Il hésita, et Bill eut le sentiment que son frère avait envie de lui dire autre chose mais qu'il avait du mal à se décider. Puis, se penchant par-dessus la table, Cliff baissa la voix et avoua, presque dans un murmure :

— Le fils de Claudia, ce n'est pas du gâteau non plus, je te prie de me croire. Il y aurait vraiment de quoi s'inquiéter aussi. Tu veux savoir ? Ça me fait honte de dire ça du fils de ma femme, d'autant plus qu'il n'a pas de père, mais je ne l'aime pas du tout. J'avais dans l'idée que je pourrais me rapprocher de lui, remplacer un peu son père, ou en tout cas le conseiller, mais je t'en ficherais. Il ne me regarde jamais en face. Oh, il est très poli, pas de problème, Claudia lui a appris les bonnes manières, mais j'ai l'impression qu'il m'observe à la loupe. On dirait qu'il essaie d'évaluer ma force, mon intelligence... je ne sais pas trop quoi... l'état de mes finances, même, peut-être... Je t'assure que ça fait un drôle d'effet.

La situation s'était inversée : Cliff, qui avait commencé par vouloir rassurer Bill, avait maintenant l'air perturbé, inquiet, et semblait espérer que son frère pourrait l'aider.

— Tu sais, poursuivit-il, j'ai même eu des idées un peu bizarres ces derniers jours. Parfois, je tombe sur lui à l'improviste, comme s'il écoutait nos conversations. Ce n'est pas facile à dire, mais... je me suis même demandé à certains moments s'il n'écoutait pas à la porte de notre chambre.

— Bon Dieu ! Tu en as parlé à Claudia ?

— Non ! Tu es fou ? Ça lui ferait trop de mal ! De toute façon, elle lui trouverait tout de suite des excuses. Elle dit qu'il faut être indulgent avec les adolescents, qu'ils sont en pleine « quête d'indépendance ».

Cliff s'interrompit pour réfléchir sans que Bill intervienne. Le sourire revint sur son visage en peu de temps.

— Tu sais, Claudia doit avoir raison. Après tout, Ted réussit bien en classe, il a beaucoup d'amis, et il n'est pas agressif avec nous. Je dois me faire des idées, ce n'est pas la peine d'amplifier des petites choses sans importance. Nous avons tous tendance à nous inquiéter pour rien, c'est comme toi avec Charlotte.

Se confier lui avait fait du bien, et il avait recouvré optimisme et confiance, sans se rendre compte qu'il n'avait rien résolu du tout.

Agacé par cette marque d'inconscience, Bill adopta un ton un peu doctoral.

— Il s'agit de deux choses totalement différentes...

Il s'interrompit : lui non plus n'avançait pas. Les demi-vérités ne suffisaient pas.

— Drôle d'année, reprit-il alors. Toi, tu trouves une femme, et moi j'en perds une.

— Pourquoi dis-tu ça ? Parce que Elena est partie en vacances ? Elle est un peu frivole, c'est tout, ajouta Cliff avec un sourire indulgent. Tu devrais avoir l'habitude. Maintenant que le temps se réchauffe, elle va revenir.

— Non, je ne crois pas. Pas cette fois.

Charlotte avait attendu son père une semaine, une longue semaine qui lui avait paru durer un siècle, peut-être justement parce qu'elle s'était doutée de la nouvelle qu'il allait lui rapporter.

— Puisque ta mère veut vraiment partir, avait-il dit en rentrant, cela vaut mieux pour elle.

Le front plissé, il avait posé la main sur la sienne. La signification de ce geste était claire : il lui disait de ne pas avoir peur, que le monde n'allait pas s'écrouler pour autant.

Pendant une seconde, il avait semblé à Charlotte que son esprit lui avait été arraché, comme un ballon emporté en tourbillonnant par le vent. Et pourtant, elle savait depuis longtemps. Elle revoyait le gilet à rayures rouges et bleues, l'éclat des chaînes en or sur le canapé dans la lumière du petit matin.

Encore aujourd'hui, seule dans sa chambre, assise à son bureau devant ses devoirs inachevés, elle ne parvenait pas à décider s'il fallait ou non parler de Judd à son père. Cela faisait trop mal, c'était trop triste. Pourtant, il ne s'agissait que d'un détail sans grande importance face à l'ampleur de la catastrophe.

Elle entendit son père dans le couloir. Il s'arrêta et passa la tête par la porte entrouverte.

— Tu travailles ? Ça te dérange si je viens te parler ?

— Non, entre, je n'arrive pas à faire grand-chose.

— Je m'en doute. Mais tu sais, ma chérie, il ne faut pas que tu te laisses trop démonter par ce qui arrive.

— J'ai raté ma compo de maths, ce matin.

— Tu te rattraperas. Il faut que tu te reprennes. Ne gâche pas ta vie. C'est ton avenir que tu joues, ça n'a rien à voir avec l'épreuve que nous traversons, ta mère et moi.

— Comment peux-tu dire ça ?

— D'accord, je sais que ce n'est pas tout à fait vrai, mais tout de même...

Il s'assit sur le bord du lit et continua :

— J'ai remarqué que tu avais reçu une lettre de mama, ce matin.

— Oui, tu veux la lire ?

— Non, ça ne me regarde pas, c'est ta lettre à toi.

— C'est une lettre toute triste.

— Je m'en doute.

Au téléphone aussi, Elena avait pleuré. Mais Charlotte ne voyait pas pourquoi ; c'était sa faute, ce qui arrivait.

— Est-ce que c'est à cause de ce type, de Judd ? lança-t-elle soudain.

Son père fit non de la tête. Il devait se sentir mal mais pensait sans doute qu'il ne fallait pas le montrer, puisqu'il était un homme.

— Je t'empêche de travailler, dit-il en se levant.

— Je n'ai rien envie de faire. Elle dit qu'il faut que je retourne en Floride à la fin de l'année scolaire, dès juin. Je n'ai pas envie d'y aller. Je suis obligée ?

— Je ne peux pas te répondre maintenant. Tous ces détails doivent être étudiés un à un.

— Elle dit qu'elle va peut-être retourner vivre en Italie. Il va falloir que j'aille vivre là-bas ?

A cette pensée, la panique glaçait les veines de Charlotte.

— Ma chérie, si nous en sommes réduits à ça... Je ne peux rien te promettre, mais je pense que les gens qui décident de ce genre de choses sauront que tu as quatorze ans, et que tu es assez grande pour savoir ce que tu veux et pour l'exprimer clairement.

Pendant qu'il regagnait la porte, Charlotte se rendit compte à quel point il souffrait. Il sortait parce qu'il ne pouvait plus se contenir. Et en voyant toute sa peine, en mesurant l'amour qu'il éprouvait pour elle, l'énormité de ce qui leur arrivait la submergea. Elle parvint tout juste à se maîtriser le temps que son père ferme la porte derrière lui, puis elle posa le front sur son bureau et éclata en sanglots.

Elle détestait Elena ! Elle la haïssait ! Et pourtant, alors qu'elle avait tant besoin de se faire consoler, elle n'avait pas pu aller pleurer dans les bras d'Emmabrown comme d'habitude, parce qu'elle avait peur d'entendre des horreurs sur le compte de sa mère.

Très vite, elle se redressa. Elle n'était pas la première dont les parents divorçaient. Les autres tenaient bien le coup, elle aussi devait en être capable. Charlotte Dawes ferait comme tout le monde, elle s'endurcirait.

Ce qui n'empêchait que le plancher de la chambre, les fondations mêmes de la maison avaient cédé, et qu'elle se sentait tomber.

Claudia voulut faire quelque chose pour aider Charlotte. Elle se désolait de la voir mise à la torture par des décisions qui tardaient ou qui changeaient de jour en jour. Les parents se rendaient coupables de bien des crimes ! Mais, dans ce cas, c'était certainement sans le vouloir, surtout en ce qui concernait Bill. Il adorait Charlotte, Claudia s'en était rendu compte dès le début. Cliff disait que Bill avait une vocation de père de famille nombreuse et qu'il aurait dû avoir d'autres enfants. Peut-être était-ce Elena qui s'y était opposée ? Claudia n'était pas du genre à juger les

gens — elle connaissait trop bien les détours inatten-
dus que prenait l'existence pour jeter la pierre aux
autres — mais Elena ne lui avait jamais fait particulièrement bonne impression. Leurs relations avaient pris
un mauvais départ le jour où Elena s'était moquée
d'une femme de sa connaissance en précisant qu'elle
était du genre « à faire des gâteaux ». Évidemment,
dans un certain milieu, on cultivait le cynisme, mais ce
n'était pas une raison. Qu'ils aillent tous au diable ! Et
si, elle, elle aimait faire des gâteaux ?

Elle prit donc sa voiture un samedi après-midi pluvieux pour aller inviter Charlotte à déjeuner chez elle.

— Merci beaucoup, répondit Charlotte, mais j'ai
des devoirs.

Claudia remarqua le coup d'œil suppliant que lui
lançait Bill, et insista donc.

— Tu n'as quand même pas besoin de rester rivée
à ton bureau toute la journée. Viens un moment et,
dès que tu auras envie de rentrer, je te raccompagne-
rai.

D'un naturel direct, Claudia aborda le sujet avant
même leur arrivée.

— Il faut que tu te sortes tout ça du système,
Charlotte. C'est mauvais pour toi de ruminer sans rien
dire. J'en sais quelque chose, moi aussi j'ai vécu des
moments difficiles. Je te conseille de parler de ce qui
te préoccupe à quelqu'un, à une femme, de préférence. Il y a bien quelqu'un en qui tu as confiance.

Comme Charlotte ne répondait pas, elle suggéra :

— Tu pourrais te confier à Emmabrown, peut-
être ? Elle t'a à moitié élevée.

— J'aimerais bien, mais elle n'aime pas ma mère,
et je ne veux pas qu'on dise des méchancetés sur elle.

En entendant cette réponse empreinte de tristesse
et de dignité, Claudia sentit sa gorge se serrer.

— Je te comprends, dit-elle, ça ne sert à rien de
chercher des coupables.

— Non.

— Tu sais, parfois les gens se marient avec les meilleures intentions du monde, et puis ça ne marche pas. Malheureusement, ce n'est pas si facile de se quitter. Mais ça ne nous regarde pas ; c'est à eux de se débrouiller, personne ne peut rien y faire.

— Oui, je sais, dit Charlotte avec résignation.

Claudia jeta un coup d'œil vers elle. Tourné de trois quarts, son visage avait la sagesse d'une gravure ancienne. Elle serait très belle quand elle serait grande, pas comme une jolie poupée, mais de façon plus profonde, plus classique, avec les traits bien définis de Bill adoucis par la féminité.

Il ne fallait pas la pousser trop, comprit soudain Claudia. On avait déjà dû suffisamment essayer de raisonner avec elle. Il valait mieux la laisser tranquille.

— Ça te dirait de faire de la pâtisserie avec moi ? proposa-t-elle d'un ton énergique. Je suis très bonne pâtissière ; tu vois, je me vante. J'avais envie de préparer des tartelettes au citron, aujourd'hui. C'est ce que préfère Ted, et Cliff aime bien ça aussi. Nous en ferons assez pour que tu puisses en rapporter chez toi.

« Personne ne m'a jamais aidée dans la cuisine, se dit-elle un peu plus tard, pendant que Charlotte battait des blancs en neige. C'est l'avantage d'avoir une fille. Bien sûr, Ted m'a apporté beaucoup de joie, à sa façon, mais les fils s'éloignent si vite de leur mère... Maintenant, je ne le vois quasiment plus le week-end, et les garçons ne disent jamais ce qu'ils font, ni où ils vont. »

Déjà, après ces quelques heures passées ensemble, Charlotte avait commencé à se détendre et à lui faire des confidences.

— Ça me soulage de te parler, dit Charlotte timidement.

— C'est vrai ? J'en suis bien contente.

— Parfois, je me sens coupable parce que j'ai l'impression d'être plus proche de papa. Mama a toujours été très gentille avec moi, je ne dis pas le contraire. Elle pense toujours à moi, elle m'offre des tas de cadeaux. C'est parce qu'elle a beaucoup d'argent. Tu le savais ?

Quelle touchante naïveté ! L'argent, ce mot magique, servait d'excuse suprême. Cliff disait que l'instinct maternel d'Elena s'éveillait par bouffées soudaines et qu'elle passait de l'indifférence à un amour étouffant. Elle gâtait d'une façon éhontée sa fille, puis la laissait à l'abandon.

— Seulement c'est mama qui veut... qui veut s'en aller. C'est mama qui a... Tu es au courant ? J'espère que oui, parce que je n'ai pas envie de le dire.

— Ne dis rien, je sais.

— Papa dit qu'elle veut que je vive avec elle, que j'aille en classe en Floride et que je revienne ici pendant les vacances. Mais moi, je ne veux pas. Claudia... tante Claudia, je veux dire...

— Tu peux m'appeler Claudia tout court, comme ça je me sens moins vieille.

Ce qu'elle était adorable, cette petite ! Dire que la mère allait courir à droite et à gauche comme une imbécile avec Dieu sait qui ! On comprenait pourquoi Bill s'en rendait malade.

— Je voudrais bien savoir ce qu'on va faire de moi. Papa pense que, s'ils divorcent, je pourrai dire au juge avec qui je veux vivre, mais il n'est pas sûr qu'on m'écoutera. Tu trouves que c'est juste, toi ?

— Non !

Claudia ne pouvait contenir son indignation. C'était bien plus qu'injuste, c'était une honte, un gâchis épouvantable ! Cette pauvre enfant payait les errements d'une irresponsable. Sa tendresse pour Charlotte s'amplifia.

— Et si on déjeunait ? proposa-t-elle gaiement. Tu veux bien t'occuper de la salade ? Pendant ce temps, je vais préparer une omelette au fromage.

Après le déjeuner, elle prit plaisir à montrer à Charlotte les changements qu'elle avait apportés à la maison : de nouveaux rideaux dans les pièces du rez-de-chaussée, et une bibliothèque qui occupait tout un mur de la salle de séjour.

— J'aime beaucoup tes rideaux, remarqua Charlotte. C'est du lin irlandais, non ? Mama s'y connaît, ajouta-t-elle parce que Claudia avait eu l'air surprise. Avec elle, on apprend ce genre de choses sans s'en apercevoir.

— Ta mère a très bon goût, répondit Claudia, ravie de trouver cette occasion d'attribuer au moins une qualité à Elena.

— Ce qu'il y a comme livres ! Tiens, *David Copperfield,* c'est mon roman favori. Je croyais que notre bibliothèque était fournie parce que papa lit beaucoup, mais tu en as dix fois plus que nous.

— N'exagérons rien ; mais c'est normal, tu sais, avant, j'étais libraire. J'ai gardé une partie du stock quand j'ai vendu.

Charlotte passa d'une étagère à l'autre, admirant les livres d'art, puis elle fit le tour de la pièce, s'arrêtant devant une gravure représentant la côte du Maine, un petit chat en marbre, et finalement un groupe de photographies.

— Là, c'est mes parents, dit Claudia en désignant les photos les unes après les autres. Celle-ci date de ma première année à l'université... ma sœur, ici, et bien sûr, là, c'est Ted.

— Il est très beau.

Claudia avait l'habitude qu'on la complimente sur son fils. Et les filles ! Elles lui couraient toutes après. Même les mères venaient parfois le lui dire. Ted était très beau garçon, c'était entendu, mais il était aussi très intelligent. Et, se rendant bien compte qu'elle ressemblait à toutes les mères fières de leurs enfants, elle ne résista pas à l'envie de parler de lui.

— Tu sais, Ted est champion de foot, mais il est aussi très bon élève. Il ne réussit pas dans toutes les matières, mais il est excellent en mathématiques. Je ne sais pas encore comment il va s'orienter, mais je suis sûre qu'il va très bien réussir. Mon Ted se fera remarquer ; Cliff pense la même chose.

Elle ne doutait pas qu'il accomplirait de grandes choses. Il était parfois un peu cabochard, il ruait dans les brancards comme un jeune animal, mais cela n'avait rien d'étonnant. Tous les garçons passaient par cette phase.

Pleine d'une indulgence toute maternelle, Claudia pensa avec un sourire intérieur à l'avenir de son fils, espérant que le destin l'épargnerait. Sautant les étapes, elle lui imagina une épouse, douce et intelligente, avec laquelle il serait heureux. Une femme qui ressemblerait un peu à cette petite Charlotte qui inspectait de nouveau les livres avec intérêt.

— Ça a l'air passionnant, commenta Charlotte en feuilletant le gros ouvrage qu'elle venait de tirer de la bibliothèque. Depuis un moment je me dis que j'aurais peut-être envie... enfin... j'ai très envie d'être architecte. J'adore regarder les maisons. Ce qui est bête, c'est qu'il doit falloir être vraiment bonne en maths pour faire ça, et ce n'est pas mon cas. Je ne suis pas comme Ted.

— Si tu veux vraiment devenir architecte, je suis sûre que tu t'y mettras. Il te faudra peut-être fournir un effort, mais dans la vie on doit se battre pour obtenir ce que l'on veut... J'ai l'impression que tu as envie de me l'emprunter, ce livre.

Charlotte hocha la tête avec un sourire. C'était le

premier vrai sourire qui illuminait son visage de la journée.

— C'est fou ce que tu me remontes le moral, Claudia, dit-elle.

Quel progrès ! Du coup, Claudia eut l'impression d'avoir gagné la première manche d'un tournoi.

5

Un mois s'était écoulé depuis le jour des tartelettes au citron. Un samedi matin, Charlotte décida d'entreprendre la longue promenade qui la conduirait à pied chez Claudia. Ce n'était pas la première fois : elle lui avait déjà rendu visite à plusieurs reprises, réconfortée par l'accueil chaleureux qui lui était réservé.

— Vous vous entendez bien parce qu'elle n'a pas de fille, avait dit Emmabrown.

Charlotte se doutait bien qu'elle s'était retenue d'ajouter : « Et que toi, tu n'as pas de mère. »

Rob et Roy se précipitèrent à la porte en aboyant dès qu'elle sonna. Ce fut Ted qui ouvrit. Très surprise, Charlotte perdit contenance et se dépêcha de se pencher pour caresser les chiens qui lui faisaient fête.

— Ils ont l'air de bien te connaître, commenta-t-il.

— Oui, je viens souvent voir ta mère.

Se sentant toute bête, elle lui tendit le livre qu'elle avait apporté.

— Je voulais lui rendre ça, déclara-t-elle. Elle est là ?

— Non, ils sont partis pour Boston pendant quelques jours.

— Ah... Tant pis alors, je n'ai qu'à te le laisser.

— D'accord. Tu ne veux pas entrer ?

Il la dévisageait de la tête aux pieds, comme s'il la voyait pour la première fois. En fait, ils ne s'étaient rencontrés que très rarement. Son regard insistant intimida Charlotte, qui se félicita d'avoir eu la bonne idée de se faire belle en mettant la jupe et le chemisier roses récemment envoyés de Floride par sa mère.

— Entre, répéta-t-il. J'allais manger un sandwich. Tu en veux un ?

C'était l'heure du déjeuner, et Charlotte s'était attendue que Claudia l'invite comme d'habitude.

— Je veux bien, dit-elle.

— Vas-y, sers-toi, recommanda-t-il dès qu'ils furent dans la cuisine. Prends du pain ; il y a de la dinde froide en tranches. Du coleslaw, de la salade de pommes de terre... Ma mère m'a laissé de quoi nourrir une armée.

Charlotte aimait bien sa façon de parler, un peu hachée, désinvolte. C'était quand même idiot de ne pas avoir de frère et d'aller dans un cours non mixte. Du coup, elle avait un peu peur de Ted. Elle ne savait pas du tout comment se conduire avec les garçons. En plus, il était beaucoup plus vieux qu'elle. Il était même déjà majeur. Il la dominait d'au moins une tête et avait l'âge de voter et d'aller à l'armée. Elle devait vraiment le déranger...

Elle se prépara un sandwich, puis s'assit à la table de la cuisine sans savoir quoi dire. Ce n'était pas facile de commencer la conversation, d'autant qu'il ne l'aidait pas beaucoup.

— Tu veux une bière ? proposa-t-il en poussant un verre et une deuxième bouteille vers elle.

— Je n'en ai jamais goûté, avoua-t-elle.

— Il faut un début à tout. Attends, je vais te la décapsuler.

Elle prit une gorgée et réprima un haut-le-cœur. C'était affreusement amer et elle eut du mal à ne pas recracher.

Ted, qui s'en était aperçu, trouva cela très drôle.

— C'est une question d'habitude, affirma-t-il. Comme les olives.

— Non, les olives ça va, j'aime ça.

— Parfait, nous en avons, et je vais te donner du Coca.

Lorsqu'il eut posé la bouteille de Coca et les olives sur la table, le silence retomba, uniquement rompu par le léger cliquetis des verres et des assiettes. Les griffes des chiens grattaient le carrelage, leurs queues fouettaient l'air. Ted fit grincer son dossier en se penchant en arrière. « Elena, se dit Charlotte, lui aurait demandé de ne pas se balancer sur sa chaise. » Mais cette attitude désinvolte ne lui déplaisait pas, au contraire ; elle le trouvait très impressionnant. Il était grand, athlétique, il avait même un peu l'air d'un acteur. En fait, il était beaucoup plus beau que bien des gens à la télévision ou au cinéma. Le silence la rendait mal à l'aise. Ce n'était pas normal d'être assis à la même table sans échanger un seul mot.

— T'es mignonne, comme gamine, dit brusquement Ted. D'ici deux, trois ans, tu seras canon.

Charlotte se douta qu'il voulait dire : « Dès que tu auras plus de poitrine. » Elle était pourtant déjà loin d'être plate, et il l'avait remarqué.

— Alors, Charlotte, raconte-moi un peu ce que tu fais de beau dans la vie.

— Moi ? Pas grand-chose.

Elle se sentait soudain la tête vide ; sa vie lui semblait sans aucun intérêt. La voix d'Elena lui résonnait aux oreilles : « Sois drôle, sois originale, intéresse-les. Pour être séduisante, tu ne peux pas rester sur ta chaise comme un sac ! »

— Je ne te crois pas, dit-il. D'ailleurs, je sais déjà plein de trucs sur toi. C.D. parle beaucoup de toi.

— C.D. ? Qui est-ce ?

— Ton oncle.

— Pourquoi tu l'appelles comme ça ?

— C'est ses initiales : Clifford Dawes. Il fallait bien que je trouve une façon de l'appeler. Je n'allais pas dire « oncle Cliff » comme toi : ce n'est pas mon oncle, et c'est encore moins mon père, alors...

Son visage s'était assombri pendant qu'il donnait cette explication, et Charlotte éprouva un vif élan de sympathie pour lui. Un frisson la parcourut. Le père de Ted était mort, tandis que sa mère à elle...

— C.D. dit que tu es une tête, et que tu es championne de natation. C'est vrai ?

— Je ne suis pas si bonne que ça en classe, mais je ne nage pas mal.

— Super ! On devrait aller ensemble au lac cet été. Je parie que t'es canon en maillot de bain.

Charlotte n'en revenait pas. Jamais ses copines ne la croiraient si elle racontait que Ted Marple — attention les yeux, Ted Marple ! — lui avait proposé d'aller avec lui au lac. Elle n'allait pas se priver de le dire à tout le monde, et pas plus tard que lundi ! Pas seulement à ses meilleures copines, mais aussi aux filles de la bande d'Addie Thompson, des snobs qui se croyaient irrésistibles et n'arrêtaient pas de parler de leurs conquêtes. Cette perspective lui fit un bien fou, et sa langue se délia.

— Moi aussi, j'ai entendu parler de toi. Déjà, il n'y a qu'à ouvrir le journal pour voir ton nom. Il y avait un article sur le match de Thanksgiving contre le collège de Franklin. Mais je sais aussi des trucs par ta mère. Elle dit que tu es le meilleur en maths de toutes les terminales.

— Les mères ne savent pas tenir leur langue.

Mais Charlotte vit bien qu'il était flatté, elle continua sur sa lancée.

— Entre les maths et le foot, tu n'auras aucun mal à te faire accepter à l'université. Tu pourras même choisir la fac que tu préfères.

— Tu t'intéresses déjà à ce genre de truc ? Tu n'es pas un peu jeune pour être aussi sérieuse ?

— Moi ? Mais pas du tout. Je veux être architecte.

— À ton âge, comment est-ce que tu peux savoir ça ?

— J'en suis sûre et certaine !

— Quel bébé !

Charlotte faillit se fâcher, mais elle s'aperçut qu'il la taquinait, et elle se mit à rire avec lui.

— Un bébé, mais un très joli bébé, reprit-il. Écoute, ma belle, j'aimerais bien rester plus longtemps avec toi, mais j'ai rendez-vous avec des potes en ville.

Il jeta un coup d'œil à sa montre.

— Merde ! je suis en retard. Je devais sortir les chiens, mais tant pis pour eux, ils se passeront de promenade.

Les chiens, qui avaient dressé l'oreille au mot « promenade », se levaient déjà pour aller à la porte.

— Les pauvres, dit Charlotte.

— Tiens, ça me donne une idée. Si on les emmenait faire une balade demain après-midi ? Je passerais te prendre chez toi. Tu es d'accord ? Ça te tente ?

— Oui, beaucoup.

Il prit la queue de cheval de Charlotte dans une main comme s'il la soupesait.

— Tu serais hyperbelle si tu te détachais les cheveux. Tu en as plein, ils sont blonds, épais... pas mal, pas mal du tout.

Charlotte rayonnait.

— Ils sont trop foncés, répondit-elle, toute rougissante.

— Il ne faut pas dire ça. Tu dois apprendre à accepter les compliments. Viens, je vais te reconduire chez toi.

— Où étais-tu passée ? demanda Bill. Qui t'a déposée en voiture ?

— C'était Ted.

— Tiens ? Comment l'as-tu rencontré ?

— Je suis allée voir Claudia, mais elle n'était pas là, alors il m'a offert à déjeuner.

— Tu as déjeuné toute seule avec lui ? Tu ne savais pas qu'ils étaient partis pour le week-end ?

— Ben non. Mais c'est pas grave.

— Un peu quand même. Je ne veux pas que tu le voies toute seule... comme n'importe quel autre garçon, d'ailleurs.

— Mais papa ! c'est complètement idiot ! Je ne te savais pas aussi vieux jeu... Tu crois que les garçons ne pensent qu'à coucher avec les filles, c'est ça ? On peut quand même être amie avec quelqu'un sans...

— Il est trop âgé pour toi, c'est tout, grommela-t-il.

— Mais non, il est très gentil. Tu ne le connais même pas.

— Quoi qu'il en soit, je ne veux pas...

Il ouvrit son journal et disparut derrière. « Il ne sait plus quoi dire, songea Charlotte. Il vient déjà de raconter plein de bêtises, et il s'en rend compte. »

À l'abri derrière son journal, Bill observait Charlotte. Les enfants grandissaient sans qu'on s'en aperçoive : deux ans plus tôt, on lui achetait son premier soutien-gorge — et elle portait encore son appareil dentaire —, elle cavalcadait avec ses amies dans toute la maison comme un jeune poney. Maintenant, avec un livre sur les genoux, sa jupe rose bien tirée et son bracelet à breloques au poignet, on aurait dit une femme.

Mais elle avait encore le visage d'une enfant ; le cœur de Bill s'en gonflait d'émotion. Ils lui faisaient du mal, lui et Elena ! Charlotte traversait la période la plus critique de l'adolescence, elle avait plus que jamais besoin d'eux, et ils choisissaient ce moment pour lui imposer cette épreuve. Bill s'inquiétait terriblement... Elena ne voyait pas leur fille comme lui. D'abord, Elena n'avait pas l'intensité de Charlotte : elle ne ressentait pas les choses aussi fort qu'elle. Puis, malgré son apparente fragilité, elle avait la ténacité du chiendent ; on avait beau tirer de toutes ses forces, elle était indéracinable. La comparaison était loin d'être flatteuse !

En face de lui, Charlotte n'avait pas repris son livre. Elle rêvassait, les yeux dans le lointain, un petit sourire aux lèvres. Sans doute s'imaginait-elle une histoire d'amour romantique, un dîner aux chandelles, un bouquet de roses... Elle avait hâte de grandir. « Ma chérie, si tu savais, avait-il envie de lui dire, les hommes n'ont pas toutes ces belles idées en tête. On a beau parler de l'égalité des sexes, les garçons ne sont pas comme les filles. Crois-moi. Fais attention. »

Le printemps était finalement arrivé dans le Nord, avait dépassé Boston et atteint Kingsley ; les fleurs s'ouvraient dans les jardins. La maison de Cliff se trouvait en bordure de la ville, presque dans la campagne, à proximité des champs. Charlotte et Ted, les chiens sur les talons, prirent la direction du lac.

Ted marchait à grands pas, les mains dans les poches. De temps à autre, il ramassait un caillou qu'il lançait devant lui. C'était curieux : quand il rejetait le bras droit en arrière pour prendre son élan, il levait le pied gauche. Charlotte l'observait à la dérobée. Il ne fallait surtout pas qu'il s'en aperçoive, sinon il s'imaginerait qu'elle était en train de tomber amoureuse de lui !

Ce qui, d'une certaine façon, n'était peut-être pas faux... L'idée la stupéfiait ! Est-ce que ça pouvait se passer aussi vite ? On lisait ça dans les mauvais romans — mais il s'agissait précisément de mauvais romans. Sauf qu'on disait la même chose dans la bonne littérature aussi. Il n'y avait qu'à prendre un classique, *Roméo et Juliette,* par exemple, et aussi nombre d'autres livres dont les titres lui échappaient pour l'instant.

Une voiture les dépassa, ralentissant assez pour permettre à une adolescente de leur faire signe par la lunette arrière. Addie ! Charlotte n'en croyait pas ses yeux. Quelle chance ! Jamais elle n'aurait imaginé que ses rêves se concrétiseraient un jour. Addie ferait circuler la rumeur dans toute l'école : « Charlotte Dawes est sortie dimanche avec Ted Marple. »

Elle n'avait pas ressenti une telle euphorie depuis longtemps. Une bouffée d'énergie lui donna envie de courir. Elle partit à toute allure, si vite que le vent faisait voler ses cheveux dans son dos.

— Hé ! Où tu vas comme ça ? s'écria Ted en la rattrapant.

— J'aime bien courir avec les chiens. J'ai presque l'impression que Rob et Roy sont à moi, parce que je les connais depuis que je suis toute petite.

— Tu devrais avoir un chien.

— J'en veux un depuis longtemps.

— Qu'est-ce qui t'en empêche, alors ? Je croyais que tes parents te donnaient tout ce que tu voulais.

— En général, ils aiment bien me faire plaisir, c'est vrai, mais ma mère n'aime pas les chiens. Ils perdent leurs poils, vomissent partout et mettent la pagaille. En tout cas, c'est ce qu'elle dit.

— Elle n'a pas l'air très marrante, dis donc. Oh ! pardon ! Je ne voulais pas te vexer, reprit-il aussitôt avec un sourire d'excuse. Je n'aurais pas dû dire ça.

— Ce n'est pas grave. C'est vrai que ça lui arrive parfois d'être un peu embêtante.

— Tes parents vont vraiment divorcer ?

— Je crois que oui. Sauf qu'ils ne sont jamais d'accord, même pas là-dessus.

— C'est pas de chance pour toi.

Ils avaient ralenti et s'arrêtèrent pour s'appuyer à un mur de pierre qui séparait la route d'un pré. Des vaches noir et blanc, le mufle au ras du sol, avançaient vers eux d'un pas lourd.

— Elles cherchent de l'herbe, remarqua Charlotte, mais c'est trop tôt. Elles sont condamnées à manger encore du foin pendant au moins deux semaines.

— Je n'y connais rien, avoua Ted avec un haussement d'épaules. Je ne me suis jamais intéressé aux bêtes.

— Mon père est très fort sur la question. Il milite pour la protection de la nature. Oncle Cliff aussi.

— Ah oui, c'est vrai. C. D. a pondu un rapport pour la Commission des réserves naturelles. C'est un peu drôle, pour des industriels du textile.

— Pas vraiment. Ils ont hérité de l'usine de leur grand-père et ils l'ont gardée, mais je pense qu'ils auraient préféré faire autre chose. Je les aurais bien vus explorateurs, ou bien agriculteurs. Oh ! regarde, là-bas, de l'autre côté de la route, la jument avec son petit poulain. Ce qu'il est mignon ! On va les voir ?

Charlotte se rendait compte qu'il la regardait. Il avait les yeux rivés sur elle. Il devait admirer ses cheveux, car elle ne les avait pas attachés ce matin-là, et ils encadraient son visage en bouclant un peu. Elle avait aussi volé quelques gouttes de parfum à Elena. Un nouveau petit frisson de plaisir la parcourut.

— J'imagine que ton père passe son dimanche à lire le journal, dit Ted.

— Non, aujourd'hui il est parti tôt pour rencontrer des gens qui vont peut-être louer l'usine. Oncle Cliff et lui n'arrivent pas à la vendre.

Il la regardait encore, les yeux baissés sur elle, avec une expression bizarre : à moitié souriante et à moitié curieuse, comme s'il la trouvait fascinante. Charlotte n'en revenait pas.

Décontenancée, elle continua de parler pour éviter que le silence ne s'installe.

— Papa n'aime pas du tout les gens qui veulent louer l'usine. C'est une entreprise de recyclage qui se servira du terrain comme décharge. Tu sais, quand on démolit les immeubles, par exemple, il faut bien mettre les gravats quelque part. C'est ça qu'ils veulent faire, et papa, ça ne lui plaît pas du tout ; seulement, il a besoin d'argent. C'est vraiment dur pour lui. Ça me fait de la peine qu'il ait tellement de soucis.

Elle s'interrompit, voyant que Ted s'était lassé et l'avait quittée des yeux. Il se baissa pour ramasser une pierre qu'il envoya ricocher sur la route. Voilà ! Il s'ennuyait, et ça n'avait rien d'étonnant. Pour plaire, il fallait faire rire, disait Elena. On devait toujours amuser ses amis.

— Il y a des gens qui ont la poisse, commenta-t-il.

— Oui, mais pas toi ! répondit-elle avec entrain. Toi, tu as vraiment de la chance.

— Non, faut pas croire ça. Mon père s'est fait descendre dans son bureau. Pan ! un coup de feu en pleine poitrine. L'assassin est passé aux assises, et le jury l'a acquitté. Tu imagines ? J'avais quatre ans. On a conseillé à ma mère de quitter la ville. Je ne comprends toujours pas pourquoi, mais, en tout cas, c'est pour ça que nous sommes venus dans la région. Quelqu'un de sa famille vivait déjà ici, comme ça, elle n'a pas été trop isolée. C'était un type assez âgé, et à sa mort elle a ouvert la librairie. Ça n'a pas été drôle tous les jours, tu peux me croire.

— Mais maintenant, tout va bien, insista Charlotte, qui voulait à tout prix le réconforter.

— Oui. Bon, on parle d'autre chose ? Tu es beaucoup trop sérieuse. Si on se changeait les idées ? On n'a qu'à rentrer chez moi. Je boirais bien une bière, et toi tu pourras prendre un Coca. On s'est assez promenés comme ça.

— Bonne idée. D'accord.

En pénétrant dans la maison, Charlotte ressentit aussitôt le vide créé par l'absence de Claudia. La cuisine était déserte et mortellement silencieuse sans la radio d'ordinaire réglée sur une station musicale. De la vaisselle sale s'empilait dans l'évier et des journaux jonchaient le sol.

— Ce n'est pas très bien rangé, hein ? commenta Ted avec un rire. Il va falloir que je nettoie tout ça ce soir avant leur retour. Tiens ! Il y a du gâteau au chocolat dans la boîte à gâteau. Tu en veux ?

— Oui, merci.

— On va se le servir dans les formes, déclara-t-il en désignant la salle de séjour.

Il prépara un plateau et fit signe à Charlotte de le suivre.

— Tu ne prends pas de bière ? demanda-t-elle.

— La bière et le gâteau au chocolat, ça ne va pas ensemble, bébé. Je vais boire du vin. Tu en veux ? Le Coca et le gâteau au chocolat, ça ne se marie pas très bien non plus.

— Je n'en ai jamais goûté. Je croyais qu'on n'avait pas le droit d'en boire avant dix-huit ans. C'est ce que m'a dit mon père.

— On croirait entendre un flic ou un avocat. C'est complètement idiot, les Français en donnent bien à leurs enfants, alors !

Dans la salle de séjour, Ted posa les assiettes, les verres et une bouteille de vin sur la table basse. Ils s'assirent ensemble sur le canapé, et Ted remplit leurs verres.

— Vas-y, bois. Ça te mettra de bonne humeur.

Charlotte apprécia le goût un peu acide et plutôt sucré, velouté et bien frais. Le parfum allait avec la pièce dont les couleurs dominantes étaient le vert et le blanc, comme le printemps qui éveillait la campagne. S'adossant aux coussins, Charlotte eut la sensation de baigner dans le luxe, un peu comme dans ces publicités où de belles femmes paressent dans des pièces aussi jolies que celle-ci, entourées de tableaux, de bouquets et de livres. En entendant tinter son bracelet, elle sourit.

— Tu vois, tu te sens déjà mieux, remarqua Ted. Bois encore.

— Je viens d'en avaler un demi-verre.

— Et alors ? Ce n'est rien, ça, insista-t-il en riant. Tu peux en boire encore un demi, ce n'est rien du tout. Prends encore un morceau de gâteau pour aller avec.

— Ta mère est vraiment bonne cuisinière. J'adore venir déjeuner avec elle. Attends ! Je dis n'importe quoi... J'aime venir surtout parce qu'elle est très gentille. J'apprécie la façon dont elle me parle, comme à une égale. Une fois, on étudiait un opéra, en classe, la *Tosca,* et elle m'a mis le disque et m'en a parlé tellement bien que je n'ai quasiment plus rien eu à lire pour préparer le cours. Tu connais l'histoire de la *Tosca* ? Ça commence dans une cathédrale par un homme qui s'enfuit...

Incroyable, les mots sortaient tout seuls. Maintenant, elle ne se sentait absolument plus gênée avec Ted. Il l'écoutait avec admiration comme s'il buvait ses paroles. C'était vraiment agréable.

À un moment, il attrapa la bouteille pour lui remplir son verre, et comme elle protestait, il rétorqua :

— Mais non, tu te fais des idées, c'est la seconde moitié que tu n'as pas bue tout à l'heure. Tu ne penses tout de même pas que j'essaie de te soûler ?

Elle se mit à rire. Comme si elle avait pu le soupçonner de ça ! C'était le fils de Claudia, et donc pratiquement aussi le fils d'oncle Cliff.

— Si on mettait de la musique ? proposa-t-il soudain. On pourrait danser.

Charlotte se leva. Quelle bonne idée de danser un

dimanche après-midi ! Oui, vraiment, elle s'amusait bien.

Mais quand il la prit dans ses bras pour l'entraîner sur une musique langoureuse, elle protesta :

— Non, pas comme ça. Je ne sais pas danser ces vieux trucs-là.

— Bonne occasion pour apprendre ! Ça revient à la mode. Je t'assure que c'est très agréable. Tu n'as qu'à te laisser guider.

Il resserra son étreinte, l'attirant si près qu'elle se retrouva collée contre lui. Elle avait le visage appuyé contre la poitrine de Ted, et elle l'entendait respirer. La chanson était douce et ardente, un peu joyeuse et un peu mélancolique. Ses yeux se remplirent de larmes.

— Tu es adorable, murmura Ted. Je n'aurais jamais cru ça quand je t'ai vue pour la première fois. J'ai pensé que tu n'étais qu'une gamine. Mais en te revoyant, je me suis aperçu que je me trompais. Tu es très mûre pour ton âge.

Au fil de la danse, les murs commencèrent à tourner lentement, comme un manège qui se met en route. Charlotte avait les jambes en coton, mais comme elle n'osait pas s'arrêter, elle s'accrocha à Ted pour ne pas tomber.

— Tu es vraiment adorable, murmura-t-il encore. Tendre et adorable. J'ai beaucoup de chance d'être dans cette belle maison avec une belle fille comme toi. Jamais je n'aurais cru que ça m'arriverait. J'ai été très malheureux, tu sais.

— Oui, je sais, chuchota-t-elle.

Une grande tristesse lui fit fondre le cœur. Comme la vie était dure ! Pauvre Ted, il n'avait pas eu une enfance facile, lui non plus. On avait tué son père. Ils étaient tous malheureux : elle, et papa, et Elena aussi. Le monde était magnifique, mais si désespérant. Une grosse boule de chagrin gonfla sa gorge.

— On n'arrive pas à danser sur ce tapis, si on s'asseyait ? proposa Ted en lui posant un baiser sur le sommet du crâne.

— Oui, d'accord, j'ai la tête qui tourne un peu.

Il la reconduisit au canapé et la fit asseoir en l'entourant de son bras.

— Pose la tête sur mon épaule, tu vas te sentir mieux dans une seconde.

— Je me sens toute drôle, et j'ai un peu sommeil. Ça doit être le vin.

— Non, pas pour quelques gorgées. Tu as le tournis parce qu'on a trop dansé. Allonge-toi.

Il se mit à lui masser doucement les épaules, lentement, puis glissa les bras autour d'elle pour lui frotter le dos. C'était aussi agréable que le gratte-dos chinois qu'elle avait gagné dans une fête foraine quelques années avant. Elle le lui dit et se mit à rire.

— Tu es comme un petit chat, déclara-t-il. J'ai eu un chat qui adorait qu'on le caresse. Il pouvait ronronner des heures sans s'arrêter.

Petit à petit, les mains de Ted glissèrent le long de ses jambes. Quand il arriva aux chevilles, il lui enleva ses chaussures et se mit à lui masser les pieds. Elle avait l'impression de flotter. Des rayons de soleil éblouissants filtraient à travers les stores vénitiens, et elle ferma les yeux.

— Je suis comme ton chat, murmura-t-elle, je m'endors.

— Bien, c'est très bien.

Elle resta allongée tranquillement, sans savoir pendant combien de temps, lorsque, soudain, brutalement, Ted se jeta sur elle. Son corps gigantesque pesait une tonne ; il l'écrasa contre le canapé en plaquant une bouche humide contre la sienne. Elle le repoussa de toutes ses forces pour essayer de se redresser et parvint, en se débattant sous lui, à dégager son visage.

— Qu'est-ce que tu fabriques ? hurla-t-elle.

Elle ne comprenait pas ce qui se passait. Elle s'était sentie si bien, envahie par une tiède torpeur pendant qu'il la caressait tout doucement... Et maintenant, il était devenu fou !

Pendant qu'elle se démenait comme un diable, elle sentit qu'il s'écartait un peu d'elle et vit qu'il profitait du faible espace pour ouvrir son pantalon. Apercevant la chair choquante, terrifiante, que celui-ci révélait, elle se remit à crier. Son hurlement lui déchira la gorge.

— Non ! Non ! Non !

Il la plaqua une nouvelle fois contre le canapé, lui recouvrant la bouche avec la main. De l'autre, il tâtonna le long de son corps, lui remonta violemment la robe jusqu'au cou et baissa ses sous-vêtements.

— Qu'est-ce que tu fais ? parvint-elle à gémir.

N'obtenant aucune réponse, et comme il avait dû lui lâcher la bouche pour la maintenir, elle se mit à le supplier en criant.

— Ne fais pas ça, arrête ! Au secours ! À l'aide ! Au secours !

En sueur, son haleine aigre empuantie par le vin, il remuait au-dessus d'elle, l'étouffait. Elle ne parvenait plus à bouger, clouée par son poids écrasant. Ses poings étaient impuissants, et, en essayant de le mordre sauvagement, elle ne parvint qu'à égratigner un torse qui était large et dur comme une planche. Il n'y avait là prise ni pour les dents, ni pour les mains. Il allait la tuer. Le fils de Claudia allait l'assassiner. C'était un fou dangereux, un de ces obsédés dont on parlait dans les journaux. Il allait l'étrangler. Elle se débattait de toutes ses forces, mais il la retenait avec des mains puissantes comme un étau, et elle ne pouvait que pousser des hurlements qui perçaient les tympans. Quelqu'un allait venir, quelqu'un allait l'entendre !

Mais elle était toute seule et ses forces s'épuisaient. Sa voix se cassa et elle ne put plus que gémir. Son cœur allait cesser de battre. Il n'y avait personne pour l'aider, personne.

Soudain, aussi abruptement que l'attaque avait commencé, il la relâcha et le calvaire cessa. Juste avant que Ted se retourne pour rajuster ses vêtements, il s'exposa crûment une nouvelle fois. Cette vision lui donna envie de vomir. Pour qu'il ne puisse pas la regarder elle rabaissa vite sa robe. Elle aurait voulu le tuer, mais elle n'était pas de taille à lutter contre lui, aussi continua-t-elle à sangloter, secouée de hoquets qui lui arrachaient la poitrine et lui donnaient l'impression qu'elle allait mourir.

Tremblant de tous ses membres, elle resta sur le canapé, la robe chiffonnée, à plat ventre, le visage enfoui dans les coussins. Elle pleura en martelant l'accoudoir avec ses poings comme si c'était Ted qu'elle frappait sauvagement. Sa main rencontra une de ses chaussures, et elle la lança violemment à travers la pièce. Ses sanglots devenaient suraigus, saccadés, comme un rire hystérique. Elle entendait sa voix venir de très loin, comme si c'était une autre Charlotte qui pleurait dans une autre pièce, et qui perdait la raison. Ces cris, aucun effort ne pouvait lui permettre de les arrêter.

— Ça suffit, calme-toi, Charlotte. Tu te rends malade pour rien.

Il lui parlait tout tranquillement, d'une voix raisonnable.

Elle se tourna vers lui comme une furie.

— Qu'est-ce que tu m'as fait ? Qu'est-ce que tu m'as fait ?

— Rien du tout. Tu n'as rien de cassé, tu vas parfaitement bien.

— Non, pas du tout ! Tu m'as fait mal. On devrait

te jeter en prison, espèce de salaud ! Tu m'as fait très mal.

Ses sanglots redoublèrent ; son nez coulait. Il lui tendit un mouchoir en papier et resta là à la regarder sans rien dire.

— Tu n'as rien compris, finit-il par dire au bout d'un long moment. Il ne s'est rien passé du tout. Je ne t'ai pas fait mal. Et tu n'as pas intérêt à parler de ça chez toi.

Un épuisement immense, total, la submergea. Elle finit même par se sentir trop faible pour pleurer. Elle resta allongée, inerte, les yeux fermés, à écouter les pas de Ted qui résonnaient sur le plancher quand il passait d'un tapis à l'autre en marchant de long en large dans la pièce. Entre ses paupières, elle vit le reste de gâteau et les verres à vin sur la table. Elle referma les yeux en grelottant.

Soudain, elle sentit sa présence au-dessus d'elle.

— Tu vas très bien, affirma-t-il. Tu n'as qu'à te dire que rien ne s'est passé.

— Je veux rentrer chez moi, dit-elle en s'essuyant le visage.

— Tu ne peux pas rentrer en pleurant comme ça.

— Je ne pleure plus.

Elle fut soudain saisie d'une peur panique : et s'il l'empêchait de repartir ?

— Je veux rentrer tout de suite ! hurla-t-elle.

— Bon, si tu veux. Va te laver la figure et recoiffe-toi, je vais te ramener.

Pendant le bref trajet du retour, ils ne s'adressèrent pas la parole. Ted n'ouvrit la bouche qu'au moment où la voiture s'arrêtait.

— Je ne veux plus que tu reviennes traîner chez moi.

Il avait prononcé ces mots froidement, mais

Charlotte comprit. Maintenant, c'était lui qui avait peur d'elle ; il était terrorisé. De toute façon, elle n'avait aucune intention de remettre les pieds là-bas. Jamais plus elle ne s'approcherait de cette maison.

Pour ne pas attirer l'attention, elle rentra à pas feutrés, mais, à l'autre bout du couloir, la porte était ouverte sur la terrasse, et elle vit son père. Elle aurait voulu pouvoir courir se cacher dans sa chambre, mais à peine eut-elle posé le pied sur la première marche qu'il l'appela.

— Où étais-tu passée ? tonna-t-il. Viens ici, j'ai à te parler.

— Je suis malade, marmonna-t-elle pour justifier par avance l'état dans lequel elle se trouvait.

Il se leva de son fauteuil, et elle fut obligée de se présenter à lui dans la lumière cruelle du soleil.

— Qu'est-ce qui ne va pas ?

— J'ai mal au cœur. Je ne sais pas ce que j'ai mangé.

— Comment ça ? Tu dois bien savoir ce que tu as mangé tout de même ! Où étais-tu passée ? Il est plus de dix-sept heures. Je suis rentré depuis quatorze heures trente. J'ai appelé toutes tes amies, mais je ne t'ai trouvée nulle part et je ne savais plus où te chercher. Où étais-tu ? Réponds-moi !

— Je suis allée promener les chiens avec Ted, répondit-elle, les yeux baissés.

— Ted ! Je t'ai dit hier que je ne voulais pas que tu le voies ! Il ne me plaît pas, ce garçon. Je ne lui fais pas confiance. Ça peut te sembler ridicule, et peut-être que je me trompe, mais c'est comme ça. Je suis ton père, et j'ai le droit de m'inquiéter à tort. Je voudrais bien savoir pourquoi tu es allée chez lui alors que je te l'avais interdit.

Elle n'avait jamais vu son père dans une telle colère. Même quand il se disputait avec Elena, c'était sa mère qui s'emportait ; lui, il restait calme. Elle attendit en silence que la tempête se calme.

— Je ne vois pas pourquoi il s'intéresse à une gamine comme toi. Tu n'as rien à faire avec lui ! Ce garçon est un hypocrite, ça se voit tout de suite. Je ne suis pas content du tout, Charlotte. Je t'ai dit que je ne voulais plus que tu le voies, et je te le répète. Si tu sors encore avec lui, je vais vraiment me fâcher. Tu ne trouves pas que nous avons assez d'ennuis comme ça dans cette maison ?

Elle se mit à trembler. Des frissons glacés la reprirent et une nausée irrépressible s'empara d'elle.

— Papa, murmura-t-elle d'une voix suppliante, je ne me sens pas bien, il faut que j'aille à la salle de bains. J'ai envie de vomir.

Dans sa chambre, elle se laissa tomber sur son lit et resta étalée de tout son long en attendant que sa nausée se dissipe. Elle avait mal partout, elle était fourbue. Si seulement elle avait pu se confier à quelqu'un, mais elle ne voyait pas à qui. Elle ne pouvait parler de ce qui lui était arrivé ni à un homme ni à Emmabrown qui deviendrait folle furieuse. Claudia l'aurait écoutée, mais évidemment c'était la dernière personne à qui elle pouvait s'adresser. Elena, elle, était trop loin. Peut-être qu'elle allait rentrer bientôt. Ah ! Si seulement elle avait pu être là...

Deux larmes glacées roulèrent de chaque côté de son visage jusqu'à ses tempes et se perdirent dans ses cheveux emmêlés. Elle se sentait affreusement seule, perdue, abandonnée.

Au bout d'un moment, la porte s'ouvrit, et son père entra dans la chambre, l'air inquiet.

— Tu te sens mieux ? Lève-toi, ma chérie.

Lorsqu'elle hocha la tête, il reprit :

— Je sais que j'ai un peu crié, mais ce n'était pas très fort, c'était juste pour mieux te convaincre. Tu sais, tu m'as fait très peur. Je me demandais ce qui t'était arrivé.

Elle se leva et rattacha sa queue de cheval.

— Ah ! Là, je te reconnais, dit-il avec un regard complice.

Il voulait se faire pardonner, lui arracher un sourire pour se rassurer et l'entendre dire que rien n'avait changé.

Mais, après un tel événement, comment pouvait-on rester la même ? Charlotte se sentait très mal. Pendant la semaine qui suivit, et encore longtemps après, elle ressentit la terreur et l'humiliation de cet après-midi-là avec une intensité obsédante. Qu'elle fût en classe ou dans son lit, elle se revoyait dans le salon de Claudia, sur le canapé. Elle était morte de honte et d'indignation et, ce qui était peut-être plus étonnant, elle en voulait aussi très fort à Elena...

— Est-ce que tu veux aller en Floride pour le week-end du Memorial Day ? demanda son père un soir de la fin mai.

Il hésita, comme s'il avait du mal à continuer.

— Ta mère veut te parler d'elle et de moi. Elle voudrait savoir ce que tu penses de tout ça.

— Elle n'a qu'à venir ici.

— Elle pense que ça vous ferait du bien de vous voir toutes seules.

C'était trop tard. Elle n'aurait jamais dû quitter Kingsley. Si elle était restée, rien ne serait probablement arrivé.

— Je ne veux pas y aller, tu n'as qu'à le lui dire.

Un silence se fit.

Des silences, il y en avait de plus en plus, ces temps-ci. Parfois, à table, son père, se rendant compte qu'il était encore dans les nuages, s'obligeait à sortir de ses pensées pour lui demander ce qu'elle avait fait en classe ce jour-là. Elle voyait bien qu'il se forçait pour elle, car il avait la tête ailleurs. L'usine désaffectée, près du fleuve, était en train de le ruiner ; et puis il y avait, par-dessus tout, la chaise vide qui lui faisait face à table.

Si par malheur il apprenait ce qui lui était arrivé... Non, il ne devait jamais s'en douter ! À cette pensée, la main de Charlotte se mit à trembler et elle renversa la moitié de son verre de lait sur la nappe.

6

— Ça y est, nous avons signé le bail aujourd'hui, annonça un soir Cliff à Claudia pendant le dîner.

— Bravo, tu dois être soulagé.

— Je ne sais pas trop. J'espérais plutôt que nous pourrions vendre l'usine pour nous en débarrasser. Bill s'est donné un mal fou avec deux acheteurs prometteurs, mais ça n'a servi à rien. Nous avons cru jusqu'au dernier moment que le second allait signer, mais les ingénieurs de la boîte ont averti la direction que l'usine était située trop près du fleuve. Ils prétendent qu'il suffirait d'une grosse crue pour que tout soit emporté par les eaux. Tu penses ! Le bâtiment est là depuis 1910, et il n'y a encore jamais eu d'inondation. Ils ont probablement invoqué cette excuse pour se dédire parce qu'ils n'avaient pas réussi à réunir les fonds nécessaires.

— Qui sont vos locataires, finalement ? demanda Claudia, voyant bien qu'il était soucieux et avait besoin d'en parler.

— Il s'agit d'une grosse société qui traite les déchets, après les démolitions, par exemple. Ils affirment que tout est recyclé proprement. J'espère que c'est vrai.

Avec un froncement de sourcils, il ajouta :

— Bill s'est mis en tête que l'entreprise était un peu louche, mais nous n'avons pas eu d'autre proposition en deux ans. Nous n'avions pas le choix.

— Qu'est-ce qui lui fait penser ça ?

— Il a l'impression qu'il s'agit d'une couverture, ou même qu'il y a des liens avec la mafia dans le Midwest. C'est possible, mais Bill est d'un naturel très méfiant. Du moment que nos avocats nous ont donné le feu vert, je n'ai pas envie de me poser trop de questions. Tout ce que je vois, c'est que la location va nous rapporter un peu d'argent, et il était temps. Nous ne sommes pas habitués à nous serrer la ceinture, Bill et moi.

Claudia fut bien obligée de sourire. Les Dawes étaient loin d'être pauvres ; mais, après toute une vie de confort et de largesses, cela ne devait pas être facile de réduire son train de vie.

— Qu'allez-vous faire de votre temps libre, maintenant que l'affaire est conclue ? demanda-t-elle.

— Bill va rester à la Commission régionale pour la protection de l'environnement. Il paraît qu'il va être nommé directeur, ce qui lui assurera un salaire. Moi, je vais continuer mes deux cours à l'école de commerce pour garder un revenu fixe pendant que j'écris mon livre. C'est un travail de longue haleine, tu sais, parce que je m'aperçois que l'histoire des textiles recoupe en fait toute celle des civilisations.

— Je vais te trouver un meilleur éclairage pour ton bureau. Que dirais-tu d'une lampe orientale avec un abat-jour vert ?

Elle s'étonnait encore de la vie paisible qu'elle menait avec Cliff et avait l'impression que son émerveillement ne cesserait jamais. C'était très bien ainsi, d'ailleurs : il ne fallait pas devenir blasée. L'existence était trop instable pour ne pas savourer tous les instants de bonheur. Chaque journée, chaque heure passée devait être appréciée, même lorsqu'on ne faisait rien de plus remarquable que de prendre le frais sur la terrasse après le dîner, le café servi dans la belle cafetière en étain.

— Où est passé Ted ? demanda Cliff. Il est parti comme s'il avait le feu aux trousses.

— Tu n'as pas l'habitude des jeunes, mon chéri. À son âge, tu devais passer le plus clair de ton temps dehors avec tes copains, comme lui.

— Il me semble que je restais plus chez moi, mais j'ai peut-être oublié.

Cette réponse déçut Claudia. Elle aurait voulu qu'il la rassure, qu'il lui confirme que tous les garçons de cet âge — les jeunes gens, plutôt — se conduisaient comme Ted. Malheureusement, contrairement à ce qu'elle avait espéré, aucune complicité ne s'était développée entre son mari et Ted. Elle avait rêvé de les voir partir pique-niquer tous les deux, la canne à pêche sur l'épaule. Son imagination s'était emballée, mais Cliff n'était pas responsable de sa déception, loin de là. Il ne se jetait pas à la tête des gens, mais c'était le plus ouvert et le plus chaleureux des hommes.

Cette pensée en entraînant une autre, elle eut envie de faire part à Cliff d'un détail qui la préoccupait.

— C'est bizarre, je n'ai pas vu Charlotte depuis une éternité, au moins trois semaines. Je l'ai invitée je ne sais combien de fois, mais elle trouve toujours une excuse. Moi qui croyais qu'elle m'aimait bien...

— La pauvre petite est malheureuse. D'ailleurs, Bill s'en rend malade. Ça n'a rien à voir avec toi.

— Les pauvres, soupira Claudia. Les gens s'ingénient à se torturer. Elena n'a pas...

L'apparition d'un inconnu dans l'allée gravillonnée l'interrompit. Au pied des marches, l'homme s'arrêta et se présenta courtoisement.

— Hugh Bowman. Je suis désolé de vous déranger, mais je dois m'entretenir avec vous d'une affaire personnelle. C'est assez grave.

— Venez, asseyez-vous, dit aussitôt Cliff.

— Merci.

M. Bowman s'installa sur son siège avec rigidité. C'était un homme d'une civilité un peu guindée, dont l'apparence extrêmement correcte rendit encore plus surprenante la véhémence de la déclaration.

— Il s'agit de votre fils Ted, commença-t-il, s'empressant d'ajouter en voyant le sursaut affolé de Claudia. Non, il n'a pas eu d'accident. Il ne lui est rien arrivé, mais je le regrette infiniment. Quelqu'un devrait lui donner une bonne leçon. Je ne sais pas ce qui me retient, d'ailleurs. Beaucoup d'hommes dans ma situation ne s'en priveraient pas.

— Que s'est-il passé ? s'écria Claudia, profondément choquée. Qu'a-t-il fait ?

— Il s'est conduit comme un goujat avec ma fille. Il a essayé de... C'est arrivé hier soir en rentrant du cinéma. Je n'ai pas envie de m'appesantir sur les détails, mais elle est revenue la robe déchirée.

Il mesurait ses mots, mais il était rouge de colère.

— Heureusement, Joan a pu se défendre. Son sac à main se ferme avec une grosse boucle de métal qui a ouvert la joue de votre fils.

En effet, au petit déjeuner, Ted leur avait raconté qu'il était rentré dans une porte, riant de sa maladresse.

Humiliée comme si on venait de la surprendre en train de voler dans un magasin, ou encore comme si elle venait de casser toute une étagère de porcelaine chez un marchand de vaisselle, Claudia regarda Cliff avec effarement avant de revenir à M. Bowman.

— Je ne comprends pas... Ted n'a jamais...

Sa voix se brisa et Cliff se leva aussitôt pour se placer à côté d'elle, une main protectrice posée sur son épaule.

— Ce que vous nous annoncez est un choc pour ma femme...

— Je comprends, l'interrompit Bowman. Croyez

bien que je n'ai pas l'intention de créer un scandale, ni d'aller me plaindre au lycée. Ma femme et moi, nous ne voulons pas vous causer d'ennuis. Nous imaginions combien la nouvelle serait terrible pour vous, mais nous tenions à vous avertir. Il faut que vous repreniez votre fils en main avant que quelque chose de plus grave n'arrive.

Il s'interrompit, les yeux fixés sur les arbres, évitant de regarder Cliff et Claudia.

— Je suis sûr que vous saurez le remettre dans le droit chemin, monsieur Dawes. C'est une triste histoire.

— Ted n'est pas le fils de Cliff, intervint Claudia. C'est le mien.

— Je le sais. Tout le monde connaît la famille Dawes à Kingsley.

Il se leva en ajoutant :

— Je suis navré d'avoir dû vous dire tout cela, mais vous comprendrez que je ne pouvais pas faire autrement.

— Bien entendu, dit Cliff, les deux mains posées sur les épaules tremblantes de Claudia. Je l'enverrai vous présenter ses excuses demain matin, ou même dès ce soir.

— Non, nous ne voulons plus le voir. Je ne veux pas imposer ça à Joan. Je demande simplement que vous lui donniez une bonne leçon.

— Ne craignez rien, ce sera fait, déclara Cliff sobrement.

Muets l'un comme l'autre, Claudia et Cliff regardèrent M. Bowman redescendre l'allée.

— Il a été très correct, commenta finalement Cliff. J'en connais qui auraient été beaucoup plus violents.

Claudia se sentait paralysée par la honte. Elle était mariée à Cliff depuis à peine un an, et que lui avait-elle apporté ? Un beau-fils qui lui infligeait une humiliation publique. Qu'avait-il bien pu passer par la tête de Ted ?

— Je ne sais pas quoi dire, murmura-t-elle en se mettant à pleurer.

Dix minutes à peine avaient suffi à la faire basculer du bonheur au désespoir.

— Ne te mets pas dans cet état, dit Cliff en lui étreignant les épaules. Nous allons lui parler. Je ne me coucherai pas avant d'avoir tiré cette affaire au clair. Je suis son père, à présent, je me charge de lui. Essaie de te calmer.

Ils n'eurent pas à attendre très longtemps. Ils virent bientôt Ted remonter l'allée. Quelque chose dans leur expression dut l'alerter, car il s'arrêta devant eux avec surprise.

— Que se passe-t-il ? Ça ne va pas ?

— Non, dit Cliff, nous sommes furieux.

Claudia avait compté parler la première, mais elle décida de ne pas interrompre Cliff ; cela valait mieux. C'était l'occasion pour lui d'affirmer son autorité.

— M. Bowman vient de passer nous voir, continua-t-il. Il paraît que tu es sorti hier soir avec sa fille, Joan.

— Ben oui, il y a quelque chose qui cloche ?

— Comme tu dis, il y a quelque chose qui cloche. J'imagine que je n'ai pas besoin de te faire un dessin.

— Je ne vois pas où tu veux en venir, dit Ted avec nonchalance.

Il s'appuya à un poteau de la terrasse, son pull négligemment jeté sur une épaule.

— Ne fais pas l'innocent, Ted. Joan Bowman t'a blessé au visage. C'est une belle coupure que tu as là.

— C'est une petite s..., une petite garce agressive. Ce n'est pas ma faute.

Les jambes tremblantes, Claudia dut s'asseoir. Dans la pénombre du crépuscule, le visage de Cliff avait une dureté qu'elle ne lui avait jamais vue.

— Ne mens pas, Ted ! Tu ne nous feras plus avaler

que tu es rentré dans une porte ! Que s'est-il passé au juste ?

— Rien, je le jure. C'est beaucoup de bruit pour pas grand-chose, il faut me croire...

Il s'interrompit, puis reprit avec conviction :

— Bon d'accord, je vais tout vous dire. J'ai essayé de l'embrasser, j'admets, mais c'est tout. Je n'aurais peut-être pas dû, mais ça n'a rien de dramatique ! N'importe quelle autre fille aurait dit simplement oui ou non, et on n'en aurait plus parlé. Mais celle-là, c'est une hystérique. Voilà, c'est tout, je vous jure que c'est vrai.

Cliff réfléchit à ce qu'il venait d'entendre.

— J'espère que ce n'est pas plus grave que ça, conclut-il. Je ne veux pas que ça se reproduise, tu m'entends ? Je ne veux plus que tu donnes l'occasion à d'autres parents de venir se plaindre. C'est trop dur pour ta mère, et c'est mauvais pour ta réputation. Conduis-toi correctement avec les filles, c'est tout ce que j'ai à te dire.

Sans ajouter un mot, Cliff rentra dans la maison et Claudia le suivit, un plateau à la main, imaginant que la discussion se poursuivrait à l'intérieur. Mais Ted n'attendit pas et monta directement dans sa chambre. Elle aurait préféré qu'ils se serrent la main, que l'entrevue se termine sur une note plus amicale. Après tout, Ted n'avait certainement pas voulu faire de mal à cette petite ; il n'était pas méchant !

Dans la cuisine, Cliff s'assit à la table et se versa une tasse de café. Il ne s'était pas départi de sa gravité.

— Tu ne le crois pas ? demanda-t-elle, tremblante.

— Ne te mets pas dans cet état. Mais si, je le crois. Viens t'asseoir.

Non, pensa-t-elle, il ne croyait pas un mot de l'explication de Ted ; il voulait seulement la rassurer. Elle s'efforça de répondre au sourire qu'il lui adressait, mais une sourde angoisse lui étreignait le cœur.

7

— Charlotte, je peux te faire confiance ? demanda son père, la voix grave. Je vais te dire quelque chose de très confidentiel. Ted a fait une bêtise. Le père d'une jeune fille s'est plaint de lui auprès de Cliff et Claudia. Il a... il s'est mal conduit avec elle, et, en se défendant, elle l'a blessé au visage.

Charlotte sentit son sang affluer à ses joues.

— Il va aller en prison ?

— Non, il a eu de la chance ; les parents auraient pu porter plainte. Tu te souviens que je n'aimais pas beaucoup Ted ? Eh bien, Cliff ressentait la même chose de son côté, mais ni l'un ni l'autre nous ne nous attendions à une histoire pareille. La vraie victime, dans tout cela, c'est Claudia. La pauvre. Enfin, bref, je ne veux pas te faire peur, ce n'est pas un assassin, mais je voulais être bien certain que tu ne le reverrais plus. Maintenant, j'imagine que je n'aurai plus à te le répéter.

— Non papa. Non.

Son père la considéra avec perplexité, la tête un peu penchée sur le côté comme pour la voir sous un autre angle.

— Tu ne te sentirais pas mieux si tu te confiais à moi ? demanda-t-il. Je sais que tu es préoccupée par ce qui nous arrive, à ta mère et à moi. Je ne veux pas te forcer, mais ça soulage de parler.

— Non, tout va bien, tu te fais des idées.

L'espace d'une seconde, Charlotte avait cru qu'il se doutait de quelque chose. Mais comment aurait-il pu deviner ? Elle ne savait même pas elle-même ce qui lui arrivait au juste. Une peur panique la saisit en y songeant. Un mois s'était écoulé, et le deuxième arrivait à son terme. Elle avait beau connaître la date par cœur, elle consultait sans cesse le calendrier sur lequel elle marquait chaque cycle d'une petite croix, comme Elena lui avait conseillé de le faire la première fois. Sa mère lui avait aussi expliqué qu'à son âge il fallait s'attendre à des irrégularités... Comment pouvait-elle être aussi désemparée alors que quelques semaines auparavant elle s'était crue incollable sur la sexualité et la reproduction ? À présent, elle avait l'impression de ne plus rien savoir.

Elle s'était obligée à revivre la scène pour essayer de déterminer si la chose était possible. Cela n'avait rien à voir avec ce qu'on décrivait dans les livres, et elle n'arrivait pas à croire qu'une fois, une seule fois, avait pu suffire. Elle avait tellement entendu parler de stérilité, de femmes qui passaient des années à aller dans des cliniques pour se faire féconder... Au fond, elle était totalement ignorante.

Puis, la terreur l'empêchait de penser clairement. Chaque fois que Claudia avait téléphoné, elle s'était sentie pétrifiée. Avec un frisson de répulsion, elle revoyait la table, l'assiette de gâteau au chocolat et le vin. Claudia l'appelait sans doute du poste posé sur le secrétaire, en face du canapé vert... Tout en réprimant ses tremblements, elle avait refusé poliment les invitations. « Désolée, mais il faut que je révise, j'ai des interrogations écrites. »

Depuis que son père lui avait parlé de l'histoire de Ted, Claudia n'avait plus donné signe de vie. Les deux événements étaient-ils liés ? Il y avait de quoi se poser des questions.

Mais ce n'était pas son seul sujet de préoccupation : peu de temps après cette conversation avec son père, elle avait commencé à ressentir de violentes douleurs dans le ventre. Là encore, elle se demandait s'il y avait un rapport avec ce qui lui était arrivé.

Elle pensa à aller voir l'infirmière du collège mais se ravisa aussitôt. On ne pouvait avoir confiance en personne ; même sa propre mère lui avait menti.

Pourtant, il fallait agir.

Au milieu de l'après-midi, le dernier jour de l'année scolaire, alors qu'elle se dirigeait vers le car de ramassage, elle fit demi-tour. Sans avoir élaboré le moindre plan, sans même aucun acte conscient de volonté, elle se retrouva à l'arrêt de bus. Elle ne comprit où elle allait qu'après être sortie de Kingsley.

L'arrêt suivant était à Loudontown, mais c'était trop près. Elle décida de s'arrêter à Arkville, à quinze kilomètres de là, et de chercher au centre-ville un médecin qui la rassurerait. Elle imaginait une jeune femme, ou même un homme un peu âgé, peu importait, qui lui dirait en souriant : « Ne vous faites donc pas de souci, ce n'est rien du tout. Vous êtes en parfaite santé ! Votre douleur dans le bas-ventre ? Il ne s'agit que d'une petite élongation musculaire. Rien de grave, n'y pensez plus. »

Elle se représenta si bien la scène qu'elle se sentit rassérénée. Le bus roulait le long de la route familière, avec ses fermes, ses églises, et la station-service au carrefour. Des enfants rentraient à pied de l'école. Une femme, assise devant elle, portait un bébé qui commençait à s'agiter. Plus loin, un homme tenait un panier d'oranges sur les genoux. C'était un jour comme les autres.

— Je n'ai pas peur, murmura-t-elle.

L'homme au panier d'oranges se retourna pour la

regarder avec curiosité. Elle avait dû parler plus fort qu'elle ne l'avait cru. Du coup, la panique l'envahit de nouveau.

À Arkville, elle descendit et longea la rue principale pour trouver un médecin. Il y avait des boutiques, un grand magasin, des banques dans lesquelles des gens entraient et sortaient d'un air pressé. Au milieu de toute cette agitation, la peur la tenaillait de plus en plus ; elle se sentait seule, abandonnée. Enfin, elle aperçut un cabinet médical, mais son malaise s'accrut. L'immeuble était très impressionnant, froid et impersonnel, et elle ne parvint pas à pousser la porte. Elle faillit repartir en courant à l'arrêt de bus, mais se retint au prix d'un effort immense.

« Je n'ai pas le choix ; il faut que je fasse quelque chose », se dit-elle pour la centième fois en s'éloignant de l'immeuble. Elle tourna au hasard dans une petite rue tranquille et tomba sur une maison recouverte de bardeaux où une plaque de médecin annonçait : « Consultations à toute heure ». Deux jardinières de bégonias accueillantes encadraient la porte.

« Je n'ai pas le choix », se répéta-t-elle, et elle entra.

Le médecin qui la reçut n'était ni jeune ni vieux, il ressemblait un peu à son père. Elle s'assit en face de lui après avoir posé son cartable sur une chaise à côté d'elle, et répondit à ses questions de façon aussi vague que possible. Elle lui donna un faux nom et ne parla pas de Ted.

— J'avais très mal hier, dit-elle. Vous ne croyez pas que ça pourrait être l'appendicite ?

— Nous allons voir ça, je vais vous examiner.

Après s'être donné tout ce mal, elle ne pouvait plus reculer. Fière de son courage, elle suivit l'infirmière dans une salle et monta sur la table d'examen. Les yeux fermés, elle attendit que le médecin termine en tâchant d'imaginer qu'elle n'était pas là, et que tout cela arrivait à quelqu'un d'autre. Lorsqu'il repartit avec son échantillon d'urine, elle se rhabilla, habitée par la peur. « Ne t'en fais pas, tiens le coup », s'exhorta-t-elle.

— Le médecin va t'appeler d'ici un petit moment, dit l'infirmière quand elle retourna dans la salle d'attente. Veux-tu boire quelque chose de frais ?

Charlotte accepta le verre d'eau tout en se demandant pourquoi l'infirmière se montrait si attentionnée. Elle la regardait de trop près et s'exprimait avec une amabilité suspecte, comme si elle était curieuse. Cela l'inquiéta, mais elle voulut se convaincre qu'elle se faisait des idées. Ces derniers temps, elle avait souvent l'impression qu'on l'observait bizarrement.

Après une assez longue attente, le médecin la rappela dans son bureau et elle reprit place face à lui. Cette fois, elle ne rêvait pas. Lui aussi la considérait avec une expression étrange. Elle comprit qu'il s'apprêtait à lui annoncer une mauvaise nouvelle. Lorsqu'il prononça son nom d'emprunt d'une voix douce, un peu triste, elle n'eut plus aucun doute sur ce qu'il allait lui apprendre.

— Betsy... Vous ne m'avez pas tout dit. J'imagine que vous n'en avez parlé à personne, mais vous ne pouvez plus vous taire. Je pense que vous connaissez le résultat des tests aussi bien que moi. Vous deviez déjà vous douter en venant ici que vous étiez enceinte.

Elle baissa les yeux, encaissant la nouvelle. Ainsi, tous les serments, tous les rituels superstitieux auxquels elle s'était livrée n'avaient pas éloigné le mauvais sort. Elle avait juré, si elle s'en sortait indemne, de ne plus jamais se plaindre jusqu'à la fin de ses jours, de n'obtenir que des A en classe, d'arrêter de se bourrer de bonbons, de verser la moitié de son argent de poche à des œuvres charitables. C'était idiot, elle savait très bien que ça ne servait à rien.

— Je ne vais pas vous poser de questions, mon

enfant, ce n'est pas mon rôle, mais je dois parler à vos parents.

Ressentant un calme dont elle se félicita, Charlotte redressa la tête et parvint à répondre d'une voix assurée :

— Je préfère leur parler moi-même.

Le médecin l'observait avec une attention gênante.

— Il y a certaines mesures urgentes à prendre. J'ai peur que vous ne leur disiez rien.

— Je vais bien être obligée.

— Vous êtes très jeune. Je ne veux pas que vous fassiez de bêtise.

De quoi avait-il peur ? D'un avortement clandestin ? D'une tentative de suicide ?

— Je vais leur parler tout de suite, je vous le promets.

— C'est difficile de vous croire, Betsy. Je ne vous connais pas. Mettez-vous à ma place.

— Justement, je ne vous connais pas non plus. Je n'ai pas envie qu'un inconnu parle de ça à mes parents.

Il sembla tout à coup à Charlotte que tout se brouillait — le visage du médecin, les motifs des rideaux, la lumière aveuglante du plafonnier. Elle n'avait plus qu'une envie : rentrer chez elle, se terrer dans sa chambre, au fond de son lit.

— Ça ne va pas ? demanda le médecin.

— Si, mais il faut que je rentre. Je vous dois combien ?

— Rien du tout.

— J'ai pris votre temps, dit-elle avec dignité, se rebellant contre ce traitement de faveur qui ne faisait que souligner son état, qu'il devait juger honteux.

Le médecin se leva pour aller lui ouvrir la porte.

— N'en parlons plus, trancha-t-il gentiment.

Mais comme Charlotte ne bougeait pas, il ajouta :

— Vous n'avez qu'à m'envoyer ce que vous voudrez

plus tard. Rentrez chez vous, et bonne chance. N'oubliez pas votre cartable.

Elle attrapa sa sacoche et se sauva. Dehors, le soleil jetait des éclats brûlants sur les voitures qui passaient. Tout était cuivré, la chaleur était écœurante. Elle buta contre le trottoir et ne dut qu'à la main secourable d'un vieil homme de ne pas tomber.

— Attention, ma petite !

Lorsqu'elle parvint enfin à l'arrêt de bus et qu'elle put s'abriter de la lumière, elle fut prise d'une sueur froide. Elle grelottait ; ses paumes et son front étaient moites, et la douleur venait de se réveiller dans son ventre. C'était une crispation profonde, affreuse, un peu sur le côté. Maintenant, elle se rendait compte que le calme dont elle s'était enorgueillie n'avait été causé que par le choc. Il lui avait fallu un moment pour absorber la nouvelle.

Le bus arriva et la ramena en cahotant vers Kingsley, repassant devant la station-service du carrefour, devant les fermes, et devant la cour du collège à présent déserte. Dès qu'elle serait rentrée, elle allait devoir regarder la réalité en face. L'heure de vérité avait sonné.

— Charlotte n'est pas encore là, pourtant le car est passé, annonça Emmabrown quand Bill rentra.

— Elle est sans doute allée chez une amie.

— Dans ce cas, elle aurait pu téléphoner.

Bill essaya de la rassurer. Emmabrown s'inquiétait trop vite, mais c'était normal : elle avait l'instinct d'une mère.

— Ah ! Les enfants, dit-il légèrement. Tiens, justement, le téléphone sonne ! Ce doit être elle.

Il alla décrocher. Un homme demanda à lui parler.

— Je vous écoute.

— Dr Welsh, d'Arkville, à l'appareil. Avez-vous une fille qui s'appelle Charlotte ?

— Oui. Mon Dieu ! Il lui est arrivé quelque chose ?

— Ne vous inquiétez pas, elle n'a pas eu d'accident, mais il faut que je vous parle.

Bill se laissa tomber sur une chaise. Ses mains tremblaient ; si Charlotte n'était pas blessée, pourquoi l'appelait-on ?

— Elle vient de quitter le cabinet en disant qu'elle rentrait chez elle. Elle m'a donné un faux nom, mais je l'ai tout de suite deviné, et j'ai demandé à mon infirmière de chercher son identité dans son cartable pendant que je l'examinais.

Un silence suivit, interminable. « Mais parlez, bon sang, parlez ! » avait envie de crier Bill.

— Préparez-vous à une nouvelle un peu dure. Aucun père n'a envie d'apprendre ce genre de choses, surtout lorsqu'il s'agit d'une fille aussi jeune. Enfin, inutile de tourner autour du pot... Votre fille Charlotte est enceinte.

Charlotte ? Enceinte ? C'était impossible !

— Vous m'entendez, monsieur Dawes ?

Un souvenir de jeunesse venait d'assaillir Bill : un coup de sonnette à la porte d'entrée avait interrompu un dîner familial comme les autres. On leur avait annoncé que sa sœur avait été victime d'un accident. Il revoyait avec une douloureuse clarté le visage stupéfait de sa mère qui ne parvenait pas à y croire.

Lui aussi avait du mal à y croire, pourtant il le fallait bien. Avec une étrange impression de se dédoubler, il dut lutter pour trouver ses mots.

— Comment va-t-elle ? Enfin, je veux dire... Où est-elle ?

— Elle a dit qu'elle rentrait. Je crois que ça ira. Du moins, je n'ai pas eu l'impression qu'elle allait faire une bêtise. Mais... tout de même, elle est en état de choc. Elle n'a rien voulu me dire. Elle voulait vous en parler elle-même.

— Mais c'est fou ! Elle n'a jamais... Elle est toujours à la maison... Je ne vois pas quand...

— Si ça peut vous aider, elle en est environ à la sixième semaine.

Les questions se bousculaient dans la tête de Bill. Qui, quand, comment ? Dans son école pour jeunes filles, les élèves étaient protégées, surveillées à chaque instant... Qui, alors, qui ? Et si c'était Ted ? Oh non ! Ce serait trop affreux.

— Je dois ajouter, reprit le médecin, qu'elle s'est plainte de douleurs aiguës dans l'abdomen. Elle pense qu'il s'agit d'une appendicite, mais je ne suis pas de cet avis. C'est autre chose, et je vous recommande vivement de l'emmener au plus vite chez un gynécologue. Cela pourrait être grave. Je suis généraliste, mais, si vous ne connaissez personne, je peux vous recommander quelqu'un.

— Non, je vous remercie. Il faut d'abord que je consulte sa mère.

Les idées confuses, c'est à peine s'il parvint à ajouter :

— Dites-moi si je vous dois quelque chose...

— Rien du tout, répondit le médecin avec une grande gentillesse. J'ai deux filles, voyez-vous, alors, je me mets à votre place. Je ne sais que dire... J'ai trouvé que Charlotte avait beaucoup de classe, et je pense qu'elle surmontera cette épreuve... et vous aussi, vous verrez.

— Merci, merci pour votre aide. Merci.

Il reposa le combiné, suffoqué par l'angoisse. Le médecin pensait qu'elle surmonterait cette épreuve... Oui, mais comment ? Dans sa douleur, il ne pouvait que se raccrocher à un compliment qu'il savait vrai : « Charlotte a beaucoup de classe... »

Il était encore effondré sur sa chaise, la tête entre

les mains, luttant contre un horrible sentiment d'impuissance, lorsqu'il entendit Charlotte rentrer par la porte de la cuisine. Elle se précipita aussitôt dans l'escalier, de toute évidence par désir de l'éviter. Bill ne bougea pas ; ils avaient l'un comme l'autre encore besoin d'un peu de temps pour se ressaisir.

Au moins, elle était rentrée. Dieu merci... Rien d'autre ne comptait.

Une fois dans sa chambre, Charlotte s'était jetée à plat ventre sur son lit et n'avait plus bougé, rigide, tâchant de faire le moins de bruit possible. Tout à l'heure, elle savait que son père s'inquiéterait et monterait voir si elle était rentrée, mais elle voulait profiter de ce bref répit. Si seulement elle avait pu s'enfermer pour se reposer, s'endormir, et même ne jamais se réveiller.

Ainsi, il n'avait même pas fait attention, ce sale dégoûtant, ce scorpion. Elle serrait les dents, serrait les poings. S'il avait été là, elle lui aurait arraché les yeux.

Le pire, c'était de se sentir tellement coupable, de s'en vouloir d'avoir été aussi bête. Elle se mit à pleurer, étouffant le bruit de ses sanglots dans les draps. Personne ne la croirait. Comment expliquer l'enchaînement des événements ? Il fallait avoir été là pour comprendre ce qui était arrivé. À présent, qu'allait-elle devenir ? Elle s'en sortirait, il le fallait, mais elle ne savait pas comment.

Son corps était secoué par les sanglots qu'elle tâchait de contenir, et elle pleura jusqu'à l'épuisement. Elle se leva alors pour aller boire un verre d'eau dans la salle de bains. Le grand miroir lui renvoya son image, horrible, tuméfiée, les yeux gonflés, les lèvres sèches. Elle ne s'était jamais vue dans cet état ; comment pouvait-on se transformer à ce point ?

« Un jour, dit-elle à ce visage inconnu qui lui faisait face, tu repenseras à tout ça, et tu te demanderas comment tu t'en es sortie. Parce qu'il faut que tu t'en sortes, d'une manière ou d'une autre. »

Elle dut retourner s'allonger, car la douleur dans son ventre, lancinante, s'était réveillée. Entre chaque spasme, elle essaya de compter les secondes.

Le soleil, qui disparaissait à l'ouest, ne jetait plus qu'une lueur orangée à l'autre bout de la pièce. La pénombre rampait vers elle au plafond. Quelqu'un allait bientôt monter, probablement son père, car Emmabrown devait rentrer chez elle.

Ainsi, elle attendit, se laissant porter par le flot des événements.

Le moment vint où elle entendit un pas lourd dans le couloir et quelques coups frappés à sa porte.

— Oui, je suis là, dit-elle.

Dès qu'elle vit son père, elle se rendit compte qu'il était bouleversé. Sans un mot, il vint s'asseoir sur le bord du lit et lui prit la main. Ils restèrent ainsi un moment, en silence.

— Le médecin m'a téléphoné, déclara-t-il en fixant la fenêtre qui s'obscurcissait derrière Charlotte.

— Mais, comment...

— Il a trouvé ton nom dans ton cartable... C'était Ted ? demanda-t-il en évitant toujours son regard.

— Oui.

Cette réponse lui tira un gémissement terrible qui affola Charlotte. Voilà, il allait se mettre à hurler, lui adresser des reproches, dire que c'était sa faute...

Mais au lieu de cela, il referma la main sur la sienne et se pencha pour écarter de son front ses cheveux emmêlés.

— J'ai téléphoné à mama, dit-il doucement. Elle arrive demain.

Après cela, il resta simplement à côté d'elle, sans parler, sans cesser de lui caresser les cheveux.

« C'est l'enfer de Dante », pensa Bill. Son frère avait viré à l'écarlate, comme si sa tension avait monté en flèche ; Claudia, elle, était d'une pâleur extrême, les yeux rougis par les larmes. Elena, incapable de rester assise, se levait et s'asseyait sans cesse, passant d'une chaise à l'autre avec de grands claquements de talons. Elle s'était violemment opposée à la présence de Claudia et de Cliff, mais Bill avait tenu bon.

— Ils sont à la torture, avait-il dit, surtout Claudia. Cette catastrophe les bouleverse autant que nous.

Maintenant, il regardait Elena, petite silhouette vibrante de rage, qui se tenait toute droite devant la baie vitrée, prête à exploser. Si elle ne hurlait pas, elle allait sangloter comme elle l'avait déjà fait deux fois aujourd'hui.

— C'est criminel ! s'exclama-t-elle. On ne peut pas tourner les yeux cinq minutes sans qu'une enfant innocente se fasse... se fasse...

Bill lui lança un regard lourd de reproches. La phrase n'était pas très bien trouvée ! « Cinq minutes... » Elle aurait plutôt dû dire cinq mois !

— Si Ted est vraiment coupable..., s'écria Claudia. Mon Dieu, je ne sais pas quoi dire, j'ai tellement honte !

— Comment ça, « s'il est vraiment coupable » ? hurla Elena. Est-ce que tu insinues que ma pauvre petite fille qui est là-haut dans sa chambre depuis hier sans pouvoir bouger de son lit, ma pauvre petite innocente malade et terrifiée, s'est imaginé tout ça ? Et ne me dis pas qu'elle ment ! Tu trouves qu'elle a l'air d'une aguicheuse, toi ? d'une petite traînée ? Elle ne connaît pas un seul garçon ! Comment vous imaginez-vous que ça lui est arrivé ? Et ton fils, qu'est-ce qu'il en dit ?

— Ce que Ted en pense n'a rien à voir là-dedans, intervint Cliff.

— Nous l'avons interrogé dès que vous nous avez appris la nouvelle, ce matin, dit Claudia d'une voix brisée. Il n'y a rien compris.

— Évidemment ! tonna Bill. Écoute, Charlotte a décrit toute la scène. Tu avais fait un gâteau au chocolat. Il lui a donné du vin, du vin rouge. Il...

Sa voix s'étrangla.

Claudia plongea la tête entre ses mains et Cliff se rapprocha aussitôt d'elle.

— Je pense que Ted devrait venir vous voir, dit-il. Il est allé chez un ami, mais je peux lui téléphoner tout de suite.

— Oui, c'est ça, bonne idée, approuva Elena. Amenez-le-moi, ce rat, que je l'étrangle !

— Non, dit Bill. Je ne veux pas le voir. Non. Je ne pourrais pas me trouver dans la même pièce que lui, ce serait insoutenable. Je ne veux pas qu'il mette les pieds ici.

— Parlons plutôt de ce que nous allons faire, intervint Cliff calmement. D'abord, évidemment, il faut s'occuper de Charlotte...

— Nous nous occuperons de notre fille tout seuls, merci ! jeta Elena.

— Bien sûr, reprit Cliff, mais je voulais surtout en venir aux suites que vous souhaitez donner à l'affaire.

Se détournant d'Elena, il fit face à Bill et acheva avec difficulté.

— As-tu décidé de porter plainte contre Ted ?

En entendant l'exclamation étouffée de Claudia, il l'entoura de son bras, continuant du même ton raisonnable et douloureux.

— Il faut regarder les choses en face. Si Ted est coupable, et tout tend à le prouver, alors... alors...

Il fut incapable de terminer sa phrase.

Claudia releva le visage. Elle était décomposée.

— Mais c'est impossible, que va-t-il lui arriver ?

— Il a plus de dix-huit ans, ma chérie. Il est majeur, il a le droit de voter, de s'engager dans l'armée... À son âge, on est assez grand pour payer sa dette à la société. Tu n'es pas responsable de ses actes. Je te connais, tu dois penser que c'est ta faute, mais ce n'est pas vrai.

Elle se leva d'un bond.

— Je voudrais voir Charlotte ! Je veux lui dire que... Oh, je ne sais pas, mais j'ai envie de la voir. Nous étions devenues tellement proches...

— Il n'en est pas question ! rétorqua Elena. Elle n'est pas en état.

— Elena a tout à fait raison, je suis désolé, intervint Bill. Et pour ce qui est de porter plainte... je ne sais pas ce que nous gagnerions à traîner Ted devant les tribunaux. Il faut plutôt lui faire suivre une thérapie de toute urgence. Soignez-le avant qu'il ne soit trop tard.

— Quoi ? s'écria Elena. Je n'y crois pas ! Tu veux le laisser s'en tirer comme ça ? Tu ne veux pas qu'il soit puni ? Tu es devenu fou !

— Non, réfléchis, pense à Charlotte. Tu te rends compte de ce qu'elle endurerait s'il fallait qu'elle se fasse interroger, d'abord par la police, et puis ensuite par des avocats ? Parce qu'il faudra bien que Ted soit défendu, c'est la loi. Est-ce que tu penses vraiment que nous pourrions garder cela secret ? Le nom de Charlotte ne restera pas dans l'ombre. Tu imagines le scandale ? Il faut absolument que nous étouffions l'affaire, pour elle.

Pendant quelques secondes, personne ne réagit. L'angoisse les rendait muets.

— Il va partir à l'université au début de l'automne, promit Cliff.

Bill rencontra les yeux de son frère et comprit ce que cela impliquait : « Je vais l'éloigner de vous, ne t'en fais pas, vous ne le verrez plus. »

— Non, répondit-il, ça ne suffit pas. Je veux qu'il parte tout de suite, il n'est pas question d'attendre l'automne.

— Nous ferons tout ce que tu voudras, intervint Claudia très vite. J'ai l'impression de vivre un cauchemar.

— Où pourrions-nous l'envoyer ? demanda Cliff.

— Dans une université d'été, proposa-t-elle. Beaucoup d'établissements organisent des cours pendant les vacances.

— Je vous conseille plutôt une maison de redressement, jeta Elena.

— Envoyez-le où vous pourrez, trancha Bill, le plus loin possible.

— C'est promis, assura Cliff d'un ton solennel.

Il n'y avait plus rien à dire. Ils se dirigeaient tous en silence vers la porte, lorsque Bill, d'un ton tout aussi grave que son frère, ajouta :

— Cette calamité ne doit pas gâcher notre amitié. Nous devons faire face ensemble, pas nous battre.

Dès qu'il eut refermé la porte, Elena passa à l'attaque.

— Qu'est-ce qui te prend ? J'ai l'impression que tu préfères ménager ton frère et ce criminel plutôt que de défendre ta fille. Et cette femme, la mère de ce vaurien...

— Elle était anéantie, tu n'as pas vu ? Que veux-tu qu'on fasse de plus ?

— Elle mérite bien ce qui lui arrive.

— Ne dis pas ça. Ça n'a pas de sens et c'est cruel, tu le sais bien.

— Tu l'as entendue ? « Si Ted est vraiment coupable »... Ce pauvre petit trésor ! Claudia est une imbécile, ou alors elle est folle. Il faudrait l'enfermer.

Mais Bill se moquait bien de Claudia à cet instant, il en voulait trop à Elena.

— Si tu n'étais pas partie, si tu avais joué ton rôle de mère, rien de tout cela ne serait arrivé !

— Même si j'étais restée à la maison, je n'aurais pas pu la surveiller vingt-quatre heures sur vingt-quatre !

Il ne trouva rien à répondre. Peut-être était-ce lui le coupable, après tout. Il aurait dû mieux s'occuper d'elle. Charlotte avait parlé d'un dimanche. Il s'agissait probablement du jour où il avait parlementé avec les locataires de l'usine. C'était un cas de force majeure, il fallait bien gérer les affaires de la famille, ne fût-ce que pour payer les factures et acheter de quoi manger. N'empêche, il s'était méfié de Ted, et il aurait dû se montrer plus ferme avec Charlotte. Il aurait dû lui interdire formellement de le revoir, sous peine de... de quoi, au juste ? Il n'avait pas l'habitude de punir Charlotte, ce n'était pas son style. Il s'était toujours montré tendre avec elle, c'était une enfant facile, très douce, un peu trop protégée, peut-être. Elle n'était pas assez aguerrie pour se défendre. Le vin, par exemple, elle ignorait à quel point on s'enivrait facilement.

Sous l'effet du désespoir, il passait d'une pensée à l'autre, sans suite. Charlotte avait une mère volage, du moins les gens le disaient, mais rien n'était moins sûr... Enfin, il y avait quand même eu cet homme en Floride ! La vie était vraiment injuste. Pauvre Charlotte, qui était clouée là-haut dans son lit. Qu'allaient-ils faire ?

Elena marchait de long en large dans l'entrée, martelant le sol de ses horribles talons aiguilles.

— Assieds-toi, ou alors enlève tes chaussures ! s'entendit-il aboyer. Tu me casses les oreilles !

Il éprouva aussitôt un vif remords. Après tout, c'était la mère de Charlotte, elle souffrait terriblement.

— Excuse-moi, Elena, mais je n'arrive plus à me concentrer. Je ne sais plus du tout où j'en suis. Qu'allons-nous faire ?

— Ça me semble évident ! Nous allons l'amener chez un médecin. Pas par ici, évidemment, à Boston.

Oui, elle avait raison. Personne ne devait rien savoir dans la région. Boston était le seul endroit possible.

— Je trouverai le meilleur gynécologue de la ville demain matin, promit-il, mais je m'inquiétais surtout de la décision qu'il faudra prendre ensuite.

— Ah, parce qu'il y a une décision à prendre ? Il me semble que l'avortement est la seule solution.

— Ça ne me plaît pas du tout...

Elle ouvrit de grands yeux.

— Comment, ça ne te plaît pas ? Et Charlotte dans tout ça ? Tu ne veux tout de même pas l'obliger à mener sa grossesse à terme et à accoucher ?

Il se sentait déchiré mais, surtout, ne voulait pas y croire, toujours pas. Charlotte n'avait que quatorze ans, comment pouvait-elle avoir un bébé ? Et le père, cet individu méprisable... Mais tout de même, un avortement...

— Réponds-moi, Bill. Tu sais bien que cela détruirait sa vie de devoir s'occuper d'un bébé à son âge. Et puis tu n'imagines tout de même pas qu'elle pourrait continuer à vivre à Kingsley ? Une chose comme ça, ça ne peut pas arriver à une Dawes !

— Mais un avortement, ça détruirait aussi sa vie. Elle ne se le pardonnerait jamais.

— Possible, mais elle nous a bien montré tout à l'heure qu'elle était terrorisée à l'idée de mettre un enfant au monde.

— Nous pourrions partir passer quelques mois en Europe et le donner en adoption à sa naissance.

— Bill, tu es incroyable ! Charlotte s'est fait violer ! Tu ne peux pas te mettre à sa place ? Essaie d'imaginer l'humiliation qu'elle ressentirait si elle devait voir croître en elle pendant neuf mois le germe de ce salaud. Ce serait aussi agréable que de donner naissance à une vipère.

— Tout de même ! Il s'agit d'un petit être humain qui n'est pas responsable de son père.

— Oh ! et puis à quoi bon ? Tu oublies ses douleurs ? Cette grossesse ne tourne pas rond, de toute manière. Tu te souviens de ce qu'a dit le médecin ?... Je n'arrive pas à y croire ! Pourquoi ne m'a-t-elle pas téléphoné pour me dire ce qui lui était arrivé ?

Tout en parlant, elle frappa du poing contre le mur.

— À la rigueur, continua-t-elle, je comprendrais qu'elle ait eu peur de t'en parler à toi, mais à moi...

— Charlotte n'a jamais peur de s'adresser à moi, elle s'est toujours confiée à moi.

— Mais oui, bien sûr, je sais ! Je suis parfaitement consciente qu'elle te préfère, inutile d'insister.

Bill soupira. Et voilà que ça recommençait, même pendant cette crise... ou peut-être justement était-ce inévitable. Ce n'était pas une raison...

— Nous avons dû nous arrêter en route avant d'arriver à Boston, expliqua Elena. Elle avait de plus en plus mal. Des douleurs terribles, et puis elle s'est mise à saigner. Elle vous en a parlé ?

— Ce n'était pas nécessaire, répliqua le médecin. Je m'en suis rendu compte tout seul.

Bill trouvait qu'il s'exprimait sèchement, sans compassion, avec la froideur du chirurgien. Diagnostic, décision, ablation. Pendant le trajet, il avait réalisé qu'il faudrait sans doute en passer par la chirurgie. Charlotte avait été très malade dans la voiture, et Elena n'avait pas cessé de parler une seule seconde, sans doute pour se donner du courage, mais aussi par nervosité. Quant à lui, après avoir présenté leur cas au spécialiste, il ne disait plus rien, assommé par l'inquiétude, aussi stérile que la salle de consultation dans laquelle ils se trouvaient. Bill le muet... Cliff l'aurait bien reconnu là.

— Elle a perdu connaissance après l'examen, déclara le médecin. Nous l'avons fait allonger. Il y a un problème, c'est bien ce que je craignais.

Il le craignait, mais pas tant qu'eux, pas tant qu'eux... Eux, cela les atteignait en plein cœur, c'était leur fille.

— Il s'agit d'une grossesse extra-utérine avec éclatement de la trompe. J'ai pris des dispositions pour qu'on l'admette en urgence à l'hôpital.

Voilà, le mot était lancé, Charlotte entrait à l'hôpital. Dorénavant, son sort reposait entre les mains du gynécologue. Les murs de son bureau étaient couverts de diplômes dans leurs cadres noirs, de certificats portant des formules latines : « En l'honneur de sa collaboration à... » Bill tourna la tête et en vit d'autres sur le mur opposé, mais il ne parvenait pas à se concentrer, et encore moins à les lire. Il lui fallut se forcer pour entamer le dialogue.

— Vous êtes catégorique ? Il n'y a aucun doute ?

Question stupide, se dit-il. Le médecin n'avait-il pas dit qu'on devait admettre Charlotte aux urgences ?

— Le diagnostic est sûr, monsieur Dawes. Charlotte ressent une douleur exquise à la palpation abdominale, qui irradie dans les épaules et le côté du cou.

« Douleur exquise », quel drôle de vocabulaire que le vocabulaire médical ! On disait d'une œuvre, d'une beauté qu'elles étaient exquises, certes, mais il n'avait encore jamais entendu employer ce qualificatif pour la douleur...

— Nous nous trouvons face à un cas grave qu'il faut opérer sans attendre, continua le médecin. Voilà qui court-circuite la question de l'avortement. Vous n'avez plus à vous débattre avec ce problème moral, ajouta-t-il en se levant. Vous pouvez l'emmener tout de suite à l'hôpital, ce n'est qu'à six rues d'ici. Je vous y rejoins au plus vite.

Elena et Bill se levèrent aussi. Bill avait perdu la

notion du temps. Il aurait tout aussi bien pu s'être écoulé une journée entière que cinq minutes depuis qu'ils étaient entrés dans le cabinet médical.

Les yeux humides de larmes, Elena demanda :

— Y a-t-il un danger ? Est-ce qu'elle pourrait... mourir ?

J'ai entendu dire que les grossesses extra-utérines pouvaient parfois être...

— Le taux de mortalité a connu une nette diminution ces dernières années.

Le gynécologue s'interrompit pour tapoter l'épaule d'Elena, près de l'endroit où ses boucles retombaient sur son col blanc. Même cet homme formel et sec ne pouvait lui résister.

— En fait, ajouta-t-il, les risques sont devenus quasiment négligeables. Notez bien que j'ai dit « quasiment ».

« Oui, nous avons noté », pensa Bill.

Pour commencer, elle n'entendit qu'un bruit confus de voix à l'autre bout du couloir, ou dans une pièce voisine. Puis les sons se clarifièrent, devinrent plus distincts. Il y avait deux voix, celle d'Elena et celle d'une autre femme. En ouvrant les yeux, Charlotte les vit près d'elle. Tout était blanc, l'uniforme, les draps, le ciel par la fenêtre. Tout était blanc, sauf les pois noirs de la robe de sa mère.

Comme une grande vague réconfortante, la conscience lui revint d'un coup. « Je ne suis pas morte, finalement, et pourtant, j'étais persuadée que je n'en reviendrais pas. C'est fini, tout est réglé. Dire qu'ils se sont disputés à cause de cela pendant tout le trajet en pensant que je dormais. Je ne l'ai pas tué, heureusement. Je n'en voulais pas, mais je n'aurais pas voulu devoir le tuer. Je n'aurais pas non plus voulu lui donner naissance. C'était trop dégoûtant. Je voudrais qu'il souffre, je voudrais qu'il meure. Quand je pense à ce qu'il m'a fait... Je suis fatiguée. »

Lorsqu'elle s'éveilla pour la deuxième fois, la lampe était allumée. Elle n'avait pas la moindre idée de l'heure, sauf qu'il était tard et qu'il faisait sombre. Ses parents, elle le sentit sans les voir, se trouvaient dans la chambre.

— C'est la nuit ? demanda-t-elle.

— Non, ma chérie, répondit Elena, c'est seulement le soir. Comment te sens-tu ?

— Ça va à peu près.

Elle sentit des baisers sur son front, d'abord ceux, parfumés, d'Elena, puis ceux de son père.

Un entrelacs de tubes pendait d'une sorte de poteau qui ressemblait à un lampadaire, dressé à la tête du lit. Ils étaient tous reliés à son poignet.

— C'est quoi, tout ça ?

— Un goutte-à-goutte, pour te nourrir, expliqua son père. C'est temporaire, tu n'en auras pas besoin longtemps. Fais attention, ne tire pas dessus.

Il lui prit la main, geste réconfortant, comme sa voix profonde et chaude.

— Ne t'en fais pas, ça va aller, le pire est passé.

— J'ai très envie de dormir.

— C'est normal. Il faut que tu te reposes.

— Attends une seconde, intervint Elena, garde encore les yeux ouverts un petit moment, je veux te montrer quelque chose. Tu vois ? Je t'ai acheté deux jolies chemises de nuit pour que tu ne sois pas obligée de porter les horribles vêtements de l'hôpital. Elles te plaisent ?

C'était clair, elle voulait se racheter. « Regarde, entendait-on dans sa voix, regarde comme je t'aime. Je pense à toi tout le temps, ne sois pas en colère contre moi. »

Elle avait des remords à cause de Judd, évidemment. Emmabrown disait que rien de tout cela ne serait arrivé si Elena était restée à la maison. Comment le savoir ? Il y avait trop de choses à comprendre en même temps.

— Regarde la jaune avec des pâquerettes, elle te plaît ?

— Oui mama, merci.

— Nous allons bientôt rentrer chez nous, mon ange. Il faut que tu restes encore à l'hôpital quelques jours, puis que tu te reposes. Ensuite, tu retrouveras tes amies.

Ses amies... Aucune de ses amies n'avait vécu ce qu'elle venait d'endurer.

— Nous allons passer un excellent été, déclara son père. Tu vas voir, nous allons oublier tout ça.

Là, il lui racontait des histoires. Ils n'oublieraient pas, ni les uns ni les autres. Personne n'en parlerait, parce que c'était trop désagréable, mais chaque fois que ses parents la regarderaient ils ne pourraient pas s'empêcher d'y penser. Toujours, jusqu'à la fin de leurs jours.

Et Charlotte, en les voyant tous les deux, son pauvre père et sa pauvre mère, chacun d'un côté du lit, éprouva une profonde tristesse.

Bill resta éveillé jusque tard dans la nuit ; Elena s'était assoupie dans l'unique chaise longue de la chambre d'hôpital. En l'observant, la tête appuyée en arrière, les lèvres entrouvertes, les mains aux longs doigts posées sur les accoudoirs, il eut la sensation déroutante de ne l'avoir jamais connue. Il n'arrivait pas à croire qu'il l'avait tenue dans ses bras. En tout cas, il n'avait rien compris à la psychologie du personnage. Mais peut-être était-elle si superficielle qu'il n'y avait rien à comprendre... Qu'allait-il advenir d'eux, après cette épreuve ?

Mais chaque chose en son temps. Pour l'instant,

seule Charlotte comptait et, Dieu merci, elle s'en était tirée.

— Nous avons adopté une technique nouvelle, avait expliqué le chirurgien après l'opération dans la salle de torture qu'était devenue pour eux la salle d'attente. Il y a encore quelques années, il aurait fallu procéder à l'ablation de la trompe, mais, à présent, nous sommes en mesure de conserver les organes. Le jour venu, votre fille pourra avoir des enfants normalement.

Des enfants ! Comme si, à cet instant, Bill s'en était soucié le moins du monde. Il voulait simplement qu'elle vive, qu'elle retourne en classe, qu'elle mène l'existence des adolescentes de son âge, que Dieu l'aide à effacer toute cette saleté de son esprit... si c'était possible, ce dont il doutait.

Il leva les yeux et parcourut la pièce du regard. Charlotte dormait d'un sommeil paisible ; par la porte entrouverte, il apercevait des gens qui passaient dans le couloir. Si on le voyait, on ne devait remarquer qu'un homme tranquille en complet gris. Personne ne pouvait soupçonner la tourmente qui l'agitait.

À presque quarante ans, il venait tout juste de comprendre que le mal existait.

8

Une atmosphère oppressante avait pris possession de la maison. Lorsque Claudia eut terminé la vaisselle du dîner, elle sortit sur le pas de la porte de la cuisine dans l'air lourd de ce début de soirée. Pas un oiseau ne chantait, pas une feuille ne bruissait. Seul le bourdonnement d'une myriade d'insectes invisibles habitait le silence. Elle resta un moment immobile, le regard vide, puis rentra dans la maison lugubre où, comme dehors, rien ne bougeait.

Le couvert de Ted était resté sur la table, car il refusait de prendre ses repas avec eux et passait son temps retranché dans sa chambre. Poussée par son amour de mère, elle se demanda s'il fallait lui monter un plateau : il devait avoir faim. Il était resté toute la journée seul en haut... Enfin, pas entièrement seul, puisqu'elle l'avait entendu parler au téléphone. Comment parvenait-il à bavarder avec ses amis comme si de rien n'était ? Il se tourmentait certainement en pensant à cette pauvre enfant qui souffrait à l'hôpital. Sauf, évidemment, qu'il s'obstinait à nier sa culpabilité.

C'était absurde, car il était coupable, sans aucun doute. Même le psychothérapeute chez qui Cliff l'avait traîné n'avait pas cru à ses protestations d'innocence. Sans doute était-ce pour cette raison que Ted avait catégoriquement refusé de retourner le voir. La situation était bloquée, et elle ne savait plus à quel saint se vouer. Elle se blâmait de tout, se demandant ce qu'elle avait fait pour qu'il en arrive là.

Qu'est-ce qui n'allait pas chez lui ? Comment admettre qu'il ait pu commettre un tel crime ? C'était son fils, et elle l'aimait. Mais il y avait Charlotte. Aucune fille, surtout une gentille petite comme elle, ne méritait de subir l'épreuve qu'elle traversait. Adorable Charlotte, aux grands yeux innocents, tellement confiante...

« Je ne me sens pas bien, se dit-elle. Vraiment pas bien du tout. »

Elle partit alors à la recherche de Cliff, qui devait être dans le salon, ses chiens couchés à ses pieds et un livre ou le journal sur les genoux ; il ne devait même pas parvenir à lire, tant il était perturbé. En pensant à lui, elle prit la décision de ne pas monter son dîner à Ted. Cliff, tout bienveillant, tout compréhensif qu'il était, y trouverait sûrement à redire, et il aurait raison.

À son entrée, il leva les yeux avec un sourire.

— Viens t'asseoir là ! Je suis en train de lire quelque chose de passionnant. Tu te rappelles l'homme préhistorique qu'on a retrouvé dans un glacier en Italie ? Des morceaux d'étoffe avaient été préservés et je me demande si...

— Cliff, ton livre est à l'envers... Je sais très bien que tu me racontes ça pour me changer les idées. C'est très gentil, mais ce n'est pas la peine de te donner tout ce mal.

— Tu as raison, admit-il avec un haussement d'épaules, je n'arrive pas à me concentrer. Je n'arrête pas de penser à ce qui se passe à Boston.

— Si tu savais comme je suis désolée... Si je pouvais...

— Chut, ma chérie. Je me doute bien de ce que tu ressens. Cela n'a rien à voir avec toi. Ted et toi, vous êtes deux personnes différentes. Je te l'ai dit et je te le répète : tu n'es pas responsable de ses actes.

Malgré ses bonnes résolutions, les yeux de Claudia se remplirent de larmes.

— Si on mettait la télé ? proposa-t-elle. Il ne doit pas y avoir grand-chose de passionnant, mais ça nous occupera. À moins que tu ne préfères aller faire un tour ?

— J'ai trop chaud.

Cliff avait utilisé cette excuse pour la rassurer, mais, en réalité, l'abattement lui ôtait toute envie de bouger.

À l'écran, les animateurs et leurs invités se renvoyaient la balle avec vivacité. Claudia les entendait à peine, les voyait encore moins. Son regard s'égarait sans cesse dans la pièce, errant des bibliothèques bien remplies aux roses fanées, puis il s'arrêta au portrait de mariage qui occupait la place d'honneur sur le manteau de la cheminée. Lorsqu'elle avait emménagé, il y avait de cela à peine quelques mois, elle avait été heureuse de venir prendre sa place ici, comptant sur de longues, longues années d'amour et de sérénité. Elle aurait dû se méfier : l'expérience lui avait appris que, dans la vie, il fallait toujours s'attendre au pire.

Un peu plus tard, elle entendit le pas de Ted dans l'escalier, et elle l'appela.

— Ted ! J'ai laissé ton dîner au chaud sur la cuisinière.

— Je n'en veux pas, je sors.

— Entre au salon une seconde.

Il apparut à la porte, en chemise unie et en jean, un grand jeune homme sérieux, bien habillé et maussade.

— Qu'est-ce que tu veux ? grommela-t-il.

— Où vas-tu ?

— Je sors avec des copains.

— Quels copains ? Et où allez-vous ?

— Ça ne te regarde pas ! Je ne suis plus à la maternelle !

110

C'était affreux, jamais il ne s'était adressé à elle sur ce ton. La tension des derniers jours l'avait transformé ; il avait perdu toute patience, comme quelqu'un qui est en train de craquer.

— Tu devrais comprendre pourquoi ta mère s'inquiète, intervint Cliff calmement. Ce n'est pourtant pas difficile de lui répondre de manière polie.

— Je ne verrais pas d'inconvénient à lui dire où je vais, mais je me doute que c'est à cause de cette gamine ! Je peux quand même voir des amis sans qu'on me soupçonne de je ne sais quoi. Vous me gâchez la vie avec cette histoire de dingue.

— Et la fille de M. Bowman, c'est une histoire de dingue, peut-être ? demanda Cliff en élevant le ton. Ça fait un peu beaucoup, Ted ! J'ai toute confiance en Charlotte, qui, en plus...

Sentant que sa voix se mettait à trembler, il s'arrêta abruptement.

— Je voudrais bien qu'on me prouve qu'elle ne voyait jamais de garçons, lança Ted. Vos soupçons ne tiendraient pas une seconde devant un tribunal. Ce n'est pas parce que c'est ta nièce qu'il faut essayer de tout me coller sur le dos. Bon, je vais chez Bud. Vous êtes contents ?

— Ted ! s'écria Claudia en se levant d'un bond. Ton attitude est inadmissible. Présente-nous des excuses immédiatement.

— Non maman, c'est trop injuste ! C'est vous qui devriez me présenter des excuses.

Après cette exclamation indignée, il sortit en claquant la porte garnie d'une moustiquaire derrière lui.

Une fois de plus, comme cela lui était arrivé si souvent ces derniers jours, Claudia ressentit un intense sentiment de honte. Cliff pouvait bien lui dire qu'elle n'y était pour rien, elle se jugeait tout de même responsable de la conduite de son fils. « Quand je pense qu'ils sont tous tellement compréhensifs avec moi...

Tous, sauf Elena, évidemment, mais je ne le lui reproche pas. Dire que Bill accepte encore de me voir après ce que mon fils a fait à sa fille ! »

— Attends, je vais mettre de la musique, dit Cliff. C'est un remède souverain. Quand ma sœur a été tuée dans un accident de voiture, maman s'est mise à écouter beaucoup de Bach.

Il s'approcha de Claudia et se baissa pour lui poser un baiser sur la tête.

— Enfin, ne dramatisons pas, personne n'est mort. Chérie, je sais que c'est affreux, mais ne te laisse pas trop abattre.

Ils avaient retrouvé un peu de calme et écoutaient un magnifique morceau de violon lorsque les chiens se mirent à aboyer. On sonna à la porte.

— J'y vais, dit Cliff en se levant.

Claudia entendit des voix d'hommes dans l'entrée. Quelques secondes plus tard, en voyant Cliff revenir accompagné de deux policiers, elle alla arrêter la musique.

— Ces deux messieurs veulent voir Ted, expliqua Cliff.

Elle lui jeta un regard affolé ; il avait l'air d'avoir appris une mauvaise nouvelle.

— Que se passe-t-il ? s'écria-t-elle. Il vient de sortir...

Il lui posa la main sur le bras pour la réconforter.

— Il ne lui est rien arrivé, dit-il fermement. Où a-t-il dit qu'il allait, déjà ?

— Chez Bud.

— C'est à côté, je vais le chercher, déclara-t-il en se tournant vers les policiers. Cela vous ennuierait-il de nous attendre dehors ? Ce serait plus facile pour ma femme.

— Pas de problème, nous allons rester devant la maison.

— Ne vous inquiétez pas, je vous le ramène tout de suite.

— Nous avons toute confiance, monsieur Dawes, nous vous connaissons.

De nouveau seule dans la pièce, Claudia resta les yeux fixés sur le mur. Mon Dieu, qu'avait-il encore fait ? Peut-être ne s'agissait-il que d'un excès de vitesse... Mais la police se déplaçait-elle pour si peu ? Pourquoi pas, après tout ; elle n'en savait rien puisqu'elle n'avait jamais eu d'amende. Mais si c'était plus grave ?

Le sang sifflait dans ses oreilles. Ce charmant M. Bowman n'avait tout de même pas changé d'avis... Ted avait seulement manqué de respect à sa fille, il ne lui avait pas fait beaucoup de mal. Ou alors Bill avait finalement décidé de porter plainte. Non, impossible. D'ailleurs ce n'était pas dans l'intérêt de Charlotte, il l'avait clairement expliqué. Alors, qui avait appelé la police ? Elena ?...

Elle alla à la fenêtre et les vit s'approcher de la maison, Cliff et Ted d'abord, suivis par les policiers. Elle courut à la porte et arriva au moment où ils entraient.

Le plus âgé des deux policiers montra un papier à Ted.

— Vous êtes bien Théodore Marple ?

Livide, il fit signe que oui.

— Lisez ceci. C'est un mandat d'amener contre vous.

— Quoi ? Mais qu'est-ce que j'ai fait ?

Il crispa la main sur la poignée de la porte derrière lui. Claudia eut l'impression qu'il savait parfaitement ce qu'on lui reprochait.

— Lisez. Deux plaintes ont été déposées devant le procureur, pour viol, enlèvement et attentat à la pudeur sur la personne d'une mineure, le 17 juin de cette année.

— Mais c'est complètement...

Ted s'interrompit. Pour sa mère, cela ne fit aucun doute, la peur le paralysait.

— Assieds-toi, ma chérie, intervint Cliff.

Il se tourna vers les policiers pour expliquer :

— Ma femme a des problèmes cardiaques. Les chocs sont très mauvais pour elle.

— Il doit s'agir d'une erreur, balbutia-t-elle, sachant parfaitement qu'il ne servait à rien de nier l'évidence.

De toute façon, elle protestait en pure perte ; personne ne lui prêtait attention.

— ... vous avez le droit de demander la présence d'un avocat, déclarait le policier. Vous passerez devant le juge demain matin. D'ici là, je vais vous demander de nous suivre.

— Peut-il monter rassembler quelques affaires ? demanda Cliff.

— Non, désolé. Quelqu'un d'autre devra aller les chercher pour lui.

— J'y vais, annonça aussitôt Cliff. Ne bouge pas, Claudia.

Ted se tourna vers sa mère. Son attitude insolente avait disparu, et il l'appelait à l'aide du regard.

Mais elle ne pouvait rien pour lui. Elle avait l'impression de se noyer, à peine pouvait-elle respirer.

Lorsque Cliff revint, il voulut donner le petit sac qu'il rapportait à Ted, mais un des policiers le lui prit des mains. L'autre sortit des menottes de sa poche.

— Est-ce bien nécessaire ? demanda Cliff. Ted vous suivra sans faire d'histoires.

Le plus jeune des deux policiers, qui n'avait pas encore pris la parole, avait l'air compatissant. Peut-être avait-il un fils, lui aussi. Mais l'autre passa les menottes à Ted sans état d'âme.

— Désolé, monsieur, c'est le règlement. Viens, mon garçon.

Claudia ne parvint pas à détacher les yeux des trois

silhouettes qui s'éloignaient. Ted, long et mince, avait une allure pitoyable, encadré par les deux hommes massifs auxquels l'uniforme bleu conférait un indéniable air d'autorité. Elle ne songeait pas à remettre en cause l'utilité de la police, mais jamais elle n'aurait imaginé qu'il faudrait un jour protéger la société contre son fils.

— Cliff, tu penses que Bill a fini par décider de porter plainte ?

— Je ne peux pas y croire, c'est un homme de parole.

— Laisse la porte ouverte, je veux les voir partir.

— Va plutôt verrouiller la porte du jardin, pendant ce temps je vais appeler Miller pour qu'il nous retrouve au poste de police.

Cliff fit une pause, puis expliqua :

— Miller est l'avocat de la famille depuis toujours. Il se charge des testaments, des contrats, de toutes nos transactions. Je ne pense pas qu'il s'occupe souvent de cas comme celui-ci, mais je veux lui parler. Essaie de ne pas trop t'inquiéter, je me charge de tout.

Claudia n'avait pas bougé de la petite chaise dure de l'entrée quand il revint cinq minutes plus tard.

— Miller n'est pas chez lui, déclara-t-il. Je lui ai laissé un message. Où sont les clés de la voiture ? Allons-y.

Lorsqu'il eut démarré, elle ne put s'empêcher de le questionner, et pourtant elle savait parfaitement ce qu'il allait répondre.

— Où vont-ils le mettre ? Je veux dire... Où va-t-il dormir ?

Il lui jeta un coup d'œil.

— Écoute, je sais bien que ce n'est pas très agréable de passer la nuit dans une cellule, mais ce n'est pas comme s'il était condamné et envoyé en prison. Il ne fera qu'un peu de garde à vue en attendant que le montant de la caution soit fixé. On ne va pas le torturer, nous ne sommes pas chez les nazis. Tu me crois ?

La voiture dépassa le centre commercial où les gens vaquaient à leurs occupations quotidiennes, des occupations aussi anodines que d'acheter des chaussures à leurs enfants. Puis, en approchant du cœur de la ville, ils longèrent l'usine Dawes, où une file de camions attendait le matin pour déverser les détritus qu'ils transportaient. L'expression de Cliff, en les croisant, n'échappa pas à Claudia. Elle s'en voulut terriblement d'ajouter encore à ses soucis.

— Quand nous serons là-bas, ne pleure pas, recommanda-t-il. Ce sera mieux pour Ted.

— D'accord, dit-elle en se redressant sur son siège.

Elle essaya de retrouver son courage, se rappelant toutes les fois où, dans son enfance, on lui avait recommandé de ne pas pleurer, de ne pas dire quand elle souffrait, de prendre son mal en patience.

Les bâtiments publics, palais de justice, mairies, ou postes de police, sentaient tous la même horrible odeur de désinfectant ; sur leurs planchers durs résonnaient les mêmes bruits de pas rapides, et on s'y asseyait sur les mêmes bancs de bois sombre verni. Cliff lui fit signe de prendre place sur un de ces incontournables sièges pour l'attendre.

— Tu n'as qu'à compter les moutons ! Je vais essayer de voir ce qui se passe.

Claudia s'en voulait. Elle n'aurait pas dû se décharger sur lui de cette manière. Jusqu'alors, elle ne s'était jamais appuyée sur personne. Elle avait mené sa barque toute seule, et ne s'en était pas si mal tirée. Mais, aujourd'hui, les forces lui manquaient. Ses jambes ne la portaient plus. À quelle peine allait-on condamner Ted ? Enlèvement, viol, attentat à la pudeur... Mon Dieu. Pourquoi ? Mais pourquoi ?...

Cliff revenait ; elle reconnut sa démarche rapide et décidée dans le couloir. Dans ces salles sans âme, les bruits résonnaient avec un écho caverneux, d'autant plus que le poste de police était désert en cette fin de journée.

— Je l'ai vu, dit-il en la rejoignant. Ils sont en train d'accomplir les formalités : il faut remplir des formulaires, prendre ses empreintes digitales... Il est mort de peur, mais il tient bon. J'ai réussi à joindre Miller. Il dit qu'il ne peut rien faire ce soir. Il nous retrouvera demain au tribunal avant le début de l'audience.

— Est-ce qu'il a dit si...

— Il ne pouvait rien dire du tout. Il faut d'abord qu'il prenne connaissance du dossier. Miller est très compétent, nous pouvons nous reposer sur lui, aie confiance. J'imagine que tu veux voir Ted.

Le policier qui s'était montré le plus humain les guida dans une pièce aux murs enduits de ciment, dans laquelle se trouvaient quelques cellules. En voyant les barreaux, la petite fenêtre tout en haut, près du plafond, Claudia se rappela tous les films et les reportages qui passaient à la télévision. Même les ivrognes braillards cadraient dans ce décor où seul Ted n'avait rien à faire.

Ils le trouvèrent assis au bord d'une couchette poussée contre le mur. En les apercevant, il se leva pour s'approcher des barreaux, l'air hébété. D'ailleurs, ils éprouvaient tous la même sensation de stupeur, et personne ne trouva quoi dire.

Claudia aurait voulu passer les mains entre les barreaux pour le toucher, mais il se tenait trop loin pour rendre ce geste possible. Cela valait mieux car, si elle avait établi ce contact, elle n'aurait pu s'empêcher de fondre en larmes ; or elle avait promis de ne pas pleurer.

— Ça va aller, murmura-t-elle. Cliff a un bon avocat. Essaie de dormir cette nuit. On t'a donné tes affaires ?

Il ne répondit pas, mais elle vit le pitoyable petit sac sur la couchette.

— Tu as besoin de quelque chose, mon grand ?

— Non. Merci.

Ces trois syllabes étaient sorties à grand-peine d'une gorge serrée par l'angoisse.

Elle aurait voulu dire : « Ted, mon chéri, je ne comprends pas ce qui t'est arrivé. Qu'est-ce que je peux faire pour toi ? » Mais elle s'en garda bien et se contenta de lui sourire pour essayer de lui insuffler du courage.

— Passe une aussi bonne nuit que possible. Nous serons là demain matin... Nous allons tout tenter pour t'aider.

— Merci, maman. Merci, Cliff. Et pardon.

Sur le chemin du retour, Cliff garda un silence peu habituel.

— Ça ne s'annonce pas très bien, hein ? osa finalement demander Claudia.

— Miller nous en dira plus demain.

— Je ne comprends pas pourquoi on l'accuse d'enlèvement, et toi ?

— Non, moi non plus.

— Je sais que je devrais penser à ses... ses crimes, et plaindre ces pauvres filles, puisqu'il leur a fait du mal. Tu sais que je n'oublie pas Charlotte un seul instant. Mais... je n'arrive pas à comprendre comment c'est possible. Il n'a jamais été violent.

— Je ne sais pas, chérie.

— Que va-t-il lui arriver ?

— Je ne sais pas non plus.

— Il ne va plus pouvoir aller à l'université. Dire qu'il avait été accepté... On va lui refuser l'inscription, maintenant.

Cliff ne la contredit pas.

En rentrant, ils trouvèrent le couvert de Ted encore mis sur la table.

— Je vais prendre un bain bien chaud et me coucher, annonça Claudia. C'est drôle, je suis gelée alors qu'il fait encore bon dehors.

— Je vais appeler le Dr Billings pour lui demander de nous faire livrer des somnifères par la pharmacie. Il faut que tu dormes bien, cette nuit.

— Je n'ai jamais pris de somnifères, et pourtant Dieu sait que j'ai eu des ennuis dans ma vie.

— Cette fois, c'est différent.

— Si tu y tiens, appelle-le, mais ne lui parle de rien, je t'en prie.

— Je resterai très discret, seulement il faut que nous nous attendions à voir la nouvelle d'ici peu dans le journal.

Plus tard, quand elle fut couchée et que Cliff l'eut obligée à avaler un somnifère, elle l'entendit tempêter dans la salle de bains.

— Petit saligaud ! Ça joue les étalons, et ça se met dans le pétrin. C'est pire qu'un taureau furieux. On devrait l'enfermer et jeter la clé par la fenêtre.

Quand il vint s'allonger auprès d'elle, elle fit semblant de n'avoir rien entendu. Il avait le droit d'être en colère. Elle comprenait sa rage, d'autant que, malgré son angoisse, elle aussi en voulait beaucoup à Ted.

— Tu commences à avoir sommeil ? demanda-t-il.

— Oui, un peu.

— Viens dans mes bras.

Et il serra contre lui une Claudia déjà tout ensommeillée.

Me Miller avait tout de l'avocat distingué, avec son costume bien coupé, sa cravate classique et sa belle toison de cheveux argentés. Il se montrait aimable, mais n'encourageait pas ses clients à lui faire perdre son temps. Cliff et Claudia le retrouvèrent dans le hall du palais de justice.

— J'ai pu parler au procureur, annonça-t-il. Franchement, ça n'a pas l'air de s'annoncer très bien. Il s'agit de deux jeunes filles ; l'une des deux est la fille de Monroe Dieter, l'autre, celle de Frederick Callahan.

— Frederick Callahan ! s'exclama Cliff, c'est le vice-président de ma banque.

— Je sais, je le connais bien. Sa fille a reçu un coup de poing dans la figure quand elle s'est défendue. Il y a un certificat médical. Apparemment, il la ramenait chez elle après une fête quand il a bifurqué vers le lac ; là, il l'a violentée. Donc, dans ce cas précis, il s'agit non seulement de viol mais aussi d'enlèvement. Pour l'autre victime, il ne s'agit que d'un viol, mais il y a des témoins qui l'ont entendue crier.

— Que va-t-il se passer, maintenant ? murmura Claudia.

— L'audience va avoir lieu d'ici quelques instants. Le procureur général ou son substitut va ensuite présenter le dossier au grand jury, qui décidera s'il y a lieu ou non de mettre votre fils en examen. Mais, dans le cas présent, la mise en examen est inévitable. L'affaire passera donc ensuite au tribunal.

— Et que se passera-t-il, s'il perd ? demanda Claudia d'une voix presque inaudible.

— S'il est déclaré coupable ? N'allez pas trop vite en besogne, nous verrons quand nous en serons là.

— Je vous en prie, maître, dites-moi ce qu'il risque. Je préfère savoir le pire tout de suite.

— Il risque une peine assez lourde.

— Je vois. Et combien de temps faut-il pour que la mise en examen soit décidée ?

— Je ne peux pas vous donner de date précise, mais dans ce comté disons que cela mettra environ trois semaines, au mieux.

Il jeta un coup d'œil à sa montre.

— Bien, il est temps d'y aller.

Claudia entra devant les deux hommes. Les salles d'audience aussi devaient se ressembler partout dans le pays. Celle où les assassins du père de Ted avaient comparu, dans l'Illinois, avait été semblable à celle-ci, en un peu plus grand. Claudia voyait le même drapeau, le juge en robe noire perché sur son estrade, feuilletant encore le dossier de l'affaire précédente ; les stores verts des fenêtres battaient, agités par le souffle d'un vent chaud. Les tribunaux avaient été conçus bien avant l'invention de l'air conditionné.

La salle s'était vidée, et il ne restait plus que le procureur général et Me Miller lorsque Claudia et Cliff s'assirent. Le juge refit son entrée, puis Ted apparut, encadré par deux policiers. Il était blanc comme un linge. On le plaça une rangée devant Claudia, un peu sur le côté, de sorte qu'elle ne voyait que l'arrière de sa tête. Ses cheveux, épais et magnifiques comme de la soie noire, auraient pu rendre jalouses bien des filles. Elle se demanda si Cliff avait pensé à mettre une brosse à dents et un peigne dans le sac.

Soudain elle se sentit défaillir ; ses mains étaient moites, et elle comprit qu'elle avait une crise d'hypoglycémie. Cliff lui avait reproché de ne pas prendre de petit déjeuner, mais elle avait été incapable d'avaler une bouchée. Elle avait trop hâte d'arriver au tribunal et, à présent, elle n'avait de cesse que d'en ressortir.

L'audience commença. Les yeux fermés pour combattre sa nausée, Claudia ne prêta pas attention à ce qui se disait. Lorsqu'elle les rouvrit, au bout de très peu de temps, le procureur général et Me Miller s'étaient approchés du banc du juge et s'entretenaient avec lui.

— Un viol particulièrement brutal, Votre Honneur. L'absence de consentement est évident.

Elle saisit ces quelques mots, puis n'entendit plus que des murmures.

Finalement, les deux hommes regagnèrent leur siège et le juge s'adressa à la salle, face à Cliff et à Claudia.

— Nous ne statuons pas ici sur l'innocence ou la culpabilité de l'intéressé, déclara-t-il. Nous cherchons simplement à établir s'il risque de prendre la fuite. Pour un chef d'inculpation aussi grave que celui-ci, la cour ne souhaite s'exposer à aucun risque et demande une caution. Étant donné qu'il y a deux parties civiles, la caution est fixée à quatre cent mille dollars. Au dépôt de la provision, il sera relâché et placé en résidence surveillée chez ses parents.

Me Miller se leva.

— Je voudrais m'entretenir avec mes clients, Votre Honneur.

Il se rassit et se tourna vers Cliff d'un air hésitant.

— Alors, qu'en dites-vous ?

— La somme est énorme, répondit Cliff avec un sifflement à peine audible.

— En effet. Êtes-vous en mesure de la régler ?

— Il faudra bien, je n'ai pas le choix.

Claudia baissa les yeux et fixa son attention sur une profonde entaille dans le plancher, sans doute causée par un objet métallique. Le feu de l'angoisse lui dévorait les entrailles. L'alternative était simple : si on ne payait pas, Ted moisirait en prison jusqu'au procès.

Un silence se fit jusqu'à ce que Cliff déclare :

— On pense que j'ai beaucoup d'argent, mais ce n'est plus le cas depuis des années, même avant la fermeture de l'usine. Je vais devoir hypothéquer ma maison pour garantir la caution. La propriété vaut nettement plus de quatre cent mille dollars.

La maison qu'il aimait tant, la maison familiale. Et tout le monde serait au courant, cela salirait la réputation de Cliff. Tout ça à cause de Ted. Que de malheurs elle lui apportait ! Elle ne put s'empêcher de se demander, dévorée par la honte, si, en cet instant, il ne regrettait pas de l'avoir épousée ; elle n'osait même plus le regarder.

— Heureusement, continua-t-il, j'ai des comptes dans deux banques. Il me serait très désagréable de demander une hypothèque à la banque de Callahan, même sur une maison comme la mienne. Pour l'instant, je ne me sentirais même pas capable de lui faire face.

— Dans combien de temps pensez-vous pouvoir réunir les fonds ? demanda Me Miller.

— Je peux régler l'affaire dès aujourd'hui.

— Parfait. Madame Dawes, je vous conseille d'aller nous attendre dehors, un peu d'air vous fera du bien.

— Il a raison, intervint Cliff, va. Je te rejoins dès que j'aurai fini les formalités.

Claudia ne protesta pas. Elle quitta la salle en passant près de Ted. « En liberté surveillée, pensa-t-elle, Ted est mis en liberté surveillée. » Sans rien dire, il leva un regard implorant vers elle, auquel elle répondit par un sourire pour lui signifier que tout allait s'arranger ; puis elle sortit, la tête haute.

Cliff la déposa chez eux avant de repartir à la banque. Quand elle fut seule, elle arpenta la maison, regardant d'un œil neuf le décor familier. D'abord, elle passa devant les portraits de famille datés de 1910 qui étaient accrochés au-dessus de la cheminée de la salle à manger, puis elle retraversa la vaste entrée pour aller dans le jardin d'hiver. Là, des plantes fleurissaient même pendant les mois les plus sombres, comme des souvenirs de l'été. La maison n'avait jamais été hypothéquée de toute l'histoire familiale... De retour dans l'entrée ensoleillée, elle se mit à se tordre les mains. Elle comprit alors soudain que cette expression, qui sortait tout droit des romans du XIXe siècle, décrivait précisément la réalité : on se tordait vraiment les mains quand on était en proie au désespoir.

Au bout d'un moment, elle se harangua à voix haute :

— Maintenant ça suffit, Claudia, cesse ces simagrées !

Il fallait absolument qu'elle trouve un remède à son angoisse. Comme toutes les femmes, elle éprouvait toujours un certain soulagement à s'occuper de sa maison. Voilà bien longtemps qu'elle se promettait de nettoyer le vaisselier qui abritait la belle porcelaine ancienne et les verres de cristal des grandes occasions. C'était le moment ou jamais de s'atteler à la tâche.

Lorsque Cliff rentra, elle était en plein travail, entourée par un désordre invraisemblable. Elle leva des yeux interrogateurs vers lui. Il ne devait pas trouver plus facile de parler qu'elle, car sa réponse, bien que prononcée avec douceur, fut brève.

— Tout est réglé.

Entre eux, il n'y avait pas besoin de discours ; elle inclina simplement la tête. Comment lui exprimer sa gratitude et sa peine ? Elle était sûre qu'il la comprenait.

— Il fait un peu plus frais, remarqua-t-il. Si nous dînions sous les arbres ?

Ils prirent leur repas sans grand appétit, parlèrent peu et de sujets très ordinaires, se demandant s'il fallait emmener Rob chez un nouveau vétérinaire, et s'il était nécessaire de changer la clôture au fond de la propriété. Plus tard, ils écoutèrent les informations, mirent de la musique, puis allèrent se coucher.

— Veux-tu un somnifère ? demanda Cliff.

— Non, je préfère ne rien prendre.

Elle ne devait compter que sur ses propres forces, car l'épreuve menaçait d'être longue.

9

Au bout d'une bonne demi-heure de silence, Elena se mit à protester :

— J'aimerais bien savoir pourquoi tu prends toutes ces petites routes au lieu de passer par l'autoroute. Nous n'allons jamais arriver.

— J'avais envie de regarder l'avance de l'été au nord de Boston, répondit le père de Charlotte. De l'autoroute, on ne voit rien. On n'est pas pressés, si ?

Au nord de Boston. Au printemps, on avait demandé à Charlotte d'apprendre par cœur un poème de Robert Frost :

La montagne tenait la ville dans son ombre.
Je le compris avant la première nuit.

Charlotte avait choisi ce poème parce qu'il décrivait la montagne qu'elle voyait de la fenêtre de sa chambre. On en distinguait la ligne bleu foncé à l'horizon, qui se fondait si bien avec le ciel que parfois on ne savait plus si c'était elle qu'on apercevait ou les nuages.

Mais, maintenant, elle ne voulait plus retourner là-bas. Elle voulait partir loin. Ses amies allaient lui demander où elle était allée, mais elle n'avait aucune envie de leur faire des confidences. Et puis elle se trouvait affreuse, amaigrie, toute creuse. Emmabrown la serrerait dans ses bras en pleurant et demanderait ce qu'on lui avait fait à Boston. Si son père passait devant la maison de Claudia, elle serait obligée de se couvrir les yeux.

Si seulement on avait inventé une éponge, une serpillière pour se nettoyer la tête ! Elle ne voyait pas d'autre moyen de se débarrasser des images qui venaient l'obséder. Elle revoyait Elena rire avec Judd en Floride, le gilet rayé ; elle entendait Elena et papa, la nuit, les portes qui claquaient et le cliquetis du lustre de l'entrée.

« Charlotte, il faut que tu te reprennes, se répondit-elle, ou ils vont vouloir t'envoyer chez un psy. » Mais ils auraient beau faire, elle n'irait pas. Elle avait simplement besoin de partir dans un endroit où personne ne la connaîtrait. Oui, elle se sentirait sûrement mieux ailleurs.

— Regardez, dit son père, une vraie école de campagne. Je me demande si elle sert encore. Probablement pas : il ne doit pas y avoir plus de trois salles de classe, chauffées au poêle à bois. Ça me rappelle les vieux livres de lecture de McGuffey. Au moins, on apprenait encore la grammaire en ce temps-là.

Une école de campagne, songea Charlotte, voilà exactement ce qu'il lui fallait. On n'en trouverait probablement pas une aussi jolie que celle-ci, avec un pâturage de l'autre côté de la route, mais en tout cas elle avait envie d'aller en pension. « Il y a longtemps, loin d'ici », disait un poème. Au moins, la pension serait loin d'ici.

— Tu as eu d'autres nouvelles de ton frère ? demanda Elena. Tu sais s'il y a du nouveau ? Tu ne me dis jamais rien.

— Nous avions d'autres préoccupations. Et puis je n'ai pas envie d'en parler.

— On ne peut pas tourner perpétuellement autour du pot. Non, ne me fais pas les gros yeux, Charlotte doit savoir ce qui se passe.

Le front plissé d'inquiétude, son père jeta un coup d'œil dans le rétroviseur pour la regarder.

— Tu veux qu'on t'en parle, Charlotte ?

Elle avait envie de dire oui, elle avait envie de dire non... La curiosité l'emporta.

— Vas-y, répondit-elle d'une voix hésitante.

— Bien, je te résume la situation. Ted a été arrêté à la suite de deux plaintes déposées contre lui. Viol et enlèvement. Il a conduit une fille au lac contre son gré et il lui a cassé le nez.

Un frisson d'effroi parcourut le dos de Charlotte.

— Comment ça s'est su ? Enfin, je veux dire... est-ce que tout le monde est au courant ?

— Ne crains rien. Comme nous n'avons pas porté plainte, personne ne saura ce qui t'est arrivé. Ce sont les parents des deux autres filles qui sont allés à la police. Là, c'est différent, tous les journaux en parlent.

— C'est qui, je les connais ?

— Leurs noms n'ont pas été révélés. Ça ne veut pas dire qu'il n'y aura pas de fuites quand elles devront témoigner.

— Qu'est-ce qui va arriver à Ted ?

— Il va probablement aller en prison.

— On devrait l'abattre, intervint Elena.

— C'est un beau gâchis, soupira son père. Cliff a dû déposer une caution faramineuse, et Claudia... Tu imagines dans quel état elle est.

Charlotte eut soudain une vision de tartelettes au citron et se rappela qu'elle avait encore des livres à elle.

— La pauvre, je la plains.

— Tu la plains ! s'écria Elena. Mais c'est une imbécile ! Si on enfermait ce monstre jusqu'à la fin de ses jours, ce qui entre parenthèses n'arrivera jamais, elle serait bien débarrassée.

— Ne dis pas des choses pareilles, protesta Bill. C'est terrible d'avoir un fils comme ça. Essaie de la comprendre. Et Claudia est loin d'être une imbécile.

— Il n'y en a pas un pour rattraper l'autre ! Toi et Charlotte, vous avez le cœur trop tendre.

Personne ne répondit. La voiture continua son périple à travers les méandres verts, montant et descendant dans la campagne vallonnée. On n'entendait plus que le ronronnement du moteur.

Charlotte s'imagina en train de témoigner devant un tribunal. Quel calvaire ce serait ! Elle en mourrait de honte.

— Nous allons bientôt arriver à Roseville, remarqua Elena. Si on s'arrêtait pour déjeuner ?

— Tu as faim, Charlotte ? demanda son père.

— Peu importe, interrompit Elena. Elle a besoin de manger, il faut qu'elle reprenne des forces.

— J'en conclus que, comme d'habitude, tu meurs de faim, remarqua-t-il sans animosité. D'accord, nous n'avons qu'à chercher une cafétéria en traversant la ville.

— Non, je déteste l'odeur de la friture. Je préfère aller au restaurant. Il doit bien y avoir un endroit correct à Roseville.

Quelques minutes plus tard, elle s'exclama :

— Tiens ! Là ! La Vieille Auberge Coloniale. Ça n'a pas l'air mal.

— C'est un salon de thé, bougonna Bill. Je vois la décoration d'ici : des petits napperons en dentelle, des salades écœurantes et un rouet dans un coin. Ah oui, et une bassinoire qui a réchauffé le lit de Washington — non, attends, il n'est pas monté si loin au nord. Tiens, une bassinoire utilisée par Daniel Webster.

Elena éclata de rire ; pourtant, ça n'avait rien de

drôle. Est-ce qu'ils ne pouvaient jamais tomber d'accord sans discuter pendant des heures ? Même pour décider où déjeuner ?

— Mets ton pull, Charlotte, ordonna Elena. Il fait froid.

— Mais non, il fait très chaud.

— Je ne veux pas que tu t'enrhumes. Tu es encore fragile.

Et c'était vrai, elle se sentait fatiguée et, pour ne pas s'épuiser à se bagarrer, elle enfila son pull. Il ne fallait pas lui en vouloir, ça partait d'une bonne intention.

— Ce n'est pas trop mal, c'est même charmant, déclara Bill en entrant dans la grande salle lumineuse.

Il essayait de se montrer conciliant ; en réalité, comme dans tous les salons de thé de la région, la cheminée noircie était décorée de chenets en fer forgé, et des fougères pendaient dans des suspensions en macramé au-dessus de dames respectables vêtues de robes à fleurs. La réponse d'Elena ne se fit pas attendre.

— C'est sinistre, à l'image de toutes les petites villes du coin.

Par la fenêtre près de laquelle ils étaient assis, ils voyaient les voitures rouler à faible allure dans la large rue principale. Sur les trottoirs, les passants déambulaient sous une voûte d'ormes qui rappelait tant d'autres villes de province.

— C'est drôle, remarqua Bill pour combler le silence, les ormes sont malades partout sauf ici. Les arbres, ça change vraiment tout, on ne s'en rend pas assez compte.

Elena picorait sa salade au poulet avec une lenteur étonnante pour quelqu'un qui se targuait de posséder un bel appétit. Elle poussa un soupir si profond qu'une dame, à la table d'à côté, qui était presque collée à la leur, se retourna. Peut-être, pensa Charlotte, sa curiosité était-elle aussi éveillée par la robe très chic en lin cramoisi d'Elena ; on ne devait pas en voir souvent de semblables à Roseville.

— Quel calvaire, soupira Elena. L'année entière a été épouvantable, pour finir par cet horrible hôpital. Un vrai cauchemar.

— Les cauchemars disparaissent quand on se réveille, remarqua Bill.

— Oh, mais je ne dors pas. C'est ça qui me fait penser que j'ai besoin de partir quelque temps.

Bill lui demanda calmement où elle voulait aller, cette fois, pendant que Charlotte, la fourchette suspendue au-dessus de son assiette, attendait la réponse. Oh non ! Pourvu qu'elle ne retourne pas en Floride !

— Je pense à l'Italie. Je n'y suis pas allée depuis des années. J'ai eu largement le temps de réfléchir pendant les heures affreuses que j'ai passées à l'hôpital, et je me suis dit que ça ferait beaucoup de bien à Charlotte de partir un an à l'école à l'étranger. C'est une bonne idée, non ?

— Tu sais bien que je ne peux pas partir pour l'instant, rétorqua Bill. Il se passe trop de choses à Kingsley.

— À cause de Ted ? Tu devrais plutôt avoir envie de prendre de la distance. Tu n'as pas à te mêler de ce procès.

— Il y a Ted, mais il y a aussi l'usine. Les locataires ne m'inspirent pas confiance, et c'est le loyer qui nous fait vivre.

— Comme tu voudras. Je peux partir seule avec Charlotte.

Pour recommencer comme en Floride... Il n'en était pas question !

— Non ! jeta Charlotte.

— Tu as l'air bien sûre de toi, s'étonna Elena avec un haussement de sourcils. Tu peux me dire pourquoi ?

« Tu le sais très bien, se dit Charlotte ; en Italie il y aura des réceptions, et un autre Judd. » Cette raison, elle ne pouvait pas la donner, mais elle en invoqua une autre qui correspondait aussi à la vérité.

— Parce que je ne veux pas partir sans papa.

— Tu sais que tu me fais de la peine... Après tout, je suis ta mère. Parfois, j'ai l'impression que tu l'oublies.

— Je ne veux pas te faire de peine, mama, mais je n'ai pas envie d'y aller. Ce que je voudrais, c'est partir en pension à la campagne.

En s'entendant formuler son idée à voix haute, Charlotte se mit à y tenir vraiment.

— Je voudrais même partir tout de suite. Je sais qu'il y a des cours d'été dans certaines écoles.

— Qu'en penses-tu, toi ? demanda Elena à Bill.

— Qu'elle fasse ce qu'elle veut. Elle a déjà assez souffert comme ça. Elle seule peut nous dire ce dont elle a besoin.

— Tu vois, reprit Elena, ton père acceptera tout à fait que tu viennes en Italie avec moi si tu en as envie.

— Oui, mais je ne veux pas y aller.

Elena haussa les épaules.

— Ça n'aura pas été faute d'essayer. Pour moi, ça ne change rien, j'ai décidé de partir.

La gorge de Charlotte se serra. Elle avait du chagrin, comme on en a avec les livres ou les films qui font pleurer, quand les hommes partent à la guerre, ou qu'un enfant meurt, ou même... même quand on abandonne un vieux chien très aimé. « C'est la peur de la séparation, pensa-t-elle, de la rupture. »

— Tu ne reviendras pas, dit-elle à voix très basse.

— Je n'ai jamais dit ça !

— Peut-être, mais je le sais bien.

Un lourd silence s'installa. Lorsqu'ils se levèrent de table pour retourner à la voiture, leur humeur était toujours aussi sombre. Deux semaines de trêve

venaient de prendre fin ; plus rien ne restait de la douceur de la chambre d'hôpital, où, avec son père et sa
mère de chaque côté de son lit, unis par leur amour
pour elle, Charlotte avait connu une sorte de bonheur.

Personne ne faisait plus le moindre effort pour préserver cette harmonie. Son père n'essayait même plus
d'animer la conversation. Dans une demi-torpeur,
Charlotte, allongée sur la banquette arrière, regardait
défiler les cimes des arbres. Quand enfin son père
brisa le silence, elle se redressa ; ils approchaient de
la maison par la route qui longeait le fleuve.

— Il y a déjà des camions qui viennent décharger,
observa-t-il. Je ne pensais pas qu'ils commenceraient
si vite.

Les bâtiments de l'usine désaffectée, froids et moroses, ressemblaient à une prison, et Charlotte se sentit
submergée par une horrible dépression. Elle détestait
Kingsley et ne rêvait que d'en partir pour ne jamais,
jamais y revenir.

Bill repensait à son enfance. Qui aurait pu prévoir
ce que l'avenir lui réservait ? Cliff et lui étaient nés
coiffés, comme on disait dans le temps. Ils allaient en
ville à cheval, avec leur père, et passaient à l'usine.
L'entreprise était le cœur de Kingsley, leur père, le roi
incontesté de la ville ; on le respectait, et on traitait
ses fils comme de jeunes princes.

Depuis leur retour de Boston, il avait pris l'habitude
de marcher un peu après le dîner, seul avec ses pensées moroses. Elena regardait la télévision, et
Charlotte, convalescente, se couchait tôt. Parfois, il
rencontrait Cliff au cours de ces promenades. Ils
avaient tous les deux, dans leur besoin d'échapper un
moment à leurs soucis, trouvé le même effet calmant
à l'obscurité tranquille des soirées d'été. Ils se comprenaient parfaitement : Cliff savait qu'Elena ne voulait

pas de lui chez elle, et Bill se rendait bien compte qu'une rencontre avec Ted chez Cliff ne pourrait qu'être catastrophique.

— Il se terre dans sa chambre, lui avait appris son frère. Il refuse d'en sortir, et Claudia doit lui monter ses repas. Il est terrorisé, et j'avoue qu'il y a de quoi. Le problème, c'est que j'aime Claudia. Autrement, je l'aurais jeté dehors ; ça ne m'aurait pas gêné qu'il croupisse en prison jusqu'au procès. Il n'a qu'à payer pour ce qu'il a fait. Je me suis couvert de dettes à cause de lui.

Bill le plaignait beaucoup tout en trouvant que ce mariage ne lui avait apporté que des ennuis.

— On n'y peut rien, répondait-il. Il y a des gens qui ont des âmes de criminel, c'est tout. On peut faire tout ce qu'on veut, on ne les changera jamais. C'est de la mauvaise graine. Ça ne lui vient pas de Claudia, évidemment, s'empressait-il d'ajouter.

Cliff demandait toujours des nouvelles de Charlotte, mais il n'y avait rien de nouveau à lui apprendre. Elle vivait repliée sur elle-même, déprimée, et résolument décidée à partir. En rentrant de sa promenade, dans la nuit, il levait les yeux vers la fenêtre encore illuminée de sa fille qui lisait tard, surtout des livres sérieux et beaucoup de poésie. Il l'avait aussi vue se plonger dans des articles sur le procès de Ted... Elle allait lui manquer terriblement. Déjà, alors qu'elle vivait encore sous son toit, il ressentait la lancinante douleur de sa perte.

Juillet s'écoula sans qu'on s'en aperçoive, et les papiers ne furent remplis et les inscriptions définitives qu'au début d'août. Il fut décidé que Charlotte partirait à la fin du mois pour sa pension qui se trouvait à trois cents kilomètres de Kingsley. Autant dire aux antipodes, pensait Bill. Il n'y aurait plus de promenades, plus de bavardages à la table du dîner. Elle partait vivre au loin parmi des étrangers, emportant son lourd secret avec elle.

Il ne comprenait pas comment Elena parvenait si bien à accepter la séparation. D'excellente humeur, elle avait efficacement préparé les bagages de Charlotte ; elle avait acheté tous les vêtements nécessaires et plus encore, s'était procuré la liste de livres pour les cours, et avait même pensé au papier à lettres et aux timbres. Le tout avait été empaqueté avec soin dans des valises flambant neuves. La veille du départ, Emmabrown avait préparé un panier de pique-nique pour le voyage avec ce que Charlotte préférait : du poulet frit et de la tarte aux pommes.

Emmabrown avait tendance à geindre, Elena, comme toujours, brillait par son efficacité ; quant à lui, il subissait ce départ comme un empoté.

En observant Charlotte pendant le trajet, il se rendit compte qu'elle avait peur. C'était normal, on avait toujours le trac en partant en pension. Il essaya d'alléger l'atmosphère, comme d'habitude, en empêchant le silence de s'installer par de petites remarques : les jours raccourcissaient, le chant des cigales était particulièrement strident cette année ; il avait entendu dire que c'était le signe d'un automne précoce.

— Enfin, ce n'est probablement qu'une superstition, ajouta-t-il.

Elena choisit comme lieu de halte pour le pique-nique le sommet d'une colline qui donnait vers le nord sur un magnifique panorama de montagnes. Aujourd'hui, elle aussi faisait la conversation, mais tous ses commentaires étaient tournés vers l'avenir.

— Il faut que tu travailles ta conversation française. Trop de gens lisent Molière et sont incapables d'aller acheter la moindre chose dans un magasin. Tu verras comme c'est amusant de voyager et de parler une autre langue couramment.

Quand Elena se sentait vraiment mal à l'aise, elle

bégayait légèrement. Bill se souvenait combien il avait trouvé ce défaut charmant au début de leur rencontre. Maintenant, il n'éprouvait plus que de la pitié. Elle souffrait, elle aussi, mais si différemment de lui. Un instant, il prit assez de distance pour imaginer l'impression que leur petit pique-nique pouvait donner de l'extérieur : un couple de parents charmants avec une belle adolescente, partageant un moment de détente dans un coin bucolique parsemé de lis sauvages et d'ombellifères. Personne n'aurait pu soupçonner que leur couple n'en était plus un.

Quand bien même, un lien subsisterait toujours à travers Charlotte.

— C'est encore loin ? demanda cette dernière.

— On devrait arriver vers quatorze heures, répondit-il.

Elle eut l'air soulagée. Sans doute éprouvait-elle la même appréhension que dans une salle d'attente de dentiste ; elle avait envie d'en finir au plus vite. Car, même si elle avait désiré ce grand changement et insisté pour partir, Bill savait que le moment des adieux serait très difficile et devrait être abrégé autant que possible.

En fait, tout se passa si vite qu'il ne conserva de la séparation que le souvenir indistinct d'un défilé de voitures qui déversaient des bagages, des parents, et des jeunes filles bruyantes. Tout ce tumulte se passait devant un bâtiment de briques rouges avec des colonnes blanches, entouré de vieux arbres. Après quelques larmes bien vite réprimées, Charlotte passa des bras de l'un aux bras de l'autre, tandis qu'Elena prodiguait des recommandations de dernière minute.

— Dans les cantines, on sert toujours trop de féculents ; prends surtout des légumes pour ne pas grossir. Et n'oublie pas d'appeler en PCV deux fois par semaine.

Ils l'embrassèrent une dernière fois, repartirent vers

l'endroit où ils étaient garés, puis se retournèrent pour faire des signes d'adieu. Ensuite, ils montèrent en voiture et démarrèrent. En s'éloignant, Bill fut submergé par le chagrin. Toutes les adolescentes qu'il avait vues, en dépit de leur taille d'adulte et de leur maquillage, avaient un air très enfantin. Il revoyait Charlotte sur son chariot d'hôpital qu'on poussait vers la salle d'opération, et se retint d'écraser le poing sur le tableau de bord. Il en aurait sangloté.

Il pleuvait à torrent lorsqu'ils arrivèrent assez tardivement à Kingsley. Le crépitement de la pluie enveloppait la maison et les accompagna pendant qu'ils partageaient le dîner laissé par Emmabrown.

— Ça y est, c'est déjà l'automne, gémit Elena. Écoute-moi ça.

C'était drôle, ils étaient tous les deux dans la même pièce, et pourtant Elena entendait une pluie déprimante, tandis que lui appréciait le rythme apaisant de l'averse.

— Nous ne nous comprenons pas, remarqua-t-il, se sentant soudain épuisé. Je crois même que nous ne nous sommes jamais compris.

Il avait envie de lui parler à cœur ouvert, mais comment communiquer quand on ne se comprend pas ? Il aurait voulu en savoir plus sur l'homme qu'elle avait rencontré en Floride, seulement, s'il lui posait la question et qu'elle niât tout, il aurait l'air d'un imbécile. Mais les mots, finalement, s'échappèrent d'eux-mêmes.

— J'aimerais bien que tu me parles du type de Floride.

— Aucun intérêt ! Il était amusant, superficiel, sans plus. Je t'ai déjà dit que ça ne comptait pas, il n'y a vraiment rien d'autre à en dire.

— Alors tu n'as rencontré personne de sérieux ?

— Non, il n'y a personne.

— Tu veux simplement divorcer.

— Moi, j'ai dit ça ? Tu veux divorcer, toi ?

Il répondit sans conviction :

— Je pense que ça vaut toujours la peine de sauver un mariage.

— Toujours ? En es-tu sûr ?

— Quand il y a des enfants. Charlotte...

— Charlotte est partie en pension.

Bill sentit soudain la colère monter. Il avait l'impression qu'Elena prenait leur tragédie trop à la légère.

— Ça n'empêche, déclara-t-il, qu'elle a besoin de savoir que sa mère l'attend à la maison.

— Son père fera tout aussi bien l'affaire pendant que je serai partie, si ce n'est mieux. C'est toi qu'elle préfère.

— Elle t'aime, Elena.

— Peut-être, comme une fille aime sa mère, mais nous ne nous entendons pas.

— Cela veut peut-être dire qu'il faudrait que tu changes un peu.

— Comment veux-tu que je change ? On ne change pas comme ça. Je suis comme je suis.

Cette complaisance envers ses propres défauts le mit en rage. À cause de cette idiote — à cause de lui aussi, évidemment, mais surtout à cause d'elle —, il était arrivé malheur à leur enfant. Dieu sait ce dont ils avaient privé Charlotte. « Sale garce », pensa-t-il.

— Je t'ai presque entendu me traiter de garce.

— C'est vrai.

— Je ne veux pas que tu m'en veuilles, Bill. Ne nous battons pas.

Elena se leva alors et traversa l'entrée pour se rendre dans la salle de séjour. Le claquement de ses talons sur le parquet, comme d'habitude, résonna péniblement dans la tête de Bill.

Étouffant sa colère, il la suivit en parvenant à déclarer d'un ton mesuré :

— Mais je ne veux pas me battre ; c'est même la dernière chose que je veuille. Charlotte n'a vraiment pas besoin de ça.

Elena était pâle, elle avait les traits tirés. Elle porta un instant la main à ses lèvres, et il vit étinceler le diamant fort modeste qu'il lui avait offert dans le premier élan passionné de leur amour. Lorsqu'elle rabaissa le bras, elle entrouvrit la bouche comme pour parler mais ne dit rien. Et, soudain, comme cela arrivait souvent, il sentit qu'il lui pardonnait tout. Oui, elle était telle qu'elle était, et elle n'y pouvait rien. Cela n'avait aucun sens de lui reprocher sa personnalité.

Il était coutumier de ces revirements, passant souvent de l'indignation à la compassion. « Je dois avoir besoin d'une psychanalyse », se dit-il amèrement.

— Alors c'est décidé, tu t'en vas ? demanda-t-il.

— Oui. Ne fais pas cette tête, Bill, je ne t'abandonne pas ! Je n'ai jamais parlé de divorce. Je vais revenir.

Elle avait l'air d'y croire, mais il en doutait fort. Leur vie à deux était, finalement, bien terminée. Et, très probablement, même certainement, cela valait mieux vu l'existence qu'ils avaient menée. Pourtant, ils n'avaient pas été si malheureux. Comme c'était difficile de juger... « De génération en génération, pensa-t-il, on évolue dans une sorte de pénombre. On croit savoir ce qu'on fait, mais beaucoup, beaucoup trop de choses nous échappent. »

— Quand veux-tu partir ? demanda-t-il.

Elle lui répondit par un sourire hésitant et une autre question :

— Mardi ? Ça t'irait ?

— Oui, mardi si tu veux, dit-il calmement. Je te conduirai à Boston pour prendre ton avion.

10

Le coup de téléphone de Me Miller interrompit Cliff et Claudia en plein petit déjeuner.

— On m'a informé hier très tard, dit-il à Cliff, alors j'ai préféré attendre ce matin pour laisser à Claudia encore une petite nuit de répit. En un mot, le grand jury a décidé la mise en examen.

La voix sonnante de l'avocat parvenait jusqu'à Claudia. Elle reposa sa cuillère et agrippa le rebord de la table en lançant à Cliff un regard désespéré.

— Allez-vous vous charger de le défendre vous-même ? demanda Cliff.

— Non. Comme vous le savez, je ne suis pas spécialiste de droit criminel. Nous avons un jeune avocat très doué au cabinet. C'est le meilleur de la ville, je vous le recommande. Il s'appelle Kevin Raleigh, et il peut voir Ted à quinze heures trente cet après-midi.

Au mot de « criminel » toutes les scènes de procès angoissantes que Claudia avait vues à la télévision se cristallisèrent en une image terrible : Ted, tel un animal traqué, était entouré par ses juges qui le montraient du doigt, le visage réprobateur. Pendant quelques secondes, cette vision fut si forte que Claudia resta paralysée, puis elle repoussa sa chaise et partit vers l'escalier.

— Où vas-tu ? s'écria Cliff.

— Je vais le mettre au courant.

— Non, attends. Je vais lui parler avec toi.

Il ajouta dans le téléphone :

— C'est terrible pour Claudia. Ce garçon est en train de tuer sa mère. Je vous rappelle plus tard.

Il alla au pied de l'escalier et éleva la voix de manière à être entendu du premier.

— Ted ? Descends une minute, s'il te plaît.

— Il dort encore.

— Je vais le chercher, annonça-t-il gravement. Dormir n'est pas une solution ; il faut qu'il se ressaisisse.

Claudia savait bien qu'il avait raison. Ted fuyait la réalité en se réfugiant dans le sommeil. Il dormait toute la journée, et elle l'avait entendu sortir la nuit pour aller rôder Dieu sait où. Ses amis n'appelaient plus. De toute évidence, la publicité tapageuse qui avait entouré l'affaire les tenait à l'écart. Elle avait bien essayé de le raisonner, mais il ne voulait rien entendre. Pourtant, il devait sentir qu'elle ne désirait rien d'autre que lui donner du courage ; elle aurait voulu lui faire comprendre qu'une lourde punition ne devait pas l'empêcher d'espérer. S'il le voulait, il pourrait commencer une nouvelle vie. Ce serait difficile, mais pas impossible.

Ils descendirent bientôt ensemble, Ted à la suite de Cliff, pieds nus et en peignoir. Ces temps-ci, chaque fois qu'elle se trouvait face à lui, Claudia ressentait le même choc. L'insolence transparaissait dans chacune de ses attitudes et de ses expressions, mêlée, paradoxalement, à un abattement de victime.

— Assieds-toi, ordonna Cliff. Je veux que tu prennes un petit déjeuner correct. Claudia, prépare des œufs et du bacon, et en quantité. Il ne faut pas qu'il s'affaiblisse : il va avoir besoin de toutes ses forces.

— Est-ce que tu lui as...

— Oui, je le lui ai dit.

Elle s'échappa avec soulagement vers la cuisine. Cela lui ferait du bien de s'occuper. Pour retarder le plus possible son retour dans la salle à manger, elle prépara toute une pile de pancakes et pressa une cruche de jus d'orange. Cliff, elle s'en rendait compte, aiderait davantage Ted qu'elle ne le pourrait elle-même.

Quand elle apporta le petit déjeuner, Cliff était en pleine péroraison.

— Tu vas avoir un des avocats les plus brillants de l'État. Essaie de te détendre, d'avoir confiance. Je sais que ce n'est pas facile, ajouta-t-il plutôt gentiment, mais fais ce que tu peux. À propos, il vaudrait mieux que tu te mettes un costume et une cravate, et que tu rases cette barbe de trois jours.

Il se tourna alors vers Claudia et ajouta :

— Je me charge de l'emmener chez l'avocat.

Ted ne réagissait pas, affalé sur sa chaise comme s'il n'entendait pas ce qu'on lui disait. Ces derniers temps, il avait pris l'habitude insupportable de faire craquer ses phalanges, et Claudia tressaillait chaque fois. Il était en train de s'effondrer sous ses yeux.

— Ted, prends ton petit déjeuner pendant que nous finissons le nôtre, reprit Cliff. Mange, Claudia, tu as besoin de garder tes forces, toi aussi.

— J'ai des réserves, répondit-elle avec un faible sourire.

Cette tentative de plaisanterie, évidemment, tomba à plat, et le déjeuner fut expédié en silence.

— Ne crains rien, Ted, déclara Cliff en sortant de table. Je te conduis chez l'avocat cet après-midi, mais je n'assisterai pas à l'entretien avec toi. Je ne veux pas fourrer mon nez dans tes affaires ; pourtant, je te conseille vivement de dire toute la vérité à Me Raleigh si tu veux qu'il puisse t'aider.

— Mais la vérité, je me tue à la dire ! s'écria Ted en lançant un regard furieux à Cliff.

— Non, ce n'est pas vrai. Ce que tu nous as raconté, à ta mère et à moi, ne correspond pas aux déclarations des victimes transmises au grand jury.

— Et pourquoi tu les crois plus que moi ?

— Il y a des preuves, Ted, tu le sais bien, on te l'a dit. C'est infantile de continuer à tout nier alors que les faits sont établis.

Cliff hésita un instant, puis il dit lentement :

— Tu as déjà menti pour Charlotte, et Dieu sait qu'il y avait une preuve.

— C'est de l'acharnement ! Je te dis que c'était quelqu'un d'autre.

— Tais-toi, Ted, je n'en peux plus, tu me fais honte ! s'exclama Claudia, au bord des larmes. Je ne te reconnais plus.

— Et après ça, vous vous étonnez que je reste dans ma chambre sans jamais descendre ! C'est pas possible de vous parler. Je remonte.

Laissant passer cette explosion, Cliff lança, alors que Ted disparaissait dans l'escalier :

— Nous partons à quinze heures, sois prêt !

— J'ai encore besoin d'une tasse de café, dit Claudia. Je ne tiendrai jamais sans une bonne dose de caféine.

Elle resta pensive un moment, serrant sa tasse chaude et réconfortante entre ses mains.

— Cliff, est-ce qu'on ne pourrait pas invoquer une instabilité psychologique ? On pourrait demander à un médecin de l'hospitaliser au lieu de...

Cliff fit non de la tête.

— J'en ai parlé à Miller et à pas mal d'autres gens. Ça ne marchera pas. On demande toujours des peines de prison pour ce genre de viol avec coups et blessures, surtout dans des cas comme celui-ci. Non, franchement, je pense qu'il mérite d'être puni, et pourtant j'éprouve beaucoup de pitié pour lui, comme j'en éprouverais pour n'importe quel être humain, même un criminel. C'est triste de foutre en l'air sa vie comme ça. Ted se prend pour un héros, pour un dieu du foot, et il croit que toutes les filles doivent tomber à ses pieds, surtout, probablement, après quelques bières.

— Mais tu as dit que l'avocat serait en mesure de l'aider. Je suis désolée d'être aussi bouchée, mais je me sens complètement perdue. Qu'est-ce qu'il peut faire ? Je sais bien qu'il doit être puni, tu as raison, mais...

— L'avocat va simplement essayer de réduire sa peine, ma chérie.

Cliff souffrait pour elle, elle le voyait dans son regard. Elle raffermit sa voix.

— Tu as besoin de te reposer, Cliff. Va faire une sieste, je t'en prie. Monte dans notre chambre, ou allonge-toi dans le hamac. Tu as le temps de dormir un peu avant de partir avec Ted à quinze heures.

Claudia préparait une salade composée dans la cuisine quand Cliff et Ted rentrèrent. Dès qu'elle posa les yeux sur son fils, elle se rendit compte qu'il avait pleuré. Comme elle ne voulait pas le gêner, elle fit semblant de ne pas s'en apercevoir et adopta un ton léger.

— Le repas sera prêt dans une seconde. Dînons d'abord, et ensuite tu nous raconteras ce qui s'est passé chez Me Raleigh.

Ted la toisa avec mépris.

— Alors, c'est tout ? On mange comme si de rien n'était ? On joue les petites familles tranquilles... Allez, à table !

Effarée, elle laissa retomber les couverts à salade, consciente de sa maladresse. Elle ne prononçait jamais les mots qu'il fallait.

— Ce n'est pas ce que je voulais dire... Je suis désolée... Je voulais seulement que... Allez, dis-moi comment ça s'est passé.

— Très mal, qu'est-ce que tu crois ?

— Viens, assieds-toi là. Raconte.

Elle avait automatiquement levé les yeux vers Cliff, qui lui fit un petit signe de tête pour confirmer que l'entrevue avait été difficile. Puis, visiblement très préoccupé, il ouvrit un placard pour en sortir les croquettes et remplit les deux bols des chiens.

— Assieds-toi, Ted, répéta-t-elle.

— Non. Votre avocat brillant, c'est un total incapable. Il dit qu'on ne peut pas me tirer de là.

— Mais, voyons, tu devais t'en douter. Il peut essayer de faire alléger la peine, mais...

— On m'accuse de lui avoir cassé le nez. Ça ne s'est pas passé comme ça du tout. Si elle a reçu un coup, ce n'était pas ma faute, on se bagarrait pour rire...

Claudia se rendit compte qu'il était à bout et ne pouvait achever sa phrase.

— Je monte, jeta-t-il. Fichez-moi la paix.

Quand il fut parti, Claudia s'écria :

— Je ne sais plus quoi dire ! J'ai peur pour lui, ça me fait mal.

— Et moi, je m'inquiète pour toi, répliqua Cliff.

— Est-ce qu'il t'a parlé, pendant le trajet ? Il avait les yeux rouges... Il a pleuré devant toi ?

— Oui, il sanglotait en sortant de chez l'avocat. Il est mort de peur. Il n'arrive pas à accepter la perspective de la prison, et Dieu sait que c'est compréhensible.

— Bien sûr.

Plus tard dans la soirée, elle frappa à la porte de Ted pour l'avertir qu'elle lui avait monté à dîner.

— Je n'en veux pas, répondit-il à travers la porte.

Elle laissa malgré tout le plateau par terre, mais, au matin, elle le retrouva à la même place, intact.

— Ted ! appela-t-elle, ne fais pas l'idiot. Ça ne sert à rien de te laisser mourir de faim. C'est un cap difficile à passer, mais tu vas prendre le dessus. Tu as encore une longue vie devant toi.

— Laisse-moi tranquille.

— Je redescends ton plateau et je t'en remonte un avec un petit déjeuner tout chaud. Ne sois pas si dur avec moi, Ted, ça ne te ressemble pas. Nourris-toi. Même si ce n'est pas pour toi, fais-le pour moi.

— Fiche-moi la paix.

Lasse et désespérée, elle laissa tout de même un plateau devant sa porte. Cliff était déjà parti en ville, où il avait quelques courses à faire, et, trop perturbée pour lire le journal du matin, elle alla se poster devant la fenêtre. Dans le jardin ensoleillé, deux écureuils se poursuivaient sur la pelouse. Ils grimpèrent à un érable dont quelques feuilles jaunissantes tombèrent doucement jusqu'au sol. Par contraste, la maison semblait menaçante, sans joie. Dans le silence, le tic-tac de l'horloge de la cheminée donnait froid dans le dos. Claudia faillit céder à une envie fulgurante de s'enfuir, d'ouvrir la porte en grand et de courir dehors, à la lumière.

Après un moment, elle alla dans la cuisine. Depuis le début des événements, elle avait autant cuisiné qu'en une année entière. Elle avait presque rempli le congélateur de petits plats, de soupes, de pâte à tarte ; cela la détendait un peu de s'occuper de ses mains, et aujourd'hui encore elle ne voyait pas d'autre solution pour se changer les idées.

Elle pliait de la pâte feuilletée lorsqu'elle entendit Ted descendre l'escalier. Il s'était habillé et avait l'air d'aller beaucoup mieux.

— Je vais en ville, déclara-t-il sans qu'elle ait besoin de lui poser la moindre question.

Elle sentit l'espoir la gagner. Enfin, comme elle l'en conjurait depuis le début, il devait avoir accepté l'inévitable, si terrible que fût la punition, et commencé à faire des projets au-delà de la peine de prison qui l'attendait.

— Amuse-toi bien, dit-elle, il fait un temps splendide.

Il ne rentra qu'en fin d'après-midi, alors que Cliff était déjà revenu et qu'elle avait presque terminé la tâche qu'elle s'était fixée.

— En voilà des bonnes choses ! s'exclama-t-il. Tu es vraiment un as de la cuisine, maman !

Quel changement... Elle retrouvait bien là son Ted à l'élégance nonchalante.

— Je m'en suis donné à cœur joie, déclara-t-elle. Il y a un bœuf aux carottes qui sort du four pour le dîner et une tourte aux pêches. Le reste part au congélateur.

— Quand est-ce qu'on se met à table ? Je meurs de faim.

— Ça ne m'étonne pas. Nous pouvons dîner tout de suite, si tu veux. Je vais appeler Cliff, je crois qu'il est en train de lire.

À la table familiale, elle rencontra les regards surpris de Cliff qui s'étonnait comme elle de cette métamorphose. Ted parlait peu, mais il s'exprimait avec calme et courtoisie. Il avait passé l'après-midi à s'acheter une paire de chaussures puis était allé au cinéma.

— C'est bien agréable de nous retrouver enfin à table ensemble, remarqua Cliff.

Claudia se demanda s'il était totalement sincère, vu les circonstances, mais elle lui sut gré de sa bonne volonté, et elle attendit la réaction de Ted, qui ne la déçut pas.

— Oui, surtout avec un dessert comme celui-ci. Tu ne l'as jamais aussi bien réussi, maman. J'en reprendrais bien une troisième fois.

Après le dîner, il embrassa Claudia et déclara qu'il allait monter se coucher.

— À la manière des chiens repus, ajouta-t-il avec

un clin d'œil. Je ne sais pas si vous avez remarqué, mais ils s'endorment dès qu'ils ont mangé. Merci maman, c'était délicieux.

— Que penses-tu de ça ? demanda-t-elle à Cliff quelques instants plus tard. J'ai l'impression que je rêve.

— Il a dû réfléchir, répondit-il, pensif. Il a touché le fond, et puis il s'en est fait une raison. Le mot « repentir » est peut-être un peu fort, mais mettons qu'il a dû finalement comprendre ce qu'il avait fait et décidé de repartir du bon pied. Je ne sais pas... Ou alors il est retourné consulter le psychothérapeute sans nous le dire. C'est possible, qui sait ? Tu vas voir, tout va finir par s'arranger. Viens, allons faire un tour.

Ils empruntèrent leur itinéraire préféré, vers le lac, passant les chaumes des champs de blé moissonnés, les vergers croulant de pommes et le stand de fleurs d'une ferme où ils achetèrent un bouquet de zinnias et de dahlias enveloppé dans du papier de soie vert.

— Je commence à me sentir un peu mieux, déclara Claudia sur le chemin du retour. Je ne veux pas être bêtement optimiste, parce que je sais qu'il nous reste encore beaucoup d'épreuves à traverser, mais si Ted parvient à tenir le coup, il ne peut que sortir grandi de cette expérience. Au fond, c'est un garçon très bien, il a beaucoup de qualités et il est fondamentalement honnête.

Elle serra le bras de Cliff pour l'obliger à la regarder.

— Tu nous as sauvé la vie, poursuivit-elle. Je ne sais pas ce qu'il aurait fait sans toi. Je ne pourrai jamais, jamais, te remercier assez.

— Quand on s'aime, on ne se remercie pas.

Ce soir-là, ils se couchèrent tôt et, grâce au revirement de Ted, passèrent une bonne nuit, ce qui ne leur était pas arrivé depuis bien longtemps.

Cliff se levait toujours le premier pour laisser sortir les chiens. Lorsque Claudia émergea de leur chambre, quelques minutes plus tard, elle eut la surprise de trouver la porte de Ted ouverte. Elle jeta un coup d'œil dans la pièce, et vit que celle-ci était vide.

— Ted ! appela-t-elle.

N'obtenant pas de réponse, elle descendit vite dans la salle de séjour, où Cliff regardait le journal du matin à la télévision.

— Tu as vu Ted ? demanda-t-elle.

— Non, il n'est pas dans sa chambre ?

— Non. C'est bizarre. Je me demande où il est passé.

— Où veux-tu qu'il soit ? Il est sorti, ça n'a rien de surprenant.

— Tu ne trouves pas qu'il est un peu tôt ?

Vaguement inquiète, elle remonta dans la chambre de Ted pour tâcher de s'expliquer l'angoisse qui l'avait gagnée en voyant la pièce vide. Dès qu'elle eut franchi le seuil, elle comprit ce qui l'avait alertée inconsciemment : les portes des deux placards étaient grandes ouvertes.

À présent, son appréhension se matérialisait. Elle passa en revue le contenu de la penderie. Il manquait la moitié des vêtements. On voyait qu'ils avaient été décrochés à la hâte : des cintres étaient tombés par terre, de vieilles chaussures avaient été bousculées. Le sac à dos et la valise neuve achetée plusieurs mois auparavant pour un voyage avaient disparu de l'étagère du haut. Paniquée, elle continua son tour d'inspection. Les tiroirs de la commode n'avaient même pas été complètement refermés, et la plupart étaient vides. Le réveil n'était plus sur la table de nuit.

Totalement affolée, elle courut sur le palier et se mit à crier dans la cage d'escalier :

— Cliff, Cliff ! Ted est parti !

Il se précipita, montant la rejoindre à toutes jambes.

— Qu'est-ce que tu dis ? !

— Il est parti ! Viens voir !

Dans la lumière crue du matin, la chambre avait un air d'abandon indiscutable, et Claudia se mit à pleurer. Cliff se laissa tomber sur le lit défait.

— Le petit salaud ! Est-ce qu'il se rend compte de ce qu'il t'oblige à endurer ?

Il se releva d'un bond.

— Peut-être qu'il a laissé un mot ! Tu as cherché ?

Ils eurent beau fouiller partout, ils ne trouvèrent rien.

— Regarde dans la boîte en cuir, c'est là qu'il range son argent.

— Rien, elle est vide.

Soudain, elle se souvint d'un détail qui lui donna un frisson.

— Attends ! Et son passeport ? C'est dans cette boîte qu'il le range aussi.

— Il n'y a rien du tout, elle est vide.

À cet instant, la panique fit place aux larmes : Ted était en liberté surveillée sous la garde de ses parents. Ils étaient responsables de lui. On lui avait interdit de quitter Kingsley à moins de se déplacer avec eux, et il ne devait sous aucun prétexte sortir du pays.

— Où a-t-il bien pu aller ? demanda-t-elle en tremblant.

Cliff ne répondit que par un sifflement catastrophé.

— Il est parti en cavale. Bon sang !

— On devrait appeler Bill, dit Claudia à voix basse.

— Il n'est pas là. Il est parti accompagner Elena à l'aéroport de Boston. Il ne revient que demain dans la soirée. De toute façon, il ne nous serait d'aucune utilité, il n'est pas avocat. Il faut surtout prévenir Miller... Non, l'autre, le nouveau. Comment s'appelle-t-il déjà ? Je n'arrive plus à me souvenir de son nom.

— Raleigh... Mais attends encore un peu. Nous allons peut-être trop vite. Si Ted était seulement...

— Était seulement quoi ? Tu ne penses tout de même pas qu'il a fait sa valise et pris son passeport pour aller dire bonjour à Bud ?

Claudia sentit son cœur faiblir.

— Il n'a pas d'argent, dit-elle.

— Il a dû s'en procurer. Je vais essayer de trouver le numéro personnel de Raleigh, et puis je dois aussi prévenir Miller.

Dire que la veille au soir elle disait encore à Cliff que Ted était honnête !

Pendant que Cliff passait ses coups de fil, elle resta dans la chambre de Ted, incapable de bouger. C'était la chambre d'un adolescent ordinaire. Il n'y avait rien de plus innocent que l'exposition de trophées sportifs et l'étagère où s'alignaient les manuels scolaires comme chez tous les jeunes de son âge. Mais c'était de la naïveté de penser que cela prouvait quelque chose, elle le savait parfaitement.

Un peu plus tard, elle entendit la sonnerie de la porte d'entrée, suivie bientôt par la voix de Cliff. Raleigh n'avait pas perdu de temps pour venir. En allant les rejoindre, elle s'arrêta devant le miroir de l'entrée, face à son visage anxieux aux joues empourprées. Elle avait vieilli. Si au moins elle avait pris le temps de se coiffer convenablement, elle aurait peut-être retrouvé un peu de dignité. C'était son fils qui se conduisait de cette manière infâme, son fils... En se répétant cette phrase, elle entra dans le salon où se trouvaient les deux hommes.

Me Raleigh, un homme jeune au visage intelligent, portait encore une trace de mousse à raser sur une oreille. La nouvelle lui avait semblé suffisamment alarmante pour qu'il s'habille et se précipite chez eux en moins d'un quart d'heure. En fait, il y avait si peu de temps à perdre qu'il était déjà en train de repartir.

— On peut toujours espérer avoir de ses nouvelles dans la journée, dit-il, mais je n'ai pas l'impression que Ted ait l'intention de revenir. Enfin on ne sait jamais... En attendant, il faut faire une déclaration à la police. Je m'en charge tout de suite. On va venir vous interroger, restez chez vous. Et puis il faudra aussi penser aux conséquences financières. Vous voyez ce que je veux dire, monsieur Dawes ?

— Appelez-moi Cliff, tout simplement, et ma femme, Claudia. Il semble, hélas, que nous allons nous revoir souvent.

— D'accord, dans ce cas, appelez-moi Kevin. Je vous tiendrai au courant.

Juste avant cet échange de politesses, la réflexion de l'avocat avait achevé de terrasser Claudia : il allait falloir trouver quatre cent mille dollars ou bien perdre la maison qui garantissait la caution. « Et tout ça à cause de mon fils... Mon Dieu, qu'ai-je fait à Cliff... et à Bill ? »

— Je sais ce qui te tourne dans la tête, lui dit Cliff dès qu'ils furent seuls.

Il la soutint par les épaules pour l'empêcher de s'affaisser.

— Je t'interdis de penser à ça, ajouta-t-il. Allons prendre le petit déjeuner. Il faut tenir le coup en attendant que la police vienne nous interroger.

Ils n'eurent pas à patienter longtemps. Deux policiers en uniforme bleu vinrent bientôt sonner à la porte, un lieutenant et un capitaine. Claudia se demanda soudain, sans raison, pourquoi les membres des forces de l'ordre se déplaçaient toujours par deux. Le jour de l'arrestation de Ted, il y avait aussi deux hommes. Le plus jeune, se souvint-elle, celui qui avait pris Ted en pitié, avait les cheveux roux. Elle s'égarait... Au prix d'un effort, elle parvint à se ressaisir.

Cliff était en train d'énumérer la liste des amis de Ted en comptant sur ses doigts.

— Les fils Maxwell, Bud, la famille Lewis à Hay Street, les jumeaux McCloud... cela fait environ huit personnes. Je ne vois pas qui d'autre...

— Il a énormément d'amis, intervint Claudia. Tout le monde l'apprécie beaucoup ; enfin, c'était vrai avant les événements. Il n'a plus vu personne depuis que l'affaire a éclaté.

— Nous irons voir chez ces gens-là, déclara le capitaine. Nous avons déjà envoyé des hommes enquêter aux arrêts d'autocar. À moins qu'il ne se soit fait emmener en voiture par un ami, il n'a pu quitter la ville que de cette manière.

— Il a dû partir en pleine nuit, remarqua Cliff.

— Il y a un car qui démarre à minuit, et un autre à six heures du matin qui passe par Arkville, Lorimer, puis qui descend le fleuve jusqu'aux grandes lignes transcontinentales.

Ils continuèrent ainsi à passer en revue tous les moyens de quitter Kingsley. Pour Cliff, cela semblait incroyable qu'à l'âge de l'informatique on puisse disparaître sans laisser de trace.

— C'est très difficile, en effet, confirma le capitaine. C'est même pratiquement impossible, mais cela se produit parfois. Prenez par exemple le cas des terroristes, ils ont souvent cinq passeports. Avec de l'argent, on peut acheter un passeport volé et le faire falsifier. On peut aussi, si on dispose de suffisamment d'argent, s'acheter un passage sur un cargo sans avoir besoin de papiers. Il est parfaitement possible de disparaître pendant des années à l'autre bout du monde.

— Disparaître... disparaître vraiment ? s'étonna Claudia.

— Oui, mais comme je vous l'ai dit, cela n'arrive pas souvent, madame. Vous vous souvenez du type qu'on a retrouvé en Indonésie ? On le recherchait depuis six ans. On en a parlé dans les journaux. Finalement, on arrive toujours à les retrouver.

152

— Avez-vous besoin d'une photo ? demanda soudain Claudia. Je peux vous en faire reproduire une tout de suite.

— Ce ne sera pas nécessaire, dit le capitaine avec un sourire. Nous avons tout ce qu'il nous faut.

— Ah ! Oui.

Évidemment ! On avait pris des photos anthropométriques de Ted, et relevé ses empreintes digitales.

— Oui, nous avons tout ce qu'il nous faut, répéta le capitaine.

Ils sortirent, mais sur la première marche du perron, il ajouta après une hésitation :

— C'est très dur pour vous, je vous plains. Vous ne vous souvenez pas de moi, monsieur, mais mon père travaillait pour vous à l'usine avant sa retraite, et il n'a jamais eu à s'en plaindre. Les Dawes ont toujours bien traité leurs ouvriers. Vous ne méritez pas ça.

— Merci, répondit Cliff, ma femme ne mérite pas ça non plus, vous savez.

— Je m'en doute. La vie, c'est pas facile.

Les policiers n'étaient partis que depuis une minute lorsque les chiens se remirent à aboyer ; Claudia jeta un coup d'œil dehors.

— Il y a quelqu'un d'autre qui arrive. Viens voir.

— La presse, annonça Cliff. C'est Haynes, du quotidien de Kingsley. Bientôt tous les journaux de la région vont nous assiéger, et les magazines aussi. Laisse-moi faire, je m'en occupe.

Quelle horreur, pensa-t-elle avec une amertume qui ne lui ressemblait pas. On ne nous laissera pas souffrir en paix. Les vautours vont tous venir se repaître de notre malheur.

Le lendemain, Claudia reçut un coup de téléphone d'un responsable de la banque, lui demandant si elle avait bien donné son accord pour un retrait de six mille dollars sur le compte commun qu'elle partageait avec son fils.

— Mais bien sûr que non ! s'exclama-t-elle. C'est l'argent que nous mettons de côté pour payer ses frais de scolarité à l'université. Qu'est-ce que c'est que cette histoire ?

— Avant-hier, mercredi, Ted Marple s'est présenté à nos guichets avec un bordereau de retrait signé par vous et par lui.

— Je n'ai rien signé du tout.

— C'est possible, mais la signature ressemblait à la vôtre. Dès que j'ai appris cette transaction, je me suis posé des questions. Je ne devrais peut-être pas me mêler de ça, mais vu les circonstances...

— Vous n'avez pas besoin de prendre des gants, il est normal que vous vous étonniez. Mais comment se fait-il que vous ne vous soyez aperçu de rien au moment du retrait ?

— Le caissier est nouveau, et la signature était parfaitement imitée. Je suis navré, madame, vraiment.

Elle raccrocha. Les gens disaient tous la même chose.

— Il a imité ta signature ? demanda Cliff.

— Oui. On peut ajouter ça à la liste de ses forfaits. Il n'est pas bête, mon fils. Il est allé au cinéma en ville, il s'est acheté des chaussures, et pas un mot sur son petit détour par la banque. Il a dû y aller à la dernière minute pour qu'on découvre le pot aux roses seulement après sa fuite.

La lumière blanche du soleil avançait lentement dans la pièce. Elle se souvenait d'une journée semblable, un an plus tôt, où, au même endroit, dans un même rayon de soleil, elle avait mis au point les détails de sa cérémonie de mariage.

Le lieutenant de la veille revint, seul, cette fois. Curieusement, Claudia lui trouva une ressemblance avec les avocats, Miller et Raleigh. Cela n'avait rien de physique, mais ils possédaient tous les trois la même intensité vigilante, la même mémoire bien exercée. Ils devaient se souvenir du moindre mot prononcé devant eux.

Le lieutenant s'appelait Casper. Dès son entrée, il se dirigea sans hésitation vers le jardin d'hiver, puis il sortit son calepin.

— Nous n'avons rien trouvé aux arrêts d'autocar, annonça-t-il. En cette période, les cars sont remplis de gamins de dix-huit ans qui partent à l'université avec leur valise.

— Même en pleine nuit ? demanda Cliff. À cette heure, il n'y a guère que les employés de l'hôpital qui doivent prendre les transports en commun.

— C'est vrai, mais il peut très bien s'être caché quelque part en attendant les voyageurs du matin pour se noyer dans la foule. Ce garçon a de la ressource, puisqu'il a été assez doué pour imiter parfaitement la signature de sa mère.

La lumière se fit dans l'esprit de Claudia. C'était la police qui avait alerté la banque ! L'employé avait appelé pour lui faire croire qu'il faisait bien son métier, mais il n'avait rien remarqué du tout. Il y aurait presque eu de quoi rire.

Elle avait dû laisser transparaître sa surprise, car Casper s'expliqua aussitôt.

— Oui, nous avons enquêté dans toutes les banques. Pour prendre la fuite, il faut de l'argent. À présent, nous voudrions savoir — ne le prenez pas mal — si vous avez des parents qui pourraient le cacher, ou l'aider. Essayez de penser à tous les gens susceptibles de l'héberger dans le pays.

Claudia fit un petit geste d'ignorance.

— Je n'ai pas de famille, hormis un cousin dans le Colorado que je n'ai pas vu depuis que je suis arrivée sur la côte Est, il y a quinze ans. Je pense que Ted ne connaît même pas son nom. Ma grand-mère avait une sœur en Californie, mais elle a plus de quatre-vingt-dix ans et vit dans une maison de retraite. Nous nous envoyons simplement des cartes à Noël et aux anniversaires. Voilà... c'est tout.

— Des amis proches ?

— Tous mes amis habitent à Kingsley, ou dans les environs.

— Personne non plus à l'étranger ?

— Non, personne.

Casper rempocha son calepin.

— Le cas n'est pas facile, cela risque d'être long, mais nous le retrouverons, j'en suis convaincu.

— Il ne doit pas avoir eu le temps d'aller bien loin, remarqua Cliff.

— Vous savez, à l'heure actuelle, on peut faire le tour du monde en quarante-huit heures, mais nous mettrons la main sur lui. J'y tiens personnellement : les deux victimes vont en classe avec ma petite Maureen. Leurs parents n'abandonneront pas comme ça ; ils vivent des moments terribles.

Cette remarque fit beaucoup de mal à Claudia. Elle avait souvent pensé avec peine aux victimes et à leurs familles, mais tout à coup elle s'identifiait totalement à elles. Elle eut l'impression de vivre la terreur de toutes les jeunes filles agressées la nuit sur des routes de campagne ; elle se mit dans la peau des parents qui, détruits par la douleur, réclamaient qu'on les venge. L'illusion était réelle au point d'en être insupportable.

— Je vous laisse, dit Casper. Si vous avez de ses nouvelles ou si une idée vous vient, appelez-moi, vous savez où me joindre. Évidemment, je ferai de même de mon côté.

— J'ai l'impression que nous allons le revoir souvent, remarqua Claudia dès que la porte se fut refermée.

— Oui, ça me semble inévitable. Tu dois être épuisée. Va t'allonger.

156

Ce regard inquiet, elle le connaissait : Cliff pensait encore à son cœur malade.

— Je ne me sens pas mal, déclara-t-elle pour le rassurer.

— Ça te ferait du bien de dormir un peu.

— Je n'en ai pas besoin, je t'assure.

— Tiens, regarde par la fenêtre. Je vois un nouveau reporter... et en plus il a un appareil photo.

— Oh non ! gémit-elle.

Cette fois, elle ne se fit plus prier pour monter dans sa chambre.

Bill arriva chez eux dans la soirée. Comme on pouvait le prévoir, il semblait très éprouvé. Claudia le prenait en pitié : si tumultueux qu'ait été un mariage, la rupture devait être très cruelle car on se souvenait certainement des moments de bonheur. Oui, Bill devait avoir compris, comme eux tous, qu'Elena ne reviendrait pas.

— Tu as l'air lessivé, remarqua Cliff.

— Je viens de rentrer. L'aller et retour de Boston m'a épuisé.

Une fois que Cliff lui eut relaté les derniers événements, Bill eut l'air encore plus abattu. Son visage avait viré au gris et ses traits s'étaient creusés.

— Si on ne le retrouve pas tout de suite, commenta-t-il, vous allez devoir payer la caution. Il faut qu'on discute de ça, Cliff.

Claudia se leva, proposant de les laisser seuls.

— Je ne veux pas vous déranger, acheva-t-elle.

Ils protestèrent en même temps.

— Mais non, assieds-toi, tu es aussi concernée que nous.

Malheureusement, ce n'était que trop vrai. Non seulement elle était concernée par cette catastrophe, mais elle se sentait la principale responsable. Et elle qui avait toujours gardé la tête haute, elle qui n'avait jamais eu à rougir de ses actes se rassit humblement pour écouter leur décision.

— La vente de la maison suffira à couvrir la caution, déclara Cliff.

— Tu ne peux pas vendre ! protesta Bill. Il n'en est pas question. C'est la maison familiale...

— Je le sais bien, mais il faut regarder les choses en face. L'usine est fermée, nous n'avons plus de rentrées d'argent ni de crédit auprès des banques, et je ne dispose pas d'une telle fortune. Si on ne le retrouve pas avant la fin de la semaine, c'est-à-dire tout de suite, je vais devoir payer.

Cliff se leva pour aller à la fenêtre. Il jeta un coup d'œil dehors, puis revint vers eux en faisant sonner ses clés dans sa poche. Claudia s'en étonna : elle ne lui connaissait pas ce tic et ne l'avait jamais vu se départir ainsi de son calme.

— De toute façon, reprit-il, même si on le retrouve, il va falloir payer très cher ses avocats.

— Tu ne peux pas vendre la maison, s'entêta Bill.

Ils étaient installés dans le bureau où Cliff avait allumé un feu, le premier de la saison. Pour Claudia, le crépitement chaleureux, la lueur rougeoyante qui dansait devant eux en créant une atmosphère intime et familiale avaient valeur de symbole. Cette maison représentait leurs racines. Pour n'avoir jamais eu elle-même de berceau familial, elle n'en comprenait pas moins, ou peut-être d'autant plus, l'importance d'un tel attachement sentimental. Ces deux hommes, et leurs parents avant eux, étaient nés ici, avaient vu pousser ces arbres, avaient choisi les livres de la bibliothèque...

— Non, répéta Bill pour la troisième fois.

Comme d'habitude, il éprouvait de la difficulté à parler. Quand cet homme peu loquace ouvrait la bouche, on avait tendance à l'écouter plus qu'un autre pour entendre, derrière ses mots et ses silences, tout ce qu'il n'exprimait pas. On aurait dit un homme brisé : entre la tragédie de Charlotte, la défection d'Elena, et maintenant cette dernière menace, son univers achevait de voler en éclats.

— Écoute, expliqua Cliff, j'ai tourné le problème dans tous les sens. Je pourrais peut-être me faire prêter les quatre cent mille dollars en donnant les revenus de la location de l'usine comme garantie, mais je n'en suis pas certain, et même si j'y parvenais, les intérêts seraient ruineux. Je me retrouverais criblé de dettes que je mettrais vingt ans à rembourser.

— Et où vivras-tu, si tu vends la maison ? insista Bill, le front empourpré de colère.

Cliff haussa les épaules.

— J'achèterai une maison plus petite ailleurs, c'est tout.

— Tu crois ça ? Après avoir payé la caution et les impôts sur le produit de la vente, combien crois-tu qu'il te restera ? Tu n'auras pas de quoi, bon sang !

— Eh bien vas-y, trouve une solution, toi. Tu as toujours été meilleur en affaires que moi. Regarde la situation en face, et dis-moi franchement ce que tu en penses.

— C'est tout réfléchi. De toute façon, il te faudrait des mois pour trouver un acheteur. Si tu imagines qu'on te laissera la vendre bien tranquillement, tu te trompes ! On te la mettra sous scellés dès la fin de la semaine.

Cliff se leva pour déplacer des braises qui n'en avaient aucun besoin. Claudia devina que c'était pour cacher les larmes qui lui montaient aux yeux. Assise, les mains sur les genoux, fébrile et impuissante, elle se sentait comme ces femmes qui, après la guerre, avaient été rasées et exposées à la vindicte populaire pour avoir collaboré avec l'ennemi.

— Je ne sais pas quoi faire, murmura Cliff, et ce

genre de commentaire ne m'est d'aucun secours. Je ne t'ai jamais vu dans un pareil état. Il va falloir que je trouve une solution tout seul.

— Ce n'est pas la peine. Calme-toi et écoute-moi. Une solution, j'en ai une. À nous deux, nous pouvons réunir l'argent nécessaire. Nous n'avons qu'à vendre des actions, et c'est tout. Si on le retrouve avant le procès, on nous remboursera. Autrement, ce ne sera pas la fin du monde.

— Comment veux-tu que je te demande ça ? C'est impossible, tu as déjà assez d'ennuis.

— Je vais avoir beaucoup moins de frais, à partir de maintenant, déclara Bill avec un petit sourire sardonique. L'adhésion au club d'Elena aurait pu faire vivre une famille entière... une famille beaucoup plus raisonnable que la mienne, cela va sans dire. Non, sérieusement, Cliff, nous pouvons nous en sortir. Nous avons encore les revenus de la location de l'usine. Le gouverneur m'a demandé de travailler pour la Commission régionale pour la protection de l'environnement, ce qui me garantira un salaire. Toi, tu vas travailler à ton livre et engranger les droits d'auteur.

— Tu penses ! Ce n'est pas mon histoire des textiles qui va devenir un best-seller !

— Eh bien, si ça ne marche pas, je pourrai toujours emménager avec vous et vous payer un loyer. Tu as assez de place pour m'accueillir.

Cette proposition arracha un sourire à Cliff, et Bill lui donna une tape dans le dos avec une jovialité qui correspondait plus au caractère de son frère qu'au sien.

— Allez, petit frère, dès demain matin, nous irons en ville chez notre homme d'affaires et nous mettrons nos ressources en commun. Nous n'allons pas nous laisser abattre par cette histoire d'argent. Claudia, tu sais que je meurs de faim ? Je ne me suis pas arrêté une seule fois en rentrant de Boston. Tu as quelque chose à m'offrir ?

Claudia retrouvait bien là Bill, avec son habitude de prendre toutes les situations en main. Il essayait bravement de cacher son inquiétude, et elle se dépêcha de se lever. Si elle était incapable de réparer le malheur qui arrivait par sa faute, du moins pouvait-elle les nourrir convenablement. C'était peu, mais il faudrait s'en contenter.

« Ted, Ted, où es-tu ? Je donnerais dix ans de ma vie pour te retrouver. Reviens vite. Tu ne te rends pas compte de ce que tu nous fais ? Est-il possible que tu te moques à ce point des conséquences de tes actes ? »

11

Dans la petite chambre de Charlotte, tout en haut de Margate Hall, sept filles s'entassaient sur le lit et le parquet. Il n'y avait que deux mansardes de cette taille à la pension, trop exiguës pour abriter plus d'une occupante, et Charlotte l'avait choisie précisément pour cette raison. Elle trouvait aussi reposant l'ameublement simple, avec le lit étroit, le bureau et la chaise entre lesquels on pouvait tout juste se mouvoir. Mais, sous la fenêtre, il y avait un large rebord sur lequel on pouvait poser ses trésors ou des peluches, ou bien s'asseoir comme sur une banquette ainsi qu'elle le faisait souvent pour regarder les montagnes au-delà des arbres. Au début du printemps, des moineaux avaient fait leur nid dans la gouttière et à présent la femelle couvait ses œufs, petite présence que Charlotte trouvait étrangement réconfortante.

On ne venait pas souvent lui rendre visite dans cette partie de la maison, silencieuse et haut perchée ; la vie animée de la pension se déroulait aux étages inférieurs, et Charlotte se tenait à l'écart de cette agitation. Elle se mêlait si peu aux autres qu'elle se serait vite fait détester si elle n'avait pas été championne de natation et de plongée, talent hérité de ses parents. Elle était la meilleure de l'équipe et avait déjà rapporté plusieurs médailles à l'école, ce qui lui avait valu le respect de ses camarades.

Jamais elle n'aurait cru devoir dépendre de ce talent pour s'intégrer, mais elle sentait qu'elle avait changé. Elle avait du mal à communiquer avec les autres, et aujourd'hui sa chambre n'était pleine que parce qu'elle venait encore de recevoir un gros colis envoyé d'Italie par Elena. C'était trop, elle ne pouvait jamais tout manger ; elle recevait par courrier express des fruits, des fromages périssables, toujours son chocolat favori ou de la pâte d'amandes qu'elle partageait avec les premières arrivées, non sans en avoir mis de côté une bonne partie pour sa consommation personnelle.

Dans les paquets, elle trouvait aussi des cadeaux : des pulls tricotés à la main, des livres de poésie reliés en cuir. Elle en recevait tellement que son placard avait peine à fermer. Aujourd'hui, elle avait reçu une robe d'intérieur de velours bleu, ravissante et totalement déplacée dans un pensionnat.

— Elle doit être riche, ta mère, remarqua une de ses visiteuses.

— Je ne sais pas.

— Comment ça ? Tu dois bien le savoir !

— Je pense qu'elle a pas mal d'argent, mais je ne sais pas au juste.

Contrairement aux autres, dont les parents étaient pour la plupart divorcés, Charlotte n'avait aucune envie de parler de sa famille. Mais c'était presque impossible d'échapper aux conversations et aux questions trop directes qu'on lui posait.

— Et ton père, il est riche, lui aussi ?

— Avant, oui, mais plus depuis que son entreprise a fait faillite. Ce n'est pas grave, il s'occupe bien de moi, ajouta-t-elle pour le défendre.

Une fille remarqua tristement :

— Tu as de la chance que ta mère soit riche. Ce n'est pas drôle, quand on vit avec sa mère, de l'enten-

dre se plaindre tout le temps de sa pension alimentaire. Ma mère en veut beaucoup à papa. Elle dit que
c'est un raté qui est incapable de gagner un cent. Je la
déteste quand elle dit ça.

Comme dans une fugue, le motif de la complainte
fut repris par une voix, puis par une autre.

— Moi, c'est mon père qui exagère. Il me demande
tout le temps ce que fait ma mère, ce qu'elle a acheté
et si elle est sortie avec quelqu'un. Elle le trompe, mais
je ne dis rien. Il fait pareil, lui, alors...

— Moi, je sais toujours quand un type a passé la
nuit à la maison. Heureusement, ma mère n'invite
jamais personne quand je suis là pour les vacances.
N'empêche, c'est dégoûtant.

« Ah ça oui, c'est vraiment dégoûtant, songea
Charlotte. Comme Elena et Judd, je ne suis pas près
de l'oublier. »

— Tu as de la chance que ta mère soit en Italie,
Charlotte. Avec l'océan entre eux, tes parents ne peuvent pas se disputer.

Un silence suivit. Toutes ces considérations avaient
assombri l'atmosphère. Charlotte avait l'impression
qu'elles devaient toutes rêver comme elle au bonheur
qu'il y aurait eu à vivre avec des parents qui s'entendaient bien.

— Pour Charlotte, c'est différent, lança une autre.
Ses parents ne sont pas divorcés.

— Tu crois qu'ils vont se séparer, Charlotte ?

— Je ne sais pas. Ma mère est partie l'été dernier,
mais ils ne décident toujours rien. Je voudrais bien
qu'ils sachent ce qu'ils veulent.

— Le mieux, c'est de ne jamais se marier. Il n'y a
qu'à avoir des tas d'aventures avec n'importe qui.

Elles éclatèrent de rire, mais leur hilarité fut coupée
par une nouvelle intervention.

— Ça n'a rien de drôle : ma sœur m'a posé des
questions pas croyables pour son âge. Elle n'a que

onze ans, et je vous parie qu'elle va sortir bientôt avec des garçons. Ce n'est pas les occasions qui vont manquer. Maman passe toutes ses soirées avec son mec, elle n'est jamais à la maison.

— Une gamine comme ça, elle va se faire violer, c'est sûr.

— Vous avez lu l'histoire du type qui a violé je ne sais combien de filles et puis qui s'est enfui ? On pense qu'il est parti pour l'Europe. Au fait, il ne venait pas de la même ville que toi, Charlotte ? Je crois qu'il vivait à Kingsley. Tu le connais ?

— Non, j'ai seulement lu l'histoire dans les journaux, comme vous.

— Un type comme ça, c'est dégueulasse. Je me demande si les filles qu'il a violées sont tombées enceintes. D'accord, il n'y a qu'à avorter, mais ça ne doit pas être drôle.

— À la pension où j'allais avant, il y avait une fille qui s'était fait violer et qui a dû avorter. Ses parents n'étaient pas d'accord, et elle a essayé de se noyer dans la baignoire.

— Le viol, ça donne vraiment la trouille.

— Ça doit vous changer. C'est un truc qu'on ne doit pas oublier facilement.

« Elles ne savent pas de quoi elles parlent, se dit Charlotte. Elles n'imaginent pas ce que c'est que de se réveiller toutes les nuits parce qu'on fait le même cauchemar. On rêve de mains répugnantes qui vous touchent, d'un souffle écœurant... mais on fait tout pour oublier, bien obligée... »

Une fois que sa chambre se fut vidée, Charlotte ferma la porte et tira la boîte de pâte d'amandes de sa cachette, sous les pulls dans le placard. Comme elle apprenait vite et était douée dans toutes les matières, même en mathématiques, elle avait terminé ses devoirs depuis longtemps. À présent, elle avait tout le temps de prendre son carnet à dessin pour continuer les plans de la maison de ses rêves. C'était une petite maison blanche, avec un jardin et assez d'espace pour accueillir deux ou trois gros chiens qu'elle adorerait. Elle s'installa donc sur la banquette de la fenêtre avec la boîte de pâte d'amandes sur les genoux et son calepin, face à la campagne.

Il faisait encore un peu jour, et la lumière tendre et acidulée du printemps, irisée par la pluie, verdissait la brume qui estompait les collines. Le moineau, qui sentait la nuit venir, s'endormait sur ses œufs, confiant. Il savait qu'elle ne lui ferait pas de mal. Elle resta là presque sans bouger, silencieuse, jusqu'à ce que la boîte de pâte d'amandes soit vide et que l'obscurité l'empêche de voir le paysage.

— Est-ce que Charlotte est heureuse en pension, Bill ? s'enquit Claudia. Tu n'en parles jamais, et je n'ose pas te demander de ses nouvelles.

— Je ne sais pas quoi te répondre. À son âge, on n'est pas très bavard, tu sais comment sont les adolescents.

Il s'en voulut aussitôt d'avoir parlé trop vite : mieux valait éviter d'aborder ce chapitre délicat avec elle. Mais il était tellement préoccupé par le mauvais moral de Charlotte que la phrase malheureuse lui avait échappé.

Depuis le départ de Charlotte et d'Elena, il avait pris l'habitude de passer voir Cliff une ou deux fois par semaine. Il se sentait seul et avait sérieusement envisagé de déménager, mais son frère l'avait aidé à comprendre qu'il n'en avait pas réellement envie.

— Tu as déjà subi assez de bouleversements comme ça, avait-il dit.

Et c'était vrai, songeait Bill dans sa voiture pendant le court trajet du retour. Mais même si les changements étaient difficiles à assimiler, l'incertitude l'avait tourmenté encore plus. Depuis ce matin, pourtant, les choses s'éclaircissaient enfin. Elena était tombée amoureuse.

Il sentait dans sa poche le froissement de la lettre qu'il venait de recevoir. Depuis qu'il l'avait retirée de la boîte, il avait dû la lire une bonne dizaine de fois. Après avoir rentré la voiture dans le garage, il s'assit à la table de la cuisine et la déplia de nouveau.

« ... *Mario est médecin, il a à peu près mon âge, et nous savons exactement ce que nous voulons tous les deux... Toi et moi, nous étions trop jeunes pour nous rendre compte de ce dont nous avions besoin, Bill. Je ne veux pas que tu aies de la peine.* »

De la peine ! s'indigna-t-il. Comme s'il se préoccupait d'autre chose que du sort de Charlotte !

« ... *Nous avons décidé de vivre à Rome. J'espère que Charlotte viendra me voir souvent, et que tu l'accompagneras parfois aussi. Je voudrais que nous restions amis.*

... *Je comprends très bien que Charlotte préfère rester avec toi, et je n'ai pas l'intention de me battre contre cette décision. De toute façon, même si je demandais sa garde, je ne pense pas qu'on me l'accorderait puisque c'est moi qui ai quitté le domicile conjugal... Je te laisse le soin d'annoncer la nouvelle à Charlotte quand tu la verras. Dès qu'elle saura, préviens-moi, je lui téléphonerai.* »

Le sort en était jeté. Bill eut un petit rire amer. Il souhaitait à ce Dr Mario d'être plus heureux avec elle qu'il ne l'avait été. Puis, lorsqu'il eut replacé la lettre dans son enveloppe, il monta se coucher : on était vendredi soir, et le lendemain il devait se lever tôt pour se rendre à Margate Hall.

En sortant du parking, il croisa la directrice de la pension. Ne s'attendant qu'à un bref salut de sa part, il s'étonna qu'elle l'arrête pour lui parler.

— Je veux vous voir depuis quelque temps, déclara-t-elle. Je sais que vous devez emmener Charlotte déjeuner en ville, alors il vaut mieux que nous prenions rendez-vous pour une autre fois, mais sans trop tarder.

— Très bien, répondit Bill avec inquiétude. Qu'est-ce qui ne va pas ?

— Je ne sais pas vraiment... Vous devez trouver ma réponse un peu vague, mais je ne peux pas faire mieux. Charlotte est une très bonne élève, intelligente, appliquée et tout à fait charmante. Nous sommes ravis de l'avoir à Margate Hall, mais j'ai un peu peur qu'elle ne soit pas très heureuse chez nous. Je me suis aperçue qu'elle pleurait la nuit. J'ai essayé de la faire parler, elle ne veut rien dire, mais je vois bien qu'elle a les yeux rouges. Charlotte n'aime pas se confier... C'est une enfant très réservée.

— Est-ce que cela veut dire que vous ne voulez pas qu'elle revienne l'année prochaine ?

— Mais pas du tout. J'espère qu'elle parviendra à s'habituer. Il n'y a aucune raison pour qu'elle ne s'adapte pas si nous arrivons à déterminer ce qui la perturbe. J'attends donc votre coup de téléphone dès que vous aurez le temps de prendre rendez-vous. Si pour une raison ou une autre vous ne jugez pas nécessaire de me rencontrer, je vous demande de m'en avertir.

Il ne répondit rien, hésitant, mais la directrice combla aussitôt le silence.

— Je tiens à vous féliciter pour votre nomination à la Commission régionale pour la protection de l'environnement. Tous les gens qui, comme moi, se préoccupent du monde qu'ils vont léguer à leurs enfants comptent sur vous.

Tout en s'éloignant vers l'aile du bâtiment où il devait retrouver Charlotte, il prit très vite la décision de ne pas aller parler à la directrice. Il ne savait que trop bien pourquoi sa fille pleurait, et aucune discussion n'y pourrait rien changer. Il avait déjà cherché de nombreux avis autour de lui, n'avait pas rencontré moins de cinq psychologues auxquels il avait expliqué la situation très franchement, et avait chaque fois entendu la même réponse : on ne pouvait pas contraindre quelqu'un à suivre une psychothérapie. Il était bien placé pour le savoir, car il avait souvent imploré Charlotte d'accepter de se faire aider, mais sans aucun succès. Pour l'instant, il ne pouvait faire mieux...

Il l'emmena déjeuner dans une auberge de campagne non loin de la pension, et, assis en face d'elle, en profita pour l'examiner attentivement. La première chose qui lui sauta aux yeux fut qu'elle avait pris du poids ; et puis ses traits changeaient de façon surprenante. Pour la première fois, il s'apercevait qu'elle ressemblait un peu à Elena, surtout par ses lèvres bien dessinées, arc ferme et ravissant qui s'entrouvrait sur une rangée de dents parfaites.

Dans la situation privilégiée de ce déjeuner en tête à tête qui lui permettait de l'observer à loisir, il lui semblait voir clairement la femme qu'elle allait devenir. Elle venait tout juste d'avoir quinze ans, mais elle avait l'air très mûre pour son âge, comme si elle avait brûlé les étapes et sauté la période de l'adolescence.

Il remarqua aussi qu'elle continuait à éviter toute conversation trop personnelle. Aussi distante que dans ses lettres et au téléphone, elle lui parlait de choses anodines comme à une vague connaissance.

— Je ne peux pas plonger comme je voudrais, ici, parce que la piscine n'est pas assez profonde, dit-elle.

— Tu pourras te rattraper au lac, cet été. J'ai envie d'acheter un canoë, ce serait amusant de descendre la rivière. Ça me donnerait l'occasion d'apprendre à pagayer. Qu'est-ce que tu en penses ?

— Je ne sais pas...

Il commençait à perdre patience, pourtant il ne pouvait pas lui en vouloir. Ses silences, sa façon empruntée de lui faire la conversation, ses attitudes mêmes étaient autant de signes de son malaise. Mais il supportait mal de la voir repousser toutes ses tentatives. Elle ne voulait pas qu'on l'aide. Depuis plus d'une heure, il s'efforçait d'instaurer une atmosphère propice à une discussion plus sérieuse, sans résultat. Soudain, à un mouvement de Charlotte, qui écarta son cardigan, il s'aperçut que sa jupe était retenue à la taille par une grosse épingle de nourrice. Elle remarqua son regard et rougit en se dépêchant de ramener son pull contre elle.

— Je crois que j'ai un peu grossi, avoua-t-elle avec gêne. Mes vêtements me serrent.

— Je ne dirais pas que tu es grosse, mais c'est vrai que tu t'es arrondie.

Peu de temps plus tard, la serveuse leur apporta la carte des desserts, et Charlotte l'étudia attentivement avant de commander un sundae au chocolat.

— Avec de la chantilly, mademoiselle ?

— Oui, et des noisettes, merci.

— Tu crois que c'est bien raisonnable ? demanda Bill. Tu devrais plutôt prendre du melon, ou un yaourt.

— Je n'ai qu'à ne rien prendre du tout, puisque c'est comme ça.

— C'est ça, ne prends rien.

Il s'en voulut aussitôt de sa sécheresse. Il ne voulait pas se mettre en colère contre elle, mais elle ne lui rendait pas la tâche facile.

— Ne te fâche pas, ma chérie. Ce n'était qu'une suggestion, puisque tu m'as dit que tu grossissais.

— On aurait cru entendre Elena.

Consterné, il se rendit compte que les yeux de Charlotte se remplissaient de larmes. Il détourna la tête pour ne pas la gêner et lui dit gentiment :

— Je ne sais pas à quoi nous jouons, toi et moi. Tu

ne veux rien me dire et moi j'ai peur de te demander ce qui ne va pas. Parle-moi, Charlotte, ça te fera du bien.

— Ça va, mais j'ai faim tout le temps, murmura-t-elle. J'ai surtout envie de manger des choses sucrées, des bonbons, des gâteaux. Je ne sais pas ce que j'ai.

— C'est tout à fait normal, tout le monde fait ça pour se réconforter quand ça ne va pas.

— Tu as trouvé ça tout seul ?

Deux grosses larmes roulèrent sur les joues de Charlotte. Elle avait raison, l'explication ne servait à rien si on ne proposait pas de solution. Et, maintenant, en plus du reste, il allait devoir lui parler d'Elena. Comment allait-elle réagir ? «Nous lui avons fait beaucoup de tort, se dit-il. Comment veut-on qu'une enfant soit équilibrée si on se dispute devant elle quasiment depuis sa naissance ? » Il pensa alors à ses propres parents, comme il le faisait souvent. La tragédie de la mort de sa sœur ne les avait pas éloignés l'un de l'autre. Ils étaient restés solidaires et n'avaient jamais laissé deviner à leurs enfants les crises qui avaient inévitablement dû émailler leur mariage. Tout ce gâchis, c'était la faute d'Elena. Il ne voulait pas s'absoudre de toute faute, c'eût été injuste, cependant...

Voyant que Charlotte cherchait vainement son mouchoir, il lui tendit le sien.

— Si tu veux, tu peux aller m'attendre dans la voiture pendant que je règle l'addition, proposa-t-il, comprenant sa gêne de montrer ses larmes en public.

Cette maîtrise de soi douloureuse était beaucoup plus touchante que les sanglots les plus déchirants. Il se sentait complètement démuni. Une mère aurait sans doute mieux su comment réagir... Sentant un poids affreux lui peser sur le cœur à l'idée de la nouvelle qu'il devait lui communiquer, il retourna à la voiture.

— Je me sens comme un éléphant dans un magasin de porcelaine, commença-t-il. Il faut que je te dise quelque chose, mais j'ai peur que ça te fasse trop de peine. C'est mama... Elle a décidé de rester vivre en Italie.

— Pourquoi ? Elle a encore trouvé un homme qui lui plaît ?

Bill aurait préféré attendre pour tout lui révéler ; la vérité aurait été moins dure à entendre par petites doses. Mais si Charlotte n'avait pas été parfaitement lucide, elle n'aurait pas lancé cette phrase assassine. Il valait mieux être franc.

— Oui, elle va se remarier dès que nous aurons divorcé.

Il faisait très chaud dans le parking, même à l'ombre, mais Bill ne se sentait pas la force de démarrer. Il couvrit la main de Charlotte, qui se trouvait entre eux sur le siège.

— Tu devrais pleurer maintenant, si tu en as envie. Cela vaudrait mieux que d'attendre d'être toute seule pour craquer.

— Non, ça va aller. Ça ne me fait même pas tellement de peine. Je savais bien que ça arriverait un jour... J'ai même trouvé ça long.

— Est-ce que tu as envie d'aller vivre avec elle ?

— Non, papa, je te l'ai déjà dit.

— Mais elle va te manquer. Tu n'as pas envie d'être avec elle ?

— Si, parfois, évidemment, mais pas assez pour partir pour l'Italie.

Malgré lui, Bill ne put s'empêcher de lui en être reconnaissant. Ce n'était que justice, après tout.

— Je voudrais tellement que tu retrouves le sourire, dit-il.

— Tu sais ce que j'ai eu peur que tu m'annonces ? demanda-t-elle soudain. J'ai cru que tu allais me dire que Ted était revenu.

— Même s'il revenait, ça ne devrait rien changer, tu sais. Tu ne seras jamais obligée de le revoir.

— Dire que tu m'avais prévenue ! J'aurais dû deviner que c'était un sale type. Tu me l'avais bien dit.

— Tu n'es pas la première fille qui n'écoute pas ses parents, ma chérie, et tu ne seras pas la dernière.

— Si tu savais comme je m'en veux !

— C'est contre lui qu'il faut être en colère, pas contre toi. Tu me promets de ne plus penser de telles bêtises ?

Elle esquissa un faible sourire, et il eut l'impression d'avoir progressé un peu. Il était parvenu à s'introduire dans la retraite glacée où elle s'enfermait depuis un an.

— Tu sais, je voudrais vraiment que tu acceptes de te faire aider par quelqu'un, se hasarda-t-il à suggérer.

Le visage de Charlotte se referma aussitôt. Il n'aurait jamais dû dire ça.

— Tu veux encore m'envoyer chez un psy ? Je t'ai déjà dit cent fois qu'il n'en était pas question. Jamais je ne parlerai de moi à personne. Jamais, tu m'entends ? Je t'en prie, papa, ne me demande plus jamais ça.

— D'accord. C'est promis.

Lorsqu'ils s'arrêtèrent devant la pension, il lui reprit la main et l'embrassa sur la joue.

— Ça n'a pas été trop désagréable, ce déjeuner ? demanda-t-il, presque suppliant. On ne s'en est pas trop mal tirés.

Elle le rassura par un petit mouvement de tête et lui adressa le sourire contraint qui était devenu le sien. Au moment où elle descendait de voiture, il aperçut une nouvelle fois l'épingle de nourrice. Quel poignant symbole de la douleur qui la minait... Le cœur lourd, il la regarda s'éloigner.

12

Un jour, après un coup de téléphone affolé de Cliff, Bill ne put faire autrement que d'accourir chez son frère, malgré son extrême réticence.

— Nous avons absolument besoin de toi, Bill. Ils viennent nous voir ce soir, et tu peux imaginer l'état de Claudia. J'avoue que je ne me sens pas beaucoup mieux qu'elle.

— Où vivent-ils ?

— À Arkville. Prescott, tu connais ? Peter Prescott. Il vient d'appeler, mais il ne nous a pas dit grand-chose, à part que sa femme et lui revenaient tout juste d'Europe et qu'ils avaient vu Ted. J'aimerais vraiment que tu nous dises ce que tu penses d'eux.

Dès qu'il posa les yeux sur les Prescott, Bill dut admettre qu'on ne pouvait imaginer couple plus respectable et plus digne de foi. L'homme était expert-comptable et son épouse, mère au foyer d'âge mûr, semblait douée d'un solide bon sens : pas du tout le genre affabulateur, amateur de soucoupes volantes. De plus, ils étaient catégoriques ; ils l'avaient même photographié.

Dès qu'elle eut les photos en main, Claudia s'approcha de la lumière, le visage dépourvu de toute expression. La nouvelle lui avait porté un tel coup qu'elle avait l'impression de ne plus rien sentir. Elle savait que tous les yeux étaient rivés sur elle tandis que des images contradictoires se télescopaient dans son esprit : elle se voyait à l'aéroport, serrant son fils sur son cœur avec un soulagement incroyable, mais elle luttait aussi contre des visions terribles du procès qui s'ensuivrait et de la peine de prison que Ted devrait purger.

Sur l'une des photos, il était vêtu d'une sorte d'uniforme blanc ; les têtes et les épaules de gens assis devant lui à une table masquaient le bas de son corps. Le second cliché le montrait de trois quarts, devant une porte. Il n'y avait aucun doute : sur les deux photos, le visage de Ted était clairement reconnaissable.

— Oui, dit-elle, oui, c'est lui.

Cette déclaration fut suivie par un long silence presque théâtral. Claudia, avec cette capacité qu'a l'esprit de se détacher de la douleur même dans les moments les plus graves, se dit que se jouait là une tragédie extraordinaire.

— Vous lui avez parlé ? demanda-t-elle en se tournant vers les Prescott.

— À peine, répondit M. Prescott. Comme je vous l'ai dit, nous étions en cure à Vichy. Nous avons déjeuné plusieurs fois dans le même restaurant, et nous avons tous les deux remarqué ce jeune homme, un serveur. C'est bizarre, Carole a eu l'impression de le reconnaître presque en même temps que moi. Nous avons réalisé plus tard que c'était parce que nous avions vu beaucoup de photos de lui dans le journal. Quand nous l'avons entendu parler anglais comme un Américain, nous avons vraiment commencé à prendre l'histoire au sérieux. Nous ne savions pas trop comment nous y prendre pour lui poser des questions sans éveiller son attention, alors nous avons demandé son nom à quelqu'un. Il s'appelait Timothy Matz.

— Maits ? demanda Cliff.

— Non, Matz. Nous avons trouvé très suspecte sa façon de nous éviter. Nous avons essayé de lier connaissance, mais ce n'était pas facile parce qu'il ne nous a jamais servis. Nous avons eu la nette impression qu'il essayait de ne pas se trouver seul avec nous.

— Je pense qu'il m'a peut-être vue prendre une photo, ajouta Mme Prescott. Ça l'a sûrement inquiété, parce que la dernière fois que nous avons déjeuné dans ce restaurant, il avait l'air très tendu quand nous l'avons croisé en sortant.

— Je ne savais pas trop comment vous accueilleriez la nouvelle, reprit M. Prescott avec compassion.

— C'est un peu difficile, admit Cliff, sauf qu'au moins, maintenant, nous avons la preuve que Ted est vivant, et tant qu'il y a de la vie, il y a de l'espoir. Malheureusement, demain nous allons devoir aller raconter tout ça à la police et à notre avocat.

— C'est très bien de continuer à espérer, intervint Bill avec précaution, mais il ne faut pas trop se raconter d'histoires. Nous pouvons nous tromper, et vous risquez d'être déçus. Restons prudents, ajouta-t-il doucement, c'est préférable.

Claudia observa une nouvelle fois les photos à la lumière. En ce qui la concernait, il n'y avait aucun doute. Il avait un peu minci... peut-être... mais elle voyait là son visage, ses yeux enfoncés et très noirs, ses pommettes, son menton pointu. Il s'agissait bien de Ted.

Cette certitude entraînait un flot de questions : « Pourquoi et comment es-tu allé en France ? Te portes-tu bien ? As-tu cessé de faire des bêtises ? Nous pardonneras-tu d'avoir alerté la police ? Comprends-tu que je ne peux pas faire autrement, que tu dois payer ta dette à la société ? »

— Est-ce que je peux garder ces photos ? demanda-t-elle.

— Bien sûr. Nous les avons fait tirer en plusieurs exemplaires pour vous et la police.

— On va certainement venir vous interroger, avertit Cliff.

— Nous sommes à la disposition de la police, déclara M. Prescott en se levant.

Avant de partir, sa femme prit la main de Claudia avec un regard plein de pitié, plus expressif que n'importe quelle parole. « Moi aussi, j'ai des enfants, comme je vous comprends », avait-elle l'air de dire.

— Ils sont très bien, ces gens, remarqua Cliff un peu plus tard. Ils ne tiraient aucun plaisir malsain de la situation, comme on aurait pu le craindre. Comment ça va, ma chérie ?

Claudia comprit la question à mi-mot. Cliff s'inquiétait trop pour sa santé, alors qu'au contraire le médecin se montrait très encourageant et avait même réduit la dose de médicaments pour le cœur. Il n'y avait pas de quoi s'en faire.

Pourtant, au moment même où cette pensée rassurante traversait son esprit, son cœur se mit à battre violemment. Le galop effréné parvint même à l'effrayer. « Mais non, se dit-elle alors, c'est parfaitement normal, avec toutes ces émotions ! »

— Je me sens un peu fébrile, déclara-t-elle d'un ton léger, c'est tout, mais ça n'a rien de surprenant.

Elle se leva pour aller se préparer une tisane. La boisson chaude la calmerait peut-être, ensuite, elle irait se coucher. Réconfortée par la présence de Cliff, elle trouverait quelques heures de repos et d'oubli jusqu'au lendemain matin.

En ce milieu d'après-midi estival, le ciel était immobile, d'un bleu pur et profond, sans le moindre nuage. La journée de Claudia, comme les trois semaines qui venaient de s'écouler, s'annonçait aussi vide que le ciel. À part quelques travaux domestiques, elle n'avait rien à faire et beaucoup trop de temps pour penser. Elle avait réfléchi un million de fois aux conséquences d'un éventuel retour de Ted, si bien qu'à présent elle en avait épuisé toutes les conjectures.

Elle reprit sa voiture dans le parking du super-marché et rentra lentement. Si elle s'était sentie mieux, elle aurait pu aller se promener, ou nager dans le lac, ou passer l'après-midi à bavarder sous un arbre avec une amie, mais elle n'avait pas l'énergie physique et morale nécessaire. Dans son épuisement, elle parvenait tout juste à conduire.

Ce fut l'apparition de Charlotte, seule au bord de la route, qui la tira de sa léthargie. Il y avait plus d'un an qu'elle ne l'avait vue, et sa première impulsion fut de s'arrêter pour lui parler. Mais elle changea aussitôt d'avis. Cliff et Bill lui avaient tous les deux dit que Charlotte n'avait pas envie de la voir.

« Elle ne t'en veut pas, bien au contraire, avait essayé d'expliquer Bill, mais tu lui fais trop penser à ce qu'elle a subi, et... » Il n'avait même pas pu achever sa phrase.

Claudia le comprenait d'autant mieux que la ren-contre n'aurait pas été facile pour elle non plus. Par association d'idées, un souvenir lointain surgit alors. Jeune veuve avec un enfant à charge, elle avait éprouvé le même genre d'anxiété à l'idée de se retrouver nez à nez avec un commerçant auquel elle devait de l'argent. À la différence qu'aujourd'hui il ne s'agissait pas d'argent mais d'une dette autrement lourde qu'elle ne pourrait jamais rembourser.

Cette pensée provoqua le déclic qui lui fit changer d'avis, et elle s'arrêta sur le bas-côté pour attendre que Charlotte la rattrape.

Tout d'abord, aussi intimidées l'une que l'autre, elles ne surent comment entamer la conversation. Claudia se fit la remarque fugitive que Charlotte avait grossi, puis dit la première chose qui lui passait par la tête, et qui se trouva être une question toute naturelle.

— Où vas-tu ? Tu veux que je te dépose quelque part ?

— Non merci. Je me promène, c'est tout.

— Tu ne voudrais pas venir chez moi pour me rendre une petite visite ?

— Non, merci.

C'était clair : Charlotte brûlait d'envie de s'en aller, et seule la politesse la retenait. Claudia sentit sa détermination se renforcer. Elle ne la laisserait pas repartir comme ça.

— Tu ne te sens pas à l'aise avec moi, déclarat-elle, et je te comprends, c'est tout à fait naturel. Mais moi je trouve ça dommage. Nous étions amies, avant... Tu t'en souviens ?

Charlotte fit oui de la tête.

— Je te demande beaucoup, je le sais bien, persista Claudia, mais ne pourrais-tu pas essayer de me dissocier de... de ce qui t'est arrivé ? Pense à toutes les choses amusantes que nous avons faites ensemble... Tiens, les tartelettes au citron, tu te rappelles ? Et les livres ?

Charlotte lâcha un petit cri.

— Les livres ! Il y en a un gros sur l'histoire de l'architecture avec plein de photos que j'ai toujours à la maison !

— Ne t'en fais pas, il ne m'a pas manqué.

— Je suis désolée.

— Tu peux le garder, ma chérie.

— Non, je demanderai à papa de te le rapporter.

— Tu devrais venir avec lui.

— Non... Ce n'est pas parce que je ne veux pas te voir, c'est à cause de la maison...

La maison ! Claudia s'en voulut de ne pas avoir compris plus tôt. Cela avait dû se passer dans le salon, sur le canapé. Cette pièce resterait à jamais gravée dans la mémoire de la petite, comme sa chambre d'hôpital, probablement. Tout le monde gardait en soi des images indélébiles, en noir et blanc ou taillées dans la pierre, mais rarement aussi traumatisantes que celles qui habitaient Charlotte.

— Je pourrais venir te rendre visite chez toi, suggéra Claudia. Je t'amènerai Rob et Roy, si tu en as envie. Ils doivent te manquer.

Charlotte fuyait son regard, se tournant vers la route comme si elle mourait d'envie de retrouver sa liberté.

— Je ne sais pas, répondit-elle.

Avec un soupir, Claudia remit la voiture en marche.

— Je viendrai dès que tu voudras, dit-elle en repartant.

Elle ne pouvait pas faire mieux...

Pendant qu'elle rangeait les provisions, on sonna. Elle alla ouvrir et trouva le lieutenant Casper à la porte.

— Ne vous inquiétez pas, déclara-t-il en la suivant au salon. Je ne vous apporte pas de mauvaise nouvelle. Cela dit, ce que je vais vous annoncer ne vous enchantera peut-être pas plus.

Ils s'assirent, puis il continua son explication :

— Je vous résume la situation en deux mots. Je viens de recevoir un rapport de France, et le jeune homme que les Prescott ont vu n'est pas Ted.

Claudia sentit un profond soupir lui échapper qui ressemblait à un gémissement. Elle n'aurait même pas pu dire elle-même si elle éprouvait du soulagement ou de la déception.

— Les policiers français sont catégoriques, poursuivit Casper. Ils ont retrouvé la trace de Timothy Matz dans le restaurant indiqué par les Prescott. La piste les a conduits à l'université de Grenoble où ils ont découvert qu'il s'agissait bel et bien d'un citoyen amé-

180

ricain du nom de Timothy Matz qui avait travaillé dans le restaurant pendant ses vacances avec son frère avant de poursuivre ses études dans le pays. Les Français ont même rencontré les parents qui rendaient justement visite à leurs fils. Ils sont du Kansas ; la mère est enseignante, le père travaille dans un centre pour les aveugles. On nous a transmis une foule de détails.

— Mais les photos ? murmura Claudia. Ça lui ressemblait tellement.

— Ces choses-là arrivent. Il paraît que nous avons tous un sosie quelque part, ce qui n'aurait rien d'étonnant. En un sens, c'est même amusant. Timothy Matz a trouvé l'attitude des Prescott très suspecte. Il s'est rendu compte qu'ils l'avaient photographié, et il a pris peur. Il a cru avoir affaire à des gangsters.

— Je le comprends. Ça doit faire un drôle d'effet d'être inspecté à la loupe par deux inconnus. Les Prescott lui avaient trouvé l'air inquiet... Tout concorde.

Elle poussa un nouveau soupir.

— Et maintenant, que va-t-il se passer ?

— Le FBI va prendre l'enquête en main. Notre département a déjà transmis la demande. Nous avons tous hâte que l'affaire soit résolue, surtout les parents des victimes, cela va sans dire.

Naturellement, pensa Claudia, les parents voulaient qu'on attrape Ted. Si elle avait été à leur place, elle aurait réagi comme eux. Bill devait être dans le même état d'esprit... sans parler de Charlotte.

Rassemblant tout son courage, elle dit fermement :

— Je ferai tout mon possible pour vous aider. Vous pouvez dire aux intéressés que, malgré le chagrin que cette histoire me cause, je comprends parfaitement la nécessité que justice soit faite. Ted doit passer devant ses juges, je ne le protégerai pas. Si j'ai de ses nouvelles, je vous avertirai immédiatement.

— C'est bien. Je sais combien cela doit être dur pour vous. Je vous plains, vous et votre famille.

M. Dawes est un homme très bien, c'est un de nos citoyens les plus respectés, comme son père l'était avant lui. Ce n'est pas de chance.

Oui, pas de chance, en effet. L'expression était faible.

— Je vais vous laisser, madame. À partir de maintenant, vous aurez affaire au FBI.

— Ça n'en finira donc jamais ? J'imagine que je vais devoir répondre encore à toute une série de questions.

— Oui, malheureusement, à moins qu'on ne le découvre très vite. Ce n'est pas impossible avec la collaboration d'Interpol.

— Voilà, tu sais tout, conclut Bill pendant la promenade qu'il faisait chaque soir avec Charlotte. L'affaire est entre les mains du FBI.

C'était la première fois depuis des mois qu'ils prononçaient le nom de Ted.

— Je sais que c'est un cauchemar pour toi de repenser à tout ça, ma chérie, et je ne veux pas trop m'appesantir sur la question, mais on en parlera certainement dans la presse, et les gens vont bavarder ; il vaut mieux que tu apprennes ce qui se passe par moi. Tu n'es pas toute seule... les deux autres filles doivent vivre le même supplice que toi.

« Pas tout à fait, pensa Charlotte. Les autres, il ne les a pas fait tomber enceintes, il ne les a pas rendues aussi malades que moi. » Tout en se disant cela, elle eut conscience du côté un peu infantile de cette comparaison. C'était comme dire à quelqu'un : « D'accord, toi aussi tu t'es cassé la jambe, mais ma fracture à moi est plus grave. »

— J'ai rencontré Claudia, hier après-midi, annonça-t-elle. Elle s'est arrêtée au bord de la route en me voyant.

182

— Qu'est-ce qu'elle t'a dit ?

— Elle voulait que j'aille chez elle, mais je n'en avais pas envie. Je ne veux plus remettre les pieds là-bas, papa.

— Je suis sûr qu'elle ne demanderait pas mieux que de venir chez nous, si tu voulais.

— Oui, c'est ce qu'elle m'a proposé.

— Et tu as accepté ?

— Je n'ai rien dit du tout.

— Tu aurais dû l'inviter.

Parfois, Charlotte avait l'impression d'être télépathe. Elle devinait parfaitement ce qu'il était en train de penser. Il se disait qu'une fille de quinze ans avait besoin d'une mère. Ce que c'était bête !

— Ça te ferait du bien de discuter avec une femme, acheva-t-il innocemment.

Et tout ça parce que Elena était partie, et qu'il n'osait pas lui en parler. Ils ne l'évoquaient pratiquement jamais entre eux, de peur de se faire du mal. Mais elle avait beau trouver son père prévisible, il avait un peu raison. Pendant toute l'année scolaire, elle n'avait conversé qu'avec des adolescentes de son âge, et elle avait l'impression de ne plus avoir aucune structure. Parfois, on avait besoin que quelqu'un nous indique la voie à suivre, même si l'on n'avait pas envie de suivre ses conseils. Même le plus merveilleux des pères ne pouvait pas jouer ce rôle.

— Tu sais, ajouta Bill, ça me met dans une drôle de position que tu ne veuilles plus voir la femme de mon frère. Essaie d'oublier qui est son fils. Ce n'est pas sa faute, et elle en souffre beaucoup. Tu as même dit un jour que tu la plaignais.

Charlotte s'en souvenait parfaitement ; c'était dans la voiture en revenant de Boston. Elle entendait encore le rire ironique d'Elena qui s'était moquée d'elle.

Elle réfléchit en silence. C'était le premier service

que lui demandait son père en un an. Pendant tout ce temps, il l'avait traitée comme si elle était en porcelaine et qu'elle risquât de se casser au moindre choc. Il devait être las de prendre toutes ces précautions. L'année qui venait de s'écouler avait été très difficile, mais il fallait tâcher de dépasser tout cela et d'oublier, si c'était possible.

— D'accord, dit-elle. Demain je lui téléphonerai pour l'inviter.

Leur promenade les avait menés jusqu'au fleuve. Sur l'autre berge, entre la route et le marais, la vieille usine grise se dressait comme un navire échoué. Bill, immobile, resta un moment à la contempler. Le vent violent fit frissonner Charlotte qui serra les bras sur sa poitrine pour se réchauffer en attendant les commentaires de son père. Elle ressentait toujours en lui la même inquiétude, la même lassitude.

— Ces locataires ne m'inspirent pas confiance, déclara-t-il au bout d'un moment. Je suis sûr qu'ils vont nous créer des ennuis avant la fin de leur bail. Ils ne me plaisent pas. Je ne m'attendais pas du tout à ce genre de décharge. Est-ce que tu ne trouves pas que quelque chose a changé ? Regarde le marais.

— Je ne sais pas... Il n'y a plus de canards... C'est ça ?

— Exactement, répondit-il, sourcils froncés. Je ne sais que penser... peut-être que je me fais des idées.

— Regarde, papa, il y a encore des papillons, en tout cas.

De l'autre côté du fleuve, un grand nuage de monarques venait d'apparaître, volant vers le sud en rangs serrés.

— Ils commencent à migrer vers le Mexique pour l'hiver, déclara Bill. C'est fou ce qu'ils vont vite. Il y en a des centaines, et ce n'est pas terminé, nous en verrons d'autres. Ils savent que l'été touche à sa fin.

Charlotte interpréta à sa façon ces derniers mots :

« Ils savent où ils vont, eux, voulait dire son père, et toi, tu ferais bien de te décider. »

Avait-elle envie de retourner à la pension ? Elle avait pensé qu'elle détestait Kingsley, mais elle se trompait peut-être, car, si tel était le cas, pourquoi pleurait-elle toutes les nuits à Margate Hall ? Pourtant, quand elle était à la pension, certaines choses trop douloureuses s'effaçaient, comme la chambre vide d'Elena à la maison, ou la terreur qui l'habitait à la pensée de rencontrer Ted au coin d'une rue.

Son père la regardait, espérant obtenir une réponse à sa question muette, mais elle ne savait que décider, et ils reprirent le chemin du retour en silence.

Bill s'était toujours douté qu'un jour il trouverait en Claudia une confidente. Plus il la connaissait, plus il l'appréciait. Il la trouvait fine, calme et courageuse. Lentement, pas à pas, Charlotte et Claudia s'étaient rapprochées pendant ces dernières semaines d'été. Qu'importait que l'une ait quinze ans et l'autre plus de deux fois son âge ! Tout aurait dû les séparer, mais elles étaient animées par un besoin de réconfort semblable, et un même drame les reliait.

Il avait remarqué que des changements subtils s'opéraient en Charlotte. D'abord, elle avait repris la natation tous les matins et perdait du poids ; puis, au lieu de passer ses journées seule à la maison, plongée dans un livre, elle recommençait à sortir peu à peu avec ses anciennes amies du quartier. Pour Bill, il ne faisait aucun doute que Claudia était l'instigatrice de tous ces progrès. Un après-midi, il décida d'aller la remercier.

— J'ai aussi une question à te poser, dit-il après lui avoir fait part de sa gratitude. Que penses-tu que je devrais faire de Charlotte ? Elle n'a pas l'air de savoir si elle veut retourner en pension. Elle ne m'a rien dit, mais j'ai l'impression qu'elle ne se décide pas à cause de peurs contradictoires.

— J'imagine qu'elle redoute le retour de Ted.

Soulagé par cette franchise, il répondit tout aussi directement.

— Oui, exactement.

— On ne domine pas sa peur en une nuit. Tu sais, il m'a fallu presque un an pour avoir le courage de retourner au supermarché la tête haute. Je ne supportais pas de savoir qu'on me montrait du doigt et qu'on cancanait derrière mon dos, même si c'était pour me plaindre. Ç'a été terrible.

Ses joues roses s'empourpraient encore de honte.

— Oui, ç'a été terrible, répéta-t-elle.

— D'accord, mais ce qui compte, c'est d'avoir la conscience tranquille. Dieu sait que Charlotte n'a rien à se reprocher.

Dire qu'ils parlaient de cela ensemble tout tranquillement, pensa-t-il. C'était une attitude intelligente qui faisait plaisir.

— Dis-moi ce qu'il faut décider, demanda-t-il.

— Garde-la ici. Je ne vois pas comment des gens qui ne sont rien pour elle pourraient la comprendre et l'aider à se rétablir mieux que toi.

— Et que toi.

— Oh, moi, je n'en sais rien. Je te donne des leçons, mais c'est ridicule : je ne comprends même pas pourquoi mon propre fils a tourné comme ça.

— Tu as joué ton rôle de mère, mais tu n'es pas le bon Dieu.

— J'ai fait tout ce que j'ai pu.

— On ne peut pas t'en demander plus. Il y a des mères qui ne considèrent même pas que... Enfin bref, ne parlons pas de ça.

Il détourna les yeux, de peur qu'ils ne s'embuent.

— Il faudra bien que Charlotte apprenne à vivre avec cette perte-là, ajouta-t-il.

— Elle tiendra le coup. Elle va devenir quelqu'un d'exceptionnel. Elle est intelligente, sensible... peut-être un peu trop sensible, même. La blessure qu'elle a subie est profonde, et la guérison prendra du temps... mais elle s'en sortira.

— Je vais lui dire que j'ai envie qu'elle reste à la maison, alors.

Cette fois, il redressa la tête pour regarder Claudia bien en face.

— Tu voudras bien l'aider ?

— Bien sûr que oui.

— Tu veux bien essayer de remplacer sa mère ?

— Oui, je ferai de mon mieux.

DEUXIÈME PARTIE

1994-1997

1

« Nous ne nous comprendrons jamais vraiment, se dit Charlotte. Avec elle, tout a toujours l'air tellement facile. » Et pourtant, dans les hôtels luxueux de New York, ces gratte-ciel qui dominaient la ville avec vue sur les deux rivières, moquettes moelleuses et azalées dans les chambres en plein mois de janvier, il devait bien y avoir des pensionnaires qui ne perdaient pas contact avec la réalité. La réalité d'Elena était bien à elle et se traduisait non seulement dans sa conversation, mais aussi dans ses haussements d'épaules et dans la façon dont elle portait ses diamants sur ses petites robes noires toutes simples.

— Nous ne nous sommes vues que dix fois en dix ans ! gémit sa mère d'un air théâtral. Je te supplie de venir en Italie tous les étés, sans compter Noël et les autres fêtes, mais c'est toujours moi qui me déplace.

Une fois passées les touchantes retrouvailles et maintenant que leurs vacances arrivaient à leur fin, elle entonnait sa sempiternelle complainte. Charlotte avait beau s'y attendre, le reproche devenait lassant, et elle ne savait jamais que dire. D'ailleurs, après cinq jours passés à courir les magasins en compagnie d'Elena — « ici tout est tellement moins cher qu'en Italie » —, elle n'en pouvait plus. Elles n'avaient pas soufflé une seconde, passant sans relâche des restaurants à la mode aux salles de spectacle.

Malgré tout, elle tâcha de répondre patiemment :

— Tu sais bien que j'ai travaillé tous les étés pour payer ma scolarité à l'université, et maintenant à l'école d'architecture. Tu es incroyable, tu ne sais vraiment pas ce que c'est que de n'avoir pas assez d'argent pour voyager.

— Ne dis pas de bêtises, je t'ai offert mille fois de t'envoyer le billet d'avion.

— Je ne peux pas m'absenter de mon travail, pour l'instant. J'ai déjà beaucoup de chance d'avoir trouvé une place dans un cabinet d'architectes. Je suis tout au bas de l'échelle, mais j'apprends beaucoup.

— Je ne vois toujours pas pourquoi tu as besoin de travailler pour financer tes études.

— Papa en est toujours au même point, ça n'a pas changé. Il ne dispose que des loyers de l'usine, du petit salaire qu'il reçoit de la Commission régionale, et des remboursements d'oncle Cliff. Il n'a pas un sou de plus ; il ne peut pas faire de miracles.

— Cliff aurait dû vendre la maison au lieu de s'endetter. Ça ne rime à rien de vivre à deux dans cette grande bâtisse pleine de courants d'air. Et puis il aurait dû se trouver un bon emploi plutôt que de perdre son temps à écrire des livres que personne n'achète.

— Mais il a des lecteurs, tu sais. Son livre sur les textiles a obtenu d'excellentes critiques, même si les ventes n'ont pas été très bonnes. En plus il a déjà signé un contrat pour deux nouveaux ouvrages sur l'industrialisation des pays en voie de développement.

Elena ne s'avoua pas vaincue pour autant.

— Il fait ce qu'il veut, mais ça ne m'empêche pas de penser que Bill, avec ses capacités, aurait pu trouver un bon travail dans le privé qui lui rapporterait beaucoup plus que le salaire de misère que lui verse le gouvernement.

— Papa se rend très utile, et il a trouvé un domaine qui le passionne. C'est lui qui a tenu à ce que Cliff conserve la maison. Il faut sauvegarder cette merveille à tout prix. Le parc est une réserve d'oiseaux magnifique, et les arbres sont centenaires.

En entendant le plaidoyer enflammé de Charlotte, Elena éclata de rire ; ses boucles se mirent à danser et ses bracelets tintèrent.

— Tu es bien une Dawes, va ! Tu me fais penser à ton père et à ton oncle, avec tes grands idéaux. Ce n'est pas grave, je trouve ça adorable, et tu es ravissante. Je n'imaginais pas un seul instant que ma grande perche deviendrait aussi belle. Attends, je vais te montrer quelque chose.

Elle se leva pour s'approcher de la table où elle avait posé les photos qui la suivaient dans tous ses déplacements. Sur l'une d'entre elles, on voyait le mari que Charlotte n'avait encore jamais rencontré ; un homme aux cheveux noirs et aux traits fins qui avait l'air à la fois intelligent et sardonique.

Elena lui avait souvent dit que Mario détestait voyager afin d'expliquer pourquoi elle venait toujours seule. Il avait une clientèle très huppée et travaillait comme un forçat, ce qui les empêchait de s'éloigner de Rome.

— Regarde, c'est notre nouvel appartement. L'immeuble est du XVIIᵉ siècle, juste derrière la piazza Navone. Nous vivons au second, voilà nos fenêtres.

Cette fois, l'intérêt de Charlotte s'éveilla. La façade harmonieuse et sereine était ornementée avec grâce et simplicité, comme pour adoucir la structure de forteresse qui avait été conçue, en des temps agités, pour protéger ses occupants.

— C'est très beau, murmura-t-elle. Quelques centaines d'années, ce n'est pas très long au regard de l'histoire ; on sent encore la peur des gens qui vivaient retranchés derrière ces murs.

— Je ne vois pas beaucoup de différences avec le New York d'aujourd'hui, chérie. Tous les ans, à chacune de mes visites, je me fais la réflexion que ça n'a pas changé, c'est même pire. Tu viens ici souvent ?

— Non, très rarement.

— Tu devrais venir plus. Il se passe une quantité de choses à New York, malgré tout, et ce n'est pas très loin de Philadelphie.

Charlotte sourit.

— Il se passe beaucoup de choses à Philadelphie aussi.

— J'espère que tu lèves le nez de tes livres de temps en temps, Charlotte. Je reconnais que tu as très bien réussi et je suis ravie que tu sois parvenue à réaliser ton rêve, mais l'architecture, une carrière, ce n'est pas tout pour s'épanouir dans sa vie de femme.

« Elle s'imagine que je suis un bourreau de travail et que je ne saurai jamais profiter de l'existence comme elle. Mais si ça me plaît, à moi, d'apprendre mon métier ? En fait, j'aurais parfaitement pu me débrouiller pour trouver de l'argent et sacrifier quelques jours pour aller les voir, elle et son Mario. Mais au fond, je n'en ai pas envie. Elle me met mal à l'aise. »

Son regard s'égara vers le ciel d'hiver, sombre et couvert. Et soudain, elle laissa échapper une question qui l'étonna elle-même.

— Tu es heureuse, mama ?

Sans réfléchir, elle avait utilisé l'appellation enfantine qu'Elena lui avait demandé d'abandonner depuis longtemps.

— Quelle drôle de question ! La vie, c'est comme une grande pochette-surprise, Charlotte. On y plonge la main, et on en sort les cadeaux au hasard. On déballe le paquet, et si on n'est pas content, on recommence, voilà tout. On passe du bonheur à la peine, et on retrouve le bonheur ensuite, si on est malin. Enfin, bref, c'est un peu profond pour moi, tout ça. Donne-moi plutôt des nouvelles de la famille. Comment va mon amie Claudia qui m'apprécie si peu ?

— Elle ne te critique jamais !

— Ne te mets pas en colère, je ne voulais pas te vexer. Je sais que tu l'adores.

Oui, elle l'aimait, mais très différemment de sa mère. Il y avait mille façons d'aimer. Son amour pour Elena était teinté d'une douleur très ancienne ; elle essayait de ne pas trop la juger, mais elle n'y parvenait pas toujours. Pour son père, elle éprouvait une confiance absolue à laquelle se mêlaient complicité et gratitude. Il avait toujours été là quand elle avait eu besoin de lui, et ne l'abandonnerait jamais. Quant à Claudia, c'était son amie, son guide, son analyste. À quinze ans, lorsqu'elle avait tout rejeté, Claudia l'avait aidée à se réapproprier le monde.

« Tu peux faire de ta vie tout ce que tu voudras, Charlotte, disait-elle. Tu peux être belle, si tu en as envie ; tu peux être forte et n'avoir peur de rien si tu le veux. »

Et tout cela, elle le lui avait enseigné alors qu'elle-même...

— Ce doit être très dur pour elle, commenta Elena.

— Oui, ils ont eu beaucoup de mal, et ça continue. On les importune sans cesse. Les journaux les ont assiégés pour leur arracher des interviews, et aussi la télévision, mais ils n'ont jamais cédé. Ils ont même reçu une lettre de Ted mais, évidemment, il s'agissait d'un canular. La police a immédiatement mis Claudia en garde, seulement elle avait trop envie d'y croire. La lettre était tapée à la machine et avait été postée d'Angleterre. Les adolescents qui s'étaient amusés à cette mauvaise farce ont été dénoncés. Ils ne se rendaient pas compte de la cruauté de leur geste.

— On ne le retrouvera pas, elle devrait s'en faire une raison.

— Mais justement, on ne peut pas savoir. Après quinze ans, on a fini par arrêter un homme qui avait assassiné toute sa famille ; il n'avait même pas quitté les États-Unis. Et c'est encore plus facile de se cacher à l'étranger. On ne s'intéresse pas beaucoup aux gens comme Ted : Interpol s'occupe surtout du grand banditisme... Mais il se cache quelque part.

— Est-ce que... Est-ce que tu y penses toujours autant ? Tu n'en parles jamais, et le temps a passé, mais...

— Il faut vivre avec.

— Je vois. Je suis contente que tu parviennes à oublier... Attends, c'est bien ça que tu voulais dire ? J'ai peur d'avoir encore manqué de tact, tu me connais.

— Je ne pense plus très souvent à ce qui s'est passé. Du moins, pas consciemment.

Non, pas consciemment, mais la douleur ne la quittait pas une seconde ! C'était un boulet qu'elle traînait et cachait derrière de grands sourires.

— Ça me fait plaisir pour toi. J'ai l'impression que tu es plus heureuse qu'avant, plus insouciante. Et puis, encore une fois, je te trouve très en beauté. J'adore tes cheveux. Jamais je ne t'aurais crue capable de te faire une couleur.

— C'est Claudia qui en a eu l'idée. Elle avait envie que je me fasse éclaircir les cheveux.

— Eh bien, j'approuve totalement. Mais ça me surprend, je ne pensais pas que ce genre de choses l'intéressait.

— Tu ne la connais pas.

— Je sais qu'elle a été très gentille avec toi, je ne dis pas le contraire.

196

« Non, par pitié, pensa Charlotte, pourvu que cette visite ne se termine pas sur une note d'amertume, même dissimulée. »

Elena dut avoir la même pensée, car elle retrouva le sourire et dit d'une voix plus joyeuse :

— Tu sais ce dont j'aurais envie ? Je voudrais aller prendre le thé quelque part et me bourrer de petits sandwichs pour éviter le repas de l'avion. Viens, descendons nous régaler. Ensuite, je partirai à l'aéroport, toi tu iras prendre ton train, et nous nous dirons au revoir jusqu'à la prochaine fois.

La séparation, comme toujours, fut très émouvante, à l'image de cette relation étrange tissée de rêves, de souvenirs, de différences insurmontables et d'un amour indiscutable.

Malgré une certaine envie de parler de Peter à Elena, Charlotte s'en était empêchée. Sans doute avait-elle été arrêtée par le souvenir d'une plaisanterie de sa mère qui l'avait touchée à vif. Pourtant, connaissant son humour un peu particulier, il était fort possible qu'elle n'ait même pas eu l'intention de la blesser...

— Je te vois bien mariée à un professeur d'université avec des coudes en cuir, avait dit Elena. Tu te retrouverais dans un trou perdu comme Kingsley, mais avec un campus dans les environs. Tu organiserais des dîners pendant les longues soirées d'hiver où tout le monde passerait des heures à refaire le monde.

De toute façon, il n'y avait pas encore grand-chose à dire de Peter. Elena n'avait pas été très éloignée de la vérité, mis à part qu'il n'était pas encore professeur, mais seulement assistant ; un des meilleurs enseignants de l'école d'architecture, de l'avis de Charlotte. La première année, elle avait assisté à son cours sur l'histoire et l'évolution de l'architecture. Elle s'était passionnée pour Viollet-le-Duc, restaurateur de

Notre-Dame, et pour le travail de pionnier de Le Corbusier avec ses villes contemporaines, mais, surtout, c'était Peter Frank lui-même qui l'avait fascinée.

Il était roux et avait évidemment des taches de rousseur, quoique en assez petit nombre. Grand, le teint vif, il donnait toujours l'impression de revenir d'une longue promenade en plein vent. Il était drôle, aussi, et s'exprimait de façon imagée avec de grands mouvements de mains qui matérialisaient dans l'air, au fil de son discours, les formes qu'il évoquait.

Jamais il n'avait prêté la moindre attention à l'étudiante Charlotte Dawes, qui, assise au deuxième rang, l'avait ainsi adoré de loin, suivant assidûment l'année suivante le cours intitulé « La construction en architecture dans le monde moderne ».

Puis, six semaines auparavant, ils s'étaient rencontrés à la cafétéria, déserte en milieu d'après-midi. Charlotte, sa tasse de café dans une main, tournait les pages d'un polycopié lorsqu'il était venu s'asseoir en face d'elle.

— Alors vous voulez être architecte, avait-il lancé sans entrée en matière.

Trouvant cette remarque assez étrange, elle n'avait pas camouflé sa surprise et avait répondu aussi légèrement que possible :

— Mais, oui, oui, c'est ça.

— Je vous donne des A à tous vos devoirs, et s'il y avait mieux, je vous noterais mieux.

Charlotte, qui avait l'impression de s'observer de l'extérieur, savait qu'elle parvenait parfaitement à cacher son émotion.

— C'est sans doute parce que j'imagine des plans de maison depuis que je suis en sixième, avait-elle répondu en riant.

— Est-ce que vous aviez déjà une natte qui vous descendait jusqu'au milieu du dos à cet âge-là ?

— Non, j'avais une queue de cheval.

Cette réponse les fit rire tous deux.

— Je dois vous avouer que, chaque fois que vous sortez de la salle de cours, j'ai une envie épouvantable de tirer dessus. On dirait la tresse d'un Chinois de l'ancien temps, sauf qu'elle est blonde.

— Je pensais que vous ne m'aviez même pas remarquée.

— Oh que si ! Mais je m'impose la règle stricte de ne jamais entretenir de relations personnelles avec mes étudiantes. C'est une règle très sage, et je ne comprends pas bien pourquoi je suis en train de la transgresser.

Elle ne répondit rien, et il lui sembla entendre les battements de son cœur.

— Où habitez-vous ? demanda-t-il.

— Je partage un appartement avec deux amies, à cinq rues d'ici en remontant l'avenue.

— Justement, je dois aller par là. Si vous avez l'intention de rentrer bientôt, je pourrai vous accompagner un bout de chemin.

C'était ainsi que tout avait commencé. Enfin, « tout », pour l'instant, se résumait à quelques expositions, plusieurs films, de longs dîners et de longues promenades, sorties qui s'étaient interrompues avec la survenue de fortes chutes de neige et les vacances de Noël. Jusqu'à présent, ils n'avaient pas eu l'occasion de devenir plus intimes, car ni lui ni elle n'habitaient seuls. Ils étaient cependant très attirés l'un par l'autre et attendaient avec une même impatience le moment où ils pourraient laisser libre cours à leur désir.

Charlotte n'avait encore jamais connu de passion amoureuse. Elle n'avait manqué d'amis ni à l'université ni à l'école d'architecture, mais elle ne sortait qu'en groupe. Tout le monde l'appréciait, les hommes comme les femmes, car elle était chaleureuse, dansait bien et jouait honorablement au tennis ; on la trouvait intéressante, généreuse, et, elle devait bien l'admettre, extrêmement séduisante...

Le train roulait bruyamment dans la nuit vers Philadelphie.

La voie traversait des petites villes de banlieue aux maisonnettes alignées dans des lotissements sans arbres, frileusement emmitouflées pour lutter contre le froid. Mais Charlotte gardait surtout les yeux tournés vers ce paysage pour éviter les regards appuyés d'un homme assis de l'autre côté de l'allée. Il n'essayait même pas de dissimuler son intérêt, éveillé sans doute par le manteau amarante qu'Elena avait tenu à lui offrir. Sur le lainage rouge, sa tresse épaisse et longue, elle le savait, devait paraître particulièrement jolie ; avec un rire intérieur elle se rappela le commentaire de Peter.

Elle avait l'habitude du regard admiratif des hommes, connaissait leurs désirs et savait repousser leurs propositions. Pourtant, si bizarre que cela puisse paraître dans les années quatre-vingt-dix, elle était encore vierge. (Ce qui lui était arrivé ne comptait pas, et elle ne voulait même pas y penser.) Sa réserve surprenait tout le monde, et elle reconnaissait qu'elle était peut-être un peu trop difficile. Une amie lui avait répété que leurs camarades l'appelaient « l'intouchable », pour rire, évidemment sans malice, car tous l'aimaient beaucoup. On avait même lancé des paris pour deviner qui parviendrait le premier à la séduire. Certains la disaient frigide, mais elle savait qu'ils se trompaient.

Parfois, l'exemple de Claudia et de Cliff lui revenait en mémoire. Malgré leur tragédie, il émanait d'eux une sensualité, une tendresse pleine de passion, qui l'avait longtemps étonnée.

Un jour, alors qu'elle allait encore au lycée, elle les avait surpris enlacés dans la cuisine. Jamais elle n'avait vu deux personnes se témoigner autant d'affection, ni,

200

évidemment, montrer un tel désir... Cet exemple lui semblait très enviable, et avec Peter elle sentait qu'elle pourrait vivre un amour de cet ordre même s'ils n'avaient pas encore échangé un seul baiser.

Leur relation avait évolué rapidement, sans le moindre heurt. Ils avaient discuté pendant des heures, si intensément qu'après seulement quelques semaines ils en étaient arrivés à une intimité de couple. À présent, ils parvenaient à deviner les pensées de l'autre sans avoir à ouvrir la bouche.

Elle lui avait tout révélé de sa vie, à l'exception de l'événement dont elle s'était juré de ne jamais parler à personne. Pourtant, une fois qu'elle avait appris à le connaître, dans certains moments de grande intimité, il lui était arrivé de se demander pourquoi elle ne le lui disait pas ; mais la réponse s'imposait toujours d'elle-même. Si par exemple, raisonnait-elle, on avait une affreuse cicatrice dans un endroit caché, avait-on envie de la montrer, même à un homme dont on était amoureuse ? Non, mille fois non. Jamais de la vie !

Peter connaissait les liens qui unissaient Charlotte à son père, la relation qu'elle entretenait avec sa mère. Elle lui avait dit aussi que c'était Claudia qui l'avait poussée à entrer à l'école d'architecture ; son père, tout en tâchant de le cacher, avait espéré qu'elle ne s'éloignerait pas de Kingsley. Elle avait avoué à Peter son inexpérience amoureuse, et il savait aussi que l'architecture était sa passion.

— Je veux bâtir des villes. Je rêve de concevoir des formes, de leur donner vie sur le papier, puis de voir la structure s'élever, transformer la chimère en acier, en pierre, en brique ou en bois, créer des volumes que l'on peut toucher, traverser, voir se découper dans le ciel. Ne te moque pas de moi, mais ma grande ambition c'est de pouvoir un jour édifier quelque chose dans ma ville natale... Je ne sais pas quoi, un monument peut-être, pour remplacer l'usine qui a fait vivre la région pendant des décennies. Je n'ai encore pensé à rien de concret, je ne sais même pas si ce n'est pas utopique, mais ça me plaît de tourner cette idée dans ma tête. Je vois déjà la plaque en bronze avec mon nom : « Architecte, Charlotte Dawes ». Je sais que je vise très haut. J'espère que tu ne me trouves pas prétentieuse.

— Mais pas du tout, loin de là.

Il était soudain devenu sérieux.

— Tu iras loin... Je le sens, mon enfant, comme disaient mes deux grand-mères en annonçant des orages les jours d'été les plus clairs. Ne ris pas, elles ne se trompaient jamais. Moi, je suis un pédagogue, et c'est tout. J'aime parler de l'histoire des constructions et de leur fonction spécifique dans une culture donnée. Je serais bien incapable de concevoir un ouvrage qui ne s'effondrerait pas. Je ne m'enrichirai jamais ; d'ailleurs l'argent ne m'intéresse pas beaucoup. Je n'ai aucune envie de changer de carrière, et je suis très content de mon sort.

Peter venait d'une famille pauvre de huit enfants, et sa mère en attendait un neuvième. Il avait grandi dans une ferme de l'Oklahoma où on dormait à trois par lit. Grâce à une bourse, il avait pu accéder à l'université et avait financé le reste de ses études en travaillant. Ses efforts avaient été couronnés par le poste qu'il occupait à présent.

« Nous sommes complémentaires », se disait Charlotte qui nageait dans le bonheur.

Le train ralentit puis entra en gare. Soudain pressée de rentrer chez elle, elle courut le long du quai et grimpa en hâte l'escalier pour prendre un taxi. Elle savait qu'elle allait trouver des messages près du téléphone. Celui, anonyme, qui promettrait simplement de rappeler plus tard serait celui de Peter, car ils avaient décidé d'un commun accord que leur aventure — si leur relation pouvait déjà se définir de cette manière — devait rester secrète.

— Le week-end prochain, annonça Peter, tous mes colocataires seront absents. Les quatre collègues avec lesquels je partage la maison appartiennent au même club, celui qui organise un colloque hors de la ville. Nous serons seuls pendant deux jours.

En cours, Charlotte s'asseyait maintenant au dernier rang. Le désir brûlant qu'ils éprouvaient l'un pour l'autre, exacerbé par l'attente, les rendait incapables d'échanger le moindre regard en public. Lorsqu'elle était seule, elle reconnaissait avec une pointe d'ironie qu'elle devait ressentir à peu près la même émotion qu'une jeune fille du siècle passé la veille de son mariage.

Mais l'humour ne l'empêchait pas de se préparer à sa première nuit tout comme une jeune fiancée. En quittant Kingsley, lors de sa dernière visite, elle s'était demandé si elle devait rapporter certains cadeaux d'Elena, objets luxueux dont elle n'avait pas vraiment l'utilité, comme des chemises de nuit vaporeuses, un nécessaire de toilette avec des accessoires d'argent, ou une liseuse en satin molletonné. Les toquades d'Elena ne convenaient guère au mode de vie de Charlotte qui pourtant trouvait dommage de les laisser perdre.

— Prends la liseuse, avait conseillé Claudia en l'aidant à faire ses valises. Tu seras bien contente de l'avoir sous la main en plein hiver quand tu réviseras un partiel jusqu'à deux heures du matin. Et, pendant que tu y es, avait-elle ajouté en riant, prends aussi une ou deux chemises de nuit, on ne sait jamais !

Charlotte se félicitait de l'avoir écoutée. Elle choisit la chemise de nuit blanche avec le bord en dentelle noire qui lui parut parfaite : elle pouvait sembler tour à tour innocente ou provocante, selon l'état d'esprit. En revanche, ses vieilles pantoufles lui faisaient honte, et elle sortit acheter une paire de mules avec talons et garniture en plume d'autruche. Pour ne pas les oublier, elle mit aussi de côté son parfum et un rouge à lèvres neuf. Avant de se coucher, elle défit sa tresse et s'attarda devant le miroir pour regarder sous tous les angles son visage encadré par ses longs cheveux blonds. Si, le mardi, l'attente lui semblait déjà insupportable, comment allait-elle patienter jusqu'au vendredi ?

Pourtant, dès le mercredi, son euphorie fut tempérée par un nuage, un souvenir pénible, un frisson de peur. Et si la nuit promise ne se passait pas bien ? Mais que pouvait-il arriver, au juste ? Elle fit tout pour chasser les images qui lui revenaient, se reprochant ses craintes absurdes. L'ancien cauchemar n'avait rien, rien à voir avec le bonheur fou qu'elle éprouvait. Rien du tout.

— Vendredi soir, nous allons brûler la chandelle par les deux bouts, annonça Peter. Je t'emmène dîner dans le meilleur restaurant de la ville, et tu ne vas pas en croire tes yeux, je vais porter un smoking.

Lorsqu'ils se retrouvèrent à la porte du restaurant, ils marquèrent tous deux un temps d'arrêt. Elle l'avait toujours vu dans les tenues décontractées du campus, et il n'avait jamais eu l'occasion de l'admirer dans son très élégant manteau amarante avec la robe du soir bleu nuit qui soulignait sa minceur. Un instant, ils se regardèrent, solennels, pour prendre acte de la métamorphose.

Pendant le dîner, le sentiment d'étrangeté persista. Ce soir, ils pouvaient rester les yeux dans les yeux sans crainte qu'on devine leur attirance. Ils ne ressentaient même pas le besoin d'exprimer tout haut leurs sentiments et, contrairement à l'ordinaire, ils restèrent quasiment silencieux. De temps à autre, par-dessus la table, leurs mains se trouvaient pour s'étreindre un bref instant.

Toujours aussi graves, ils prirent un taxi pour aller chez Peter, qui vivait dans une maison de pierre brune, au milieu d'une longue rangée de bâtisses identiques et sans caractère. Il ouvrit d'une main tremblante, tâtonna pour trouver l'interrupteur de l'entrée, et prit la parole avec les hésitations d'un homme envahi par le trac.

— Je te préviens, ce n'est pas très beau, ici. Je vis dans une maison de célibataire sans aucun raffinement. Il aurait fallu que tu viennes vers 1890 quand le riche marchand qui logeait ici donnait des soirées somptueuses sous les lampes à gaz.

Charlotte pensa aussitôt que le malaise de Peter venait du fait qu'il n'avait jamais invité dans son lit une femme aussi inexpérimentée qu'elle. Il savait que c'était pour elle la première fois et imaginait qu'elle avait peur. Impulsivement, elle se jeta à son cou.

— Je n'ai pas peur du tout, murmura-t-elle. Je dis ça au cas où tu serais inquiet. Je n'ai pas peur, et je ne suis pas intimidée.

Il l'embrassa. Leurs lèvres et leurs joues étaient encore froides, et ils n'avaient pas même enlevé leurs manteaux. Ils restèrent soudés l'un à l'autre, au beau milieu de la pièce, oscillant un peu, incapables de se détacher l'un de l'autre.

Au bout d'un moment, il défit les boutons du manteau amarante, puis ils allèrent s'allonger sur le sofa, sans cesser de s'embrasser. Elle sentait le cœur de Peter battre contre le sien. Naturellement, elle avait lu tous les conseils prodigués aux novices, qui soulignaient la nécessité de préliminaires langoureux et de tendresse pour mieux savourer le plaisir. Comme tout cela était inutile ! On n'avait pas besoin de manuels quand on était amoureux... Enfin, les autres peut-être, mais pas elle, pas avec lui.

— Que de vêtements gênants..., murmura-t-il.

— Où est-ce que je peux... ?

— Si tu veux aller dans la pièce à côté...

Ils ne s'exprimaient que par phrases courtes, inachevées, comme s'ils parvenaient tout juste à parler.

En entrant dans la chambre, une pièce sans grâce de l'espèce qu'on nomme aimablement « spartiate », qui ne contenait qu'un lit étroit, une chaise et une commode, il vint à l'esprit de Charlotte que Peter aurait peut-être préféré qu'elle se déshabille devant lui. « Tu es une vraie cruche, ma fille, on voit bien que tu n'as pas la moindre expérience ! » Enfin, pas tout à fait... mais c'était autre chose. Il fallait cesser d'y penser. C'était fini, du passé.

Dans la pénombre, elle vit la rondeur de ses épaules se refléter doucement dans le miroir accroché au-dessus de la commode. Il remarquerait son parfum capiteux de gardénia en y frottant la joue. Tremblante, parvenant à peine à contenir son impatience, elle arracha presque ses vêtements et passa la tête dans la chemise de mousseline de soie blanche. C'était parfait ainsi : il la verrait d'abord dans la transparence du tissu fin, à lui de la déshabiller lui-même.

Elle le retrouva dans la cuisine, une alcôve pas plus grande qu'un grand placard. Il était derrière le bar, encore à moitié vêtu, occupé à ouvrir une bouteille.

— J'arrive, lui dit-il.

En l'attendant, elle savoura un instant de joie parfaite. Ils étaient enfin seuls, sans crainte qu'on les interrompe ! S'il n'avait pas eu les mains prises en la rejoignant, elle se serait de nouveau jetée dans ses bras.

Il posa son plateau sur la table basse devant le sofa et la dévora des yeux.

Elle sentit la brûlure du regard qui descendait de son visage à ses seins, puis suivait les plis légers de sa chemise de nuit jusqu'aux mules élégantes.

— Que tu es belle !

Son corps vibra sous la caresse des yeux qui remontaient, suivant le même trajet, pour revenir la dévisager, et elle répondit à son sourire plein de désir.

— Assieds-toi, dit-il, j'ai préparé un punch pour chasser l'hiver de nos os. Nous n'aurons pas besoin de réchauffer le lit.

Sur le plateau, il avait posé une carafe, deux verres et une assiette de sablés. Il remplit les verres puis trinqua avec elle.

— À la beauté, à toi, à nous, dit-il.

Une coulée de lave, désir intense et brûlant, envahit Charlotte, éveillant des sensations en sommeil au plus profond d'elle-même, dont elle n'avait jamais soupçonné l'existence. Elle entendit un soupir, une longue inspiration — leur souffle à l'un et l'autre ; elle perçut un murmure indistinct — leurs voix à l'unisson ; des lèvres avides rencontrèrent les siennes, et une main décidée monta sous sa chemise de nuit.

Et puis, soudain, Charlotte ne comprit plus rien. Dans sa tête, autour d'elle, tout fut éclairé d'une lumière blanche. Le sofa, la table, les verres, l'assiette, l'homme qui la tenait dans ses bras glissèrent de l'hiver vers l'été ; ce n'était plus la nuit mais l'après-midi, les biscuits se transformèrent en un reste de gâteau au chocolat, la pièce terne et désordonnée prit la douceur d'un salon vert et fleuri ; l'homme s'imposait à elle, poids intolérable et étouffant, ses lèvres la faisaient suffoquer et des mains frénétiques lui arrachaient ses vêtements.

Elle ressentit une panique épouvantable. Que faisait-elle là ? L'homme qui la tenait si fort était devenu un étranger ; tout cela pourrait bien finir dans la peur et la douleur. Rien ne subsistait du délicieux désir qui avait pétillé en elle, chauffant le sang dans ses veines, éveillant sa passion. Tout s'était évanoui.

Peter, le corps collé au sien, sentit ses frissons de peur et, les prenant pour du plaisir, l'étreignit encore plus fort.

« Calme-toi, calme-toi, se dit-elle tandis que ses yeux se remplissaient de larmes irrépressibles. C'est

Peter, tu avais envie de faire l'amour avec lui. Tu ne rêves même que de ça depuis deux ans. »

— Que se passe-t-il ? s'écria-t-il tandis qu'elle se dégageait de son étreinte.

— Je ne sais pas. Je ne me sens pas très bien.

— Que t'arrive-t-il ? insista-t-il en la regardant fixement. Tu as mal quelque part ? Dis-moi ce qui ne va pas.

Elle comprenait bien qu'à la voir dans cet état il devait prendre peur.

— C'est peut-être le rhum, murmura-t-elle sans conviction.

— Mais non, voyons ! Dis-moi où tu as mal. Tu veux que j'appelle un médecin ?

— Non, non, ce n'est pas la peine.

Puis, comme il se levait tout de même pour aller prendre le téléphone, elle dut l'arrêter.

— Non, Peter ! Non !

— Alors explique-moi au moins pourquoi tu pleures. Qu'est-ce que je peux faire ?

— Rien, ce n'est rien.

Il revint vers elle et resta à la contempler, abasourdi, pendant qu'elle sentait une grosse larme s'échapper de ses yeux et glisser le long de sa joue jusqu'à sa bouche.

— De toute évidence, il se passe quelque chose. Pourquoi ne veux-tu rien me dire ? Je voudrais t'aider. Tu veux t'allonger ?

— Non, non, ça va aller. Je suis désolée.

— C'est bizarre. Tu es sûre de ne pas vouloir te coucher ?

— Non, je ne sais pas. Ça va aller, excuse-moi.

Quel tableau absurde, se dit-elle. Nous sommes ridicules : une femme en chemise de nuit aguichante, un homme en caleçon ; elle cherche désespérément une excuse pour partir au plus vite alors qu'il est sur le point de s'arracher les cheveux. On pourrait intituler ça : « La séduction manquée ».

Il fallait à tout prix recouvrer un semblant de dignité. Elle s'immobilisa ; même son visage se figea, et ses larmes cessèrent de couler.

Elle leva les yeux vers lui, tâchant de sourire, et répéta :

— Je suis désolée. Ça m'est tombé dessus comme ça... une sorte de nausée... Pardon.

— Je t'en prie, arrête de me demander pardon.

— Ça m'arrive parfois d'avoir mal au cœur sans raison... Ce n'est pas grave, mais c'est très gênant.

Peter l'observa pensivement un moment, puis déclara :

— Tu n'as rien du tout, c'est dans ta tête.

— Oui, c'est vrai, tu as raison, je ne vais pas te raconter d'histoires. Il s'est passé quelque chose dans ma tête. Tout à coup j'ai... perdu mon envie.

— Je vois. Tu n'as plus eu envie...

Alors que jusque-là il avait semblé inquiet et s'était exprimé avec gentillesse, il était soudain devenu froid comme quelqu'un qui se sent rejeté.

— Peter ! s'écria-t-elle alors. J'ai tellement honte ! Je savais très bien pourquoi je venais ici. Nous avions le même désir tous les deux, je n'essaie pas de prétendre le contraire. Ne pense surtout pas que je suis une allumeuse. Je trouve ce genre d'attitude méprisable, jamais je ne me conduirais comme ça, j'espère que tu me crois ! Tu es merveilleux, beau, intelligent, et...

Un sanglot coupa sa phrase. Peter lui posa alors la main sur l'épaule pour la réconforter.

— Ne pleure pas. Tu veux me dire ce qui ne va pas ? Je pourrais peut-être t'aider.

Elle fit non de la tête, murmurant sa réponse si bas qu'il ne l'entendit peut-être pas.

— C'est impossible. Tu vas m'en vouloir, mais je ne peux rien te dire.

Qu'il eût saisi ces quelques mots ou pas, il resta près d'elle sans s'asseoir, à lui caresser le dos pendant qu'elle se débattait contre les images qui l'obsédaient, désespérant de s'en libérer un jour. Malgré des répits, si longs parfois qu'elle croyait être guérie, le démon qui la tourmentait revenait invariablement. Aujourd'hui, cette rechute qui survenait à un instant si important l'accablait par sa cruauté. Après un long moment, lorsque son désarroi redevint supportable, elle releva la tête.

— Tu dois m'en vouloir beaucoup, Peter.

— Non, je ne suis pas en colère, répondit-il gentiment.

En colère, peut-être pas, mais il devait n'y rien comprendre, mourir de frustration et d'envie de se débarrasser d'elle. Elle se força alors à se lever du sofa, humiliée par l'image qu'ils offraient, celle de deux amants piteux qui n'avaient pas su s'aimer.

— Il fait froid, remarqua Peter. Le chauffage baisse après onze heures. Tu devrais t'habiller.

« Je me suis rarement sentie aussi mal », se dit-elle en enfilant sa robe, ses escarpins, et les jolies perles qu'elle avait choisies en exultant de bonheur.

Lorsqu'elle sortit de la chambre, deux tasses de café avaient remplacé le plateau sur la table.

— C'est du déca, déclara Peter. Je sais que tu préfères ça. Non, accepte. Nous n'en boirons qu'une petite tasse, et puis je te ramènerai chez toi.

Il avait remis son smoking, la cravate bien serrée. Le tableau avait changé, et si elle ne s'était pas sentie si mal à l'aise, elle aurait même trouvé la scène assez drôle — elle s'était souvent amusée avec lui de cette tout-puissance du costume. Le couple déconfit, dix minutes après la débâcle, avait retrouvé l'apparence de la normalité, sirotant avec décorum une tasse de café comme si de rien n'était.

— Tu es vraiment gentil. Quand je pense à ma conduite...

— Ne t'excuse pas, tu n'as pas besoin d'y mettre les

formes. Calme-toi, je vois bien que ça ne va pas, et je ne peux que te proposer une nouvelle fois d'essayer de t'aider.

— Ce n'est pas pour le plaisir de te faire des cachotteries, je t'assure, mais il y a des choses dont on ne peut pas parler.

— C'est vrai, on ne peut pas toujours tout dire. C'est compréhensible, ça arrive à tout le monde.

— Mais ça n'a rien à voir avec toi, je voudrais que tu me croies.

— Je te crois, répondit-il gravement.

Lorsqu'ils arrivèrent à la porte de Charlotte, il l'embrassa simplement sur la joue et repartit à grands pas. Elle rentra, s'allongea sur son lit, et fondit en larmes.

Après cela, elle n'eut plus aucune nouvelle de lui. Le premier jour qui suivit le fiasco, elle pensa qu'il ne lui téléphonait pas par peur de la déranger. Après deux jours, elle comprit qu'il n'avait pas l'intention de la rappeler. Cette certitude brutale la sidéra d'abord, puis la désespéra. Avait-il si peu tenu à elle qu'il parvenait à la chasser de sa vie tout simplement, comme on rend sans scrupule un article défectueux au magasin ?

Au cours suivant, elle prit place au fond de la salle, à un endroit où elle pouvait à peine l'apercevoir entre les têtes des autres étudiants. À la fin de l'heure, il ne s'attarda pas pour lui parler. Il l'évitait. Comment osait-il la traiter de cette façon ? Une haine violente s'éveilla en elle, qui lui fit serrer les dents.

Mais, après tout, pourquoi s'étonner ? Il n'avait aucune raison de s'embarrasser d'une femme qui souffrait d'une douleur mystérieuse dont elle ne voulait même pas lui parler. Il en avait certainement conclu qu'elle était mal dans sa peau, qu'il avait affaire à une névrosée. Il trouverait sans mal une femme un peu moins compliquée... Petit à petit, donc, sa haine se dissipa, et elle n'éprouva plus qu'une sourde amertume contre un destin qui l'accablait, mêlée à un affreux sentiment d'humiliation.

Peter continua à lui donner des A à tous ses devoirs, notes qu'elle savait mériter, car elle travaillait plus dur que jamais. Ses études occupaient à présent tout son temps, lui offrant la seule échappatoire possible à la solitude et au chagrin de l'avoir perdu. L'avait-elle vraiment aimé ? Comment le savoir ? Peut-être ne pouvait-on pas déceler la différence entre un amour véritable et un engouement superficiel sans soumettre ses sentiments à l'épreuve du temps. Mais la nuance importait peu, car elle avait été très amoureuse.

Les cauchemars avaient repris droit de cité, fréquents et terrifiants. Le souvenir de Ted la poursuivait dans les rues, chez elle, l'attendait à son chevet quand elle se réveillait. Ted était redevenu aussi présent dans sa chambre qu'il l'avait été le fameux soir dans la maison de Peter.

Elle se rendait parfaitement compte que c'était Ted qui l'empêchait d'aimer, la privait de s'épanouir en amour, dans la vie, à l'exception du domaine professionnel. Son spectre s'était dressé entre elle et Peter, et elle ne savait pas comment se guérir. Fallait-il chercher, encore, l'avis d'un spécialiste ? Plus d'une fois elle avait essayé cette solution, dominant une réticence profonde, mais, malgré tous ses efforts, les aides qu'elle avait reçues, même les plus compétentes, s'étaient révélées inefficaces.

« Sors, vois du monde », aurait dit Elena qui ne préconisait jamais d'autre cure contre les maux les plus divers. Mais Charlotte ne lui ressemblait pas, et seul le temps pourrait lui apporter la paix... peut-être...

Peu de temps après l'obtention de son diplôme, par un magnifique après-midi de fin de printemps, une journée parfaite où les fleurs, le bleu du ciel, le vert tendre des arbres donnaient l'impression d'évoluer dans un songe heureux, elle rencontra Peter en traversant le campus. Par désir de mettre à l'épreuve ses sentiments avant de quitter Philadelphie, avant de s'éloigner de lui pour toujours, elle s'arrêta pour lui parler.

— J'ai entendu dire que tu avais monté en grade, déclara-t-elle courageusement. Je suis très contente pour toi.

Il la remercia et ils restèrent un moment sous les arbres, mal à l'aise. Peter n'avait pas changé, il avait le même teint vigoureux, le même regard spirituel qui l'avait tant séduite, mais, à présent, ils ne savaient plus quoi se dire. La passion était morte. Elle se demanda si un jour, Dieu sait où, Dieu sait quand, leur amour pourrait renaître de ses cendres. Sans doute cet espoir était-il vain, même un peu ridicule, mais elle ne put s'empêcher de rêver un peu.

— Que vas-tu faire après la remise des diplômes ? demanda-t-il.

— J'ai trouvé un travail à Boston. C'est un cabinet qui a démarré depuis peu, mais leurs affaires marchent bien, et ils ont eu la bonne idée de m'embaucher, ajouta-t-elle avec une certaine fierté.

Il la félicita, se déclarant ravi pour elle, et lui souhaita de réussir.

— Tu vas faire des étincelles, je te l'ai déjà dit, acheva-t-il sincèrement, tu verras.

Puis ils se serrèrent la main comme s'ils se connaissaient à peine, poliment, et partirent chacun de leur côté.

2

Charlotte appréciait beaucoup les Laurier. Rudy
était originaire du Québec, quant à Pauline, ses ancê-
tres comptaient parmi les premiers colons débarqués
à Boston aux environs de l'an 1600. Tous deux
venaient de franchir la quarantaine et étaient passés
par deux cabinets d'architectes avant de fonder leur
propre entreprise. Leur premier employeur, avait
expliqué Rudy avec une petite grimace, s'était spécia-
lisé dans la restauration et les copies d'ancien : voûtes
gothiques, frises en stuc et fenêtres palladiennes ; chez
le second, s'indignait Pauline, ils avaient contribué à
défigurer le pays avec des tours en béton.

Leurs bureaux occupaient les trois derniers étages
d'un vieux bâtiment en brique et, après avoir démarré
avec deux dessinateurs, ils avaient déjà besoin d'un
troisième.

— Je suis sûre que nous allons très bien nous
entendre, avait dit Pauline à Charlotte en l'accueillant.

Pauline Laurier lui faisait penser à Claudia. Physiquement, elles n'avaient rien de commun, puisque
Pauline était très brune et filiforme ; elle ne possédait
pas non plus la tranquillité de geste, la façon pensive
de s'exprimer de Claudia, mais sa joie de vivre et son
bon sens l'évoquaient de façon frappante. On devinait

que, sous la façade, se cachait une douceur que Rudy surveillait probablement de près et se faisait un devoir de contenir, tout comme Cliff refrénait la générosité de Claudia.

— Tes résultats universitaires sont très impressionnants, avait remarqué Pauline. Quels sont les aspects du métier qui t'attirent le plus ?

— La conception et les contraintes d'occupation des sols. Je m'intéresse surtout à la façon dont l'habitat peut s'intégrer à l'environnement tout en répondant aux besoins des gens.

— Alors nous sommes faites pour travailler ensemble. Nous laisserons à Rudy les études techniques. En plus, il est bien plus doué que moi dans ce domaine, avait-elle ajouté en riant.

Il régnait une agréable ambiance familiale dans la petite entreprise où affluaient les commandes. Charlotte s'intégra facilement à l'équipe, s'entendant bien avec les deux autres dessinateurs : Mike, qui venait de se marier, et Rosalyn, veuve depuis peu. Mike avait trouvé un deux-pièces pour Charlotte dans l'immeuble où il vivait, ce qui la ravit, car elle en avait assez de partager des appartements. Rosalyn l'invita à déjeuner le premier dimanche, et l'encouragea à revenir la voir le week-end dès qu'elle en aurait envie.

Seulement, ni Rosalyn, qui s'isolait dans son deuil, ni Mike qui vivait son idylle à deux, ne pouvaient lui faire rencontrer beaucoup de monde. Elle le regretta un peu, mais se dit que cela viendrait au fil du temps et décida, en attendant, de se consacrer entièrement à son nouvel emploi qui s'annonçait passionnant.

La salle de dessin se trouvait au dernier étage, éclairée par des baies qui donnaient au nord. Là, assise sur sa haute chaise d'architecte, Charlotte voyait la ligne irrégulière des gratte-ciel qui se découpait dans la lumière blanche, et, à ses pieds, les vieilles rues tortueuses de l'ancienne cité portuaire. De temps à autre, elle relevait le nez des plans de la résidence secondaire à laquelle elle travaillait pour contempler l'animation des rues et des immeubles de cette ville où elle ne connaissait personne.

Depuis qu'elle était petite, passé les heures de classe, l'obligation de faire ses devoirs ne lui avait laissé que de rares moments de loisir. À présent, dès qu'elle sortait de son travail, elle pouvait utiliser son temps comme bon lui semblait, sans cours à préparer ou examens à réviser. Cette liberté l'enchanta pendant les premiers mois, puis elle s'en lassa. Elle se sentait seule et désœuvrée, si bien qu'elle céda à une dangereuse tendance à se replonger dans le passé.

Finalement — elle ne put s'empêcher plus tard de trouver ce détail absurde —, ce fut sa magnifique tresse blonde qui l'aida à sortir de sa dépression. Grâce à sa coiffure, on la repéra dans son immeuble où les locataires se mirent à l'appeler « la fille à la natte ». Petit à petit, elle fut adoptée par un groupe de jeunes gens de son âge, et ses week-ends devinrent nettement plus attrayants.

Pourtant, elle ne parvenait pas à retrouver l'entente euphorique qu'elle avait ressentie en compagnie de Peter. Sa conversation lui manquait, son intelligence et leurs fous rires. Les hommes qui l'invitaient à prendre un verre se contentaient de regarder la télévision qui marchait toujours dans un coin du bar, le nez dans leur verre. Quand, au moment où ils la laissaient devant sa porte, elle refusait de les inviter dans son lit, ils lui donnaient parfois une seconde chance, mais le plus souvent elle n'entendait plus parler d'eux.

Un jour, elle rencontra quelqu'un qui lui plut plus que les autres. C'était un cousin de Rosalyn, courtois et tranquille, comme elle.

— J'ai tout de suite pensé que tu aimais aller au concert, lui dit-il.

Il l'y emmena donc et elle passa une soirée fort

agréable, d'autant plus qu'en la raccompagnant chez elle il lui épargna les étreintes maladroites et déplaisantes. La fois suivante, ils allèrent au théâtre, et ce fut Charlotte qui offrit les billets, car il travaillait dur lui aussi et devait surveiller ses dépenses. Ils dînèrent plusieurs fois avec quelques amis qu'il avait présentés à Charlotte et qu'elle trouvait sympathiques, si bien qu'elle commença à se sentir plus entourée, comme à Philadelphie avant de rencontrer Peter.

Mais un soir, alors qu'ils étaient remontés chez elle pour boire un verre en revenant du cinéma, il interrompit leur conversation pour lui présenter soudain un grief.

— Tu ne crois pas que nous avons assez attendu, Charlotte ? Je trouve le temps long.

Elle haussa les sourcils comme quelqu'un qui n'y comprend rien, alors que ses intentions ne pouvaient être plus claires.

— Attendu ? Mais quoi ? demanda-t-elle.

— Ne fais pas l'innocente ! Tu dois bien te rendre compte que je me suis déjà montré très patient. J'ai attendu qu'on se connaisse mieux, et je pensais que tu finirais par te dégeler, par me montrer un peu de chaleur humaine. Je n'ai pas l'impression d'avancer... Tu ne veux même pas m'embrasser pour me dire bonsoir.

Charlotte eut l'impression qu'un piège se refermait sur elle. Sachant très bien que cela ne rimait à rien, elle s'obstina néanmoins à ne pas comprendre

— Mais je t'aime beaucoup ! Je pensais que nous étions en train de devenir amis.

— Et pourquoi cela nous empêcherait-il d'y trouver un peu de plaisir physique ? Nous sommes en 1994, ce sont des choses qui se font. À moins que je ne te dégoûte, évidemment.

Il fit une pause, s'attendant probablement qu'elle se récrie. En vérité, elle n'avait été séduite que par son intelligence et son apparente gentillesse, mais il aurait été exagéré de dire qu'il la dégoûtait.

— Ne le prends pas mal, répondit-elle d'un ton raisonnable, ça n'a rien à voir avec toi, mais je n'ai aucune envie de coucher avec quelqu'un seulement pour lui prouver que je le trouve sympathique, même si c'est dans l'air du temps.

— Tu m'as mené en bateau. Tu caches bien ton jeu sous tes gestes, ton rire, ton charme, mais tu es un vrai glaçon.

De toute évidence, elle l'avait vexé, et c'était regrettable, mais ses accusations la mirent en colère.

— Je n'ai rien essayé de te faire espérer. C'est toi qui as tiré tes conclusions tout seul. Tu n'as aucune raison de me traiter de glaçon.

Un silence se fit, et ils restèrent un instant à se jauger, debout, face à face.

— Peut-être, dit-il finalement, mais, sans vouloir te faire de peine, tu es vraiment coincée. Je te donne un conseil d'ami : tu devrais te poser quelques questions. Regarde-toi, tu es toute repliée sur toi-même, avec tes bras serrés contre ta poitrine pour te protéger comme si tu avais peur que je te viole.

Il était peut-être animé par de bonnes intentions, mais Charlotte vit rouge.

— Sors d'ici tout de suite ! s'exclama-t-elle.

— Comment ? Tu me mets dehors ? Tu plaisantes, j'espère.

— Non, je ne plaisante pas. Je te demande de partir.

Il prit alors sa veste qu'il avait jetée sur un dossier de chaise et sortit de la pièce sans discuter. Abasourdie par la soudaineté et la violence de leur dispute, elle ne bougea pas et l'entendit crier de l'entrée :

— Tu retardes d'un siècle ! Je te vois bien en train de t'éventer en réclamant des sels !

La porte claqua et le silence se fit. Charlotte s'affala

sur le divan en plongeant la tête dans ses mains. Quelle mortification ! Elle croyait revivre à peu de chose près l'horrible scène qui avait eu lieu avec Peter. Anesthésiée par le choc, elle resta paralysée quelques minutes. Seul son cœur battait à tout rompre.

Au bout d'un moment, elle se calma et parvint à réfléchir plus sereinement. Il s'était montré trop impétueux et elle s'était trompée sur son compte, entendu, mais elle avait réagi de façon absurde. Jamais elle n'aurait dû le jeter dehors comme s'il avait menacé de la brutaliser. Elle aurait parfaitement pu se débrouiller pour l'éconduire sans l'humilier de cette façon et se serait ainsi épargné toute cette violence.

En fait, il n'était pas tombé très loin de la vérité. Elle se protégeait trop et avait agi de façon mélodramatique simplement parce qu'il avait eu le malheur de prononcer un mot tabou, le mot « viol ». Mais il la prenait pour une imbécile s'il croyait qu'elle avait besoin de se « poser des questions ». Comme si elle ne faisait pas que cela, depuis trop longtemps !

Encore bouleversée, elle alla se coucher, mais ne sombra dans un sommeil agité qu'au petit matin.

Un vent violent fouettait les baies vitrées, rabattant la pluie sur les carreaux. C'était une sombre journée de février. Charlotte jeta un coup d'œil à la tempête puis reprit son travail. Elle finissait de passer à l'aquarelle le croquis d'ensemble d'une villa tropicale, qui devait bientôt être présenté à un client.

Mike s'était approché pour regarder par-dessus son épaule.

— Pas mal, remarqua-t-il. Ça donne envie de boire une grande orangeade glacée sur la terrasse après un plongeon dans la piscine ; j'entends presque le murmure de la brise dans les palmiers. Je m'y vois tout à fait.

Charlotte contempla son dessin d'un regard critique.

— Avoue que c'est plutôt moche, dit-elle. Une maison de deux étages avec des colonnes corinthiennes en Floride, quel goût ! Je la vois mieux sur le gazon d'un parc planté de hêtres pourpres vénérables que dans un pimpant jardin de banlieue. De toute façon, les colonnes sont trop massives.

— Si c'est ce que le client demande, il faut lui livrer le produit, répondit Mike en haussant les épaules. On ne peut pas se permettre de choisir les commandes, à moins d'être à la tête d'un gros cabinet indépendant.

— Ça ne t'arrive pas de rêver de te faire un nom ?

— C'est aussi réaliste que d'imaginer qu'on va gagner au loto ! Je ne me fatigue pas à ça.

Voyant qu'elle ne répondait rien, il lui jeta un coup d'œil curieux.

— Pourquoi ? C'est ça que tu vises ?

— Oui, répondit-elle simplement.

Il eut l'air amusé.

— J'imagine que tu sais que tu n'es pas toute seule sur le marché. Je vais te donner un conseil : continue de t'acquitter de ton travail consciencieusement, comme maintenant, épouse un type bien, fais un bébé, et sois heureuse. Susie est enceinte, à propos. Elle va prendre un an de congé maternité, et nous vivrons très bien même si je n'atteins pas la gloire, ce que je ne vise même pas.

Elle se contenta de sourire, répondant seulement :

— Il faut de tout pour faire un monde.

Car elle avait changé. Elle ne songeait d'ailleurs plus ni à se trouver des amis, ni à rencontrer l'homme idéal. À la place, elle avait commencé un programme de remise en forme, un régime tonique et énergisant pour le corps comme pour l'esprit.

Elle parcourait la ville, marchant des kilomètres, allait regarder les bateaux et les premiers saules pleureurs qui verdissaient dans le jardin public. Tous les matins, elle faisait un jogging ; après son travail, elle allait nager dans un club sportif pour femmes d'affaires ; pendant les week-ends, elle se rendait seule au concert, courait les librairies, les musées, et allait voir des films d'art et d'essai. Cette façon de suivre ses désirs sans avoir à déférer aux goûts de quelqu'un d'autre lui convenait parfaitement.

Parfois, pourtant, elle se demandait si c'était vraiment cela le bonheur. Dans ce choix de vie, peut-être y avait-il moins de libre arbitre qu'elle ne voulait le croire. Mais, quand on ne pouvait pas agir autrement, il fallait bien faire contre mauvaise fortune bon cœur.

Elle ne perdait pas son temps : sa tête était pleine de croquis de toutes sortes. Bien que débutante, elle ne rêvait que de projets fastueux, d'opéras fabuleux, d'hôtels de ville, de monuments si grandioses qu'elle se trouvait presque ridicule... presque, mais jamais tout à fait.

Un après-midi, Pauline l'appela dans son bureau.

— Ce doit être difficile d'arriver dans une grande ville où l'on ne connaît personne, déclara-t-elle. Moi, ça ne me plairait pas du tout. Nous nous disions, avec Rudy, que tu étais trop intelligente et trop belle pour rester toute seule... Note que je ne te dis tout ça que pour t'inviter à une réception ! Tu n'es pas obligée d'accepter, évidemment. Nous comprendrons très bien si tu refuses.

Charlotte n'avait évidemment aucune intention de refuser quoi que ce soit à sa patronne.

— C'est devenu une institution dans le quartier, expliqua Pauline. Nous invitons tous les voisins et nos amis chez nous pour fêter la fin de l'hiver. Tout le monde s'habille pour l'occasion.

Puis, comme si elle avait peur que ce dernier détail ne l'effraie, elle ajouta en riant :

— On n'a pas besoin de sortir sa crinoline et ses

boucles d'oreilles en diamant, du moment qu'on évite les jeans !

De toute évidence, Pauline prenait des gants, imaginant qu'avec son salaire Charlotte ne disposait que d'une garde-robe limitée. Elle se retint de sourire. Personne n'aurait pu imaginer que dans son petit appartement miteux sa penderie était pleine à craquer de vêtements luxueux portant la griffe de grands couturiers italiens. Elle possédait même des boucles d'oreilles en diamant, des pierres de bonne taille qu'Elena lui avait offertes pour ses vingt et un ans. Voilà bien longtemps qu'elle n'avait eu ni l'occasion ni l'envie de les porter. Elles iraient très bien avec sa robe vert émeraude, de la couleur du printemps, une rangée de perles et ses chaussures crème.

À vrai dire, elle se réjouissait surtout de visiter la maison des Laurier qu'elle trouvait très belle de l'extérieur. C'était un des hôtels particuliers en brique rouge de Beacon Hill avec des cuivres bien astiqués à la porte d'entrée, et des fenêtres où fleurissait une profusion de fuchsias. Derrière les fenêtres lavande, elle trouverait à coup sûr des frises d'époque et des cheminées anciennes. Pauline ne lui avait pas caché que, si elle n'avait pas hérité de cette magnifique demeure, jamais son mari et elle n'auraient pu se l'offrir.

— J'ai invité au moins deux célibataires qui risquent de te plaire, acheva Pauline, encline à se montrer trop maternelle.

— J'accepte avec plaisir. Merci pour l'invitation.

La maison ne la déçut pas. En errant de pièce en pièce, elle découvrit un portrait du XVIIIe siècle représentant une femme en bonnet à dentelles, et fut aussi fascinée par une carte du Nouveau Monde très ancienne, où le continent américain était relié à l'Asie.

Les invités l'intéressèrent moins. La plupart d'entre

eux, voisins d'un certain âge, se connaissaient depuis longtemps et avaient tendance, tout naturellement, à se regrouper. Les plus jeunes étaient venus en couple, officiel ou non, et, passé les salutations d'usage, ne semblèrent nullement s'intéresser à une femme seule.

Une dame aux cheveux blancs lui sourit d'un air approbateur.

— Comme vous êtes charmante ! C'est si rare de voir une jeune fille de votre âge qui porte autre chose que des jeans.

Elle la traitait comme une gamine, mais, après tout, pour elle, il n'y avait sans doute pas grande différence entre une fille de quatorze ans et une jeune femme de vingt-cinq.

Un peu plus tard, deux jeunes gens enthousiastes engagèrent la conversation. Elle découvrit bien vite qu'il s'agissait d'étudiants de première année, et ils ne trouvèrent bientôt plus grand-chose à se dire. Aussi poliment que possible, ils parvinrent tous les trois à s'esquiver, les deux étudiants vers le bar, elle en direction d'un groupe de femmes à l'allure intéressante qui conversaient dans un coin de la pièce.

Pauline l'intercepta, la mine affligée.

— Je suis désolée que tu ne trouves personne à qui parler ! Je suis absolument furieuse contre mes deux célibataires. Ils se sont tous les deux trouvé des excuses de dernière minute ce matin pour se défiler. C'est d'une impolitesse ! Jamais je ne les aurais crus capables d'un tel manque de savoir-vivre. Maintenant, il y a quatre femmes seules, sans te compter, la soirée est ratée !

— Mais je n'ai aucun besoin de compagnie masculine, je t'assure. Ne t'en fais pas.

Difficile de s'expliquer pourquoi une femme aussi indépendante, aussi douée que Pauline raisonnait encore comme si elle devait peupler l'arche de Noé. Il lui fallait à tout prix des couples, un homme pour cha-

que femme, et de préférence quelques hommes en sur-
nombre au cas où.

Il n'y avait pourtant vraiment pas de quoi crier à la
catastrophe : les quelques femmes « seules » qui discutaient entre elles étaient probablement les plus intéres-
santes de tous les invités. Charlotte eut donc l'occasion de
rencontrer une avocate, une psychologue, une importa-
trice de haute couture et une charmante mère de trois
enfants. Leur conversation devint vite passionnante et se
poursuivit avec entrain pendant le dîner. Elles prirent
place toutes les cinq ensemble au bout d'une longue table,
et elles parlèrent vêtements, enfants, évoquèrent les lois
sur le divorce, et la préservation du patrimoine historique, puis échangèrent quelques potins croustillants. La
spécialiste de haute couture, qui s'appelait Birdie, avait la
langue bien pendue et, malgré un cynisme qui frisait parfois la diffamation, les fit beaucoup rire.

— Tenez, regardez là-bas, à la table ronde, chuchota-t-elle, le type à la cravate jaune. Vous ne trouvez
pas qu'il ressemble au serveur de la publicité pour le
whisky ? Il pourrait aussi essayer de vendre des BMW.
Il a vraiment la gueule de l'emploi : cheveux poivre et
sel, sourire satisfait, teint rubicond. C'est le genre à
avoir une grosse maison avec un double garage, une
femme respectable, et je parie à notre architecte son
tailleur Armani qu'il s'amuse avec sa jolie petite secrétaire de cinq à sept.

— Je n'ai pas de tailleur Armani, répondit Charlotte en riant.

— Ah non ? Tu devrais. C'est bien une robe italienne que tu portes ?

— Oui, mais elle m'a été offerte par ma mère. Elle
vit en Italie. Autrement, je ne pourrais jamais me permettre d'acheter des choses de cette qualité.

Pourquoi avait-elle éprouvé le besoin de se justifier ? Parce que, évidemment, elle avait tout de suite
remarqué, grâce à l'éducation d'Elena, que ses compa-

gnes de table, à l'exception de Birdie, portaient des vêtements peu coûteux.

« C'est incroyable ce que tu fais attention aux autres, aurait dit Claudia comme d'habitude. Tu te mets dans la peau des gens, c'est une qualité, mais il faut aussi faire attention de ne pas te perdre. »

— Tenez, voilà une robe magnifique, remarqua Birdie en ouvrant à peine la bouche pour empêcher sa voix de porter trop loin.

Comme des conspiratrices, elles s'approchèrent toutes pour écouter ses commentaires.

— La jeune femme qui arrive, là, en blanc.

Un très beau couple prenait place à l'autre bout de leur table. L'homme était jeune, grand, brun, et impeccablement vêtu ; la femme avait une prestance de princesse et des bijoux qui scintillaient de mille feux. Les autres couples de la table les saluèrent avec un enthousiasme bruyant.

— En retard, comme d'habitude, souffla Birdie. Elle se croit tout permis. Elle me fait attendre des heures pour ses essayages, et rien ne lui va jamais la première fois et parfois même pas la deuxième. Enfin, quand on paie le prix que je lui demande, on doit vouloir en avoir pour son argent. Elle adore montrer son pouvoir.

Charlotte l'écoutait à peine, très frappée par le jeune homme brun qu'elle essayait de ne pas trop regarder. En fait, il lui rappelait Peter, ce qui à première vue aurait pu paraître absurde, car ils ne se ressemblaient pas du tout. Peter le rouquin, avec ses chemises trop larges...

Dès le premier coup d'œil cette similitude l'avait troublée. D'ailleurs, l'atmosphère avait changé depuis son arrivée ; l'intérêt de la tablée, tout comme le sien, s'était éveillé et les conversations s'étaient animées. Mais peut-être était-ce seulement l'apparition de la jeune femme et de sa robe magnifique qui avait causé l'émoi général.

— Alors, qu'est-ce que tu en penses, ils sont en toc ?

— Qui ça ? demanda distraitement Charlotte.

— Ses pendentifs en diamant.

Les boucles d'oreilles cliquetantes atteignaient presque les fines bretelles qui retenaient la robe blanche aux épaules.

— Je ne sais pas. Ils ont l'air faux.

— Justement, moi je pense qu'ils sont vrais rien qu'à cause de ça. Les nouveaux riches ne portent jamais de bijoux en toc. Quand on a des milliards tout neufs, il faut bien le montrer. À quoi ça servirait, autrement ?

À travers cette remarque, qui se voulait drôle, transparaissait une amertume qui étonna Charlotte. Elle se demanda ce qui causait l'agressivité de Birdie. Il devait bien y avoir une raison... Hors contexte, on ne pouvait pas savoir, mais les gens avaient tous des histoires personnelles compliquées. Oui, tout le monde avait son histoire.

Des éclats de rire, à l'autre bout de la table, lui firent redresser la tête. Seul le jeune homme brun ne s'était pas joint à l'hilarité générale. La plaisanterie qui amusait tant son entourage le laissait froid. Tant mieux, il ne leur ressemblait pas...

Elle le vit même repousser discrètement son poignet de chemise pour regarder sa montre. Ensuite, il releva les yeux et parcourut la pièce du regard avant de s'arrêter sur la fenêtre, livrant à Charlotte son visage en pleine lumière. Il avait un nez aquilin qui ne ressemblait pas du tout à celui de Peter, mais le petit sourire discret, en revanche, le lui rappelait terriblement. Peter s'était parfois arrêté ainsi au beau milieu d'un cours pour regarder par la fenêtre avec cette même expression amusée et douce qui donnait envie de connaître ses pensées secrètes.

Ces souvenirs obsédants ne disparaîtraient-ils donc jamais ?

— Le problème avec les beaux gosses comme ce type, reprit Birdie qui monopolisait la conversation au grand plaisir de ses voisines de table, c'est qu'ils sont difficiles à séduire. Ensuite, si on parvient à ses fins, on est obligé de faire des pieds et des mains pour les garder.

— C'est vrai qu'il est séduisant, remarqua la psychologue avec un petit soupir de regret.

— Comment s'appelle-t-il ? demanda l'avocate à Birdie.

— Pas la moindre idée. Elle a toute une série de princes charmants à sa botte.

Charlotte se doutait qu'elles auraient toutes été très étonnées de l'entendre protester, mais elle n'en pensait pas moins : il n'était pas à sa botte, c'était évident ! On voyait bien qu'il s'ennuyait à mourir.

— Ne relève pas la tête tout de suite, murmura Birdie à son oreille, mais il est en train de te regarder.

— Ne dis pas de bêtises.

— Je sais ce que je dis, j'ai un œil de lynx. Je peux même te dire qu'il t'a remarquée deux minutes après être entré dans la salle à manger.

Toutes ces messes basses étaient parfaitement ridicules. On se serait cru dans un réfectoire d'école primaire. Birdie n'avait pourtant plus l'âge de ricaner dès qu'un garçon approchait. Mais, lorsque Charlotte releva les yeux en prenant une gorgée de vin, elle rencontra le regard pensif de l'inconnu qui la dévisageait sans se préoccuper des pendentifs en diamant qui devaient lui tinter à l'oreille.

— Tu vois, je te l'avais dit, souffla Birdie qui n'en avait pas perdu une miette.

— Mais non, tu te fais des idées, rétorqua Charlotte assez sèchement.

— Si j'étais toi, je ne me priverais pas d'aller lui

dire un petit bonjour en sortant de table. Même s'il est accompagné, ça ne devrait pas être impossible.

— Je n'en doute pas, mais je n'en ai aucune envie.

— C'est toi qui décides, conclut Birdie avec un haussement d'épaules méprisant.

Visiblement déçue par son attitude, elle n'adressa pratiquement plus la parole à Charlotte qui abrégea la soirée en s'esquivant dès que possible. Elle rentra chez elle plutôt déprimée, et, alors qu'elle détestait le désordre, elle fit sauter ses chaussures, laissa tomber sa robe au milieu du tapis et se mit directement au lit.

Des rêves fiévreux agitèrent son sommeil toute la nuit. Par visions brèves et étranges, elle plaçait les gens qu'elle connaissait dans des lieux tout à fait incongrus. Elle se fit arracher une dent sans anesthésiant par un dentiste qui n'était autre que Peter. Elle vit Rudy et Pauline, en équilibre sur une poutrelle métallique, une centaine d'étages au-dessus du sol, et crut mourir de vertige ; elle assista à une réception chez elle, à Kingsley, pendant laquelle son père offrait un verre à l'inconnu brun au nez aquilin qui l'avait dévisagée chez Pauline.

Elle s'éveilla tard, avec un mal de crâne épouvantable. Pour la première fois depuis des mois, la perspective de passer un triste dimanche seule l'accabla. Sans doute s'était-elle surmenée ; elle avait besoin de se reposer. En plus, il y avait quatre mois qu'elle n'était pas allée voir son père. Dès le lendemain, elle demanderait une semaine de congé sans solde et irait faire un tour à Kingsley.

3

La salle à manger du charmant petit hôtel de style européen, à la frontière entre la Thaïlande et la Birmanie, était quasiment déserte, car le dernier groupe de touristes avait quitté l'établissement après un petit déjeuner très matinal. Il ne restait qu'un homme attablé tout au fond de la pièce, ce qui donnait à Cliff et à Claudia l'agréable impression d'être seuls. Claudia regardait dehors, admirant la végétation luxuriante. Des plantes grimpantes qu'elle n'avait jamais vues et dont elle ne connaissait pas les noms s'enchevêtraient dans un foisonnement de fleurs violettes. Un banian gigantesque dont le tronc, s'il avait été creux, aurait pu abriter six colosses s'élevait sur un socle de racines énormes et sinueuses. L'arbre avait au moins cent ans, si ce n'était le double. Un gong résonna, vibrant dans l'air tranquille avec un timbre plein de mystère.

Tout, ici, était dépaysant, les gros bouddhas au sourire placide, les fruits des marchés, les villages poussiéreux, les femmes fluettes aux longs cheveux épais, les appels lancés dans une langue incompréhensible, les petits singes perchés dans les arbres, l'or et le pourpre des temples. Toute cette étrangeté merveilleuse ravissait les yeux et les oreilles.

Claudia savait parfaitement que Cliff n'avait entrepris ce voyage que pour lui faire plaisir, car pour lui qui avait parcouru le monde à vingt ans l'attrait de l'exotisme s'était estompé.

— Nous n'en avons pas les moyens, avait-elle protesté quand il lui avait proposé de partir.

— Tant pis, nous l'avons bien mérité. Nous n'avons qu'à utiliser l'avance que je viens de recevoir pour le deuxième volume de mon histoire du monde industriel.

Elle avait beau essayer de lui cacher ses phases de dépression, il devait bien se douter qu'elle broyait du noir. Quelque part sur cette terre, son fils aussi devait aller à l'aventure, non pas comme le jeune homme insouciant que Cliff avait été, mais en criminel qui fuyait la justice de son pays.

Elle secoua la tête, comme pour chasser un moustique qui lui aurait vrombi à l'oreille. C'était leur dernier jour en Thaïlande, et elle ne voulait pas gâcher ces ultimes instants.

— Nous ferions bien de rentrer à l'hôtel juste après la visite du temple pour boucler nos bagages, déclara Cliff, autrement, nous risquons de manquer notre avion. Je sens bien que tu n'as pas envie de partir.

— C'est vrai, je resterais volontiers encore une semaine, ou même plus, mais je sais que tu n'as pas l'esprit tranquille. Je me doute que tu penses encore à l'usine.

Les rapports avec les locataires de l'usine, Prima Recyclage, s'étaient rapidement détériorés, et maintenant plus personne ne doutait que les patrons de Prima étaient des gens peu recommandables. Claudia se souvenait des soupçons de Bill, au tout début. Peut-être aurait-elle dû le soutenir avant qu'il ne soit trop tard, mais elle ne s'y était pas risquée. Elle n'avait l'expérience que de sa petite librairie ; personne n'aurait prêté attention aux mises en garde d'une nouvelle venue dans la famille qui ne connaissait strictement rien aux complexités d'une grosse entreprise industrielle. Les textiles Dawes étaient une légende, et on l'aurait gentiment remise à sa place, d'autant qu'un cabinet d'avocats très estimé se chargeait de conseiller les deux frères. Elle regrettait malgré tout de n'avoir pas su les dissuader, car le piège infernal s'était refermé sur eux. Le bail de vingt ans qui avait été signé rendait les locataires indélogeables, et le loyer ne couvrait plus les taxes locales et les impôts fonciers qui avaient plus que doublé en une décennie.

— C'est la catastrophe, déclara Cliff. J'ai eu Bill au téléphone hier soir pendant que tu prenais ton bain.

— Que se passe-t-il ?

— Le conseil municipal s'est réuni, et Bill s'est fait violemment attaquer. Nous qui étions les plus gros employeurs de Kingsley, nous sommes passés du rôle de bienfaiteurs publics à celui de grands criminels. C'est triste à dire, et le revirement de l'opinion n'est pas nouveau, seulement Bill dit que la situation s'est brusquement aggravée. Il a dû monter au créneau pour nous défendre ; il dit que c'était terrible, et pourtant tu connais sa modération.

— C'est vrai, il a la réputation d'être calme, mais il me semble qu'il est devenu beaucoup plus émotif depuis un certain temps. Évidemment, je le connais moins bien que toi, mais tu ne trouves pas qu'il résiste mal au stress depuis le départ d'Elena ?

— Oui, tu as raison. Il est devenu très nerveux, très susceptible, instable même. Toute cette affaire ne doit pas arranger les choses. Il m'a raconté que certains membres du conseil municipal qu'il croyait devoir toujours rester fidèles à la famille ont pris des positions très violentes. Des insultes ont même été lancées. On l'a traité d'hypocrite parce qu'il laisse s'accumuler des immondices qui dégagent une odeur infecte aux portes de la ville — et je ne nie pas que c'est vrai — alors qu'il occupe un poste important à la Commission régionale de protection de l'environnement. Ils vont même jusqu'à prétendre que la décharge met en danger la salubrité publique, et là, ils exagèrent peut-être un peu. Quoi qu'il en soit, pour eux, nous sommes coupables.

— Quel toupet ! Comme si vous n'aviez pas les mains liées.

— Le conseil imagine que nous y mettons de la mauvaise volonté ; pourtant, ce n'est pas faute d'avoir essayé de discuter avec les locataires. Tu sais comme moi qu'ils sont sourds à toutes nos protestations. Ils nient purement et simplement la présence de déchets toxiques et prétendent ne traiter que les gravats. Dès que nous voulons discuter, ils nous opposent le bail. Il leur reste neuf ans, et, d'ici là, nous n'avons pas droit à la parole. Si nous ne sommes pas convaincus, ils disent que nous n'avons qu'à leur intenter un procès.

— Et qu'est-ce qui vous en empêche, au fond ?

— L'argent, évidemment. Il y aurait des appels, des contre-appels à n'en plus finir. Dieu sait combien de temps ils parviendraient à faire traîner les choses. Et puis tu imagines l'ambiance avec tout Kingsley dans la mêlée...

Découragée, Claudia se tut. On ne pouvait échapper nulle part à ses problèmes. Cliff avait ses soucis, elle les siens, même ici, à l'autre bout du monde. D'ailleurs, se dit-elle aussitôt, elle ne pouvait pas se dissocier des ennuis de Cliff, et Dieu sait qu'elle l'avait impliqué dans son drame. Leurs problèmes et eux formaient un tout indissociable.

Cliff tendit la main pour la poser sur la sienne.

— J'espère que je ne t'ai pas gâché la journée avec cette histoire de fous.

— Non, ne t'en fais pas. Cela ne va pas nous empêcher de profiter de notre dernier jour.

— J'ai bien vu que tu avais l'air triste... Mais je me

trompe peut-être, tu étais sans doute partie dans une de tes fameuses transes philosophiques, je te connais, plaisanta-t-il pour la remettre, comprit-elle, dans l'humeur joyeuse de son réveil.

— Oui, je réfléchissais, dit-elle en lui rendant son sourire.

— Ah ! J'ai oublié de t'annoncer une bonne nouvelle que m'a transmise Bill : Charlotte a pris une semaine de vacances, et elle sera à Kingsley pour notre retour.

— Comme je suis contente ! Justement j'avais très envie de la voir, elle me manque.

— Oui, à moi aussi. Bon, tu es prête ? Tu as l'appareil photo ?

— Je l'ai oublié dans la chambre avec mon chapeau de soleil ! Je cours les chercher et je te rejoins sur la véranda.

Lorsque Claudia retrouva Cliff dehors, il était entré en conversation avec le seul autre client.

— Nous attendons un taxi, expliquait-il. Nous avons tout juste le temps de visiter notre dernier temple avant de repartir. Voulez-vous que nous vous déposions quelque part ?

— Non, merci. J'ai encore un peu de travail, je vais m'installer à l'ombre, dit l'homme en désignant son attaché-case.

— On vient de m'annoncer que le taxi aurait un quart d'heure de retard, déclara Claudia.

— Ah ? Dans ce cas, nous n'avons qu'à rester à l'ombre nous aussi, répondit Cliff.

Il se tourna poliment vers l'homme.

— Je me présente, Cliff Dawes, et mon épouse Claudia.

— Monte Webster, enchanté.

Ils se serrèrent la main, et commencèrent à échanger les banalités habituelles de tous les compatriotes à l'étranger.

— Le temple que nous allons voir est, paraît-il, particulièrement beau, remarqua Cliff. Il paraît qu'il y a... Claudia, tu te souviens de ce que nous avons lu dans le guide ?

Leur nouvelle connaissance fournit la réponse à sa place.

— Vous voulez sans doute parler des sculptures. En fait, il y a tout un mur en bas-relief qui représente des danseurs. Il ne faut manquer ça à aucun prix. Vous le trouverez du côté nord.

Webster était un homme d'à peine trente ans, au visage intelligent, mince, bronzé et très aimable, qui ne ressemblait aucunement à un touriste. Pour commencer, il n'avait pas le moindre coup de soleil et pas d'appareil photo non plus, et puis, au lieu du jean privilégié par les vacanciers, il portait un costume qui lui donnait l'air d'un homme d'affaires, malgré la chemise ouverte au col.

— Les pays du Sud-Est asiatique sont vraiment intéressants, remarqua-t-il. Vous venez ici pour la première fois ?

— Ma femme, oui, mais pas moi. Je suis passé par la Thaïlande il y a vingt-cinq ans. Bangkok m'avait enthousiasmé à l'époque. Maintenant, ce n'est plus qu'une pâle imitation de New York, avec d'horribles embouteillages. Mais j'ai été très heureux de redécouvrir le pays avec ma femme. La Birmanie — je sais qu'on devrait dire Myanmar — nous a fascinés. Il y a vingt-cinq ans, on ne pouvait même pas y entrer.

— C'est vrai. Et il n'y a pas d'embouteillages, là-bas. Pas encore, tout du moins.

— Moi, j'ai eu un peu peur, avoua Claudia. Je dois dire que ça fait partie du plaisir. Vous devez me trouver idiote.

— Mais non, c'est très sensé, au contraire, répondit Webster. Je m'y rends souvent pour mon travail et il s'y passe beaucoup de choses, croyez-moi, et pas des

plus agréables, sans parler évidemment du gouvernement.

— Dans quelle branche êtes-vous ? demanda Cliff.

— Les machines agricoles... les tracteurs.

Claudia, qui commençait à s'impatienter, se mit à
guetter le taxi. Ils perdaient leur temps à bavarder
bêtement.

Mais Cliff, toujours sociable, trouva encore quelque
chose à ajouter.

— J'avais envie d'offrir un rubis birman à ma
femme, mais ils étaient trop chers.

— En fait, ils sont devenus assez rares. Le gros
marché, de nos jours, c'est la drogue. C'est ce qui fait
vivre tout le monde : les producteurs, les trafiquants,
les jeunes étrangers qui la font entrer en contrebande.
C'est vraiment honteux de voir tous ces jeunes Américains qui ont fui leur pays et qui se cachent dans cette
partie du monde.

Claudia réagit aussitôt.

— Il y a des jeunes Américains qui se cachent par
ici ? Comment font-ils ? Il faut des visas, des passeports...

— Tout est possible, répondit Webster, même ce
qui paraît le plus invraisemblable !

— Donc vous pensez qu'un garçon, enfin un jeune
homme, pourrait vraiment passer sa vie caché ici
sans que...

— Cela dépend, mais il y arriverait très probablement, à moins qu'on ne se donne vraiment beaucoup
de mal pour le retrouver.

Cliff les interrompit.

— Le paysage nous a paru admirable : toutes ces
couleurs, ces panoramas impressionnants. On se croirait dans un film de James Bond.

— James Bond ? Ah oui, peut-être, vous avez sans
doute raison.

— Mais, insista Claudia, si on voulait retrouver

quelqu'un, comment s'y prendrait-on ? Est-ce qu'il y a des endroits où ces jeunes se regroupent ? Des villes où ils trouvent du travail plus facilement, ou...

Elle sentit, même sans le toucher, que Cliff se crispait. Il lui lança un coup d'œil impérieux pour lui ordonner de se taire, et sans comprendre pourquoi elle lui obéit.

Bientôt, le taxi s'arrêta devant la véranda, tirant Claudia de son embarras.

— Eh bien, nous voilà partis, dit Cliff à Webster. Merci pour votre conseil, nous chercherons le bas-relief du côté nord.

Dès qu'ils montèrent en voiture, Claudia lui demanda :

— Je ne comprends pas pourquoi tu m'as fait taire.

— Tu ne te rendais pas compte que tes questions étaient complètement déplacées ? « Combien de temps un jeune homme pourrait-il se cacher ici sans qu'on le retrouve ? » Tu parles d'une discrétion !

— Je n'ai quand même pas dit ça, je me suis arrêtée à temps. Je trouve que c'est un peu excessif de se méfier de tout le monde.

Cliff ne dit rien mais posa une main plutôt brusque sur son genou pour l'arrêter. Il la prenait vraiment pour une irresponsable ! En colère, elle se tut, et ils ne s'adressèrent pas la parole pendant le reste du trajet.

Dès qu'ils sortirent du taxi, Cliff s'immobilisa devant le temple pour revenir à la charge.

— Tu as vraiment agi comme une imbécile ! Tu n'as pas vu comme il a dressé l'oreille ? Tu ne t'es vraiment rendu compte de rien ? Ne me dis pas que tu es assez naïve pour ne pas t'être aperçue que le sujet l'intéressait un peu trop.

— Tu vas finir par me faire peur ! Nous sommes à des milliers de kilomètres de chez nous, nous rencontrons un charmant Américain qui vend des tracteurs et...

— Pour commencer, il ne vend pas plus de tracteurs que toi et moi. Soit il est trafiquant de drogue lui-même, soit, encore plus probablement, il est employé par le gouvernement américain pour lutter contre le trafic.

— Si seulement tu pouvais avoir raison ! Je ne demanderais que ça. Si Ted est dans le coin, il aurait pu le retrouver pour nous. Je ne me serais pas gênée pour le lui demander.

— En voilà une idée ! Tu perds une aiguille dans une meule de foin, et tu demandes au premier venu de te la retrouver.

Ils se fusillaient du regard, face à face sous le soleil de plomb, et n'avaient pas encore accordé un seul coup d'œil au célèbre temple qu'ils venaient visiter.

Claudia serra les dents.

— Cliff, je crois que tu veux m'empêcher de retrouver mon fils ! C'est ça, tu n'as pas envie qu'il rentre.

— Comment peux-tu dire une chose pareille ?

— C'est plus facile pour toi qu'il ne soit pas là, je le sais bien.

— Parce que toi, tu as envie qu'il rentre ? Tu tiens tant que ça à ce qu'il aille en prison ?

Elle ressentit la brûlure qui précédait toujours les larmes.

— Je te rappelle, continua-t-il, qu'une des filles qu'il a violées a épousé un avocat qui ne demanderait qu'un beau procès bien médiatique pour se faire de la publicité.

— Bon, d'accord, j'admets que je ne lui souhaite pas vraiment de subir ça, mais tout de même...

Elle ferma les yeux et crispa les poings pour endiguer les larmes qui lui montaient aux yeux.

— Je ne sais qu'une chose, acheva-t-elle, je voudrais le revoir, rien qu'une fois. Je voudrais lui demander... Je voudrais qu'il m'explique, si c'est possible, pourquoi... Oh, et puis rien. Tu ne peux pas comprendre, tu n'as pas d'enfant. Ton frère, lui, saurait de quoi je parle. Même après tout ce qui s'est passé, il sait que je garderai toujours le souvenir de Ted bébé, quand il riait aux éclats, mon enfant chéri...

Elle s'arrêta et prit une profonde inspiration. Il n'y avait pas d'autre moyen de se calmer. Il fallait respirer lentement, longuement, et expirer à fond.

Cliff lui prit la main sans ajouter un mot. Ils se mirent à marcher vers le temple, mais furent arrêtés par un petit garçon qui tenait un oiseau en cage, un petit oiseau brun aussi ordinaire qu'un moineau, confiné dans une cage trop petite pour lui permettre de déployer les ailes.

— Dix cents ?

Cette question, accompagnée de la mimique de ses dix doigts écartés, devait être la seule phrase qu'il connaissait en anglais. Ils avaient déjà entendu cet appel des centaines de fois. Ils tendirent une pièce, puis libérèrent l'oiseau qui s'envola vers les arbres.

— Je ne supporte pas l'enfermement, marmonna Cliff.

— Je sais.

Il lui étreignit la main.

— Nous devons rester solidaires, oublions toutes les horreurs que nous venons de nous dire.

— Oui, mon chéri, tu as raison.

Une odeur douce flottait dans l'air et une sensation de paix émanait du temple. Peut-être était-elle due à la présence du bouddha... Après tout, c'était cela le sens de la vie de Bouddha et de son enseignement. Il montrait la voie de la sérénité, sous son treillage de pourpre et d'or. Claudia et Cliff s'approchèrent de lui. La paix allait peut-être les toucher ici, se dit-elle. Enfin...

4

La semaine qu'elle venait de passer à Kingsley n'avait pas chassé la dépression de Charlotte ; au contraire, elle avait hâte de retrouver son travail.

Le dernier soir, alors qu'elle partageait avec son père le délicieux dîner préparé par Emmabrown, elle commença à réagir : qu'avait-elle espéré retrouver ici ? Un cocon de chaleur familiale ? Il n'y avait pourtant pas de quoi idéaliser une enfance durant laquelle elle n'avait pas été particulièrement heureuse.

Bill rompit le silence après cinq longues minutes.

— As-tu reçu des nouvelles récentes de ta... d'Elena ?

— Oui, mais il n'y a pas beaucoup de changements. Elle va venir à l'automne prochain et elle me convoque à New York comme d'habitude. Je préférerais vraiment qu'elle vienne jusqu'à Boston de temps en temps. Elle ne se rend pas compte que je ne peux pas m'absenter de mon travail aussi souvent qu'elle me le demande.

Sa remarque, qui n'avait pourtant rien de bien extraordinaire, résonna tristement, s'achevant comme un point d'orgue vibrant de sous-entendus.

— Elle m'a envoyé un gentil petit mot pour mon anniversaire, déclara Bill. Elle n'en oublie jamais la date et m'envoie aussi toujours scrupuleusement ses vœux à Noël.

Comme d'habitude, il s'exprimait avec retenue. Charlotte se demanda si ce « gentil petit mot » d'Elena l'avait touché. La jeune femme n'oserait jamais montrer sa curiosité et son père, pour sa part, ne lui révélerait pas ses sentiments.

Tant de choses avaient changé dans cette maison où elle avait grandi ! Emmabrown avait confirmé cette impression avec moult lamentations.

— Les Dawes sont descendus bien bas. Ça fait mal de voir ça. Si on m'avait dit dans le temps qu'on en arriverait là, je ne l'aurais pas cru. Ton père est en pleine dépression. Ce n'est plus le même homme. Même sa maison tombe en ruine.

Emmabrown exagérait un peu ; la maison n'était pas en aussi mauvais état qu'elle le prétendait, mais il fallait admettre que l'intérieur avait besoin d'un bon rafraîchissement. Les rideaux de la cuisine jaunissaient, les plafonds s'écaillaient. Elena aurait été horrifiée par cette décrépitude.

— Ah ! non, ma petite Charlotte, ton père n'est plus ce qu'il était. Imagine-toi que je ne viens plus faire le ménage qu'une seule fois par semaine. Je m'arrange pour lui préparer quelques repas d'avance, mais le reste du temps, il se débrouille. Sans doute va-t-il beaucoup au restaurant, et puis il s'invite chez son frère. Je ne demande qu'à venir plus souvent, mais il dit qu'il n'en a pas les moyens. Pour moi, ce n'est pas grave, j'ai autant de travail que j'en veux ailleurs ; c'est plus pour lui que ça me fait de la peine. Ton père a bien changé, tu sais.

Si elle voulait dire par là que Bill avait plus de soucis qu'auparavant, ou qu'il cachait moins bien ses inquiétudes, elle ne lui apprenait rien de nouveau. Malheureusement, Charlotte ne se sentait pas davantage capable qu'autrefois d'alléger son fardeau.

Elle se retint de tendre le bras vers son père pour lui montrer par une brève pression de la main qu'elle le comprenait et qu'elle l'aimait. Il était trop fier pour accepter sa compassion ; pour lui, un père ne devait pas se montrer faible devant sa fille. Jamais il n'accepterait de se laisser réconforter par elle.

Clairement, il ne voulait pas s'appesantir sur les pensées tristes qui les assaillaient. D'une voix énergique qui tranchait dans le vif comme un couteau, il changea de sujet.

— Parle-moi un peu de ton job, de ce que tu fais. Je ne me lasse pas de t'entendre parler de ta vie.

— J'adore mon travail, répondit-elle sur le même ton faussement enjoué. L'architecture, ça me passionne, et j'ai beaucoup de chance d'avoir trouvé un emploi. Après le boom de la fin des années quatre-vingt dans la construction, maintenant, c'est la crise. Il y a beaucoup de chômage.

— J'ai lu des articles dans le journal à ce sujet. Il paraît que les gros cabinets réduisent leurs effectifs et que les architectes sont obligés d'aller chercher du travail en Extrême-Orient. C'est là-bas que l'industrie se développe de nos jours, j'en sais quelque chose.

— Oui... Je suis contente d'être entrée dans une petite entreprise. Nous ne nous situons pas dans le créneau des très gros marchés, alors nous continuons à avoir des commandes. Nous nous chargeons le plus souvent de la restauration de maisons de campagne en respectant les styles régionaux. Évidemment, Rudy préfère innover, mais il faut qu'il se trouve des clients assez riches pour s'offrir du moderne tape-à-l'œil.

Charlotte sourit à son père pour tâcher de retrouver la complicité qu'il semblait vouloir repousser. La conversation était trop artificielle, comme s'il refusait de faire face à la réalité.

— Et toi ? demanda-t-il. Qu'est-ce que tu préfères, l'ancien ou le moderne ?

— Les deux ou, si possible, un beau mélange si la situation s'y prête. J'ai des goûts éclectiques.

— Je suis très fier de toi, tu sais. Je te revois encore avec tes énormes livres d'architecture sous le bras. Tu devais avoir environ... voyons... quatorze ans...

Comme s'il regrettait soudain d'avoir mentionné précisément cette époque, précisément cet âge, il s'interrompit et se dépêcha de changer de conversation.

— Et ta vie privée ? Tu n'es pas tombée amoureuse ? C'est une question peut-être trop indiscrète...

— Ça ne me gêne pas, mais il n'y a rien à dire.

— Tant mieux, tu es encore jeune. Ne commets pas d'erreurs irréparables.

S'il refusait de s'épancher, sa voix n'en était pas moins expressive. Charlotte comprit à son intonation qu'il souffrait toujours de l'échec de son mariage. En cela, comme en tant d'autres choses, il différait totalement d'Elena qui n'émettait jamais de regrets par principe, quelles que soient les circonstances.

En voyant son père se verser une seconde tasse de café, Charlotte se rendit compte qu'il avait envie de prolonger ce dernier dîner qu'ils prenaient ensemble.

— Tu me manques, dit-il soudain. Tu nous manques à tous. Cliff et Claudia pensent beaucoup à toi. Ils n'en peuvent plus : l'année a été particulièrement noire à cause de ce garçon. C'est pour éloigner un peu Claudia de tout ça que Cliff l'a emmenée en vacances. Elle t'a raconté ce qui s'était passé ?

— Non, nos conversations téléphoniques sont toujours assez brèves.

« Et nous ne mentionnons jamais "ce garçon", comme tu l'appelles », aurait-elle pu ajouter, car elle regrettait fort que son père ait brisé la règle du silence.

— Eh bien, poursuivit-il, après quelques années de répit, l'affaire s'est remise à intéresser l'opinion. Tout à coup, Cliff et Claudia ont reçu des lettres de deux familles, l'une dans le Tennessee et l'autre dans le Connecticut, qui déclaraient l'avoir vu ; des gens bien intentionnés, remarque. Évidemment, la presse s'en est mêlée, et une équipe de télévision a même sonné à leur porte. Comme on pouvait s'y attendre, il s'agissait de fausses alertes.

— Pourquoi dis-tu « comme on pouvait s'y attendre ? » Un jour, on le retrouvera bien. Je pense souvent... C'est horrible... J'imagine souvent que je vais le rencontrer un matin au coin d'une rue... Ce serait affreux.

— Il n'y a pas une chance sur un milliard pour que ça se produise. Franchement, tu ne devrais pas y penser. Ne te tourmente pas pour ça, ma chérie. Cette pauvre Claudia s'en est rendue malade. Figure-toi qu'à Kingsley il y a des gens qui prétendent que les Dawes savent où Ted se cache et que nous le protégeons. Tu te rends compte ? C'est d'une cruauté !

À ces mots, Charlotte eut soudain un terrible soupçon : et si Claudia savait vraiment où se cachait Ted ? C'était son fils, après tout. Mais elle eut aussitôt honte de son manque de confiance. Comment pouvait-elle imaginer cela de Claudia ?

— Bien, pensons à autre chose, dit Bill en se levant de table. Tu n'as pas envie d'aller te promener ? Nous n'avons pas accompli notre petit rituel depuis l'automne.

Ils sortirent sous la voûte des érables environ une heure avant la tombée de la nuit. En cette fin du mois d'avril, les rayons scintillants du soleil parvenaient encore à traverser les ramures verdissantes. À droite se trouvait le chemin du lac, trajet familier au charme sauvage et tranquille. À gauche, on descendait vers la route de la crête qui dominait le fleuve jusqu'à la ville, en passant au-dessus de l'usine. Enfin, pensa Charlotte, si l'on pouvait encore appeler l'endroit une usine tant le site s'était dégradé.

Elle espéra que Bill choisirait le chemin du lac, mais évidemment il prit par la gauche. Ils se mirent donc en route, parlant de tout et de rien, des maisons devant lesquelles ils passaient, du quatre-vingt-cinquième anniversaire d'un voisin, du magnifique tapis de crocus qui couvrait la pelouse d'un autre. Charlotte se rendait bien compte que son père était perdu dans ses pensées, déjà sans doute préoccupé par la vision qui les attendait au bord du fleuve.

Arrivés au dernier tournant, ils virent l'usine à leurs pieds, bâtiment vieux et fier que Charlotte comparait autrefois à une immense et sinistre prison. Aujourd'hui, c'était bien fini ; on l'avait tellement laissée se détériorer qu'elle ressemblait plutôt à un cadavre de hanneton éventré.

— C'est plein à craquer, grommela Bill. Ils l'ont tellement bourrée de détritus qu'on ne peut plus mettre le pied à l'intérieur. Ils ont même encore ajouté des hangars pour pouvoir continuer ! Est-ce que je t'ai dit que la Commission, sur mon conseil, avait donné deux avertissements à Prima cette année ? Comme il n'y a eu aucun résultat, une sommation ordonnant le nettoyage a suivi. Après cela, les locataires ont proposé un plan d'assainissement bidon qui n'a trompé personne. L'État a fini par entamer une action en justice, mais il faudra au bas mot cinquante ans pour que l'affaire passe devant les tribunaux. Pendant ce temps, c'est Cliff et moi qui payons les pots cassés.

Comme Charlotte ne disait rien, il s'écria :

— Mais regarde-moi ça ! Il n'y a plus une seule fenêtre. C'est la pression qui les a fait éclater de l'intérieur.

— Tu ne devrais pas venir ici, tu te fais du mal.

— Comment veux-tu que je vive comme si de rien n'était ? Tiens, lis ça !

Il sortit de la poche de sa veste un petit paquet de coupures de journaux pliées.

— J'ai découpé des lettres du courrier des lecteurs, expliqua-t-il, et des éditoriaux de mon ami Howard Haynes. Drôle de copain, celui-là ! Tiens, écoute : « Malgré ses assurances au dernier conseil municipal, Bill Dawes n'est pas parvenu à convaincre nos concitoyens que les actions qu'il a engagées avec son frère contre leur locataire étaient suffisantes. En tant que propriétaires, ils sont responsables de l'exploitation de l'ancienne usine. Depuis trop longtemps déjà, la ville subit l'odeur infecte apportée par le moindre souffle de vent. » J'en passe et des meilleures. Tiens, la lettre d'un professeur de sciences naturelles du collège. « On nous avait annoncé une entreprise de recyclage, et nous nous retrouvons avec une décharge immonde aux portes de la ville. Le terrain à l'arrière de l'usine est devenu un marécage glauque et bruyant qui met la santé de tous en péril. Depuis longtemps, les canards et les oiseaux sauvages qui y séjournaient se sont sauvés. Bientôt, il n'y aura plus un seul poisson dans le fleuve à cause de l'infiltration des déchets toxiques mêlés aux gravats que l'entreprise prétend entreposer. La nappe phréatique sera contaminée sous peu et empoisonnera la chaîne alimentaire. Nous courons au désastre si personne ne réagit. M. Dawes devrait avoir honte de garder son emploi à la Commission régionale de l'environnement. S'il avait le moindre sens de l'honneur, il donnerait sa démission. »

Bill remit les articles dans sa poche.

— Et il y en a d'autres, conclut-il, mais ça suffit amplement pour te donner une idée de l'état d'esprit des gens du coin.

Le soleil disparaissait à l'horizon au milieu d'une brume de nuages roses ; dans cette lumière, le saccage qui s'étendait à leurs pieds semblait encore plus déprimant. Instinctivement, Charlotte se détourna pour regarder la campagne verdoyante de l'autre côté de la route.

— À Kingsley, notre réputation est finie, continua Bill avec amertume. Entre cette catastrophe et le scandale qui éclabousse Claudia... et Cliff, on nous considère comme des menteurs ou des imbéciles, sans doute les deux à la fois.

En se tournant une nouvelle fois vers l'usine, Charlotte fut assaillie par les souvenirs ; tout tournait toujours autour de ce point central, véritable pivot de sa vie. Elle entendait encore son père qui un jour avait prédit, alors qu'ils se trouvaient exactement au même endroit, que leurs ennuis n'étaient pas terminés.

— Si nous avions transporté nos activités en Amérique centrale, ou je ne sais où, continua-t-il, nous serions riches et respectés aujourd'hui. Mais nous étions fiers de la qualité de nos produits, fiers de la petite ville que nous faisions vivre. Nous avons voulu préserver tout cela, sauver les emplois. Personne ne nous en sait gré. Nous avons tout tenté pour nous maintenir ici, mais la concurrence nous a tués, et la ville a sombré avec nous, un point c'est tout.

Oui, la ville n'était plus qu'un fantôme ; un à un les petits commerces prospères des vieilles rues qui menaient au bord de l'eau avaient fermé. Dans le centre morne et gris, il n'y avait pas de jardin public, pas de lieux de loisir, aucun café accueillant où l'on pouvait s'asseoir avec des amis pour prendre un verre ; le cinéma avait fermé et, pour voir un film, il fallait se déplacer jusqu'au complexe de salles qui s'était installé à l'intérieur du centre commercial de l'autoroute, au milieu des grandes surfaces et des magasins identiques et sans caractère. Toute la vie s'était déplacée là-bas, dans cet immense parking sinistre.

Bien sûr, on ne pouvait pas tout mettre sur le compte de la disparition de l'usine ; la mutation se faisait sentir dans le pays tout entier.

Et, tout à coup, Charlotte eut un éclair de génie. En y repensant plus tard, elle aurait été bien en peine d'expliquer comment l'idée lui était venue, pas plus qu'un musicien ne peut dire comment il a trouvé une mélodie. Toujours est-il que, soudain, elle eut une vision merveilleuse ; elle vit exactement ce qui aurait dû se dresser dans la boucle du fleuve, au pied de la belle falaise couronnée de pins sur laquelle elle se trouvait : un centre de vie.

— Oui, dit-elle tout haut, oui, c'est ça, un centre de vie.

— Qu'est-ce que tu racontes ?

— Tu sais, un lieu public, c'est ça qu'il faudrait ici, une grande place qui attirerait les gens avec des boutiques, des distractions, dit-elle avec un vague mouvement de bras pour indiquer la vallée. On pourrait faire quelque chose comme à Baltimore sur le front de mer ou qui rappellerait Faneuil Hall à Boston.

— Ici, on n'est ni à Baltimore ni à Boston, tu ne peux pas comparer.

— Mais ce serait possible, à une moindre échelle, évidemment. Je verrais bien une place de village, comme il y en a partout en Europe, un marché qui, en attirant les acheteurs, donnerait une impulsion à de nouveaux commerces et créerait des emplois...

— C'est une vue de l'esprit, ma petite fille.

Quand son père voulait la contredire, il prenait un ton jovial pour ne pas la froisser, et l'appelait « ma petite fille ».

— Mais ça part d'une bonne intention, ajouta-t-il en lui tapotant l'épaule, merci de te donner tout ce mal. Mais, même si ton idée était réalisable, il y aurait encore le problème des locataires. Ce ne sont pas des enfants de chœur, nous n'avons aucun pouvoir sur eux. En admettant que nous puissions trouver des juristes qui accepteraient de prendre le risque de s'attaquer à eux, le procès nous coûterait une fortune. Ensuite, si nous parvenions à nous débarrasser d'eux — et nous n'avons pas une chance sur dix d'y arriver —, nous ne pourrions pas nous en tirer sans l'argent de la location. Personne d'autre ne voudrait reprendre cette ruine, ni pour la louer, ni encore moins pour l'acheter. Je ne vois pas qui voudrait courir un tel risque dans cette ville.

— C'était juste une idée comme ça, papa.

Cette fois, Bill lui sourit avec une affection mêlée de fierté amusée.

— Allez, viens, dit-il, rentrons. Ici, c'est mon enfer à moi.

Charlotte ne savait pas trop si son bref séjour à Kingsley lui avait fait du bien. Il y avait toujours un revers à la médaille, se dit-elle. Là-bas, il fallait reconnaître que le calme d'un week-end à la campagne, sans responsabilités ni horaires à respecter, lui avait été temporairement bénéfique. Mais tous les problèmes auxquels son père devait faire face, et le défaitisme qu'il n'avait pu cacher, avaient éveillé en elle de nouvelles angoisses. Cette inquiétude n'avait pas disparu à son retour à Boston, et empoisonnait même le travail qu'elle aimait tant. Elle y pensait encore maintenant, pendant sa pause de déjeuner qu'elle avait prise assez tard, alors qu'elle finissait son sandwich, assise sur un banc du parc.

Les gens repartaient les uns après les autres avec un regret évident, quittant le plaisir de cette journée de juin délicieuse pour retourner s'enfermer dans leurs bureaux. Charlotte avait encore près de trois quarts d'heure devant elle ; elle se détendit donc, s'efforçant de se laisser imprégner par la douceur de l'air. Des couples amoureux étaient étendus dans l'herbe tiède, alors que des hommes d'affaires pressés, portant costume sombre et attaché-case, n'empruntaient ce trajet que parce qu'il constituait un raccourci. Des pigeons voletaient, se rassemblant autour des retraités qui venaient tous les jours les nourrir, et attendaient les restes de pain avec des roucoulements mélancoliques. Les couleurs étaient en fête : les pigeons se dandinaient comiquement sur leurs pattes rose vif, un tout petit garçon adorable en short rouge tirait un chariot en bois au bout d'une ficelle, des nuages laiteux survolaient la ville dans un ciel d'un bleu intense. On ne pouvait rester indifférent à une telle animation joyeuse.

Charlotte ne voulait pas en perdre une miette. Elle regardait ici et là, quand soudain son regard se posa sur une rangée de maisons en brique rouge. À cette distance, on aurait dit un mur. Soudain, le déclic se fit. Mais bien sûr ! C'était un mur qu'il fallait ! Une sorte de rempart, large et solide le long du fleuve, avec un chemin de promenade à son sommet. En dessous, il y aurait la place qu'elle avait déjà imaginée, pavée de briques rouges. Cela complétait la vision dont elle avait parlé de façon si insouciante à son père et qu'il avait traitée de « vue de l'esprit ». Ce jugement lui avait momentanément coupé les ailes, mais elle avait eu tort de l'écouter. Il se trompait ! La chose était possible ; il devrait bien y avoir moyen de surmonter les difficultés.

Son idée se matérialisait devant elle, flottait là, riche en couleurs, pleine de vie. Au comble de l'excitation, Charlotte fouilla dans son fourre-tout et trouva un grand papier de soie qui avait enveloppé la paire de chaussures qu'elle venait de donner à ressemeler. Elle le déplia, défroissa sur le banc le papier fragile et se mit à crayonner. Les deux hectares de terres qu'occupait à présent le bâtiment formeraient le centre ; il y aurait une immense place avec des boutiques, et à l'arrière un marché en plein air qu'on refermerait par des verrières pendant l'hiver. De cette place partiraient des allées d'immeubles de deux étages, logements pour les retraités et les jeunes, avec des vues sur le fleuve ; on pourrait y ajouter un hôtel pour héberger les hommes d'affaires de passage dans la région et les touristes amoureux de la Nouvelle-Angleterre. Il ne fallait pas oublier un bon restaurant, une patinoire pour l'hiver... Son imagination s'emballait, les rouages délicats de la création s'étaient mis en branle. Sous ses doigts naissait une esquisse rapide et bien équilibrée.

Au beau milieu de son travail, elle sentit une présence derrière elle. Avec un sursaut, elle se retourna pour trouver auprès d'elle un jeune homme en costume sombre qui portait l'inévitable porte-documents, un de ces hommes d'affaires pressés qui utilisaient le parc pour se rendre plus vite à leur bureau.

— En passant, expliqua-t-il, j'ai vu votre tresse, et j'ai tout de suite pensé que c'était vous.

Il lui sourit, découvrant une rangée de dents parfaites.

— Nous nous sommes vus à la réception des Laurier. Évidemment, vous ne vous souvenez pas de moi. Nous ne nous sommes même pas parlé.

En fait, elle le reconnaissait parfaitement, ne fût-ce qu'à cause des conseils agaçants de la femme qui l'avait poussée à essayer de le séduire.

— Je m'appelle Roger Heywood.

— Charlotte Dawes.

— Votre esquisse a l'air intéressante, de quoi s'agit-il ?

— D'un projet de développement urbain, pour une petite ville, répondit-elle, souhaitant se débarrasser de lui rapidement.

— Vous êtes architecte ?

— Oui. Je travaille pour les Laurier.

— Cette courbe, là, c'est une rivière, ou une route ?

— Un fleuve, avec une route qui le longe.

— Évidemment, la route se trouve entre le fleuve et le projet...

— Oui, c'est ça.

— Mais là, lorsque vous écrivez « promenades », au pluriel, vous voulez vraiment dire qu'il y en aura plusieurs ?

Charlotte n'en revenait pas. Pourquoi toutes ces questions ? S'intéressait-il vraiment à son projet ou cherchait-il seulement un sujet de conversation ? S'il s'agissait d'une manœuvre de séduction, il s'y prenait d'une drôle de façon.

— Il y a une promenade en bas, et une autre sur le sommet d'un mur très large, expliqua-t-elle.

— Hou là ! Ça va coûter une fortune.

— Oui, sans doute, mais comme tous les plans, il faudra probablement l'amender. À mon grand regret, naturellement.

— Cela coûte toujours plus cher qu'on ne le prévoit, ces choses-là. Je suis entrepreneur, enfin, plus précisément, je travaille pour un entrepreneur, c'est pourquoi je m'y connais.

— Tiens, et vous construisez quel genre de bâtiments ? demanda-t-elle, sa curiosité éveillée.

— Des immeubles de bureaux. Ça n'a rien de fascinant. J'ai un diplôme d'urbanisme ; c'est très joli ce qu'on apprend, plein de bonnes intentions, mais dans la réalité les beaux idéaux sont souvent mis au placard.

Il s'interrompit pour jeter un coup d'œil à sa montre.

— Flûte ! je suis en retard.

Charlotte regarda l'heure à son tour.

— Moi aussi ! s'exclama-t-elle en fourrant son esquisse dans son sac. Il faut que je me dépêche.

— Attendez une seconde. Donnez-moi votre numéro de téléphone... Les Laurier vous diront que vous n'avez rien à craindre. Ils savent qui je suis, ils connaissent ma famille.

Touchée par ce scrupule d'un autre âge, elle griffonna son numéro sur un bout de papier. Ce souci de lui donner une référence lui avait plu ; elle trouvait cela très gentil, très courtois. Par les temps qui couraient, personne n'imaginait que lorsqu'on rencontrait un homme on pouvait souhaiter savoir autre chose de lui que son nom. Et puis, il avait un sourire vraiment séduisant.

— Le bâtiment crée la demande, déclara Charlotte. J'oublie toujours qui a dit ça, mais si on construit, les gens viennent.

— Je ne vois pas ce qui te rend si sûre de toi, répliqua Pauline avec un froncement de sourcils. Quand on voit tous les immeubles vides et les pancartes de vente et de location qui fleurissent partout...

— C'est parce que les constructions ne valent pas un clou.

C'était la fin de l'après-midi et tout le monde, à part elles deux, avait quitté les bureaux. Charlotte était restée après les autres pour discuter d'un travail sur lequel Rudy voulait qu'elle apporte des modifications, puis, lorsque tout avait été réglé, elle s'était risquée timidement à sortir son projet personnel.

— Ce n'est qu'une esquisse, avait-elle expliqué.

Malgré cette modestie, on voyait bien qu'elle avait poussé très loin son idée et déjà dépassé le stade de l'ébauche. Elle avait achevé un plan d'ensemble à l'échelle qui aurait mérité d'être encadré. C'était pour de telles esquisses que les clients payaient des sommes considérables.

Après avoir étudié le plan en silence pendant plusieurs minutes, Pauline exprima sa surprise.

— Tu es incroyable ! Qu'est-ce que c'est ? Quand as-tu trouvé le temps de faire ça ?

— Moi ? demanda Charlotte avec un sourire. Pas pendant les heures de bureau, ne t'inquiète pas.

— Je m'en doute, que tu es bête ! Je voulais simplement dire que c'est un travail magnifique. Je n'exagère pas, ce dessin est une merveille.

— C'est le cours de dessin d'art que je préférais à la fac. Et encore, ce n'est rien, attends que je l'aie passé à l'aquarelle, il sera encore plus beau.

Pauline bascula sa chaise en arrière pour poser les pieds sur son bureau et considéra Charlotte avec un intérêt non dissimulé.

— Explique-moi de quoi il s'agit.

Charlotte lui raconta alors brièvement les déboires de l'usine et comment son inspiration était née.

— Ça m'est venu d'un coup, conclut-elle, et depuis que j'ai eu cette idée, je n'arrête pas d'y penser. C'est presque une obsession. Si tu savais comme j'ai envie que ça se fasse !

Pendant l'explication, Pauline avait ôté ses pieds du bureau et s'était penchée en avant, le menton dans les mains, avec une attention extrême. Lorsque Charlotte eut achevé, elle reprit le plan pour l'étudier sous tous les angles.

— Évidemment, l'idée d'une place de marché comme lieu de vie n'est plus une nouveauté, commenta-t-elle pensivement. Tiens, prends le marché de Quincey, ça c'était original ! Et les premiers fronts de fleuve... J'étais à Minneapolis quand les travaux ont commencé pour le projet du Mississippi.

Tournant le dessin, elle l'examina sous un autre angle.

— Et pourtant, continua-t-elle, tu parviens à innover... C'est du jamais vu, ça, il y a de l'originalité là-dedans. C'est des logements sociaux avec un plus, un centre de loisir qui ne joue pas la facilité, un mur qui n'en est pas un.

— Et les grandes surfaces sont interdites. Les gens n'auront qu'à aller au centre commercial de l'autoroute si ça leur chante. Cet endroit, ce sera un village, le paradis des indépendants, des artisans qui voudront montrer leurs produits, leurs œuvres ; cela pourra aller du tissage à l'agriculture biologique en passant par...

— Oui, je comprends très bien. Tu veux recréer un vrai quartier, où il fera bon vivre. On y trouvera tout sans avoir à prendre sa voiture. Et tout ça dans une petite ville ordinaire, comme il y en a par milliers. Tu dois connaître cette ville et ses besoins à fond.

— C'est là que j'ai grandi, et puis, dit-elle en s'interrompant pour rire avec un plaisir timide, j'ai suivi un très bon cours qui s'appelait « Économie et société », qui m'a été particulièrement utile.

— Ce que tu as fait là, continua Pauline, toujours absorbée par le croquis, pourrait être qualifié de « néomoderne » ou de « néoclassique », mais Dieu merci pas de « néo-méli-mélo » comme les tours de verre de soixante étages couronnées par du chinois style nouille. Oui... l'aspect est cohérent, mais pas guindé, et il s'intègre parfaitement au paysage comme un village traditionnel de Nouvelle-Angleterre. J'ai hâte de montrer ça à Rudy. Bravo, Charlotte ! Je te tire mon chapeau.

Ce compliment très sincère s'accompagnait d'un regard plein de respect. Charlotte sentit son cœur battre un peu plus fort et ses yeux se mirent à briller.

— Mais attention, poursuivit Pauline, si j'étais toi, je n'investirais pas trop d'espoirs là-dedans. Range ça dans un tiroir en attendant que le moment soit mûr.

— Je ne veux pas attendre ! C'est le moment ou jamais.

— Une belle idée comme la tienne, c'est très séduisant, mais tu ne t'y connais pas du tout en financements. Je suis désolée de t'obliger à remettre les pieds sur terre, mais tu m'as dit toi-même que ton père rencontrait de grosses difficultés. Il serait beaucoup plus sage de te protéger et de ne pas perdre toute ton énergie à nourrir des espoirs vains.

Charlotte ne répondit rien pendant un moment.

Elle ne pouvait certes pas contredire Pauline. Son enthousiasme retombé d'un coup, elle rassembla ses papiers pour rentrer chez elle.

— Ne te décourage pas trop, dit Pauline gentiment. Regarde ce monument, là, devant nous. Est-ce que tu sais combien de temps les Heywood ont dû attendre pour pouvoir commencer à construire ? Le terrain faisait partie d'une succession, et les frères ne s'entendaient pas. Il a fallu passer trois fois devant les tribunaux avant d'arriver à une conciliation et que la vente puisse se conclure.

Charlotte suivit des yeux le geste de Pauline qui désignait la flèche d'acier géante qui s'élançait dans le ciel, dominant la ville avec une puissance impressionnante. Mais soudain, un petit écho qui lui résonnait à l'oreille détourna son attention.

— Heywood... Il n'y a pas un garçon qui s'appelle Roger, dans la famille ?

— Si, bien sûr. Il était même à notre réception en avril. Tu ne l'as pas rencontré ?

— Je l'ai vu de loin, mais nous ne nous sommes pas parlé. Je l'ai croisé dans le parc il y a quelques jours.

— Et que s'est-il passé ?

— Rien de particulier. Il m'a reconnu et il m'a saluée.

— C'est tout ?

La curiosité frémissait dans la voix de Pauline. Charlotte l'avait vue s'intéresser de la même manière à toutes les intrigues qui s'ébauchaient dans le cabinet. Dès que se profilait à l'horizon un homme susceptible de sortir Rosalyn de son veuvage, de plaire à une des jeunes dactylos, ou évidemment de convenir à Charlotte, elle réagissait de la même manière. Charlotte aurait même été surprise si elle n'avait pas montré le même intérêt cette fois.

Amusée, elle échangea quelques plaisanteries avec Pauline, et ajouta :

— Il m'a quand même demandé mon numéro de téléphone.

— J'espère que tu le lui as donné.

— Je pouvais difficilement refuser ! remarqua Charlotte en riant. D'autant plus qu'il t'a citée comme référence.

— Ça n'a pas l'air de te passionner plus que ça. Je ne te comprends pas, tu as vraiment l'air de prendre la chose à la légère.

— Oh ! tu sais, jusqu'à présent, j'ai plutôt eu la poisse en amour, alors, je ne me fais plus d'illusions.

— C'est ridicule, avec toutes tes qualités !

Charlotte connaissait le refrain par cœur. Elle savait aussi que Pauline, simplement parce qu'elle n'avait pas eu d'enfant et compensait en s'intéressant à ceux des autres, aurait bien aimé qu'elle lui raconte davantage sa vie, qu'elle lui explique pourquoi sa mère l'avait abandonnée pour aller en Italie, ou qu'elle lui parle de cette prétendue malchance avec les hommes. Mais, n'ayant strictement aucune envie de s'épancher pour satisfaire cet instinct maternel trop développé, elle se leva et alla à la porte.

— Je peux te dire que Roger Heywood est un garçon très bien, déclara Pauline, la forçant ainsi à s'arrêter pour l'écouter. Je ne te parle même pas de tous les gratte-ciel que l'entreprise familiale construit partout dans le monde, de Shanghai à Kuala Lumpur ; mais... tu ne trouves pas qu'il est vraiment beau ? Il est séduisant, non ?

Charlotte résista à la pression avec une nouvelle plaisanterie.

— Kuala Lumpur, c'est un peu exotique pour moi.

— Je suis très sérieuse. Tu n'imagines pas toutes les femmes qui sont à ses pieds. Tu n'as pas remarqué le succès qu'il avait, l'autre soir ?

— J'ai vu la femme qui l'accompagnait.

— Elle ne compte pas, celle-là. C'est une cousine

éloignée qui s'arrange de temps en temps pour le traîner à des cocktails ou à des dîners de bienfaisance. Il paraît qu'il ne peut pas la supporter.

— Possible, mais de toute façon je préfère les rouquins avec des taches de rousseur, alors...

— Ne fais pas l'idiote. Rentre chez toi et prie le bon Dieu pour qu'il te téléphone.

Charlotte sortit avec un petit haussement d'épaules.

— Et surtout, cria Pauline derrière elle, ne sois pas trop déçue pour ton projet ! Un client va peut-être nous proposer ce genre de chantier dans l'Oklahoma ou en Idaho, on ne sait jamais.

En regagnant à pas lents son appartement, le cœur lourd malgré la douceur de cette belle soirée d'été, Charlotte ressassait cette conversation. Elle connaissait trop bien Pauline pour lui en vouloir ; son employeuse était pleine de bonnes intentions, mais il n'y avait quasiment aucune chance qu'un client surgisse miraculeusement en leur offrant une telle opportunité sur un plateau. En outre, son projet était conçu pour Kingsley, pour son père, et elle n'avait aucune envie de le transposer ailleurs.

C'était pure folie sans aucun doute que de se laisser obnubiler par une idée aussi utopique alors qu'elle ne savait pas comment la concrétiser. Oui, c'était de la folie... Mais, à présent qu'elle s'était mis ce projet en tête, elle ne voyait vraiment pas comment cesser d'y penser.

5

— J'ai eu très envie de faire ta connaissance, à la réception des Laurier, dit Roger Heywood le jour où il appela Charlotte. Mais, quand j'ai voulu te parler après le dîner, j'ai eu beau chercher partout une belle robe verte et la grande jeune femme qui la portait, je n'ai rien trouvé.

— Je suis partie tôt.

— Si seulement j'avais pu faire de même ! s'exclama-t-il avec un rire. J'avais du mal à supporter le bavardage à ma table. On dirait que les gens ne s'intéressent qu'à l'argent et à ce qui s'achète.

C'était une façon détournée, Charlotte s'en rendait compte, de lui faire comprendre qu'il n'entretenait pas de relation avec la femme aux bijoux clinquants qui l'avait couvé du regard. Qu'il fût libre ou non lui importait peu, à dire vrai ; malgré tout, elle était heureuse de ce coup de téléphone, car la perspective d'un long été seule à Boston lui pesait.

— Je suis sûr que tu aimes la musique, dit-il à sa grande surprise.

— Mais oui, c'est vrai, comment as-tu deviné ?

— Parce que la musique va avec les mathématiques, et que les architectes doivent... Enfin, tu vois ce que je veux dire. Mettons simplement que tu as une tête à être mélomane. Je me demandais si ça te plairait de m'accompagner à un concert demain soir.

— Oui, beaucoup, répondit-elle sans la moindre hésitation. C'est ainsi qu'ils se retrouvèrent à un concert en plein air, assis sur la même couverture, au milieu de centaines de personnes réunies sous un ciel lourd, pour écouter une interprétation des *Contes de la forêt viennoise* ponctuée par des coups de tonnerre lointains.

Cette musique légère n'étant pas de celles qui induisent des pensées profondes, l'esprit de Charlotte se mit à vagabonder. C'était curieux comme, dans les rencontres, on se souvenait toujours particulièrement bien de la première fois, et aussi de la dernière. Entre les deux, qu'il se soit passé beaucoup de temps ou très peu, les souvenirs s'émoussaient, formant une mosaïque indistincte. Elle se rappelait ainsi cet homme charmant qui avait commencé par l'emmener au concert et qu'elle avait fini par chasser de chez elle plusieurs mois auparavant ; un épisode qu'elle ne pouvait évoquer sans honte. Elle pensait à Peter, aussi, mais cela n'avait rien à voir. Et maintenant Roger... Elle pressentait qu'elle le reverrait après ce soir-là, et l'idée lui plaisait bien.

— J'apprécie ce genre de musique, lui dit-il à l'entracte. C'est parfait pour les nuits d'été. Beethoven, par exemple, convient beaucoup mieux aux soirées d'hiver ou aux après-midi pluvieux quand on reste enfermé chez soi avec ses pensées. Ce qui ne veut pas dire qu'on broie nécessairement du noir ! On peut être plein d'énergie, comme Beethoven lui-même.

Cette réflexion plut beaucoup à Charlotte.

Après le concert, ils décidèrent d'aller manger un hamburger. En marchant à côté de Roger, elle se rendit compte qu'il était grand. Elle avait cru se souvenir d'un homme d'assez petite taille, peut-être simplement parce qu'il était svelte. À présent, elle s'apercevait que, sans avoir la carrure de bûcheron de Bill — ne disait-on pas souvent que les femmes admirent de façon inconsciente les hommes qui ressemblent à leur père ? —, il était vigoureux et se déplaçait d'un pas souple et puissant.

Une fois qu'ils se retrouvèrent isolés dans une alcôve du restaurant, sans le sujet facile de la musique pour alimenter la conversation, ils se sentirent mal à l'aise. Ils commencèrent alors à échanger les remarques d'usage, comme pour se situer. Elle apprit qu'il avait grandi à Boston jusqu'à son entrée au collège, qu'il avait ensuite continué ses études à Chicago où son père avait été muté. Plus tard, il était revenu à Boston avec un diplôme d'ingénieur, parce qu'il aimait cette ville et aussi parce que son oncle, qui n'avait pas d'enfants, lui avait offert de le prendre dans son entreprise. De son côté, il apprit que Charlotte avait passé son enfance dans une ville de la Nouvelle-Angleterre, que ses parents étaient divorcés et que sa mère vivait en Italie. Oui, elle avait voulu être architecte depuis l'âge de douze ans. Oui, elle appréciait beaucoup Boston et avait exploré la ville dans ses moindres recoins.

Après ce préambule, le dialogue perdit son élan un peu comme les vieux phonographes qu'on déniche parfois dans les greniers et qui se mettent à jouer faux en ralentissant avant la fin du disque. Ils sentirent tous les deux que la conversation s'enlisait et firent beaucoup d'efforts pour la relancer, ce qui ne servit qu'à empirer les choses.

Heureusement, ils furent sauvés par l'arrivée de deux amis de Roger qui le saluèrent en s'arrêtant devant leur table. Une fois les présentations faites, Roger les invita à se joindre à eux, mais ils étaient pressés. Avant de repartir, pourtant, l'un d'eux hésita, puis demanda à Roger s'il avait eu des nouvelles d'un certain Larry.

— J'ai reçu une carte postale, répondit-il. Il est

parti en vacances dans le Maine chez ses parents, et il en profite pour améliorer son handicap au golf.

— Il te doit une fière chandelle ! Si tu n'avais pas été là...

— Ne dis pas de bêtises...

— Mais c'est vrai, insista son ami en se tournant vers Charlotte. Je ne sais pas si vous vous connaissez depuis longtemps, mais je parie qu'il ne vous a rien raconté. Il est trop modeste, ce type.

— Arrête ! protesta Roger.

— Certainement pas, je parie que ça intéressera...

— Charlotte, souffla-t-elle, gagnée par la curiosité.

— Eh bien, voilà, Charlotte : c'était l'année de notre licence, nous étions toute une bande de copains, nous trois, plus deux ou trois autres, dont Larry. Larry était le plus intelligent de nous tous, le plus drôle, le plus original. Ce qu'il nous a fait rire ! Pas vrai, Roger ?

— Si, si, acquiesça-t-il sans enthousiasme.

— Et toi, tu étais le plus discret du groupe, celui qui voyait tout mais ne disait rien. Enfin bref, après les examens, nous avions décidé de faire la fête. Nous étions tous là, sauf Larry qui nous avait dit qu'il avait la grippe. Vers le milieu de la nuit, Roger s'est levé tout d'un coup en déclarant qu'il s'inquiétait et qu'il voulait voir si Larry allait bien.

— Bon, ça suffit, ça n'a rien de passionnant, coupa Roger.

— Mais si, je vous passe les détails, mais heureusement qu'il a suivi son idée, parce que nous ne voulions pas le laisser partir, et qu'il a dû drôlement insister. Pour finir, on a découvert que Larry avait avalé un plein flacon d'aspirine. Pas la peine de vous faire un dessin. Si Roger ne s'était pas douté de quelque chose, s'il n'avait pas si bien compris Larry... Et à part lui, pas un seul d'entre nous n'avait été fichu de deviner qu'il allait aussi mal.

— Bon, tu as fini, Tim ?

— J'arrête, j'arrête, je sais que tu n'aimes pas qu'on parle de ça, mais je voulais que ta copine se rende compte qu'elle ne sortait pas avec n'importe qui. Allez, salut, à bientôt.

— Il a bu trop de bière, commenta Roger dès que ses deux amis furent partis.

L'histoire n'était pas banale. Charlotte, malgré la gêne flagrante de Roger, ne put s'empêcher de le questionner.

— Excuse-moi, je ne veux pas être indiscrète, mais comment t'es-tu douté que quelque chose ne tournait pas rond ? Tu crois à la transmission de pensée ? Pas moi, mais parfois...

— Moi non plus. En fait, même si Larry ne se confiait jamais à personne, j'avais compris à travers certaines de ses remarques, et peut-être même aussi à cause de ce qu'il passait sous silence, qu'il avait de sérieuses difficultés. Peu importe à présent la nature de ses ennuis, mais ils étaient bien réels. Toutes ses blagues et ses airs de boute-en-train ne servaient qu'à masquer ce qui n'allait pas. J'ai d'ailleurs remarqué que c'était souvent le cas. Voilà, ce n'est pas particulièrement joyeux.

Elle le regardait fixement, et il lui jeta un coup d'œil interrogateur, comme pour lui demander à quoi elle pensait.

— Moi, je trouve cette histoire très émouvante, dit-elle. Tu n'es vraiment pas un type ordinaire.

— Ne crois pas ça ! s'exclama-t-il en riant. Tu prends un dessert ? Leurs gâteaux sont très bons.

Cet interlude avait brisé la glace, et la conversation reprit plus facilement, comme s'ils avaient atteint un certain degré d'intimité. Ils se mirent alors à parler de quantité de choses, de manière plus naturelle. « Si j'avais un frère, se dit soudain Charlotte, je voudrais qu'il soit exactement comme lui. »

Le lendemain, Roger la retrouva dans le parc à l'heure du déjeuner.

— J'évite les déjeuners d'affaires tant que je peux, expliqua-t-il. Je préfère de loin avaler un sandwich au bureau. Mais aujourd'hui j'ai eu envie de voir si tu serais là. Je ne te dérange pas ? Tu n'avais pas l'intention de travailler à ton croquis ?

— Non, il est terminé.

Le dessin était maintenant exposé chez elle, appuyé au mur sur la table : elle n'arrivait pas à le ranger dans un tiroir.

— J'ai passé une très bonne soirée, hier, dit-il. Je ne sais pas si tu t'es autant amusée que moi, mais...

— Si, c'était très sympa.

Elle n'avait eu aucun mal à répondre car elle se sentait en confiance, et ajouta très naturellement :

— Ça me plairait qu'on se revoie un de ces jours.

— À moi aussi. Tu as remarqué comme nous avons eu du mal à nous parler, au début ? Pour commencer, je ne savais vraiment pas quoi dire... et toi non plus.

Un instant, elle eut peur que l'embarras qui avait failli gâcher la soirée ne les paralyse de nouveau, mais Roger reprit la parole en portant les yeux vers l'étendue du parc.

— Ici, c'est le cœur de Boston. Quand j'étais petit, je venais jouer près de la mare aux grenouilles. Un peu plus tard, quand je suis tombé amoureux pour la première fois, j'ai emmené l'élue de mon cœur faire un tour en pédalo avec les touristes. Je parie que tu n'as encore jamais essayé ça. Tu n'as pas dû non plus aller voir le *Constitution*.

— C'est vrai.

— Je peux même te faire entrer à l'Athenaeum. Mon oncle a une carte de lecteur. Ça te plairait ?

— Beaucoup !

Il allait un peu trop vite, pensa-t-elle. Il marchait vite, parlait vite, et maintenant il brûlait les étapes, accumulant prématurément les projets de sortie. Bientôt, elle allait devoir repousser ses avances, et tout serait encore gâché.

Mais elle se souvint de l'anecdote qu'on lui avait racontée au restaurant et qui venait s'ajouter à ses propres observations ; Roger était un homme sensible avec lequel elle pourrait devenir amie. Un jour, Elena s'était moquée d'elle : « Des amitiés avec les hommes, tu veux rire ! On couche avec eux, ou on ne les revoit pas. » Mais Elena retardait un peu. En Amérique, on ne réagissait plus comme ça. Si finalement Roger Heywood recherchait plus qu'une amitié, elle ne souffrirait pas trop de ne plus le voir.

De tout l'été, Roger n'importuna pas Charlotte une seule fois, se contentant de l'embrasser sur la joue quand ils se quittaient après avoir passé la soirée ensemble. Ils s'entendaient extrêmement bien, jouaient au tennis au club de l'oncle Heywood dans les environs de Boston, allaient à la plage, dînaient dans des restaurants chics et aussi chez Charlotte qui, grâce à Claudia, était devenue très bonne cuisinière. Maintenant, leurs conversations ne languissaient plus jamais. Roger lui raconta ses expériences à Shanghai, où l'entreprise de son oncle construisait un gratte-ciel ; il lui parla aussi des déboires que son père avait eus à Chicago lorsqu'il avait dû payer des commissions à la mafia. Il s'intéressait à tout et semblait capable de discourir aussi bien sur une exposition de Vermeer que sur les exploits du Hockey Club de Boston.

S'ils abordaient tous les sujets, leurs conversations s'aventuraient rarement sur un terrain personnel. Une fois, seulement, ils touchèrent à une question plus intime ; alors qu'ils discutaient d'un film, Charlotte ne put s'empêcher de lui demander s'il trouvait vraisemblable que l'héroïne, qui avait vingt ans passés, fût encore vierge. Il l'avait alors considérée d'un air pensif. Lorsqu'il interrompait le flot rapide, presque fiévreux, de ses réflexions, il savait écouter les autres avec intensité. Son regard prenait alors une expression plus paisible, et il choisissait ses mots avec soin.

— Historiquement, les femmes se devaient de rester vierges il n'y a encore pas si longtemps, déclarat-il avec un sourire. Non, je ne pense pas que ce soit bizarre. C'est inhabituel de nos jours, sans aucun doute, mais si une femme n'a pas d'expérience, c'est probablement qu'elle a de bonnes raisons.

Après cela, ils n'abordèrent plus jamais le sujet.

Ils se promenaient dans la ville, se laissant guider par leur fantaisie. Parfois, le dimanche, ils allaient au marché. Rosalyn, qui avait eu l'habitude d'accompagner Charlotte dans ces expéditions dominicales, lui pardonnait cette désertion avec un sourire complice, comme si elle supposait que Roger et Charlotte vivaient ensemble. De temps à autre, il l'emmenait aussi sur ses chantiers. Une fois, par exemple, il lui montra une bibliothèque presque achevée dans une banlieue résidentielle. Elle vit un grand parallélépipède de béton, nu et sans originalité, et lorsqu'il lui demanda ce qu'elle en pensait, elle ne cacha pas ses critiques. Il se déclara parfaitement d'accord avec elle, et cela les fit rire. En fait, ils s'accordaient presque en tout.

Elle se demandait même s'il n'était pas un peu amoureux d'elle. Parfois elle en était persuadée, mais la plupart du temps elle se disait qu'elle se trompait. Après tout, ils ne se voyaient qu'une ou deux fois par semaine, ce qui lui laissait toute latitude pour fréquenter d'autres femmes. Il lui arrivait aussi de se demander pourquoi elle n'était pas amoureuse de lui. Elle aimait sa compagnie, elle l'admirait, mais elle ne ressentait pas à son égard l'adoration éperdue qu'elle avait éprouvée pour Peter.

Un jour, Pauline les rencontra dans la rue.

— Charlotte ! s'exclama-t-elle le lendemain matin. Tu ne m'avais pas dit qu'il t'avait appelée ! Tu aurais pu m'en parler !

— Pour quoi faire ? Ça n'a pas une telle importance.

Elle eut conscience de mentir un peu, ce qui n'était pas très gentil pour Pauline qui ne lui voulait que du bien.

— Tu es incroyable ! dit Pauline avec un hochement de tête réprobateur. Ou alors c'est vraiment la passion et tu n'as envie d'en parler à personne...

— Nous sommes amis, c'est tout, je t'assure.

— C'est un peu bizarre.

Une fois de plus, Charlotte crut entendre sa mère. Comment Pauline, l'architecte hyperprofessionnelle, pouvait-elle lui faire penser à Elena ?

— Tu veux sans doute dire, continua Pauline en hésitant, qu'il n'y a pour l'instant rien de plus entre vous que...

Elle s'interrompit, sans doute arrêtée par l'expression de Charlotte, et s'empressa de s'excuser avec volubilité.

— Pardon ! Je suis désolée, je ne sais plus ce que je raconte ! Rudy me dit toujours que je ferais souvent mieux de me taire. Mais que veux-tu, quand j'aime bien quelqu'un, je me retrouve toujours en train de poser des questions indiscrètes avant de pouvoir m'arrêter.

— Ce n'est pas grave, je t'assure, déclara Charlotte.

— Je te jure que je ne recommencerai pas. Je ne soufflerai plus un mot là-dessus, sauf pour te dire que rien ne pourrait me rendre plus heureuse pour vous.

Puis une semaine entière s'écoula sans que Roger lui donne signe de vie. Charlotte se tourmenta, se demandant s'il était malade, ou s'il avait eu un accident. Mais lorsqu'elle l'appela à son bureau, on prit son message sans aucun commentaire, ce qui indiquait qu'il ne lui était rien arrivé de grave. Elle pensa à lui téléphoner chez lui, mais se retint ; s'il voulait se débarrasser d'elle, elle ne pouvait pas l'en empêcher. Ce ne serait pas la première fois qu'une telle chose se produirait, et elle s'était attendue à cela depuis le début...

Toutes ces belles raisons ne l'empêchèrent pas de s'en attrister, d'autant plus que cette même semaine, des nouvelles inquiétantes lui parvinrent de Kingsley. Apparemment, la crise culminait. Emmabrown lui apprit que la situation était grave et que Bill se faisait un sang d'encre ; il tâchait de donner le change, mais elle ne se laissait pas berner si facilement. Lorsque Charlotte téléphona à son père, Bill nia tout, prétendant qu'Emmabrown exagérait comme d'habitude et que Charlotte, après tout ce temps, aurait dû la connaître assez pour ne pas s'alarmer.

Elle était donc chez elle, déprimée et remplie de doutes, lorsque la sonnette retentit.

— Je suis trempé, dit Roger en entrant. Attends, je vais mettre mon imperméable dans la cuisine. J'ai eu un mal de chien à dénicher un taxi.

Il venait de Chicago et arrivait tout droit de l'aéroport.

— J'aurais dû t'appeler, je suis désolé. Mon petit frère a été renversé par une voiture pendant qu'il faisait du vélo. Je me suis précipité là-bas, évidemment. Mes parents étaient fous d'inquiétude, comme tu peux l'imaginer. Je suis resté jusqu'à sa sortie de l'hôpital ; il a fallu l'opérer. Il va se rétablir, Dieu merci. Et toi ? Comment vas-tu ?

Quel bonheur de le voir ! C'était comme si sa présence illuminait la pièce. Cependant, avant même qu'elle trouve le temps de lui répondre, il avait compris qu'elle n'était pas dans son état normal.

— Tu n'as pas l'air en forme, que se passe-t-il ?

Elle lui parla alors de Kingsley et du projet ambitieux qui lui tenait tant à cœur et qui avait attiré les louanges de Pauline et de Rudy.

— C'est le croquis auquel tu travaillais dans le parc ? Tu veux me le montrer ?

Il l'étala sur la table sous la lampe et le regarda sous tous les angles comme l'avait fait Pauline ; il posa quelques questions en hochant la tête de temps en temps à mesure que Charlotte lui fournissait des explications.

— Là, je pensais mettre une grande piscine, couverte à cause de nos longs hivers. Nous pourrions en faire cadeau à la ville. Et puis je comptais réserver le rez-de-chaussée de ce bâtiment derrière l'hôtel à la petite troupe de théâtre. Pour l'instant, les répétitions ont lieu dans l'ancien garage des autocars qui est vraiment sordide. Évidemment, ils paieraient un loyer. Avec des activités de ce genre, nous n'aurions aucun mal à louer les boutiques, à un bon boulanger, par exemple, à un disquaire. Dis-moi ce que tu en penses.

— Non seulement tu t'y connais en architecture, mais tu as de bonnes idées commerciales, qui s'adaptent parfaitement à la vie quotidienne.

— Ça va ensemble. Si l'architecture n'allie pas tous ces éléments, elle ne sert à rien. Si tu savais comme j'ai envie que ce projet voie le jour !

Intrigué, il lui demanda pourquoi elle y tenait tant.

— Parce que je veux aider mon père et ma ville, et puis... pour être honnête, j'ai envie de montrer de quoi je suis capable.

— Au moins, tu es franche.

— La ville est vraiment jolie, tu sais, entre le fleuve et les collines ! Ma mère la détestait.

Elle fut étonnée de lui raconter des choses aussi intimes, mais continua néanmoins.

— À part elle, toute la famille adore Kingsley. Nous y vivons depuis au moins cinq générations... Je ne t'embête pas avec mes histoires ? Tu me le dirais, j'espère.

Il ne la quittait pas des yeux, et elle eut peur de l'avoir effectivement ennuyé. À quoi pensait-il ? Impossible de le deviner.

— Est-ce que tu voudrais que j'aille avec toi à Kingsley pour y jeter un coup d'œil ? demanda-t-il soudain. Nous pourrions prendre un ou deux jours de congé.

Cette proposition la stupéfia, mais elle eut le sentiment — un sentiment qu'elle combattit aussitôt, car il était parfaitement irrationnel — que Roger lui apporterait la solution dont elle rêvait.

6

De la route de la crête, Charlotte et Roger dominaient l'usine Dawes en ruine. Voilà plus d'un quart
d'heure qu'ils étudiaient le terrain, et l'espoir soudain
qu'avait conçu Charlotte quelques jours plus tôt commençait à s'ancrer en elle. Et si la société Heywood
s'intéressait à son projet ? Cette idée était-elle totalement irréaliste ?

— J'ai voulu commencer par te faire voir l'usine
pour que tu comprennes mieux de quoi il va être question à table, parce que ces temps-ci on ne parle plus
que de ça.

— Le terrain est bien situé, sans trop de dénivella-
tion, et vous vendrez certainement à un prix intéressant si vous trouvez un bon acquéreur.

— Ah ça ! Justement ! C'est tout le problème !

Pour l'instant, l'endroit n'avait rien de bien tentant
pour un acheteur éventuel. La surface de la décharge
avait triplé en quelques mois, c'était du moins ce qu'il
semblait à Charlotte. En regardant l'amoncellement
de détritus, le délabrement généralisé, elle se sentait
plus que découragée ; le vent humide qui s'engouffrait
dans sa chemise en coton présageait un automne précoce — pensée indissociable du souvenir d'Elena qui

avait toujours gémi dès le mois de juillet en pensant à l'hiver.

— Il est temps d'y aller, dit-elle en ouvrant la portière. Papa a organisé un déjeuner chez Cliff et Claudia parce que Emmabrown, qui lui fait de temps en temps la cuisine, est malade aujourd'hui. Je suis sûre que leur maison va te plaire. Elle a la douceur usée des vieux objets avec ses meubles anciens, ses livres reliés, et elle est entourée d'arbres magnifiques. Je crois que la famille va te plaire aussi. Cliff écrit, mon père travaille pour la protection de l'environnement, et Claudia a de nombreux centres d'intérêt. Elle fait du jardinage, de la cuisine, et fait du bénévolat à la bibliothèque. En plus de toutes ses qualités, elle a aussi le mérite de m'avoir soutenue pendant mon horrible adolescence.

— Tu n'as pas dû lui donner beaucoup de fil à retordre.

— Je n'étais pas facile du tout. Ah ! Et puis une dernière chose, il vaut mieux éviter de parler de ses enfants : Claudia a un fils qui a disparu. Personne ne sait où il est allé ni pourquoi il s'est sauvé.

Roger réagit aussitôt.

— Il a fugué ? Mais ce doit être terrible ! Quel âge a-t-il ?

— Pas tout à fait trente ans.

En prononçant ces mots, elle vit le visage de ses cauchemars apparaître sur le pare-brise aussi clairement que si on l'y avait dessiné ; le visage allongé aux yeux rapprochés, le regard intense et plein d'une joie mauvaise qui la terrorisait...

Depuis des années, elle essayait de se blinder, de ne pas revoir ni évoquer ce visage lorsqu'elle entrait dans cette maison. Mais aujourd'hui, alors qu'elle remontait l'allée sous les érables, s'arrêtait devant la porte verte familière avec le heurtoir en forme de pomme de pin cuivré, elle fut envahie par la terreur de ses jeunes années, comme si tout allait recommencer.

Claudia avait préparé un déjeuner gargantuesque.

— Vous devez mourir de faim, tous les deux, déclara-t-elle en guise d'explication. Vous roulez depuis six heures ce matin.

Charlotte se sentit gênée par cet excès d'hospitalité. Plus Claudia montrait son désir de leur faire plaisir, plus elle regrettait d'avoir emmené Roger. La table trop bien garnie et l'accueil chaleureux devaient lui donner l'impression qu'on l'acceptait dans le rôle de l'amant, du fiancé, ou du moins du petit ami officiel.

Contrairement à Claudia, aux petits soins pour eux, Bill et Cliff se conduisaient comme s'ils se trouvaient seuls à table, passant en revue la longue liste de leurs doléances, ce qui n'était pas moins embarrassant.

Bill soupirait très souvent, ce n'était pas la première fois qu'elle le remarquait. Sans doute était-ce un signe de vieillissement ; un élan de compassion lui serra la gorge.

Profitant d'une pause momentanée dans le dialogue des deux frères, Roger demanda :

— Charlotte vous a-t-elle montré le croquis du projet qu'elle a en tête pour aménager votre terrain ?

— Non, répondit Bill, mais elle m'a décrit son idée. Ça n'a pas l'air mal du tout.

— C'est même très bien ! Je suis ingénieur dans une entreprise de construction et, sans être architecte, j'ai assez d'expérience pour pouvoir juger la valeur de son travail. Croyez-moi, la proposition de Charlotte est d'une grande qualité. Son projet est superbe et très original.

— Je n'en doute pas, répondit Bill. Je suis très fier d'elle et je donnerais cher pour que nous puissions le réaliser. Cela sauverait la ville, et nous aussi par la même occasion. Malheureusement, c'est impossible.

— Si vous en parliez un peu autour de vous, peut-être pourriez-vous former un consortium de prêt pour financer le projet.

— C'est trop tard, nous avons les mains liées. Charlotte connaît parfaitement la situation. Nous devons un gros arriéré d'impôts à la ville, et la seule raison qui retient la municipalité de saisir la propriété pour se rembourser, c'est la présence de notre locataire. Personne n'a envie de se retrouver avec Prima Recyclage sur les bras ; ce ne sont pas des gens faciles, je vous prie de me croire. La ville n'a aucune envie d'entamer un nouveau procès qui durerait des années. Celui qui est en cours suffit aux élus. Le juge Niles a déjà mis trois fois Prima en demeure de nettoyer, et par trois fois il a accordé des délais.

— Je voudrais bien savoir pourquoi Prima n'assainit pas comme on le demande, remarqua Charlotte. Cela éviterait tous ces procès à l'entreprise.

Ce fut Roger qui lui apporta la réponse.

— Parce que cela leur revient moins cher de continuer en jouant sur les délais. Ils se serviront de l'endroit tant qu'il y aura de la place, puis ils se mettront en faillite, dénonceront le bail et ouvriront une autre décharge ailleurs. C'est comme ça que ça fonctionne. Ils n'ont rien à perdre : le vrai capital est détenu par la société mère.

— Si j'en avais les moyens, je me battrais bec et ongles, s'exclama Bill, hors de lui.

Claudia, qui jusqu'alors n'avait pas ouvert la bouche, remarqua :

— Eux aussi ont des ongles pour se défendre, et autrement plus puissants que les nôtres.

— Je ne sais pas si vous êtes au courant, intervint Roger, mais la plupart de ces entreprises de déchetterie et de déblaiement dépendent de grands cartels dirigés par la mafia. Les sociétés s'imbriquent les unes dans les autres en pyramide, et c'est la mafia qui chapeaute l'ensemble.

L'expression étonnée de Bill l'encouragea à continuer.

— Mon père dirige une entreprise à Chicago, et de temps à autre, rarement, Dieu merci, il doit traiter avec ce genre de personnes. Des gens dangereux.

— Il a raison, intervint Claudia. J'ai vécu à Chicago, autrefois. Évidemment, se hâta-t-elle d'ajouter, Chicago n'est pas une ville pire qu'une autre.

— J'ai entendu une rumeur circuler à Kingsley, annonça Cliff. Il paraît que le grand manitou du groupe auquel appartient Prima est venu de Chicago cette semaine pour inspecter les comptes.

— À cause de la décision judiciaire ? demanda Claudia.

— Je n'en ai pas la moindre idée. De toute façon, ce n'est qu'un bruit qui court ; je ne suis même pas certain que ce soit vrai.

— S'il est en ville, on devrait aller lui parler, dit-elle.

— Ne vous y risquez pas sans un avocat et au moins deux gardes du corps armés jusqu'aux dents, conseilla Roger avec un rire désabusé. S'il s'agit bien de la mafia, vous aurez affaire à des gens très intelligents et diablement coriaces. Ce sont des loups.

Un long silence teinté de découragement s'ensuivit. Charlotte vit bien que son oncle, sa tante et son père étaient à bout. Elle avait aussi la vague impression qu'on lui cachait quelque chose, qu'on ne lui disait pas tout.

Claudia se leva pour servir le dessert, sa fameuse mousse à l'orange. Elle avait beaucoup maigri en peu de temps, et ses joues, habituellement roses et rondes, s'étaient creusées et avaient perdu toute couleur. Inquiète, Charlotte se demandait si son cœur ne lui jouait pas de nouveau des tours lorsque la sonnette de la porte d'entrée retentit.

— Qui ça peut bien être ? fit Cliff en allant ouvrir.

Des voix d'hommes résonnèrent dans le hall. Deux minutes plus tard, Cliff revint.

— Ne t'inquiète pas, dit-il en posant la main sur l'épaule de sa femme, mais nous avons la visite de deux agents du FBI.

Bill se leva d'un bond.

— Mais de quel droit... !

— Du calme, ordonna Cliff. Ils m'ont montré leurs plaques et leur mandat de perquisition. Nous n'avons pas le choix, restons dignes. De toute façon, nous n'avons rien à cacher.

Claudia se laissa tomber sur sa chaise, la main crispée sur sa poitrine.

— C'est pour Ted, hein ? demanda-t-elle d'une voix tremblante.

— Évidemment, c'est la seule raison que je voie.

Mon Dieu, pensa Charlotte, il fallait précisément que cela tombe le jour de sa visite...

— Je vais les accompagner, déclara Cliff. Ils me semblent courtois. Restez ici et prenez le café en m'attendant.

— Pas besoin de café, protesta Bill. Allons plutôt nous installer sur la véranda. Passe par-derrière, Claudia, ça t'évitera de les voir.

Puis il ajouta en se tournant vers Charlotte et Roger :

— Si vous voulez partir, tous les deux, n'hésitez pas. Puisque vous passez la nuit chez moi, il vaut peut-être mieux que vous y alliez tout de suite.

Mais Charlotte voulait savoir ce qui se tramait. Son cœur battait à toute allure. Il fallait qu'elle reste, qu'elle en apprenne plus...

— C'est à cause de son fils, murmura-t-elle à Roger en l'entraînant à l'écart sur la pelouse. Je ne te l'avais pas dit, mais il s'est sauvé parce qu'il avait violé deux filles. Il était en liberté surveillée.

— On est sûr qu'il est coupable ?

Elle hocha la tête, mais il insista.

— Comment peut-on en avoir la certitude ?

— Il y a des preuves. Les filles ont témoigné.

« Mon Dieu, mon Dieu, pensait-elle, il va revenir ! »

— Oui, répondit-il, mais il n'est pas exclu qu'elles aient menti. Il est très possible qu'elles aient été consentantes mais que plus tard elles aient regretté et qu'elles aient voulu faire porter toute la culpabilité sur lui. Il a eu tort de se sauver sans se défendre.

« Moi, je pourrais témoigner, pensa Charlotte. Moi, je peux prouver que c'est un violeur. S'il le faut, un jour, ce sera à moi de m'assurer que justice est faite. »

Ils retournèrent vers la véranda. Charlotte croisa le regard de Claudia mais se détourna aussitôt. Après toutes ces années de silence, on en revenait à Ted. Il fallait bien que ça arrive un jour.

Claudia se mit à murmurer, comme s'il ne lui restait plus assez de force pour s'exprimer à haute voix.

— Il va revenir, c'est sûr. On va le ramener. C'est pour ça que le FBI est là.

— Ne dis pas de sottises, protesta gentiment Bill. Si le FBI savait où il est, la perquisition serait inutile. Ils cherchent des lettres compromettantes, c'est pour cette raison qu'ils sont là.

— Même s'il n'a pas encore été retrouvé, il doit se cacher en Asie, dans la région où je suis allée avec Cliff. C'est l'homme que nous avons rencontré en Thaïlande qui a dû tout déclencher. Cliff était persuadé qu'il s'agissait d'un agent secret et qu'il a relevé notre nom sur le registre de l'hôtel. Nous nous sommes même disputés à cause de ça le matin de notre départ.

Des voix s'échappaient des fenêtres ouvertes de l'étage. Ils étaient dans les chambres et devaient fouiller les placards, les tiroirs, comme dans les films. Ils ouvraient même probablement aussi les portefeuilles. Sur la véranda, tout le monde se taisait. Que pouvait-on dire quand quelque chose d'aussi inimaginable se produisait ?

Après un moment, Claudia reprit son chuchotement fiévreux.

— Casper était au courant. Tu te souviens de Casper, Bill ? Il a toujours été charmant avec nous, c'est presque devenu un ami. Il m'a dit que le FBI allait certainement venir nous voir. C'est drôle, je pensais qu'il ne disait pas ça sérieusement... D'après lui, les recherches vont s'intensifier. Les familles des victimes, surtout celle de la fille qui s'est mariée, exigent des résultats, et elles ont le bras long.

Charlotte jeta un coup d'œil à son père, devinant ce qu'il était en train de penser. Autrefois, c'était la famille Dawes qui avait de l'influence dans le comté... Ils n'en avaient jamais abusé.

— Casper m'a dit que les gens prétendent même que nous ne sommes allés dans le Sud-Est asiatique que pour y rencontrer Ted, que notre courrier devrait être surveillé. J'imagine d'ailleurs qu'il l'est depuis des années. Cela rend les gens méchants ! C'est affreux ! Moi aussi j'ai eu des soupçons inavouables, mais ça m'a fait honte ! Figurez-vous que parfois je n'ai pas pu m'empêcher de penser qu'on m'envoyait Casper pour me surveiller et qu'il prêchait le faux pour savoir le vrai.

Je me demandais s'il ne cherchait pas à m'influencer en me rappelant sans cesse que les victimes avaient besoin que l'affaire soit jugée pour retrouver le goût de vivre. Comme si j'avais eu besoin de ça ! Comme si je ne me désolais pas assez pour elles !

— Ces messieurs veulent ouvrir ce coffre, dit Cliff en arrivant sur la véranda.

Les deux hommes, dans leurs costumes passe-partout, ne présentaient aucun trait remarquable ; ils n'étaient ni jeunes ni vieux, ni aimables ni hostiles. Ils avancèrent d'un pas assuré vers le coffre, seul meuble de la véranda avec quelques chaises et une table.

— Il ne contient que des outils de jardinage, déclara Claudia.

Charlotte ne put soutenir bien longtemps le spectacle de son visage écarlate de révolte et d'humiliation, et dut se détourner.

Les agents du FBI firent comme s'ils n'avaient rien entendu et vidèrent le contenu du coffre sur le plancher, empilant les truelles, les rouleaux de fil vert, les gants de jardinage, et une boîte d'engrais pour rosiers dont ils inspectèrent même le contenu. Lorsqu'ils eurent terminé, ils replacèrent tout à peu près comme ils l'avaient trouvé.

— Voilà, c'est fait, merci, dit l'un d'eux à personne en particulier.

Cliff les raccompagna.

— J'imagine qu'ils sont déçus, remarqua-t-il amèrement à son retour.

Personne ne répondit.

— Ils se sont conduits de façon très correcte, ajouta-t-il en attrapant une serviette en papier qui traînait sur la table pour essuyer son visage dégoulinant de sueur. Ils ne m'ont quasiment pas adressé la parole, sauf pour me demander comment on accédait au grenier. Ils ont tout passé au peigne fin. L'un fouillait un placard, l'autre, une commode, et moi, je me contentais de les observer du pas de la porte. Ils ont tout sorti, rien ne leur a échappé ; tous les tiroirs, toutes les étagères y sont passés. C'est remarquable ce qu'ils travaillent proprement. Ils n'ont presque rien dérangé.

Charlotte voyait bien qu'il disait cela pour essayer de calmer Claudia, qui, de toute évidence, luttait contre les larmes. « Mais vas-y, pleure ! » eut-elle envie de crier. Mais c'était contraire à la nature de

Claudia. Elle imagina Elena dans la même situation, et la vision délirante qui lui vint à l'esprit était presque comique : sa mère aurait hurlé de fureur, aurait jeté par terre tout ce qui lui serait tombé sous la main.

— Quel scandale, gémit Claudia, quelle honte pour une famille aussi respectée...

— La famille n'a plus du tout la même réputation qu'autrefois, rappela Bill.

La parole était malheureuse. Claudia allait penser qu'il tenait son fils pour responsable de la déchéance sociale des Dawes. D'ailleurs, Bill avait dû aussitôt regretter son commentaire, car il s'empressa de la rassurer.

— Comme ils n'ont rien trouvé, ils n'ont réussi qu'à désamorcer les soupçons. Ils ont perdu deux heures, et maintenant ils sont partis, alors ne te mine pas. Nous avons des soucis bien plus graves, tu ne trouves pas ?

Claudia se leva.

— Tu as raison, Bill. Si vous voulez bien m'excuser, je vais aller ranger la maison tout de suite. Ça me rend malade de penser que deux inconnus viennent de fourrager dans toutes mes affaires.

Après son départ, Cliff secoua la tête avec consternation.

— Ce sera un choc terrible pour elle si on ramène Ted un jour.

Bill regardait Charlotte. Même s'ils avaient été seuls, ils n'auraient rien eu besoin de se dire ; ils pensaient l'un comme l'autre que ce serait plutôt Charlotte qui éprouverait un choc terrible si cela devait se produire.

— Et si tu emmenais Roger à la maison ? dit-il. Installez-vous. Il y a ce qu'il faut pour votre dîner dans le réfrigérateur. Vous devez être fatigués.

Charlotte se sentait mal. Elle frissonna en se tournant vers Roger.

— Ça t'ennuierait si on rentrait dès aujourd'hui à Boston ? Je sais que c'est un peu fou mais, si tu veux bien, je préférerais cela. Je vais conduire pour que tu puisses te reposer un peu.

— Ne t'inquiète pas, ça ne m'ennuie pas du tout, dit-il si promptement qu'elle devina qu'il avait lui aussi envie de partir. Et je peux parfaitement prendre le volant.

— Ça ne te fait pas trop de peine, papa ? Je vais revenir bientôt, c'est promis.

— Rentre, ce n'est pas grave. De toute façon, il faut encore que je discute avec Cliff aujourd'hui.

Son père comprenait la panique qui la gagnait. Il comprenait toujours tout.

— Quelle journée exécrable, je suis désolée, dit-elle quand ils furent dans la voiture.

— Ne t'en fais pas, Charlotte. Je me doute que tu es gênée. Tu dois te dire que nous ne nous connaissons que depuis le mois de juin, et que tu n'as pas à m'imposer tes problèmes de famille. Mais ça n'a aucune importance, je t'assure, vraiment aucune.

— Je ne peux pas m'en empêcher. Quelle scène affreuse.

— Oui, je reconnais que ça n'avait rien d'agréable. Ça fait un drôle d'effet de voir deux agents du FBI débarquer au moment du dessert. Ta tante en a horriblement souffert, mais tu sais, même avant l'incident, j'avais remarqué que sous ses sourires de parfaite hôtesse il y avait une grande tristesse. Elle m'a fait penser à ma mère au moment où mon frère a eu son accident.

Les mains de Charlotte se crispèrent sur le volant, et elle répondit sans même réfléchir :

— Ça n'a rien à voir ! Le fils de Claudia n'était pas

digne de son amour. Il se moquait bien d'elle, et il était orgueilleux et cruel. C'était un violeur.

— En es-tu certaine ?

— Oui, absolument.

Elle n'aurait pas dû parler de cette façon. C'était dangereux, comme de marcher au bord d'un précipice ; un mot de trop, et elle tomberait dans le vide.

— Dans ce cas, continua Roger, c'est vraiment tragique. J'ai trouvé Claudia très sympathique — ton père et ton oncle aussi, d'ailleurs. Jamais on ne pourrait deviner toute cette histoire en la voyant.

— C'est vrai.

— Je m'étonne toujours de ce que les gens arrivent à cacher. On n'a qu'à interroger le premier passant venu, le plus ordinaire, et, s'il voulait bien parler de lui, on apprendrait certainement des choses incroyables.

Et comment ! Il avait même tellement raison qu'un ancien soupçon, affreux, déloyal, resurgit. Si la police se donnait la peine de venir chercher la piste de Ted chez Claudia, il devait y avoir de fortes présomptions ; se pouvait-il que Claudia l'ait aidé à se cacher de l'autre côté de l'océan Pacifique ?

« Mon Dieu, pensa-t-elle alors, si elle sait où il est, faites qu'elle l'aide à rester là-bas. Je ne veux pas qu'il rentre. Je ne veux pas revivre toute cette horreur. »

Ils étaient en train de franchir le pont qui enjambait un méandre du fleuve. En aval se trouvait l'usine, heureusement invisible à cette distance.

— Un dernier coup d'œil, dit-elle.

— Tâche de ne pas être trop déçue. Je sais que tu tiens beaucoup à ce projet, mais tu auras d'autres belles opportunités dans ta vie. Il faut voir la réalité en face. Je déteste l'optimisme gratuit. Ton père a raison. D'après tout ce que j'ai entendu pendant le déjeuner, je trouve qu'il y a trop d'obstacles pour que ça marche.

Soudain, elle se revit petite fille, vêtue des jolies

robes raffinées qu'Elena lui faisait porter, allant rendre visite à son père dans son bureau à l'usine. Un drapeau flottait à un mât au centre de la pelouse ; le long de l'allée qui conduisait au bâtiment blanc, il y avait des fleurs... C'était un endroit impressionnant. Dans le bureau, son père siégeait derrière une imposante table de travail, et on sentait qu'il avait du pouvoir.

— Il ne s'agit pas seulement de moi, dit-elle. C'est pour mon père. Si tu savais comme il a changé. C'est un homme fini qui essaie de ne pas le montrer. Depuis dix ans, il dégringole une pente fatale.

— C'est vraiment dommage.

— Oui. Je suis désolée de t'avoir fait perdre ton temps avec mes châteaux en Espagne.

— C'est moi qui ai voulu venir. Tu ne m'y as pas forcé. Je suis très content d'avoir vu Kingsley.

Elle lui jeta un coup d'œil.

— Merci, ton amitié compte beaucoup pour moi.

— J'espère bien. Maintenant, tu sais ce qu'on va faire ? Tu vas t'arrêter pour me laisser conduire. Tu es épuisée.

— Mais non, protesta-t-elle, sans grande conviction.

Roger n'eut guère de mal à la persuader, et il prit bientôt le volant.

La voiture filait sur l'autoroute. Charlotte laissa aller la tête contre le dossier de son siège. Au bout d'un moment, le courant d'air qui s'engouffrait en sifflant par la vitre à demi ouverte parvint à lui rafraîchir le visage, et elle eut conscience de s'assoupir.

— Ferme les yeux, dit Roger. Détends-toi.

Quelques minutes plus tard, sentant qu'il posait son regard sur elle, elle rouvrit les paupières.

— Ta tresse te gêne, remarqua-t-il. Tu ne la dénoues pas, la nuit ?

— Si, bien sûr.

— Dans ce cas, défais-la, tu te sentiras mieux.

— Bonne idée.

Sans savoir pourquoi, cela l'amusait de jouer ce petit rôle d'enfant obéissante avec lui.

Elle s'éveilla tandis qu'ils traversaient les faubourgs de Boston. Il faisait déjà nuit et, lorsqu'ils s'arrêtèrent à un carrefour, la lumière d'un réverbère éclaira le visage de Roger. Il avait les joues creuses, un peu trop creuses, et peut-être son nez aquilin était-il légèrement trop prononcé, mais ses traits, figés dans une expression sérieuse, lui donnaient un charme remarquable. Pendant quelques secondes, encore engourdie par le sommeil, en cet instant de répit qui précède le retour des angoisses, là, dans l'abri douillet de la voiture, elle eut la révélation soudaine et surprenante que le monde pouvait être, malgré tout, un endroit serein, un endroit stable.

7

À Kingsley, quelques jours plus tard, une discussion de la plus haute importance était en train de s'achever.

— Donc, dit Bill, notre avocat est absolument persuadé que le juge Niles va nous tenir nous, les propriétaires, pour seuls responsables de la pollution occasionnée par nos locataires. Nous en sommes là. Les élus n'arrivent à rien avec Prima Recyclage et ils en ont par-dessus la tête. S'ils invoquent la loi sur la pollution de l'eau et des rivières, ils peuvent nous contraindre à entamer une action en justice pour faire fermer la décharge. Nous n'aurons plus d'autre solution que de poursuivre nos locataires directement. C'est simple, non ? Ils s'en lavent les mains, c'est à nous de nous débrouiller tout seuls ! Ah ! Tu parles d'une justice !

La bibliothèque s'était assombrie avec la tombée de la nuit, mais personne n'avait prêté attention à l'obscurité grandissante. Claudia se leva pour allumer les lampes, faisant surgir ici et là des cercles lumineux sur le parquet. Bill, Cliff et elle étaient épuisés ; ils avaient tourné et retourné le problème dans tous les sens, sans trouver la moindre issue.

— Oui, c'est simple, reprit Cliff. Nous devrons payer une amende de vingt-cinq mille dollars par jour à compter du verdict si nous ne prenons pas les mesures adéquates.

— Nous sommes fichus ! s'exclama Bill. Nous ne nous en sortirons jamais.

— Tu n'as pas dit que le patron de la décharge était à Kingsley, Cliff ? demanda timidement Claudia.

— Si, c'est ce que j'ai entendu dire, mais personne n'en est sûr. De toute façon, même si on en avait la certitude, on ne pourrait pas l'approcher. Et en admettant que nous obtenions une entrevue malgré tout, que lui dirions-nous ? Tu imagines bien qu'il nous rirait au nez si nous en appelions à son sens de l'honneur ! Ça ne sert strictement à rien.

Dans le silence qui était retombé, la rumeur de l'été, pleine de la stridulation des cigales et des grillons, emplit la pièce.

— Tout se tient, reprit Bill. J'essaie de reconstituer le puzzle à partir de ce que j'ai entendu dire. On nous accule à la faillite, et Prima n'aura plus qu'à racheter le terrain pour une bouchée de pain. Une fois qu'ils seront propriétaires, ils assainiront la décharge et traiteront correctement les déchets. Ils ne sont pas à quelques millions près.

— Tu crois qu'ils tiennent tant que ça à acquérir la propriété ? demanda Cliff.

— Je ne sais pas... Pourquoi pas ? Ils ne trouveront pas moins cher ailleurs.

Du coin sombre où elle était discrètement assise, Claudia prit la parole, surprenant les deux hommes.

— Ils n'achèteront pas. Les gens comme eux n'achètent jamais. Quand le bail aura expiré, ils déménageront parce que, comme nous venons de l'apprendre à nos dépens, ce sont les propriétaires qu'on rend responsables des infractions aux lois pour la protection de l'environnement, pas les locataires.

Ils la dévisagèrent tous deux, au comble de l'étonnement.

— J'ai lu ça quelque part, expliqua-t-elle.

Bill se leva pour s'approcher de la fenêtre, où il

resta immobile un instant avant d'aller se poster devant deux photos posées sur une petite table.

— Mes parents m'ont laissé un héritage plein de promesses, dit-il sans se tourner, comme s'il s'adressait aux photos qu'il contemplait. Et moi, je n'ai rien à léguer à Charlotte. Je ne parle pas uniquement d'argent.

Cliff, visiblement ému, lui répondit d'un ton consolateur.

— Charlotte n'a pas besoin de ça. Elle adore son travail, et j'ai l'impression qu'elle a trouvé un garçon très bien qui en plus est amoureux d'elle.

— Toi aussi, tu as remarqué ? demanda Claudia avec un sourire.

— Oui, évidemment. Ça crevait les yeux.

Bill leur fit face.

— Elle ne m'a rien dit mais, si c'est le cas, la situation est d'autant plus terrible pour moi. Au moment où ma fille atteint le bonheur, qu'elle mérite tant après tout ce qui lui est arrivé, au plus beau moment de sa vie, je n'ai à lui offrir que ma ruine. Et sur ces bonnes paroles, je rentre me coucher.

Quelle tristesse, pensa Claudia. Bill, cette force de la nature, était comme un grand arbre qui tombait, abattu à coups de hache.

Claudia s'observa d'un œil critique dans le miroir de la salle de bains. Elle s'était trouvée beaucoup plus jolie avec ses belles joues roses qui lui donnaient l'apparence saine et séduisante d'une femme qui vivait au grand air sans s'embarrasser d'élégance. Ce matin, elle devait pourtant reconnaître que, bizarrement, la transformation la rajeunissait ; elle se trouvait même l'air un peu juvénile. Elle avait plus changé qu'elle ne l'avait cru. La pâleur et la minceur de son visage rendaient ses yeux bleus plus grands, plus intenses. Ses traits affinés la rendaient plus sexy.

Rien n'aurait pu être plus cocasse ! Elle, Claudia, sexy !

C'était ridicule. Et elle se sentait d'autant moins provocante que, depuis quelque temps, elle était prise de soudains vertiges qui l'obligeaient à s'agripper à la rampe ou à s'asseoir brutalement pour recouvrer ses esprits alors qu'elle désherbait ses parterres de fleurs.

Mais, aujourd'hui, la fatigue ne l'atteignait pas ; au contraire, une énergie farouche l'animait. C'était tard dans la nuit, après la triste séance dans la bibliothèque avec Cliff et Bill, qu'elle avait pris la décision d'agir. Elle savait précisément ce qu'elle avait à faire, et pour cela elle devait choisir les vêtements qui lui permettraient d'entrer dans la peau du personnage. Il fallait qu'elle ait de l'allure, qu'elle semble très sûre d'elle, car les gens qu'elle allait voir méprisaient la faiblesse.

Pour un début d'automne, le plus chic serait de s'habiller en blanc et noir. Elle avait appris cela de Charlotte qui tenait évidemment son savoir de sa mère — « cette pauvre Elena », comme Claudia la désignait toujours en pensée. Elle choisit donc une robe simple et tira ses cheveux blonds et brillants en arrière, pour mettre en valeur les magnifiques boucles d'oreilles en or que Cliff lui avait offertes lors de leur voyage en Asie — mais mieux valait ne pas songer à la Thaïlande pour l'instant ! La sobriété était de rigueur : elle n'ajouterait à sa parure que son bracelet-montre et la bague en diamant qui avait appartenu à la mère de Cliff. On était toujours plus élégante avec peu de bijoux.

En roulant vers le fleuve, elle sentit son cœur se mettre à bondir dans sa poitrine de façon alarmante ; son sang bourdonnait dans ses veines et battait fébrilement dans ses oreilles et ses poignets. Mais cela n'avait rien d'étonnant étant donné les circonstances.

Elle se gara, puis remonta l'allée défoncée sur ses talons aiguilles, évitant prudemment les trous, et s'arrêta devant la large porte d'entrée. Au-dessus du linteau, les lettres DAW S ND CO P NY se discernaient encore tout juste. Dans le hall, un jeune homme en costume discutait avec un manœuvre en bleu de travail.

Claudia hésita à peine. Elle s'approcha d'eux et, s'adressant au jeune homme, elle tenta un coup de bluff, ou plutôt, comme elle se le dit peu de temps plus tard, elle ne fit qu'obéir à une forte intuition.

— Je voudrais voir Joey V., déclara-t-elle.

Ils la dévisagèrent. On ne devait pas recevoir beaucoup de visiteuses comme elle dans la vieille usine. Le jeune homme prit son temps pour répondre.

— Qui êtes-vous, et que lui voulez-vous ?

La réponse peu aimable et hésitante lui indiqua que Joey V. se trouvait effectivement sur les lieux.

— Dites-lui que Claudia Marple veut lui parler, c'est tout, répondit-elle d'un ton ferme.

— Attendez ici.

Elle le regarda gravir un escalier, sans doute élégant par le passé, qui menait aux bureaux du premier étage. La hauteur sous plafond était impressionnante. Rien n'aurait été plus facile que de pousser un visiteur indésirable du haut des marches ; la victime n'aurait eu aucune chance de s'en sortir vivante, et il n'y aurait pas eu de témoin indésirable. De tels événements n'avaient rien d'impossible...

Elle remuait ces macabres pensées lorsque le jeune homme revêche revint et lui indiqua le chemin.

— Montez. C'est à gauche.

Le souffle lui manquait quand elle arriva en haut, mais, se tenant bien droite, elle entra dans ce qui avait dû être le lieu de travail de Cliff, ou de Bill. Elle trouva Joey V. assis derrière un large bureau de bois sculpté qui avait connu de meilleurs jours et que recouvraient des piles de papiers.

— Tiens, tiens, dit-il sans se lever. Claudia Marple. Une revenante.

— Tu ne devais pas t'attendre à me retrouver un jour sur ton chemin.

— Je me suis souvent demandé ce que tu étais devenue.

Son sourire, lèvres closes, n'avait rien d'affable, et les deux fossettes surprenantes qui se creusaient dans ce visage rude ne parvenaient qu'à lui donner l'air inquiétant.

— Disons que je suis partie aussi loin que je le pouvais sans mettre les pieds dans l'Atlantique. Tu aurais pu me retrouver facilement.

— Aucun intérêt, nous n'avions pas besoin de toi.

Elle s'assit sans y avoir été invitée. Vingt-cinq ans s'étaient écoulés depuis leur dernière et brève rencontre, et il était naturel qu'ils s'observent avec curiosité. Claudia trouva qu'il n'avait pas tellement changé, mis à part un certain embonpoint et une calvitie étendue à presque tout le crâne. On voyait bien à ses boutons de manchettes en diamant que sa situation s'était améliorée, mais il avait toujours les mêmes yeux en amande, ce regard acéré, terne et glacial, qu'elle n'avait jamais pu oublier.

Évidemment, Joey V., ou plutôt l'organisation à laquelle il appartenait, n'avait eu que faire d'elle. Après la mort de Marple — car elle avait pris l'habitude de désigner son premier mari de cette manière quand elle pensait à lui —, à sa disparition, donc, lorsqu'elle avait appris avec horreur la réelle nature de ses affaires et l'identité véritable de ses associés, on n'avait exigé qu'une seule chose d'elle : son silence. Car il aurait été extrêmement gênant pour ces gens qu'elle aille témoigner au procès pour révéler ce qu'elle savait. Personne ne voulait qu'elle révèle qu'au moment où elle était arrivée au bureau de son mari par la rue de derrière, en cette fameuse fin d'après-midi, elle avait vu qui s'enfuyait en courant du bâtiment !

Elle se disait que, si elle n'avait pas eu d'enfant, elle serait allée à la barre des témoins pour clamer la vérité. Oui, elle aurait pris cet énorme risque, ni par courage — car elle ne s'en sentait pas beaucoup — ni parce qu'elle était suicidaire. Simplement, elle s'était sentie folle de rage en se rendant compte qu'elle avait été si profondément trompée, d'abord dans son intégrité de femme par Marple, et ensuite dans son honneur de citoyenne par les associés de celui-ci. Pour cette raison, elle aurait été prête à tout pour obtenir justice. Mais il y avait eu Ted, son petit garçon, son adorable garnement qu'elle aimait tant. Et Joey V. et sa clique, tout en sachant parfaitement qu'elle en avait trop appris — pourtant elle s'était bien gardée de leur révéler ce qu'elle savait —, avaient aussi eu la certitude qu'elle se tairait.

— J'ai lu dans un canard chez le coiffeur qu'on recherchait un gosse du nom de Marple, dit-il. Et je me suis demandé s'il s'agissait de ton gamin.

— Oui, c'est lui.

— Dur, dit Joey V. avec une expression presque compatissante. Ouais, c'est dur. Alors comme ça, il s'est tiré ? Il a pu passer la frontière ?

— On pense qu'il s'est réfugié quelque part dans le Sud-Est asiatique.

Il prit un cigare et en coupa le bout avec ses dents, les sourcils froncés.

— Qui ça, « on » ? demanda-t-il avec intérêt.

— Le FBI.

— Bigre ! Il y a des gens qui... Tu veux que je voie ce que je peux faire ?

— Comment ? Tu es devenu assez puissant pour influencer le FBI ?

— Oui, j'ai le bras long. Je touche un peu à tout, et le monde est petit. Ça t'étonne ?

Il ponctua sa phrase d'un mouvement de cigare suffisant.

Depuis le meurtre, elle suivait avidement tout ce qui avait trait aux activités des « associés » de Marple. Il suffisait d'ouvrir le journal pour se tenir au courant. Elle savait donc que tout était possible, mais elle tenait à ce que Ted ne soit sauvé que par des moyens honnêtes.

— Merci, dit-elle. Je ne suis pas venue te voir pour cela. J'ai un autre service à te demander, si tu veux bien.

— Ah oui ? Quel service ? demanda-t-il, relevant vaguement les yeux de la lettre qu'il parcourait comme s'il était déjà passé à autre chose. Que veux-tu ?

— Je ne viens pas te voir pour moi, mais pour mon mari, Cliff Dawes.

— Dawes ? demanda-t-il, reprenant intérêt à la conversation. Tu t'es mariée dans la famille ? Tu ne t'es pas mal débrouillée, à ce que je vois.

— Si tu veux parler d'argent, je n'ai pas si bien joué que ça, mais s'il s'agit de l'homme, je n'aurais pas pu mieux choisir. Je ramperais d'ici à Tombouctou si ça pouvait l'aider. Je l'aime.

Sa gorge se contracta comme elle prononçait ces mots, et son cœur se serra au point qu'elle dut s'interrompre.

— Je te parlais d'avant, quand tu l'as épousé, expliqua-t-il. Maintenant, évidemment, ils sont dans le pétrin.

Reprenant la parole avec peine, elle parvint tout juste à répondre.

— Oui, et ils ne le méritent pas.

— Mériter, dit-il avec dérision, c'est quoi, ça, mériter ? On profite, oui. On n'a jamais que ce qu'on prend.

— Tout le monde ne profite pas toujours de toutes les situations.

Il lui jeta un regard acéré. Les rouages de son cerveau, comme ceux d'un ordinateur bien programmé, évaluaient les sous-entendus de cette réponse. Il n'était jamais trop tard, il devait le savoir, pour rouvrir l'enquête d'un meurtre.

— Dis donc, Claudia, tu n'essaierais pas de faire la maligne, par hasard ? C'est dangereux, les menaces.

Rencontrant son regard bien en face sans se troubler, elle répondit à sa question par une autre.

— Est-ce que tu me prends pour une imbécile ?

Un frisson la parcourut : il ne fallait surtout pas qu'il pense que par besoin d'argent elle essayait de le faire chanter avec des menaces maladroites. S'il imaginait qu'elle voulait se servir de ce qu'elle savait pour obtenir quelque chose de lui, il lui réglerait son compte et la ferait taire tout de suite...

Elle lui sourit donc avec tout le charme dont elle était capable et répéta sa question.

— Tu me prends pour une imbécile ?

Joey V. réfléchit un instant. Son regard dur remonta lentement des talons aiguilles élégants jusqu'aux cheveux blonds.

— Non, répondit-il. Tu as toujours autant l'air d'une première communiante. Marple avait un faible pour les poupées comme toi.

— Je n'ai pas changé.

— Il nous rebattait les oreilles avec sa petite femme. Vous formiez vraiment un drôle de couple, tous les deux. C'était vraiment marrant, et le mieux, c'est que tu ne te doutais de rien.

— J'ai tout compris en triant ses papiers après son... son décès. Mais c'est du passé, tout ça. Je ne sais rien, et j'ai oublié le reste.

— Bravo, c'est parfait.

On étouffait dans cette pièce. Claudia avait les

mains moites et respirait péniblement. Elle prit une profonde inspiration puis repartit à la charge.

— Je n'aurais jamais cru avoir besoin de te demander un service un jour. Il faut dire que je n'imaginais pas que nos chemins se recroiseraient. Mais le hasard nous a réunis, et je n'ai pas besoin de t'apprendre ce qui se passe ici, tu es mieux placé que moi pour le savoir.

— Bon, je n'ai pas de temps à perdre. Explique-toi.

— Je veux que tu fermes la décharge. La famille Dawes va devoir payer une amende de vingt-cinq mille dollars par jour jusqu'à ce que la pollution cesse.

Joey V. se balança sur sa chaise et ôta le cigare de sa bouche avec un sourire sardonique.

— Tu veux que je ferme la décharge, rien que ça ! Tu en as du culot !

— C'est vrai, mais il faut bien que je me défende. Ça s'appelle l'instinct de conservation.

— Ah oui ? Et les frères Dawes, pendant ce temps, ils restent assis sur leur derrière ? Comment se fait-il qu'ils envoient une femme se battre à leur place ?

— Tu sais bien qu'ils ont tout essayé : ils ont voulu négocier, il y a eu un procès, et maintenant, ils ne savent plus quoi faire. D'ailleurs, ils ne m'ont pas envoyée. Ils ne savent même pas que je suis venue, et je ne le leur dirai probablement jamais.

Joey ne répondit rien. Il se leva et s'approcha de la fenêtre grise pour regarder dehors. Claudia s'aperçut alors, à sa grande surprise, qu'il avait une demi-tête de moins qu'elle. C'était un homme petit et râblé, tout en muscles. Elle courait un risque énorme, mais il ne la toucherait pas lui-même. Les gros bonnets ne se salissaient pas les mains.

— Tu as un sacré culot ! répéta-t-il en se tournant brusquement vers elle. Qu'est-ce qui te fait penser que je vais te rendre service ? Je ne te dois rien.

— Non, tu ne me dois rien, mais j'ai voulu tenter

ma chance. Je sais que, chez vous, on respecte le courage, et j'ai pensé — je me trompe peut-être, évidemment — que ça pourrait t'intéresser de nous aider. Vous donnez beaucoup aux bonnes œuvres...

— Oui, c'est vrai, on aime bien aider les malheureux. C'est bon pour le moral de se rendre utile, ajouta-t-il avec un rire. C'est respectable !

« Je suis épuisée, pensa Claudia. C'est mille fois plus facile de nettoyer à fond la cuisine ou de désherber trois rangées de carottes que de faire ça. » Elle continua néanmoins.

— Le bail est quasiment arrivé à son terme. Tu ne pourrais pas partir un peu plus tôt que prévu ? Tu dois posséder des dizaines de décharges dans le pays ; une de plus ou de moins, ça ne ferait pas grande différence. Mais pour nous..., ajouta-t-elle en prenant une grande inspiration, pour mon mari et pour mon fils qui aura besoin d'argent à son retour pour se défendre... c'est une question de vie ou de mort.

— Et d'après toi, c'est pour toi, ou pour ton fils, que je dois me laisser attendrir ?

— Je ne pense pas que tu vas t'attendrir particulièrement... mais comme tu l'as connu quand il était petit...

Elle s'interrompit, puis continua.

— Et tu as des fils, toi aussi... J'espérais que tu te dirais, après ce qui s'est passé avec Marple, qu'on me devait un petit quelque chose. Après tout, il m'a épousé en abusant de ma confiance et, une fois que j'ai été veuve, on m'a laissée me débrouiller avec une petite centaine de dollars et un enfant à éduquer.

— Moi ? Moi, je te dois quelque chose ?

— Pourquoi pas toi, puisque pour l'instant c'est toi qui peux faire un beau geste ?

Elle chercha un argument décisif et tenta sa chance.

— Tu as dit que tu aimais faire la charité. Je t'offre une occasion de montrer que tu es un type respectable.

— Tu es une marrante, toi ! Tu viens la bouche en cœur pour me balancer ça, à moi... à moi ! Pas à dire, tu as du cran.

Il se retourna vers la fenêtre, et resta là, pensif, à tapoter le carreau du bout des doigts. De longues minutes s'écoulèrent.

Tant pis, pensa-t-elle, j'aurai fait tout mon possible. Je suis trop naïve, ce n'est pas un crime. Ça se lit même sur mon visage. J'essaie toujours de trouver des excuses aux autres, je crois aux miracles.

Soudain, Joey V. poussa une exclamation.

— Oh, et puis après tout, pourquoi pas ?

Il se tourna vers elle, regardant avec dégoût ses doigts maculés de poussière, puis répéta :

— Oui, pourquoi pas ? On n'a jamais gagné que des clopinettes, ici. Je suis venu pour vérifier les comptes, dit-il en désignant les dossiers étalés sur le bureau, mais rien à faire, on ne tire pas un cent de l'opération. Tu as raison, cette décharge n'a pas grand intérêt. C'est bon, tu as gagné. À partir de demain, on arrête tout. Après on attend la fin du bail, ou on le rompt, c'est comme tu voudras.

Claudia se leva et lui tendit la main. Elle voulait le remercier dignement, sans montrer la moindre faiblesse, sans verser les larmes d'infini soulagement qu'elle sentait monter en elle.

— Je te remercie, dit-elle. Je te remercie mille fois. J'avais raison de te faire confiance. Je savais que tu agirais en homme juste et charitable.

Joey V. accepta le compliment avec grâce, et lui en adressa même un en retour.

— Tu as bien vieilli. On ne se connaissait pas assez pour que je me souvienne beaucoup de toi, mais tu es une femme comme je les aime. Tu es restée belle pour ton âge, et tu sais te battre. J'aime les gens qui se battent.

Après cela, il raccompagna Claudia à la porte du

bureau, et elle descendit l'escalier puis sortit de l'usine saine et sauve.

Une sensation étrange l'envahit. D'abord, elle ressentit le soulagement intense de se retrouver dehors, dans l'air frais et limpide. Puis elle sentit que ses muscles se détendaient, et elle se rendit compte que sa nuque et ses épaules avaient été dures comme de l'acier. Pendant tout l'entretien, elle avait été morte de peur. S'il avait pu voir en elle aux rayons X, il aurait compris qu'elle n'était pas aussi brave qu'elle voulait le prétendre. Et de loin.

Mais, alors qu'elle roulait doucement sur la route du retour, des doutes l'assaillirent. La victoire avait été trop facile. Dans ce milieu, on ne connaissait pas la compassion ! Et si la promesse de Joey V. n'était qu'une plaisanterie cruelle ? Dès qu'elle avait eu le dos tourné, il avait peut-être fait monter le jeune homme à la mine sévère pour rire avec lui de sa force macabre.

Mais peut-être pas. Que ce soit dans les livres ou dans les films, on voyait parfois les gens comme Joey V. avoir de ces gestes généreux ; ils pouvaient glisser des pourboires de mille dollars à un maître d'hôtel, ou, après avoir appris par le journal la mort dramatique d'un inconnu, donner de l'argent pour l'éducation de ses enfants.

S'il tenait parole, alors quelle magnifique marque de gratitude elle aurait offerte à Cliff et à son frère ; ils l'avaient tous deux soutenue lors de sa propre tragédie, et, malgré leurs malheurs, ne l'avaient jamais abandonnée ! En imaginant leur surprise lorsqu'ils apprendraient la nouvelle qui, si Joey V. avait dit vrai, leur parviendrait d'ici peu de temps, elle se laissa aller à l'allégresse, et un petit sourire de fierté se dessina sur ses lèvres.

La grande épreuve était à présent derrière elle ; il lui restait l'après-midi à remplir avant le retour de

Cliff. Encore trop agitée pour répondre à son courrier, sagement assise à son secrétaire, ou pour s'occuper de la maison, elle décida d'aller se promener au bord du lac. En allant tout au bout, elle ne serait dérangée par personne ; rien ne viendrait briser le clapotement tranquille de l'eau ou gâcher la perfection du feuillage d'un vert profond qui se découpait sur le ciel.

Elle changea de chaussures et appela Roy. Rob, à présent âgé de quinze ans, n'était plus capable de l'accompagner dans une promenade de trois kilomètres, mais Roy parviendrait à la suivre. Il ne courait plus mais avait toujours autant envie de sortir, et elle ralentirait le pas pour s'adapter à son rythme.

Elle trouva un grand rocher qui formait un agréable siège naturel, et s'y assit pendant que Roy se couchait près d'elle dans l'herbe tiède. Le museau entre les pattes, il fixa le regard sur le cercle indigo des eaux immobiles du lac. Un petit papillon blanc se posa sur une herbe à quelques centimètres de sa truffe, mais il ne bougea pas.

Sans doute, pensa Claudia, estimait-il que le jeu n'en valait pas la chandelle ; ou alors la marche l'avait fatigué. La promenade, devait-elle reconnaître, était un peu longue. Jamais d'ailleurs elle ne l'avait trouvée aussi épuisante.

Il fallait dire que la matinée avait duré un siècle, et il restait encore tant à faire. Des obstacles gigantesques les attendaient et, rien qu'à cette pensée, elle se sentit vidée.

Car, une fois les locataires partis, un problème énorme resterait à résoudre. Ils se retrouveraient au point de départ, comme à l'époque où, acculés, ils avaient cru que Prima Recyclage leur sauverait la mise. Ironie du sort ! Heureusement, on ne pouvait pas lire l'avenir. Elle se souvint de son mariage ; ce jour-là, sa vie lui avait semblé toute tracée. Elle s'était vue vivre heureuse dans la vieille maison pleine de charme avec le joli parc, aux côtés de Cliff, cet homme remarquable qui ferait un si bon père pour son fils adoré...

Des élancements dans les doigts lui firent étendre les mains devant elle, mais elle ne trouva aucune explication à cette douleur et ne vit que l'éclat irisé de son diamant. Depuis que Cliff et elle avaient cessé d'assurer sa bague, elle ne la portait quasiment plus. Elle aurait voulu que Cliff la vende, mais il s'y refusait car, disait-il, le diamant avait appartenu à sa mère. Ce n'était peut-être pas seulement par sentimentalité, mais aussi par fierté, par refus d'admettre l'échec. En pensant à lui, elle sentit son cœur se serrer douloureusement.

Une fois de plus, comme elle l'avait si souvent désiré pendant leurs années de vie commune, elle se promit de lui dire la vérité. Dès ce soir, elle lui parlerait de Marple. Elle aurait dû tout lui raconter dès le début, cela n'aurait rien changé pour lui. Mais elle avait toujours voulu protéger Ted, lui épargner la vérité pour l'empêcher d'éprouver la moindre honte si par malheur l'histoire venait à s'ébruiter.

Est-ce que tout le monde n'avait pas des secrets, se demanda-t-elle, des choses à cacher même aux êtres chers ?

Mais, à présent, Ted devait revenir et faire face à la réalité. Il était quelque part au loin, glissait à travers les mailles du filet sans oser écrire à sa mère parce qu'il savait qu'on la surveillait. Trop de cas de ce genre paraissaient dans les journaux pour qu'il ne s'en doute pas.

Casper lui avait apporté des nouvelles mentionnant des indices récents qui donnaient à penser qu'Interpol l'avait enfin repéré. La chasse à l'homme touchait à sa fin, la proie était en vue. Ils allaient attraper leur gibier. Casper lui avait dit gentiment de ne pas s'inquiéter, qu'il fallait faire confiance à la justice, car, après tout, les filles pouvaient très bien mentir.

Mais non, elles n'avaient pas menti. Charlotte en était la preuve vivante...

Une fois de plus, Claudia ressentit un profond désespoir en pensant à ces années gâchées. Quoi qu'il advienne, elle espérait qu'il éprouverait des remords et pourrait, à l'issue de sa peine, vivre une vie meilleure. Il fallait qu'il se rachète, qu'il mène une existence honnête, sans faire de mal à personne, sans se perdre de nouveau. Quand il reviendrait, elle lui dirait tout cela, et il l'écouterait. Il savait qu'elle l'aimait, et cette fois il l'écouterait. Il n'était jamais trop tard.

Elle ressentit soudain un immense espoir mêlé à un amour profond. Il lui sembla que ces sentiments imprégnaient tout ce qui l'entourait : le soleil de septembre qui lui chauffait le dos, le bourdonnement des insectes, l'éclat flamboyant des lis qui bordaient la route. Le soleil se levait chaque jour, et tous les ans, les lis sauvages refleurissaient.

Soudain, son cœur se remit à battre à grands coups, comme le matin, quand elle s'était rendue à l'usine.

— Tu es trop émotive, se dit-elle tout haut.

Au son de sa voix, Roy, pensant qu'elle s'adressait à lui, la regarda de ses yeux bruns solennels.

— Oui, tu es bien trop émotive, ça te joue des tours.

Une grande ombre balaya le lac, et par réflexe elle leva les yeux vers le ciel ; pas un nuage dans le bleu limpide. Très haut, trop loin pour qu'elle puisse distinguer leur espèce, un long vol d'oiseaux se dirigeait en spirale vers le sud. Elle éprouva un horrible vertige à les regarder.

Son cœur, accélérant toujours, galopait dans sa poitrine. Elle sentit sa gorge se contracter et une nausée la gagner, elle avait le cœur au bord des lèvres. Sous les arbres, l'ombre s'épaississait. Elle glissa de son rocher et se retrouva dans l'herbe, à côté de Roy.

« J'ai eu trop d'émotions aujourd'hui, pensa-t-elle, et puis j'ai marché longtemps en plein soleil. Je devrais rentrer. Mais il n'y a aucune raison de s'affoler, j'ai déjà eu des malaises comme celui-ci avant. Il suffit que je rentre, et que je m'allonge, ça va passer. Je n'ai qu'à rester un peu dans l'herbe. » À peine avait-elle achevé cette pensée que, en un instant, tout se mit à tournoyer autour d'elle. Le paysage chavira dans un brouillard rouge. Une douleur insoutenable la saisit, et ses mains se portèrent à sa poitrine, arrachant frénétiquement son chemisier. Ensuite, tout devint noir. Le scintillement du lac, le feuillage vers lequel son regard aveugle se portait disparurent en tourbillonnant tandis qu'elle retombait en arrière, et ce fut la nuit, ce fut la fin.

8

Tôt le matin qui suivit l'enterrement, il se mit à pleuvoir. L'eau ruisselait à torrents sur les vitres et l'air était saturé d'humidité grise. Charlotte, assise à la table du petit déjeuner dans la cuisine immaculée de Claudia, avec les casseroles de cuivre, le petit meuble à épices du XVIIIe siècle et le lierre en pot, remercia le ciel qu'il ait fait soleil la veille. Au service religieux, il y avait eu foule. Même les citoyens de Kingsley qui avaient dénoncé la famille dans les journaux et lors des réunions publiques étaient venus. Tous avaient aimé Claudia : les femmes qui l'avaient côtoyée dans les associations locales, les adolescents qui la connaissaient de la bibliothèque où elle s'était occupée de la salle de lecture pour la jeunesse, les voisins du haut en bas de la rue, et quantité d'autres.

— Elle adorait cette maison, dit Cliff. Et elle a été heureuse ici. Oui, malgré Ted et tous les ennuis que nous avons eus, Dieu merci, nous avons vécu beaucoup de moments de bonheur ensemble.

Charlotte vit que Roger jetait un petit coup d'œil à sa montre, et elle comprit tout de suite ; la route était longue pour rentrer à Boston. Elle répondit par un signe de tête presque imperceptible, s'étonnant encore qu'il ait bien voulu l'accompagner. Ils étaient en train de dîner chez elle quand elle avait reçu le coup de téléphone de Bill annonçant la nouvelle, et Roger avait aussitôt insisté pour la conduire à Kingsley. C'était d'autant plus gentil qu'ils se connaissaient depuis relativement peu de temps et qu'il ne lui devait rien.

— La rencontre de Claudia a été l'événement le plus merveilleux de toute mon existence, disait Cliff.

Pour Charlotte, pas un mot n'avait été prononcé depuis la veille qui n'avait évoqué la disparue. La phrase de Cliff éveilla d'autres souvenirs : Claudia avait si souvent exprimé la crainte que son mari ne regrette en silence une union qui lui avait apporté tant de soucis...

Cliff, le regard perdu dans la grisaille de cette journée pluvieuse, répéta pour la troisième ou quatrième fois le fil des événements tragiques, comme pour se convaincre qu'il s'agissait de la réalité et non d'un cauchemar.

— Je l'ai attendue pendant une éternité. Il était déjà presque l'heure du dîner quand Roy est rentré seul à la maison. J'ai d'abord pensé qu'elle allait arriver après lui, et pourtant, habituellement, c'est lui qui traîne à l'arrière ; il vieillit... Alors je suis sorti pour aller à sa rencontre. Je craignais déjà, sans vouloir l'admettre, qu'il lui soit arrivé quelque chose. Au bout du lac — là où on l'a trouvée — il y avait de l'agitation, des voitures, des gens. Je n'y comprends rien, achevat-il d'une voix à peine audible.

— Il n'y a aucun mystère, remarqua Bill doucement. C'est son cœur qui a lâché.

— Non, je veux dire le reste. Le mot qui est arrivé... Je ne sais plus quel jour... Hier, ou le jour d'avant, j'ai perdu la notion du temps.

— Ah oui, murmura Charlotte.

En vérité, l'événement était des plus étranges. Une grande enveloppe brune leur avait été apportée. À l'intérieur, déchiré en deux, se trouvait le bail de location de l'usine, avec une signature indéchiffrable et quelques lignes : « Désolé pour Claudia, elle avait du cran. Vous devriez graver ça sur sa tombe. Elle avait du cœur, elle était intelligente, et elle avait du cran. »

— Qu'est-ce que ça veut dire ? gémit Cliff.

— Ce n'est pas la peine de te torturer, répondit Bill. Nous ne le saurons jamais. Hier, après l'arrivée de la lettre, j'ai voulu aller parler au patron de la décharge. Il n'y avait plus personne là-bas, à part un ou deux sous-fifres qui ont prétendu ne même pas connaître son nom.

Il fit entendre un rire bref.

— De toute façon, il n'y était pas. Tout ce que je sais, c'est que la décharge ferme.

— Ils vont nettoyer avant de s'en aller ? demanda Charlotte.

— Ne dis pas de bêtises, bien sûr que non.

— Je me demande, intervint Cliff, si ça n'aurait pas un rapport avec son premier mari. Si elle avait des problèmes, pourquoi ne m'a-t-elle rien dit ? J'aurais pu l'aider. Enfin, j'imagine que c'est normal qu'une femme n'ait pas envie de parler à son second mari de son premier mariage.

— Ce ne sont que des suppositions, remarqua Bill.

Cette hypothèse ne sembla pourtant pas improbable à Charlotte, qui en ressentit une profonde peine. Claudia avait eu un secret trop pénible pour être révélé. Elle se souvenait à présent que Claudia l'avait souvent mise en garde contre la colère. « Ne te laisse pas bouffer par la rancœur », lui disait-elle alors. Elle avait dû être victime d'une terrible injustice, ou on l'avait trahie, en tout cas, on lui avait fait du mal.

— Je ne voudrais pas vous arracher Charlotte, dit Roger en se levant de table, mais la pluie n'a pas l'air de se calmer, et nous ferions mieux de rentrer.

Cliff et Bill restèrent sur le pas de la porte pour les

regarder partir. Ils avaient l'air démunis, comme s'ils ne savaient plus quoi faire. Ils étaient complètement perdus.

Au dernier tournant de la route de la crête, Roger arrêta la voiture. On était samedi, et il n'y avait pas signe de vie dans l'usine.

Baissant les yeux sur la propriété abandonnée, Charlotte dit simplement :

— C'est incroyable.

— Oui, tu as raison.

Il descendit de voiture et resta là, plongé dans ses pensées, sans se préoccuper de la pluie. Ensuite, il contourna la voiture pour parcourir toute la campagne des yeux. Charlotte se demanda ce qu'il regardait, et elle le questionna lorsqu'il la rejoignit.

— C'est un beau terrain bien plat, répondit-il. Et les berges du fleuve sont jolies.

— Elles le seront en tout cas quand quelqu'un voudra bien acheter la propriété. Si personne ne s'y intéresse, l'usine sera saisie.

— Si quelqu'un décide de construire ici, il faudra prendre en compte le fleuve, continua Roger, comme s'il ne l'avait pas entendue. Évidemment, cela coûterait très cher. Il faudrait un groupe très puissant pour soutenir le projet.

Tout en parlant, il desserra le frein à main et repartit vers l'autoroute.

— Ce petit mot qui disait que Claudia avait « du cran », continua-t-il, toute cette histoire, c'est un véritable mystère, hein ? C'est une énigme à l'intérieur d'un puzzle.

Charlotte n'avait aucune envie de s'étendre sur le sujet, et elle se débrouilla pour changer de conversation. Par la suite, elle aurait été incapable de dire de quoi ils avaient parlé sur le chemin du retour, car des images l'assaillaient sans cesse. Mais, surtout, elle revoyait les chrysanthèmes mauves sur la tombe de

Claudia, et les deux hommes malheureux sur le pas de la porte, qui agitaient la main pour lui dire au revoir.

Un jour, Roger téléphona à Charlotte à son travail. C'était la première fois qu'il prenait cette liberté, et elle fut très surprise lorsqu'on l'appela dans la salle de dessin pour lui annoncer que quelqu'un la demandait.

— Je ne t'en ai pas parlé, mais j'ai repensé à ce que ton père appelle ton « château en Espagne », annonça-t-il. Très franchement, au départ j'étais d'accord avec lui, mais depuis peu je commence à voir ce projet sous un nouveau jour. Ton idée n'est peut-être pas aussi irréaliste que nous l'avons cru. Je me dis que ça vaut la peine d'étudier la question un peu plus sérieusement.

Charlotte fut stupéfaite. Pour sa part, elle avait abandonné tout espoir depuis longtemps. Ou du moins, suivant en cela les conseils toujours judicieux de Pauline et de Rudy, elle s'était résignée à mettre ses ambitions de côté pour une durée indéterminée. À présent, elle accueillait avec beaucoup de réticence cette tentative de résurrection du projet qui ne pouvait aboutir qu'à une nouvelle déception.

— Mais tu m'as dit toi-même que le coût serait astronomique, protesta-t-elle. Et même si nous parvenions à franchir ce premier obstacle, il y aurait ensuite des centaines de problèmes à résoudre, comme le plan d'occupation des sols, la protection de l'environnement, et Dieu sait quoi d'autre.

— Alors là, je ne te reconnais plus ! Je n'aurais jamais cru que tu essaierais de dévaloriser ton bébé. Écoute, retrouvons-nous ce soir au restau en bas de chez toi. Il faut qu'on prenne le temps de discuter de tout ça.

Ils ne feraient que perdre leur temps. Qu'y avait-il à dire qui n'eût déjà été répété un million de fois ?

Charlotte n'en apporta pas moins au restaurant son précieux plan, roulé avec soin.

— Tu sais, commença Roger, en traversant Kingsley pour aller au cimetière et ensuite au retour, j'ai eu une vision assez complète de l'endroit. Il m'a semblé que la ville était mûre pour ton projet. C'est le moment d'agir. Évidemment, j'apporterais quelques modifications, si tu veux bien écouter l'opinion d'un type comme moi qui n'est pas architecte. Par exemple, je déplacerais l'hôtel pour l'écarter du centre et le rapprocher de la route principale, par ici...

Son doigt se posa sur le plan déroulé.

— Et ici, là où tu prévoyais le marché en plein air, je mettrais plutôt le...

— Tu ne vas pas un peu vite ? l'interrompit-elle. Tu ne penses plus à l'obstacle numéro un ? L'argent, Roger, l'argent...

— Ma chère architecte, au contraire, j'ai plusieurs longueurs d'avance sur toi. Lundi, j'ai discuté de tout ça avec oncle Heywood. Qui ne risque rien n'a rien, je me suis dit.

Charlotte se mit à rire.

— Quoi ? Tu veux dire que tu es allé embêter ton oncle avec ces bêtises ? Comment veux-tu qu'un homme qui construit des gratte-ciel à Shanghai s'intéresse à un trou perdu comme Kingsley ?

— Mais justement, c'est grâce à ça que j'ai pu lui parler sans aucune gêne, parce que, pour lui, le coût de ton projet c'est des broutilles. À côté des sommes qu'il manipule, il s'agit d'argent de poche.

— Tu ne lui as quand même pas demandé de prendre en charge mon projet !

— Non, pas exactement, mais j'ai...

— Je ne vois pas pourquoi une boîte comme la sienne s'intéresserait à une initiative aussi modeste.

— Non, en effet, ce n'est pas à ça que je pensais. Je

lui ai simplement demandé de m'aider à construire. C'est moi qui dirigerais les travaux, rien que moi, tout seul.

— De plus en plus délirant, mon cher.

— Je t'assure que c'est possible. Écoute-moi : oncle Heywood — nous l'appelons comme ça parce qu'il y a un autre oncle dans la famille qui se nomme James, comme lui —, oncle Heywood, donc, avait deux fils qui ont été tués dans un accident de la route. Il n'avait pas d'autres enfants. Il n'a plus que ses neveux, c'est-à-dire moi, ma sœur et mon frère qui sont beaucoup plus jeunes. C'est pour cette raison qu'il m'a fait venir dans sa société et qu'il a envie de m'aider. Pour l'instant, je ne lui demande que son opinion, des conseils, des contacts, mais pas d'argent. Je ne veux pas lui devoir un cent. Je me débrouillerai pour obtenir des prêts et tout diriger seul. Mais, naturellement, il faut que j'aie quelque chose de cohérent à lui montrer pour qu'il puisse me conseiller.

Il marqua une pause.

— Naturellement..., dit Charlotte qui commençait à se demander si, après tout, elle ne pourrait pas s'autoriser à l'écouter.

Roger n'avait rien d'un farfelu, et cet accès d'enthousiasme avait de quoi surprendre. Cela l'effrayait presque... et pourtant...

— Je lui ai dit, reprit-il, que tu travaillais dans le cabinet des Laurier. Il les connaît de réputation.

— Je parie que tu lui as laissé croire que j'étais leur associée !

Roger lui lança un sourire espiègle.

— Non, mais évidemment je ne lui ai pas dit non plus que tu n'avais décroché ton diplôme qu'avanthier ! De toute façon, quand il va te rencontrer et qu'il va t'entendre exposer tes idées, il sera conquis. J'en suis absolument persuadé !

— Comment ça, « quand il va me rencontrer » ? Où veux-tu en venir ?

— Au principal, justement ! Mon idée, si tu es d'accord, mais je pense que tu n'hésiteras pas, c'est d'aller le voir tous les deux avec ton plan pour que tu puisses lui expliquer le projet toi-même.

— Tu parles sérieusement ?

— À ton avis ? Alors, tu es d'accord ? Mon oncle et ma tante ont une maison à Cape Cod. Nous pourrions partir samedi et rentrer tard dimanche.

— C'est fou... Je ne sais pas quoi dire.

— Bizarre, remarqua-t-il avec un large sourire, tu es rarement prise de court.

— Bon... Alors on y va ?

— On y va ! Mon oncle te fait dire d'apporter ton maillot de bain.

— Il a l'air gentil.

— Oui, très. Il est dur en affaires, mais très charmant. Ma tante Flo est adorable.

Le lendemain, Charlotte demanda à Pauline ce qu'elle pensait de toute l'affaire.

— Il est amoureux de toi, et c'est tout.

— Je ne sais pas... Mais même en admettant que ce soit vrai, est-ce que ça change quelque chose ?

Pauline poussa un soupir.

— Tu es vraiment une drôle de... oh, je ne sais pas... Mais tu as raison. Peut-être que ça n'a aucun rapport avec sa décision. Il faudrait vraiment être idiot pour proposer un projet bidon à un homme de l'envergure de James Heywood, même en étant fou d'amour. Qui sait... C'est peut-être le miracle dont tu rêvais. Tu en auras bientôt le cœur net. De toute façon, qu'est-ce que tu risques ? Et même si cela ne se concrétise pas, tu auras passé un agréable week-end, ce sera déjà ça.

La maison des Heywood, entourée de caroubiers et de pins, avait l'élégance des vieilles demeures centenaires. On y avait ajouté des ailes si parfaitement fidèles à l'original que seul un spécialiste de l'histoire de l'architecture aurait pu se douter qu'elles n'étaient pas d'époque. Devant la maison, une dune descendait en pente raide jusqu'à la baie bordée d'une plage étroite ; la mer, en cette fin d'après-midi, était calme comme un lac.

Depuis une heure, Roger et son oncle travaillaient à une longue table installée sur la terrasse, crayons en main, tandis que Charlotte et la tante Flo discutaient de choses et d'autres.

Charlotte tendait l'oreille pour essayer de saisir ce qui se tramait, mais ils en étaient passés au calcul compliqué des financements et des prêts bancaires, et cela dépassait sa compétence. Elle leur laissait volontiers ce domaine, après avoir accompli honorablement sa tâche en présentant un plaidoyer convaincant à James Heywood qui l'avait écoutée avec attention. Il l'avait même complimentée, ce qui, elle s'en était rendu compte dès le départ, devait être plutôt inhabituel chez cet homme.

— Roger m'a dit que vous vous y connaissiez bien en réhabilitation, avait déclaré Heywood.

— Je m'intéresse beaucoup à la question. C'est un domaine très important, de nos jours.

— Oui, votre projet est intéressant. Franchement, ça me plaît. Les Laurier doivent être enchantés d'avoir une recrue comme vous. Enfin, avait-il ajouté avec un sourire, je ne veux pas vous donner de faux espoirs. Ce sera, si tout cela se concrétise, le premier chantier dont mon neveu s'occupera entièrement seul et, avant que je l'encourage à prendre des risques, je veux réunir une équipe d'experts qui étudiera tous les aspects du problème. Je vous enverrai mon ingénieur en chef, Cooper, avant la fin du mois pour inspecter le terrain.

S'il donne le feu vert, ainsi que les autres membres de l'équipe qui l'accompagneront, alors ce sera à Roger de se décider. Je ne sais pas comment tu vas te débrouiller pour réunir les fonds, mon garçon mais, si tu y arrives, je te tirerai mon chapeau.

— Je pense pouvoir me débrouiller, dit Roger avec une tranquille assurance.

— Il paraît que les propriétaires — les Dawes, c'est cela Charlotte ? —, oui... enfin que votre famille a eu beaucoup d'ennuis avec cette propriété. Tu avances en terrain miné, Roger.

— Je le sais bien.

— Mais je ne veux pas te décourager pour autant ; je me contente de souligner les faits. Il te faudra de bons juristes dès le début. J'imagine que tu vas t'adresser comme d'habitude à notre excellent Buckley.

— Non, si ça ne t'ennuie pas. Puisque je commence à voler de mes propres ailes, je veux m'entourer de ma propre équipe. J'ai deux amis qui viennent d'ouvrir leur cabinet d'avocats, et j'ai toute confiance en eux.

Charlotte se rendit compte que cette preuve d'indépendance faisait venir un sourire très satisfait aux lèvres de l'oncle Heywood, et il lui sembla que cela présageait bien de l'avenir.

— Alors, je vous souhaite bonne chance, conclut Heywood. Et maintenant, si nous allions dîner ?

— Vous n'avez aucune raison de rentrer en ville demain matin à l'aube, avait dit la tante de Roger. Autant que vous profitiez de votre dimanche à la plage ; ce sont les derniers jours d'été de l'année.

C'est ainsi qu'ils se retrouvèrent en milieu d'après-midi allongés sur le sable moelleux après leur seconde baignade de la journée dans une mer très fraîche.

— Si je m'étais douté que tu allais me ridiculiser de cette façon, dit Roger, je ne t'aurais jamais proposé de faire la course. Moi qui pensais être plutôt bon nageur !

Roger la complimentait de manière très naturelle, sans aucune aigreur, et Charlotte se dit soudain que peu d'hommes auraient été capables d'une telle générosité. Il fallait reconnaître que leur amitié avait toujours été très facile.

Elle se sentait voluptueusement bien. C'était la première fois en plusieurs semaines, depuis la mort de Claudia en fait, qu'elle ressentait une telle détente physique. L'inévitable résignation atténuait à présent son chagrin. Ne disait-on pas que le temps guérissait tout ?

De la terrasse au-dessus d'eux, où quelques voisins s'étaient rassemblés, leur provenait le murmure tranquille des conversations. Devant eux, aussi loin qu'on pouvait voir, il n'y avait que l'ondulation des vaguelettes agitées par une brise légère. De chaque côté de la crique, les collines basses et noires ressemblaient à des dos de baleines, et, sous le soleil, la baie scintillait de reflets argentés. La tranquillité était telle qu'on avait du mal à ne pas s'assoupir. Petit à petit leurs commentaires s'espacèrent, et ils sombrèrent dans un silence engourdi.

Soudain, après un temps qui leur sembla infini, le vent se leva, apportant un petit froid arctique, et, sans préavis, l'eau commença à s'obscurcir sous la masse des nuages qui avançaient vers eux à toute allure.

— Regarde l'eau, dit Charlotte, on dirait des raisins noirs.

— C'est le reflet des collines. Tu frissonnes ; attends, je vais te mettre une serviette sur les épaules. J'en apporte toujours plusieurs au cas où. Ici, le temps peut changer d'une minute à l'autre. C'est incroyable, nous sommes sur la plage depuis déjà presque trois heures.

Ils se levèrent, et il l'entoura de la tête aux pieds

dans un immense drap de bain, remontant le tissu-
éponge autour de son cou, l'ajustant avec sollicitude,
comme on habille un enfant. Charlotte fut très sensible à ces attentions, appréciant la tendresse possessive
de ses gestes. Elle laissa son regard errer sur la baie
qui s'étendait derrière Roger, certaine à présent qu'il
l'aimait. Mais comment pouvait-elle en être si sûre ?
Et elle ? L'aimait-elle ? Ils étaient amis, rien qu'amis...
Cela faisait trois mois qu'ils se connaissaient, et, tout
en ayant l'impression qu'ils ne s'étaient rencontrés que
la veille, elle avait aussi la sensation de le connaître
depuis toujours. Quelle drôle de chose que l'amitié...
Quand comprenait-on qu'un autre sentiment était né ?
Est-ce que cela ne faisait pas trop peur ? Elle n'avait
jamais vraiment ressenti...

Des larmes involontaires, traîtresses, s'accumulè-
rent dans ses yeux. Elle les essuya vite du dos de la
main avant que Roger ne puisse s'apercevoir qu'elle
pleurait.

— Le vent me pique les yeux, expliqua-t-elle.

Il ne bougea pas, laissant ses mains posées sur elle.

— Tu me caches quelque chose, déclara-t-il.

— Mais non, rien du tout.

Mais ses yeux se remplirent malgré elle, et deux larmes hésitantes, d'abord retenues par ses cils, débordè-
rent et se mirent à rouler le long de ses joues.

— Je vois bien que ça ne va pas, insista-t-il. D'ailleurs, je m'en suis rendu compte depuis le début.

— Ah bon ?

— Oui, je sais que tu as mal, et que cette douleur
t'empêche de t'épanouir. Bien sûr, tu as ton travail, et
c'est merveilleux, mais la vie, ce n'est pas que ça.

— Alors tu m'as observée ? demanda-t-elle sèchement. Tu m'as analysée, comme pour ton pauvre ami
qui a essayé de se tuer ?

— Oui, ne te mets pas en colère. Ne me dis rien, si

tu préfères. Mais comment veux-tu que je te regarde pleurer sans intervenir ?

— Excuse-moi, murmura-t-elle, saisie de honte. Je ne suis pas fâchée contre toi, évidemment. Je ne vois pas comment ce serait possible.

Leurs yeux se rencontrèrent ; c'était la première fois qu'ils se regardaient de cette manière, de si près, bien en face. Quelle drôle de chose qu'un œil ! La courbe de la paupière, les cils délicats, la couleur satinée, et le petit objectif rond et noir au centre, le rayon X, le faisceau pénétrant par lequel, sembla-t-il à Charlotte, il parvenait à lire en elle, découvrant des pensées dont elle ne connaissait peut-être même pas l'existence.

À cet instant, une nécessité absolue prit possession de son être. C'était plus fort qu'elle, un peu d'ailleurs comme une forme de suicide, mais dans son cas il n'y aurait pas de recours possible, aucun médecin ne pourrait la sauver en annulant l'acte irréversible qu'elle s'apprêtait à commettre.

Ils s'étaient rapprochés du bord de l'eau, et elle vit dans le sable à ses pieds un crabe minuscule avancer avec difficulté vers la mer. « Je me souviendrai toute ma vie de ce crabe tacheté, pensa-t-elle, de ce petit animal, fragile et déterminé, qui vient de se faire recouvrir par une vague. Je me souviendrai du sable gris et humide, des petits galets noirs, et du souffle du vent sur mon visage... »

— Ce garçon, dit-elle. Le fils de Claudia, tu sais ?

— Quoi ? Celui qui a agressé deux filles ?

— Trois... trois filles.

Elle devait s'efforcer de garder un ton égal, tâcher d'éviter toute emphase. C'était la seule façon possible de parler.

— Trois ?

— Oui. Maintenant, tu comprends ?

Roger lui saisit les mains et les tint si fort qu'elle

sentit ses propres ongles s'enfoncer dans ses paumes.
Un long silence suivit.

— Quel âge avais-tu ? demanda-t-il d'une voix
étouffée.

— Quatorze ans.

Il y eut un nouveau silence, puis il reprit la parole.

— Quatorze ans, bon Dieu ! C'est l'âge de ma
petite sœur.

Il la prit dans ses bras, et elle s'accrocha à lui, murmurant contre son épaule :

— Je n'en ai jamais parlé à personne. Je m'étais
juré de ne jamais le dire. J'ai toujours pensé que j'en
serais incapable.

Il s'était mis à lui caresser les cheveux, l'attirant tout
contre lui, si près qu'elle sentait la saveur salée de
l'épaule humide contre laquelle elle cachait son visage.
Les lèvres de Roger s'étaient posées sur son front,
mais elle aurait voulu disparaître contre lui pour se
protéger de la tempête qui faisait rage en elle. Jamais
elle ne pourrait effacer son aveu, et un effroi lancinant
combattait impitoyablement le soulagement qu'elle
commençait à éprouver.

— Oh, Charlotte, je t'aime si fort, l'entendit-elle
murmurer.

Oui, ils s'aimaient... L'amour qui s'était construit,
sans qu'elle s'en aperçoive, venait d'éclore. En un long
regard, la flamme avait jailli. Mais, à présent, après la
révélation qu'elle venait de faire, ne la verrait-il pas
autrement ? Elle deviendrait pour lui une femme plus
faible, qui avait besoin de plus d'égards qu'une autre.
Non, cela elle ne le supporterait jamais. C'était de la
fierté mal placée, peut-être, mais elle n'y pouvait rien.

Un peu plus tard, il reprit la parole.

— Viens, allons-nous-en. Il y a trop de monde là-
haut. Nous avons besoin d'être seuls. Je me moque
bien de ce qu'on va penser, il n'y a que toi et moi qui

comptions. Rentrons à Boston. Je vais trouver une excuse.

— Raconte-moi, demanda Roger quand ils se retrouvèrent dans la voiture.

— Par où veux-tu que je commence ?

— Par le commencement. Ou plutôt non, commence par ce que tu veux. Dis les choses comme elles te viennent.

Elle lui adressa un pâle sourire.

— On croirait entendre un détective, ou un psychanalyste.

— Comme tu voudras, imagine que je suis l'un ou l'autre si tu veux, mais dis-moi tout.

Alors elle lui raconta son histoire. Les yeux mi-clos, tandis que la voiture traversait le canal de Cape Cod à vive allure et entrait sur l'autoroute, elle se mit à parler. Sans ordre particulier, elle lui livra les bribes de son passé qui s'échappaient en vrac comme d'une boîte renversée au-dessus d'un tapis. Tâtonnant parmi ces éléments épars, elle reconstitua pour lui ce qu'avait été son enfance.

— En grandissant, comme tous les enfants, j'ai surpris des conversations qui ne m'étaient pas destinées. Après ce qui m'est arrivé, j'ai compris que mon père pensait que rien ne se serait produit si ma mère s'était conduite autrement. Je ne dis pas qu'il avait tort. Ce qu'elle a fait m'a rendue très malheureuse, et pourtant je l'aimais. J'étais terrifiée à l'idée qu'elle pourrait partir un jour pour de bon, et cette crainte s'est réalisée.

« Lui, c'était un monstre. J'en ai encore des cauchemars. Je n'arrive pas à comprendre comment on pouvait le trouver beau garçon. Il avait des yeux ricanants. Je sais que les yeux ça ne ricane pas, mais c'est comme ça que je peux le mieux les décrire. Ou alors parfois je les vois froids et plats, comme ceux d'un lézard.

« A l'hôpital, j'étais sûre que j'allais mourir. Je n'avais pas mal parce qu'on me donnait des analgésiques, mais j'avais trop de dégoût, trop de honte. J'avais envie de mourir et, en même temps, j'avais une peur panique de me retrouver dans un cercueil comme ma grand-mère.

« Quand je me replonge dans tous ces souvenirs, ce qui arrive parfois, la honte et le dégoût reviennent toujours. Et puis il y a la colère. Quand je pense qu'il a pu oser me faire ça, comme s'il estimait que je lui appartenais, comme si j'étais une chose... pas une personne, pas moi, mais une chose dont on peut se servir.

« Je dois tout à mon père et à Claudia. C'est pour cela que ça me brise le cœur de le voir tel qu'il est maintenant et que je veux l'aider. Je ne peux pas m'en empêcher. Et Claudia... Elle m'a enseigné presque tout ce que je sais, elle m'a appris à faire la cuisine, et aussi à travailler dur, à réaliser mon ambition de devenir architecte. Nous parlions beaucoup de courage, de fierté ; nous abordions tous les sujets ensemble. »

— C'est vraiment singulier, remarqua Roger, que ce soit vers sa mère que tu te sois tournée. C'est étrange et très beau. J'espère que ça ne te fait pas trop de mal d'en parler. Je sais que je t'ai demandé de tout me dire, mais arrête-toi si c'est trop dur.

— Maintenant que j'ai commencé, je peux bien finir. Enfin, si c'est possible d'en finir un jour.

— Bien sûr que c'est possible, je t'assure que tu vas te sentir mieux, mais tu ne dois rien cacher. Dis-moi tout, ne garde rien pour toi, libère-toi.

Et elle continua donc. Une fois le processus entamé, elle n'aurait d'ailleurs pas pu s'arrêter. Lui ayant déjà révélé le principal, elle finit par tout lui raconter, jusqu'au fiasco de son histoire avec Peter.

— Est-ce que c'était ma faute ? demanda-t-elle, au

comble de l'émotion. Est-ce que je suis horrible ? Est-ce que je l'avais bien mérité ?

— Non, et il aurait dû se douter que tu n'y pouvais rien. Moi, je serais revenu te voir dès le lendemain, au moment où tu avais le plus besoin d'aide.

Il sembla à Charlotte qu'il la comprenait infiniment mieux qu'elle ne s'était jamais comprise elle-même.

— Tu es en dépression depuis des années, continua-t-il. Tu le caches bien, par orgueil, mais à l'intérieur tu te sens salie, comme si ce qu'on t'a fait subir avait laissé une marque indélébile.

— Oui, je sais. Dans tous les magazines, on décrit ce phénomène. Les cauchemars, la culpabilité, toutes les femmes dans mon cas ressentent la même chose.

— Petit à petit, cela passera.

— Comment peux-tu en être sûr ?

Il se mit à rire.

— Je ne suis qu'un psychologue amateur, et mon opinion ne vaut sans doute pas grand-chose, mais je vais quand même te la donner. Je pense vraiment que la voie de la guérison passe par l'amour. Aimer, et être aimé de façon inconditionnelle, c'est la seule cure. Il faut bannir les secrets. Dis-moi à quoi tu pensais quand nous étions sur la plage, quand nous nous sommes levés parce que tu avais froid.

— À beaucoup de choses.

— Moi, je crois que tu avais envie que je te prenne dans mes bras.

— Mais tu ne l'avais jamais fait avant, alors comment aurais-je pu...

— La seule chose qui m'ait retenu jusqu'à présent, c'est que tu ne voulais pas qu'on te touche. Tu n'étais pas prête. Mais tout à l'heure, soudain, cette réticence a disparu. Trois mois ! Il t'a fallu trois mois et demi.

Il se gara devant l'immeuble de Charlotte, puis ils montèrent l'escalier en courant et se jetèrent dans les bras l'un de l'autre. La petite pièce était éclairée par les rayons du soleil couchant. Sur la table, les roses que Charlotte s'était offertes avant de partir, un de ses seuls luxes, embaumaient encore et donnaient une impression de fête. Ce n'était que la deuxième fois qu'elle se retrouvait dans les bras de Roger, et pourtant il lui sembla que sa place était là, elle s'y sentait si bien.

Mais, tout à coup, une peur glacée l'envahit. Et si, cette fois encore, au tout dernier moment, elle revivait la même terreur ? Si, en fin de compte, elle ne parvenait jamais à mener une vie normale ? Comment survivrait-elle ?

Elle le suivit dans la chambre. Il tira les stores, obscurcissant le lit. Puis il la déshabilla, avec des mouvements lents et doux, sans hâte mais avec fermeté.

— Tu te souviens, demanda-t-il, du jour où tu as dormi dans la voiture ? Je n'arrêtais pas de te regarder. J'avais envie de passer les doigts dans tes cheveux. Laisse-moi défaire ta tresse.

Il commença sa tâche d'une main légère, et demanda avec un petit rire détendu :

— Mais comment te débrouilles-tu pour te coiffer le matin ? C'est d'un compliqué !

— C'est une natte ordinaire à trois mèches, mais on ajoute les cheveux du côté au fur et à mesure.

— Comme tes cheveux sont chauds, dit-il en les caressant. Ils sont doux comme du miel.

Puis il lui fit incliner la tête en arrière pour mieux l'observer, comme s'il admirait un portrait.

— J'aime l'arc de tes sourcils, tes paupières lourdes, tu as l'air d'un ange médiéval. Est-ce qu'on t'a déjà dit que tu avais des lèvres très sensuelles ?

Il se moquait un peu d'elle, gentiment, parce qu'il la sentait tendue. Quand il éteignit la lampe, la chambre fut plongée dans une obscurité quasi totale. Il s'allongea à côté d'elle et lui prit la main. Ils ne bougèrent plus ni l'un ni l'autre.

— Dors, si tu en as envie, dit-il au bout d'une minute. Nous n'avons qu'à nous endormir ensemble, mon amour.

Une paix extraordinaire gagna alors Charlotte, dans la chaleur du lit où ils étaient couchés l'un près de l'autre. Elle se mit à trembler, comme sur la plage quand il l'avait couverte avec une tendre sollicitude pour la protéger du vent...

Et soudain, le noyau dur qui s'était formé au centre de Charlotte commença à s'effriter. Les tensions qui l'habitaient se dénouèrent les unes après les autres ; tout ce qui la retenait, qui la rendait rigide et froide, toutes les craintes se mirent à céder, et elle fut envahie par une merveilleuse vague de bonheur. Alors, dans sa joie, elle l'appela, et, répondant à son désir, il se tourna vers elle.

9

« La nuit dernière, j'ai vu la pleine lune au milieu de la fenêtre », écrivit Charlotte dans son journal intime tout neuf. Elle n'avait jamais tenu de journal, mais en voyant le beau cahier de cuir vert brillant dans une vitrine elle avait aussitôt eu envie de l'acheter. Puisque sa vie venait d'aborder une nouvelle phase, il fallait en consigner les événements marquants. Et ainsi, le deuxième jour du mois de novembre, elle commença.

Le 2 novembre

Tout à coup, j'ai eu l'impression de ne l'avoir jamais vue avant. Elle était suspendue dans le ciel comme une énorme sphère blanche silencieuse, tellement proche qu'elle avait l'air près d'entrer en collision avec la Terre. Mais tout m'étonne ces temps-ci. Tout a l'air neuf ! Avant ce matin, je n'avais jamais remarqué que Rudy avait une très belle voix de baryton, qu'un carré de citrouille poussait dans un coin du jardin, ou que les jumeaux des locataires d'en face avaient l'un les yeux bleus, et l'autre les yeux bruns.

Pauline se moque de moi. Elle dit que c'est tout à fait normal, et que ça arrive toujours quand on tombe amoureuse. C'est bien possible, mais je pense plutôt que, dans mon cas, c'est parce que je prends exemple sur Roger. Il observe les gens et les choses avec une acuité extraordinaire, et rien ne lui échappe. En plus, il adore la vie. Il aime faire du lèche-vitrines, et je l'ai même vu s'arrêter avec intérêt devant un magasin de jouets qui avait un énorme gorille empaillé en devanture. Il apprécie les bons repas, que ce soient les recettes de la Nouvelle-Angleterre, ou les restaurants italiens, ou chinois. Au théâtre, il se délecte des comédies, et il ferait des kilomètres pour écouter un concert d'orgue dans une église. Mais ce qu'il préfère par-dessus tout, ce sont les gens. Il s'intéresse surtout à leurs différences et aussi à tout ce qu'ils gardent enfoui au fond d'eux-mêmes. Je suis bien placée pour le savoir depuis notre premier dîner.

Je suis follement heureuse.

Le 12 novembre

Voilà, c'est officiel. Les ingénieurs de Heywood ont inspecté le site et donné leur feu vert. Ils sont restés à Kingsley pendant près d'une semaine, en compagnie de Roger la plupart du temps. Ils ont fait des relevés, sont allés voir les responsables de l'urbanisme à la mairie. Papa n'arrive pas à y croire. Tous ses ennuis ont fini par faire de lui un sceptique incurable, et ça se comprend. En tout cas, il n'arrête pas de me répéter que Roger est un « garçon très bien ». Il est clair qu'il essaie de savoir ce qu'il y a entre nous, mais je ne me sens pas encore tout à fait prête pour lui en parler, c'est trop récent. Je le lui dirai bientôt.

Le 23 novembre

Roger comprend maintenant pourquoi je me fais toujours du souci pour papa. Il s'est aperçu tout de suite que « Grand Bill » était un tendre malgré ses silences parfois intimidants. Il comprend tout. Nous restons des heures au lit à nous parler. La nuit dernière, il y a eu un orage épouvantable, avec des éclairs effrayants et des coups de tonnerre qui donnaient l'impression d'être pris sous un bombardement. Je me sentais bien avec lui, je n'avais absolument pas peur.

Il dormait encore quand je me suis réveillée ce matin. Son profil est très beau, comme celui d'un aristocrate. Quand je le lui dis, ça l'amuse. Il répond que, dans ce cas, son arrière-grand-père devait être le plus distingué des éleveurs de porcs des États-Unis.

Le 29 novembre

Semaine épuisante mais fantastique. R. est très efficace et a déjà rencontré des banquiers. Il admet volontiers que c'est la réputation de son oncle qui lui ouvre toutes les portes. Mais il ne suffit pas d'ouvrir les portes, une fois que les contacts sont pris, il faut se montrer à la hauteur ! Je l'ai accompagné à l'une de ses réunions, et j'ai eu un trac fou. Je me suis trouvée face à un tas de gens que je ne connaissais pas, des types sérieux et prudents qui me regardaient comme si j'avais l'intention de leur voler leurs sacs de pièces d'or. Mais, au fond, c'est exactement pour ça qu'on venait les voir ! Sans leur argent, nous ne pouvons rien faire. En partant, j'ai eu l'impression que nous leur avions fait bonne impression.

Pauline dit qu'elle n'aurait jamais cru que nous arriverions à concrétiser si vite la petite idée qui m'est passée par la tête l'été dernier.

Le 6 décembre

J'ai vu un tableau qui m'a beaucoup émue dans la vitrine d'une galerie cet après-midi. C'était l'aquarelle d'une femme assise sur un rocher avec un colley couché dans l'herbe à ses pieds. J'en ai eu les larmes aux yeux. C'est comme ça que Claudia a dû mourir ! C'est aussi comme ça qu'elle a vécu. Personne ne l'oubliera jamais.

Noël à Kingsley. Évidemment, il y avait déjà une bonne hauteur de neige quand nous sommes arrivés, et il s'est remis à neiger. L'ambiance est très bonne, joyeuse et chaleureuse, et papa et Roger s'entendent bien. Emmabrown est venue nous préparer un délicieux repas de Noël. Plein d'amis sont passés nous voir. C'est fou ce que le succès peut attirer les gens, même s'il ne s'agit encore que de rumeurs ! On parle du projet dans toute la ville. J'ai vraiment passé une bonne journée.

Le 27 décembre

Cliff est venu nous voir ce matin avant notre départ. Il nous a encore donné des nouvelles de Ted. (J'ai mis des années à parvenir à écrire ce nom.) La dernière information en date est qu'il a été identifié avec certitude dans un groupe de jeunes Américains impliqués dans un trafic de drogue. Je ne sais pas si c'est en tant que toxicomane, ou en tant que trafiquant, ou les deux à la fois. Il joue au chat et à la souris depuis deux ans avec la police. Ce n'est pas étonnant qu'il arrive à se cacher vu la taille du réseau, mais il ne fait aucun doute pour personne qu'on l'attrapera un jour et qu'on le ramènera. Pour ma part, j'en suis absolument persuadée.

Lorsque Cliff a annoncé ça, j'ai vu qu'il me regardait du coin de l'œil avec inquiétude. Je suis sûre qu'il a tout de suite regretté d'avoir parlé devant moi. Je lui ai dit de ne pas s'en faire, que je n'avais pas peur de me trouver face à face avec Ted le jour venu.

Roger a dit tout de suite : « Tu ne le reverras pas, je te le promets. »

Le 10 janvier

R. aime bien se moquer de moi. Il m'a dit : « Je vais t'avouer quelque chose. La première fois que tu as évoqué ton idée farfelue, que tu m'as montré ton croquis et que tu m'as parlé de la propriété, tu te souviens que je t'ai dit que ça m'intéressait beaucoup et que j'avais envie d'aller voir de quoi il retournait de plus près ? Eh bien la vérité, c'est que je n'avais pas plus envie de me retrouver face à un imbroglio judiciaire, dans un trou paumé, que de devenir astronaute. Je n'ai fait ça que pour te séduire. »

Le 5 février

De bonnes nouvelles du côté financier ! Un ancien copain de fac de R. qui a hérité d'une petite fortune, ou même d'une très grosse, veut bien prendre des parts dans la société, et parle aussi d'amener des amis à lui. Petit à petit...

Le 27 février

Je ne quitte plus des yeux la bague que R. m'a achetée cet après-midi. C'est un anneau en or très simple avec un petit diamant rond tout seul au milieu. Je ne l'ôterai jamais, de toute ma vie. J'ai appelé papa pour lui annoncer la nouvelle. Il avait l'air près de pleurer d'émotion. Nous nous ressemblons trop, lui et moi. Ensuite, j'ai téléphoné à Elena, et elle s'est déclarée enchantée. Elle est toujours aussi enthousiaste, et m'a soûlée de questions et d'exigences. Elle veut la photo de Roger, elle veut savoir quand aura lieu le mariage, et où. (En fait, nous n'avons encore rien décidé.) Elle m'a aussi demandé comment était ma bague de fiançailles, et elle a décrété que nous devions aller la voir en Italie dès que possible...

« Alors, mademoiselle la difficile ! Quelqu'un a finalement réussi à te faire craquer », m'a dit Pauline.

Je lui ai répondu qu'il n'avait pas eu tant de mal que ça, que j'avais simplement besoin de prendre mon temps parce que je suis une fille un peu lente.

Elle a réagi tout de suite. « Lente ! Cette fille

conçoit un projet qui met en jeu des millions, y travaille tout l'hiver comme un forçat, et elle dit qu'elle est lente ! »

Naturellement, ça fait plaisir à entendre. Je n'ai jamais été aussi heureuse !

Le 16 mars

Je n'arrive toujours pas à croire à ma chance. Rudy a écrit un article sur mon projet, il l'a envoyé avec les plans au magazine *Architecture et société,* et il va être publié ! Évidemment, c'est une bonne publicité pour le cabinet des Laurier, mais n'empêche que c'est moi le chef de projet, et que je suis aux anges. R. et papa n'en revenaient pas quand je leur ai annoncé la nouvelle.

Le 4 avril

Le chantier fait des petits. Papa, qui a repris tout son ascendant sur les élus de Kingsley, a réussi à négocier un gros rabais pour ses arriérés d'impôts locaux en donnant à la ville un bout de terrain sur lequel on pourra construire la nouvelle bibliothèque. Alors me voilà en train de potasser tout un tas de documents sur les bibliothèques. Depuis l'invention des ordinateurs, les bibliothèques ont bien changé !

Le 10 avril

Roger a piqué une colère terrible aujourd'hui. Heureusement, ce n'était pas contre moi ! Le chef de chantier d'une construction qu'il supervise pour Heywood, l'annexe d'une école, a omis de lui signaler que le fournisseur de robinetterie livrerait avec deux semaines de retard. R. lui a passé un savon mémorable. J'étais chez lui pendant le coup de téléphone. R. est devenu tout rouge et je lui ai fait remarquer ensuite que son pouls avait dû monter à 300.

« Je n'admets pas ce genre de mensonge, m'a-t-il expliqué. C'est impardonnable. Le type savait depuis le début qu'il y aurait du retard. S'il avait dit la vérité, s'il avait avoué d'emblée qu'il avait fait une erreur, je n'aurais rien dit. Mais là, c'est de l'imbécillité d'essayer de me cacher quelque chose en imaginant que je ne m'en apercevrai pas. »

J'espère que je ne m'attirerai jamais ses foudres, même si je le mérite un jour.

Le 18 mai

Nous allons devoir modifier le plan général. R. dit que cela risque d'augmenter un peu le coût global de l'opération, mais que ce n'est pas grave, ce n'est pas ça qui va nous ruiner. La commune ne veut pas que la bibliothèque, qui naturellement doit avoir un accès à la grande route, donne sur un marécage à l'arrière. Moi, je ne suis pas d'accord, le marais n'a rien d'un jardin public bien léché, d'accord, mais il est très beau avec ses roseaux et sa jolie perspective. Enfin, puisqu'ils veulent qu'on l'assèche, on l'asséchera. R. trouve leur position tout à fait raisonnable et dit que nous avons tout intérêt à leur donner satisfaction.

Nous allons pouvoir commencer à déblayer et nous poserons la première pierre de la place centrale vers le milieu de l'été. Hourra !

Le 16 juin

Sommes allés dîner chez les Heywood. Quand ils ont appris que Roger et moi allions nous marier, ils nous ont invités seuls pour célébrer tranquillement l'événement en famille.

La tante Flo a admiré ma petite bague et a eu l'air de beaucoup s'amuser quand Roger lui a dit : « Charlotte est très belle, tu ne trouves pas ? » Il y avait un gâteau décoré avec du sucre glace, et beaucoup de champagne, et ils nous ont offert une paire de chandeliers anciens pour nos fiançailles.

Nous sommes rentrés très contents de la soirée.

Nous avons beaucoup de chance. La pleine lune, comme d'habitude, nous attendait en plein milieu de la fenêtre quand nous nous sommes couchés.

Le 17 juin

Je me dépêche d'écrire en avalant mon petit déjeuner. Nous étions en train de nous habiller ce matin avant de partir au travail quand le téléphone a sonné. C'était papa qui avait l'air dans tous ses états. Il venait d'apprendre qu'on allait assécher le marais derrière la bibliothèque, et il ne veut pas en entendre parler. Il menace carrément de ne pas nous donner son accord. D'après lui, ce marais est une réserve naturelle qu'il faut préserver et non pas détruire, ce serait criminel !

R. m'a demandé de prendre sa voiture pour aller voir papa immédiatement, parce que lui a des tonnes de choses à faire aujourd'hui et qu'il ne peut pas se libérer. Alors je vais y aller toute seule, pour essayer de comprendre ce qui a bien pu passer par la tête de papa.

10

Fatigué par la discussion, Bill se contentait de répéter d'une voix lasse :

— Je ne peux pas te dire mieux. On nous présente cette demande au dernier moment, et ça ne me plaît pas, c'est tout.

Charlotte posa les yeux sur la chaîne de montagnes d'un vert bleuté qui se profilait à l'horizon, cherchant conseil dans le paysage qui, autrefois, berçait ses pensées quand elle se postait à la fenêtre de sa chambre. En bruit de fond, le vrombissement de l'aspirateur leur parvenait jusque sur la terrasse, car c'était jour de ménage. Mais la solution ne viendrait ni des montagnes ni d'Emmabrown.

D'ailleurs, dès son arrivée, Charlotte l'avait prise à part pour lui demander comment se portait son père, et n'avait obtenu pour toute réponse qu'un commentaire acide : « Monsieur Bill est d'une humeur de chien, on ne peut rien lui dire. »

— Papa, est-ce que tu te sens bien ? Tu n'es pas malade, au moins ? Tu me le dirais ? demanda-t-elle gentiment en jetant un petit coup d'œil suppliant à Cliff qu'elle avait fait venir dès que la discussion avait pris un tour problématique.

— Non, je suis en pleine forme.

— Je préférerais que tu ailles voir le médecin. Cliff, tu pourrais prendre rendez-vous pour lui ?

— Mais bien sûr. Je m'en occupe dès demain matin, répondit son oncle qui, après trois heures de pourparlers, commençait à avoir l'air terriblement mal à l'aise.

— On ne peut pas défendre son opinion sans se faire traiter de malade, maintenant ? grommela Bill.

Il se leva, les dominant de sa haute taille, et alla s'appuyer à la rambarde pour leur faire face.

— Je trouve mon attitude parfaitement justifiée. Je vais vous répéter une dernière fois mes arguments, calmement. Je ne veux pas m'énerver, mais je suis fatigué, et vous devez en avoir assez, vous aussi, alors écoutez-moi bien. Je travaille à la Commission régionale pour l'environnement depuis vingt ans. C'est à cette cause que j'ai consacré toute mon existence ; rien d'autre n'a autant compté dans ma vie, à part toi, Charlotte. Je n'ai pas besoin de vous rappeler tous les affronts que j'ai dû subir dans cette ville — comme toi, Cliff — à cause de cette propriété. Nous avons été les victimes d'escrocs qui ont déversé leurs ordures infectes chez nous, provoquant une pollution au mercure, à l'arsenic, au plomb, et à tout un tas d'autres cochonneries, pendant que je parcourais la région comme un grand hypocrite en prêchant la bonne parole écologique. Alors, maintenant que, grâce au ciel, par un miracle dont nous ne comprendrons jamais l'origine, nous nous sommes débarrassés de ces criminels, je ne suis pas prêt à ternir une nouvelle fois ma réputation. On nous respecte de nouveau, et moi, je tiens à respecter notre marais. Je ne vois pas comment vous pouvez lutter contre ce désir légitime.

Et voilà, pensa Charlotte, il venait de renvoyer la balle dans leur camp. Un long silence épuisé se fit avant que Cliff reprenne la parole d'une voix hésitante.

— Mais tu sais, Bill, l'assèchement serait aussi une mesure d'hygiène. Le marécage n'est pas tellement éloigné des zones polluées dont tu viens de parler. Les poisons ont peut-être pénétré dans les eaux, et alors...

— Ce n'est pas un marécage, c'est un marais, un marais très ancien, interrompit Bill. La nuance est de taille, et tu le sais parfaitement.

— Bien, supposons que tu aies raison, papa, commença Charlotte, essayant une nouvelle approche.

— Il n'y a rien à supposer. J'ai raison, un point c'est tout.

Il venait de s'adresser à elle avec la patience et le sourire un peu condescendant qu'elle appelait son attitude de *pater familias*. Comme cette querelle la faisait souffrir !

— Bien, répondit-elle. Tu as raison, il s'agit d'un très joli marais naturel. Mais la ville n'en veut pas. Il nuit à la bibliothèque, et la bibliothèque c'est le plus beau joyau de notre couronne. Il faut bien faire quelque chose. Tu ne voudrais pas qu'on jette le joyau à la poubelle, tout de même !

Elle lui lança un sourire pour quêter son approbation.

— Si ! répliqua Bill.

— Mais, grâce à la bibliothèque, nous avons obtenu des avantages fiscaux qui sont primordiaux pour le projet. Nous ne nous en sortirons jamais sans cette économie.

— Nous pouvons réduire un peu nos ambitions. Le projet n'a pas besoin d'avoir l'ampleur que vous voulez lui donner. Il n'y a qu'à être un peu plus modeste.

— Je ne te comprends pas, papa. Le projet est ambitieux, mais il n'est pas grandiose. De toute façon, le problème n'est pas là. Écoute, nous travaillons depuis près d'un an comme des forcenés, mais les trois quarts des efforts viennent de Roger. C'est lui qui est allé solliciter les banques, lui qui a déniché les investisseurs, lui qui les a convaincus grâce à son énergie et son enthousiasme.

À mesure qu'elle dressait la liste des obstacles franchis, sa voix gagnait en indignation ; elle en aurait pleuré de rage !

— Tu vas le ruiner ! conclut-elle. Tu vas l'humilier et nous déconsidérer aux yeux de tous les gens qui sont impliqués dans le projet.

— Mais je n'ai aucune intention de vous nuire ! Je ne veux faire de mal ni à toi, ni à mon frère, ni à personne. Je ne demande quand même pas grand-chose ! Je veux simplement que vous respectiez cette petite condition. C'est moi qu'on veut humilier... Si on détruit le marais, c'est toute l'œuvre de ma vie qui sera couverte de ridicule. Vous ne comprenez pas ça ? Charlotte... Cliff... !

— Non, rétorqua Cliff, je ne comprends pas.

— Essayons de convaincre le comité de gestion de la bibliothèque, supplia-t-il. Nous irons ensemble, toi et moi, Cliff. Nous connaissons tous les responsables...

— On peut toujours essayer, soupira Charlotte. Ça ne t'ennuie pas trop, Cliff ? Moi, je pense malgré tout que ça ne servira à rien. Ils ont posé des conditions très claires.

— C'est vrai, répondit son oncle. Nous en sommes aux ultimes mises au point, les derniers contrats sont en train d'être rédigés, nos associés doivent venir de Boston dans un mois pour les signatures finales. C'est trop tard pour tout changer.

— Il faut quand même essayer, répondit Bill avec un long soupir de fatigue.

— Comme tu voudras, mais ça ne marchera pas, c'est couru d'avance.

— Je ne signerai pas si on ne me donne pas raison.

— Tu es devenu fou, marmotta Cliff. C'est très joli d'avoir des grands principes, et j'ai toujours respecté tes idées, mais cette fois je pense que tu te conduis comme un imbécile obstiné, et j'en ai plus qu'assez.

— Réfléchis, papa, supplia Charlotte. Tu as toujours su faire face aux difficultés. Sois réaliste. Je te rappellerai d'ici quelques jours.

— Tu ne restes pas ? Tu rentres déjà à Boston ? Mais tu viens seulement d'arriver.

— J'ai trop à faire.

En réalité, elle n'avait qu'une hâte : partir. Dans quel infernal pétrin il les mettait ! Le projet tournerait au désastre s'il ne changeait pas d'avis... mais Bill n'avait jamais facilement accepté de reconnaître qu'il se trompait.

La semaine suivante, l'exaspération de Charlotte se mua en peur et en inquiétude.

— Tu crois que mon père est malade ? demanda-t-elle à Roger alors qu'il revenait d'une visite éclair à Kingsley au cours de laquelle il s'était encore heurté à un mur. Je n'y comprends rien. Est-ce qu'il perd la tête ? Il a toujours été parfaitement raisonnable, réaliste...

— J'espère que tu ne penses pas à la maladie d'Alzheimer. Non, il a toute sa tête, je t'assure. En fait, de son point de vue, il est parfaitement logique. Beaucoup de gens lui donneraient d'ailleurs raison. Quand on aime la nature, qu'on milite pour la protection de l'environnement, qu'on se préoccupe des oiseaux migrateurs...

— Ne me dis pas que toi, tu lui donnes raison !

— Non, bien entendu. S'il s'agissait d'un estuaire situé sur un trajet de migration, ou d'une saline de reproduction, je ne dis pas. Je serais même le premier à vouloir le protéger. Ton père a juste perdu le sens des proportions dans ce cas précis.

— Donc, tu n'es arrivé à rien ?

— Non, je n'ai pas beaucoup progressé.

— C'est-à-dire pas du tout. N'essaie pas de m'épargner, je t'en prie, dis-moi tout.

— Je n'ai rien de spécial à ajouter. Nous avons reparlé de la boue toxique autour de l'usine, de l'eau polluée, de la dioxine, de toutes les raisons qui ont amené la ville, et lui le premier, à vouloir combattre la décharge. Il n'en démord pas : il prétend que le marais est trop éloigné pour avoir été touché. Nous avons débattu de tout ça pour la centième fois, et puis je suis parti.

Charlotte ne supportait pas que son père se montre aussi entêté, aussi bêtement borné, surtout devant Roger, et elle le lui dit.

— Il n'est pas bête, non. Appelons ça plutôt un moment d'égarement, répondit-il.

Mais elle savait bien que, même si Roger essayait de la réconforter, il devait ressentir une grande anxiété. Voire être franchement catastrophé. Il s'était personnellement engagé, avait rassemblé des fonds en s'adressant à ses amis, à sa famille et, à présent, qu'allait-il faire ? Elle avait beau ne pas être directement à l'origine de ce gâchis, elle s'en sentait entièrement et horriblement responsable.

— N'y pensons plus pour l'instant, déclara Roger. Mettons ça de côté pendant une semaine ou deux. Si nous partions en pique-nique pour le 4-Juillet ? Nous pourrions aussi aller au concert des Boston Pops pour fêter l'anniversaire de notre rencontre. Ça fera treize mois... Allez, ne fais pas cette tête, nous n'avons pas encore perdu la guerre !

— Charlotte, ne prends pas les choses tellement au tragique, lui conseilla Pauline. Ce n'est pas ta faute.

— Non, mais c'est celle de mon père, et je me sens plus que concernée.

Elle venait de parler à Bill au téléphone, car elle avait imaginé un compromis et s'était empressée de l'appeler pour lui exposer son idée. Son père, s'était-elle dit, serait sans doute satisfait si, après l'assèchement, on reboisait le terrain pour créer une réserve naturelle. Mais il avait aussitôt refusé, affirmant qu'une telle initiative « bouleverserait l'équilibre écologique de la région ». Cette fois, Charlotte avait vu rouge, et elle lui avait répondu sur un ton qu'elle n'avait jamais eu ni l'envie ni la moindre raison d'employer avec lui. Lorsqu'elle s'était retrouvée face à sa planche à dessin, elle avait été incapable de se concentrer et était restée prostrée, les yeux dans le vide.

Pauline lui posa la main sur l'épaule et tenta de se montrer constructive.

— Écoute, je sais que tu as prévu de te marier à la fin de l'été mais, même si tu ne veux qu'une cérémonie très simple, tu n'es pas en état d'organiser quoi que ce soit. Tu sais ce que tu devrais faire ? Recule le mariage d'un mois. De toute façon, Roger t'a dit qu'il ne pouvait pas s'absenter pour l'instant, et nous savons comme lui que ce n'est que trop vrai. Ce serait vraiment triste de te marier si c'est pour rester ensuite à te débattre avec cet imbroglio ; ce n'est pas une façon de commencer une vie à deux. Tu peux bien attendre quelques semaines, ça ne fera aucune différence, et je suis sûre que d'ici là tout se sera arrangé.

— Tu le crois vraiment ?

— Oui, avec tout l'argent qui a été engagé et le prestige des Heywood en jeu, il faudra bien finir par céder... Même Bill Dawes devra plier, ajouta-t-elle en tâchant de rire un peu.

Peut-être... Pauline avait sans doute raison... Et puis elle n'en pouvait plus.

— Va en Italie. Vous pourrez passer votre lune de miel ailleurs en automne. Va voir ta mère là-bas, et... Tiens ! J'ai une idée ! J'ai reçu une publicité pour une série de conférences à Florence sur l'architecture de la Renaissance. C'est fait pour toi. Je vais te donner le papier, je l'ai posé en bas sur mon bureau.

— Oui, approuva Roger, Pauline a raison. Ce contretemps t'a beaucoup trop angoissée. Laisse-nous faire, Cliff et moi, nous parviendrons bien à le convaincre.

Elle acquiesça sans enthousiasme.

— Oui, Cliff est très ouvert.

Autrefois, elle aurait dit la même chose de son père, même s'il passait souvent par des phases dépressives, des périodes de mutisme qu'elle avait toujours attribuées au départ d'Elena.

Mais ce n'était pas le moment d'essayer de comprendre l'âme humaine, d'autant qu'on ne pouvait pas entrer dans la tête de quelqu'un qui refusait de se laisser approcher.

— Oui, va voir ta mère, ma chérie, répéta Roger. Cela te fera du bien. En automne, nous retournerons ensemble en Italie, ou nous irons ailleurs si tu préfères.

11

« Dès que tu seras dans l'avion et que tu survoleras l'Atlantique, tu te sentiras mieux, tu verras », avait prédit Roger.

Charlotte ne l'avait pas cru ; le dépaysement seul ne parviendrait jamais à dissiper son anxiété. Mais, à sa grande surprise, dès le décollage, en pensant au long vol qui l'attendait, elle sentit poindre un début de plaisir. Elle sentait encore le tendre baiser d'adieu de Roger sur ses lèvres, et dans son sac de voyage elle emportait deux livres tout neufs, l'appareil photo qu'il lui avait offert et une petite boîte de ses chocolats préférés.

En arrivant à Rome, elle se sentait déjà beaucoup mieux. Le charme et l'étrangeté de cette ville si éloignée de son pays lui donnèrent l'impression de vivre une aventure, et, petit à petit, l'optimisme et la joie de vivre s'insinuèrent de nouveau en elle. À son retour, tout serait arrangé ; Roger serait parvenu à résoudre le problème.

À présent, parfaitement détendue, elle partait pour Venise dans une décapotable de location qui l'exposait agréablement au soleil et au vent. La petite route qu'elle avait empruntée sillonnait la campagne ombrienne, charmante en cet été flamboyant, avec ses vignes, ses collines et ses petits villages haut perchés aux murs de vieilles pierres. À se trouver ainsi en plein cœur d'un pays riche d'histoire elle se sentit joyeuse et se mit à chanter.

Puis, soudain, elle ne put s'empêcher de rire. Elena n'avait vraiment pas changé ! Jamais d'ailleurs elle n'avait escompté la voir se transformer un jour. Après des heures de voyage, elle lui avait téléphoné à Rome pour lui annoncer son arrivée, et une domestique lui avait appris que sa mère était absente ! Où était-elle ? On lui avait donné un numéro de téléphone, qui, elle l'avait découvert bientôt, était celui d'une villa proche de Vérone où se trouvait Elena. Sa mère lui avait donné rendez-vous à Venise. Pourquoi Venise ? Aucune importance, s'était-elle entendu répondre. Elena avait réservé des chambres dans un hôtel somptueux sur le Grand Canal que Charlotte adorerait. Et, bien entendu, elle était folle d'impatience à l'idée de ces retrouvailles, cela faisait si longtemps !

En effet, depuis leur dernière rencontre il s'était passé bien des choses, et à cette pensée l'envie de rire de Charlotte disparut aussi vite qu'elle était venue.

Le lit à baldaquin couvert d'un dais en brocart de soie rose rappelait la teinte des murs et de la paire de fauteuils tapissés de velours. Sur une table, un bouquet de glaïeuls écarlates l'avait accueillie à son arrivée ainsi qu'une bouteille de champagne dans un seau à glace. Ah ! si Roger avait été là ! songea-t-elle. Il aurait vraiment apprécié le champagne et le lit somptueux, extraordinaire, plus que royal !

Mais une pénible tension démentait son enthousiasme. Elle se tenait au centre de la pièce, rigide, attendant avec une angoisse impatiente le moment où elle reverrait sa mère. Les moments passés avec Elena étaient toujours trop intenses, trop pleins d'émotions resurgies du passé que Charlotte avait crues remisées pour toujours.

« Nous ne nous rencontrons jamais que fugitivement, dans des endroits neutres, se dit-elle, que ce soit ici ou à New York ou, pour remonter plus loin, dans le petit appartement de Floride. Nous nous voyons dans des endroits luxueux, toujours avec nos valises, toujours prêtes au départ. » Forte du recul qu'elle avait acquis au cours des ans, Charlotte se rendait compte que, même à Kingsley, Elena s'était toujours conduite comme si, d'une certaine façon, elle n'était que de passage. Elle ne s'était jamais vraiment installée et avait mené une vie de déracinée, prête à reprendre son envol. On aurait dit qu'elle recherchait constamment autre chose... Oui, mais quoi ?

Et Charlotte, à qui Roger manquait déjà après à peine trois jours de séparation, éprouva une gratitude immense en pensant à cet amour si fort. Roger l'avait aidée en tout ; il guérissait ses blessures.

Mais elle ne pouvait pas rester toute la journée à rêvasser. Elle devait vider sa valise, pendre ses vêtements et sortir le cadeau qu'elle allait offrir à sa mère, une fine aquarelle du plan d'ensemble de la Place Dawes dans un joli cadre doré. Comme Elena avait un penchant pour tout ce qui brillait, elle serait certainement enchantée.

Lorsqu'elle eut terminé, elle regarda sa montre. Il était temps de descendre dans le hall. Le réceptionniste lui sourit avec réserve. Tout comme les serveurs de grands restaurants, les employés d'hôtel savaient au premier coup d'œil à qui ils avaient affaire et ne perdaient pas leur temps en amabilités lorsqu'ils estimaient que cela n'en valait pas la peine. Le regard critique malgré leur courtoisie, ils auraient été capables de faire paniquer une jeune fille peu sûre d'elle. À l'époque de son adolescence, sous un tel regard, Charlotte aurait aussitôt pensé qu'elle n'était pas habillée comme il fallait, ou qu'elle avait commis une bévue quelconque. Mais, à présent, forte d'une assurance chèrement conquise, elle s'assit jambes croisées — de fort belles jambes —, montrant des pieds élégamment chaussés. Son sac lustré posé sur ses genoux couverts de lin blanc, elle attendit Elena qui la trouva ainsi lorsqu'elle entra en toute hâte dans l'hôtel.

Elles se jetèrent dans les bras l'une de l'autre, la fille dominant sa mère d'une bonne demi-tête, puis, selon la coutume d'Elena, elles s'écartèrent pour se détailler. Charlotte vit aussitôt les fines rides qui s'étaient dessinées autour des yeux de sa mère, de légères pattes-d'oie, à peine visibles. Ses cils, trop longs et trop fournis, ne pouvaient qu'être faux. Charlotte éprouva un coup au cœur en observant ces signes du temps. Les femmes comme Elena n'étaient pas faites pour vieillir.

— Charlotte ! Quelle élégance ! Tu es terriblement séduisante. Mais où caches-tu ce Roger dont j'entends tellement parler ?

— Il a été retenu par son travail.

— Mais quel dommage ! Tout va bien, tu es sûre ?

— Oui, tout va très bien.

Elena dévisagea sa fille, comme si elle avait du mal à la croire puis, apparemment rassurée, elle s'exclama :

— Regarde ! J'ai les yeux tout mouillés ! Mon maquillage va couler. Comme je suis heureuse ! Est-ce que tu aimes ta chambre ? Je me doute que tu te demandes pourquoi je te fais venir dans un hôtel. C'est toute une histoire. Je vais te raconter ça, mais d'abord, viens, sortons. Tu n'es encore jamais venue à Venise, ne perdons pas un instant ! Il faut commencer par la place Saint-Marc. Quel temps splendide... Nous allons nous trouver un café, et nous pourrons discuter en buvant un verre.

Cette avalanche de paroles se poursuivit tout le long

du chemin. Elles arrivèrent bientôt à la grande place avec la basilique, les cafés, les pigeons, qui avaient fait le tour du monde en cartes postales, pensa Charlotte.

— Alors, continua Elena, parle-moi de toi. Tu ne me dis jamais rien dans tes lettres.

— Toi non plus, remarqua gentiment Charlotte. Tu devrais commencer par m'expliquer ce que tu fabriques à Vérone.

— Je ne suis pas à Vérone même, seulement dans une villa des environs. Bon, autant être franche tout de suite, ajouta-t-elle avec un soupir, j'ai quitté mon mari la semaine dernière. Je n'ai pas eu le temps de t'avertir parce que ça s'est passé trop vite.

— Mais je croyais que tu étais heureuse avec Mario !

— Dans un sens, oui, mais je pense qu'au fond je m'ennuyais, nous en avions assez ; moi surtout, mais lui aussi, bien qu'il n'ait jamais rien dit. Tu sais, il ne s'intéressait à rien d'autre que la médecine. Je t'ai déjà expliqué qu'il déteste voyager, et que je n'arrivais jamais à le faire venir avec moi aux États-Unis. Même pour ton mariage, je t'assure qu'il aurait fallu un miracle pour le convaincre de se déplacer. Dieu merci, je n'ai plus à m'inquiéter de ça maintenant. Nous menions une vie très agréable, je ne dis pas le contraire. L'appartement était divin, et... bon, tu as vu des photos de lui. Il est aussi bel homme que ton père, dans un genre très différent, beaucoup plus raffiné. Enfin, tout s'est passé de façon très courtoise. Je pense même qu'il a été soulagé. Nous aurions dû nous séparer plus tôt. Nous n'avions pas d'enfants pour nous retenir, alors ça n'a pas été difficile.

— Tu es partie comme ça ?

Charlotte n'en revenait pas. Elena présentait la fin de son mariage comme une opération banale, pas plus déchirante que de changer de voiture, ou de faire retapisser des fauteuils.

340

Elle avait dû trop clairement laisser percer sa surprise, car Elena reprit aussitôt :

— C'est un sujet sensible pour nous deux, étant donné ce que nous avons vécu. Il y aurait vraiment de quoi écrire des livres sur les divorces, d'ailleurs il en existe beaucoup. Mais les romans, ça n'explique jamais bien les choses. En fait, on n'y comprend généralement rien soi-même au moment où ça se passe.

Les poignets délicats d'Elena, ornés de deux ou trois joncs en or, reposaient sur la table. Elle penchait le visage comme si elle examinait ses bagues, présentant à Charlotte ses boucles noires brillantes dont la coupe simple ne se démoderait jamais. Puis, soudain, elle releva le visage et la regarda droit dans les yeux.

— Bon, la vérité, c'est que j'ai rencontré un autre homme. C'est le numéro de sa villa qu'on t'a donné. Tu vois maintenant pourquoi j'ai préféré te retrouver à l'hôtel. C'est pour éviter les complications... Tu comprends, j'espère ?

Elle avait l'air inquiète, un peu confuse.

— Oui, répondit Charlotte, qui trouva plus simple de ne pas la contredire.

— Je te le présenterai un jour. C'est un Suisse italien. Il passe l'hiver dans sa maison de Gstaad. C'est un investisseur, une sorte de banquier — je ne m'y connais pas du tout en affaires, tu le sais. Il te plairait : il est cultivé et tout à fait charmant... un peu plus jeune que moi, mais...

Elena acheva en écartant les mains, paumes en l'air, pour indiquer que cela n'avait pas d'importance.

Voilà sans doute pourquoi elle préférait tenir à distance une fille de vingt-cinq ans. Pleine de pitié, Charlotte remarqua de nouveau, dans la lumière crue d'un soleil sans concessions, les fines rides au coin des yeux de sa mère et les lignes qui se creusaient de chaque côté de sa bouche.

Elena sentit son regard sur elle.

— Tu regardes mes rides d'expression ? Je vais me les faire effacer le mois prochain. Je connais une très bonne clinique en Suisse.

Elle acheva avec un sourire d'excuse un peu gêné :

— Tu ne sais pas encore comme c'est pénible de voir la cinquantaine approcher. Dans cinq ans, mes joues vont s'affaisser et j'aurai des poches comme les écureuils qui stockent leurs noisettes.

— Ne dis pas de bêtises. À quatre-vingt-cinq ans, après quelques opérations esthétiques, tu auras encore l'air jeune.

Comme sa mère était touchante ! Elle lui faisait penser à une gamine irresponsable mais charmante. « Et qui pourrait dire pourquoi elle est devenue comme ça ? Certainement pas moi », pensa-t-elle avec tendresse. Son caractère n'était pas plus explicable que le hasard qui avait donné à Claudia un fils tel que Ted.

— Le blanc te va bien, observa Elena. En été, il n'y a rien de plus élégant que le lin blanc. Oui, tu es vraiment belle. Tu brilles de l'intérieur, comme une femme amoureuse. J'ai toujours dit qu'on ne pouvait pas s'y tromper. Mais raconte-moi ! Tu ne me donnes jamais aucun détail ; d'ailleurs tu étais déjà une enfant très secrète. Tu n'as pas changé. Tu ne me parles que de ton travail dans tes lettres, et de ton projet à Kingsley.

— Parfait, que veux-tu savoir ? Je suis très amoureuse. Tiens, voilà sa photo.

Elle sourit en s'entendant prononcer l'excuse traditionnelle :

— Ça ne lui ressemble pas, elle est trop petite.

Elena examina la photo attentivement avant de prononcer son verdict.

— Il donne l'impression d'être grand. J'aime bien son visage, il a du caractère. On dirait qu'il est sérieux, comme toi, ma petite fille raisonnable. Il te ressemble ?

— Je ne sais pas, répondit Charlotte.

Elle se rappela soudain une équipée dans Boston sous une pluie battante d'avril sans parapluies. Ils s'étaient laissé tremper avec délices en riant comme des adolescents.

Les commentaires décousus d'Elena interrompirent ce souvenir heureux.

— L'amour... Tu sais, parfois je me demande si j'ai jamais su ce que c'était. J'ai très bien pu me faire des illusions. Tu penses que c'est possible de se croire amoureuse sans l'être ? Enfin bref, tant pis ! Et ton père, que pense-t-il de Roger ?

— Il l'aime beaucoup.

Mais, tout en prononçant ces mots, elle eut un doute. Peut-être que son père aimait un peu moins Roger qu'au début, depuis l'épisode de l'assèchement du marais. La dernière fois qu'ils s'étaient vus, ils avaient atteint une impasse ; c'était l'assaut d'une force irrésistible contre un obstacle insurmontable.

— Dans ce cas, commenta Elena en riant, ton Roger doit vraiment être exceptionnel. Bill est le père type ; je pensais qu'il ne trouverait jamais aucun homme à la hauteur de sa fille.

Elle se leva d'un bond et fit glisser un de ses bracelets de son bras.

— Tiens, dit-elle impulsivement, prends ça en souvenir de notre après-midi sur la place Saint-Marc et de la première fois où tu m'auras parlé de Roger. Allez, mets-le.

— Mais non, je n'en veux pas !

— Si, je veux te donner un cadeau, c'est une grande occasion. Ne fais pas de manières, il n'est pas en émeraude ! Parfait, et maintenant, rentrons nous changer pour le dîner. Nous allons fêter ça avec un souper fin, et ensuite tu téléphoneras à Roger pour tout lui raconter.

Très touchée, Charlotte passa le bracelet à son bras.

Elena ne changerait jamais ! Elle avait un cœur grand comme ses cadeaux, grand comme les dîners qu'elle offrait, grand comme sa générosité insensée.

Elles terminèrent très tard après avoir savouré leur délicieux repas qui débuta par de la soupe de poisson et s'acheva avec de la bombe au chocolat, sans oublier le fromage et les fruits. Sur la table, les bougies vacillaient dans le vent. Tout en bas de la terrasse du restaurant, les gondoles et les vaporetti éclaboussaient de lumière les sillages qui s'ouvraient dans les eaux noires et calmes du Grand Canal. Elena bavardait avec l'entrain d'une toute jeune fille, passant d'un sujet à l'autre, sautant du festival du film de Venise aux événements musicaux de Salzbourg, en passant par les jeux des Highlands écossais. Ces coq-à-l'âne n'empêchaient pas sa conversation d'être intéressante. Quand on ne la voyait pas, pensa Charlotte, on oubliait à quel point elle pétillait d'esprit. Elle avait toujours été stimulante. C'était presque comique de l'imaginer à Kingsley, pédalant sur son vélo pour aller faire un tour au lac, ou siégeant à une réunion du Conseil du collège.

— Ma chambre est à côté de la tienne, déclara Elena. De cette façon, nous pourrons discuter tranquillement. Nous n'avons qu'à monter, si tu as terminé. Tu m'as à peine parlé de Bill. Je voudrais que tu me donnes de ses nouvelles.

Une fois qu'elles eurent pris place dans les fauteuils de velours rose de sa chambre, Charlotte répondit à la curiosité de sa mère.

— Papa va plutôt bien. Tu peux imaginer son soulagement quand nos horribles locataires sont partis sans que nous ayons besoin de les poursuivre en justice ; de toute façon, nous aurions probablement perdu le procès.

— C'est une chance. Et ton magnifique projet !

Kingsley va être métamorphosé. Cc que je peux être fière de toi ! Je vais accrocher ton beau dessin dans la chambre, juste en face du lit, pour le voir dès que j'ouvrirai les yeux le matin. Quand est-ce que ce sera terminé ? Je suppose que les travaux prendront au moins un ou deux ans.

— Je ne sais pas...

Charlotte se rendit compte que sa voix devenait anxieuse.

— Nous n'avons pas encore commencé, acheva-t-elle.

— Comment ça, pas commencé ?

Elle s'apprêtait à écarter la question en fournissant une réponse évasive lorsqu'elle changea d'avis. Finalement, pourquoi ne pas avouer l'inquiétante vérité ? Ainsi donc, elle confia ses griefs à Elena qui l'écouta avec une extrême attention.

— Et voilà où nous en sommes, conclut-elle, toujours aussi tendue. Le projet est bloqué. Je ne comprends pas pourquoi papa réagit de cette façon, d'autant plus que sa situation financière n'est pas brillante. Il s'en tire encore moins bien que Cliff qui perçoit régulièrement les droits d'auteur de son livre.

— Je ne demanderais pas mieux que d'aider Bill, mais je me doute qu'il n'acceptera rien de moi.

Ce n'était que trop vrai. Charlotte dut bien l'admettre avec un sourire.

— Tu as raison, il ne voudrait pas en entendre parler.

Elena se leva pour remplir deux coupes de champagne.

— Ne gâchons pas notre première soirée ensemble à nous attrister, déclara-t-elle vivement. Trinquons à notre bonne étoile.

— Si le champagne pouvait donner de la chance, je viderais la bouteille !

— Je reconnais que tu viens de passer une année

345

difficile, d'après ce que tu me racontes. Et puis il y a eu la mort de Claudia. Ça m'a fait tellement de peine. Elle était trop jeune pour mourir.

— Oui, et c'est d'autant plus triste qu'elle ne sera plus là quand son fils va rentrer. Elle aurait été heureuse de le revoir, même si c'est le FBI qui le ramène.

— Comment ça, le FBI ?

— Oui, il paraît que la police thaïlandaise a retrouvé sa trace. Des agents du FBI sont venus perquisitionner chez Cliff. Ils ont fouillé partout, dans tous les papiers de Cliff, les secrétaires de Claudia. C'était vraiment affreux.

— Mais quelle horreur ! Pourquoi ne m'as-tu rien dit ?... Et dis-moi... Comment crois-tu que tu réagiras à son retour ?

— C'est loin, tout ça, répondit-elle calmement. Je n'y pense plus, c'est fini.

— Comme je suis contente de t'entendre dire ça !

Elena secoua la tête, le visage soudain assombri par les souvenirs.

— Ma chérie, tu as vécu une épreuve atroce. Nous avons tous traversé une période épouvantable à ce moment-là. Ton père a bien failli ne jamais s'en remettre. Tu ne t'en es pas rendu compte ; à l'âge que tu avais, c'était normal. Il est tellement humain... Je l'ai toujours profondément admiré.

Ce n'était pas à elle, sa fille, qu'il fallait apprendre ses qualités d'homme de cœur.

— C'est pour cette raison que je ne comprends pas pourquoi il s'entête, insista Charlotte. Je me suis même mise en colère contre lui la dernière fois que je l'ai eu au téléphone. Si tu savais comme je m'en veux.

En repensant à cette conversation, elle fut saisie par un profond remords. Elle demeura quelques minutes sans rien dire, recroquevillée dans son fauteuil, les genoux serrés contre sa poitrine.

— Cliff a essayé de lui parler, mais c'est impossible

de lui faire entendre raison, finit-elle par ajouter. Je devrais appeler Cliff ce soir pour lui demander d'essayer de convaincre papa une nouvelle fois. Je me dis que si Cliff arrivait à se mettre en colère, s'il en voulait vraiment très fort à papa pour tous les ennuis qu'il nous cause, il parviendrait peut-être à lui faire changer d'avis.

Elena, qui était restée debout après avoir servi le champagne, reposa sa coupe sur la table. Elle sembla prête à dire quelque chose, hésita, puis finit par déclarer :

— Si j'étais toi, je n'insisterais pas. N'essaie pas d'obliger Bill à céder. Non... laisse-le tranquille. N'appelle pas Cliff.

— Pourquoi ? Je ne comprends pas ! s'exclama Charlotte, très surprise.

— Oh, je ne sais pas, répondit Elena avec un vague geste de la main. Il a eu une vie très dure... Il a eu tellement d'ennuis...

Elle s'interrompit pour redresser un glaïeul dans le vase.

— Je me souviens comme il aimait ces fleurs, remarqua-t-elle. C'était un travail sans fin : il devait déterrer les bulbes à l'automne pour les entreposer et les replanter au printemps. Je trouvais que ça n'en valait pas la peine, mais je reconnais que ce sont de très jolies fleurs, très jolies... Des couleurs si chaudes, poursuivit-elle dans un murmure, et les pétales s'enroulent avec une telle complexité... comme c'est joli...

Elle formait une image charmante à côté des glaïeuls, avec son peignoir jaune citron aussi somptueux qu'une robe du soir. Mais son visage se crispait d'une façon qui indiquait qu'elle ne songeait nullement aux fleurs ou à leurs pétales. Charlotte comprit que les glaïeuls n'étaient qu'un prétexte pour faire diversion ; il s'agissait d'un geste artificiel destiné à détourner son attention. N'avait-elle pas vu des larmes briller dans les yeux de sa mère avant que celle-ci tourne le dos à la lumière ? Si c'était le cas, il fallait une raison bien extraordinaire, car Elena ne pleurait pour ainsi dire jamais.

— Je sais parfaitement que papa a mené une vie très dure, déclara Charlotte en songeant qu'elle était même beaucoup mieux placée qu'Elena pour en témoigner. Mais je ne vois pas en quoi cela m'empêche d'appeler Cliff.

Elena hésita.

— Je voulais dire... Je voulais simplement dire que Cliff aussi a eu beaucoup de soucis. Pourquoi veux-tu encore les perturber ? Si j'étais toi, je laisserais tomber.

— Comment ça ? Tu ne veux tout de même pas que j'abandonne le projet ! s'exclama Charlotte, atterrée par la remarque étrange de sa mère.

— Si, pourquoi pas, si c'est nécessaire. Ou si tu préfères, construis ce que tu peux en renonçant à la partie qui pose problème.

C'était incroyable. Pourquoi Elena se mêlait-elle de lui donner des conseils, alors qu'elle ne s'était jamais intéressée à ce genre de question ?

— Excuse-moi, mama, mais tu n'y comprends vraiment rien !

— Non, sans aucun doute...

Elena s'assit et se mit à tourner nerveusement ses bagues sur ses doigts, les yeux baissés. Elle resta ainsi un long moment, pendant que Charlotte, impatientée par cette attitude bizarre, attendait une explication.

Elle se rendit compte que l'atmosphère s'était transformée de manière subtile. Elena, d'ordinaire si sûre d'elle, ne l'était plus du tout. Plusieurs fois, elle eut l'air de vouloir parler mais d'en être incapable. Elle se mit à trembler. Oui, ses mouvements fébriles frissonnaient dans le miroir vénitien accroché au mur qui leur faisait face.

Au bout d'un moment, Elena se décida :

— Je peux te faire confiance, Charlotte ? Tu es une personne responsable, je le sais. Si je te demandais de ne jamais répéter un secret, tu te tairais ?

— Mais bien sûr, j'espère que tu n'en doutes pas.

— C'est vrai, tu es la digne fille de Bill, et c'est l'homme le plus droit, le plus responsable que je connaisse. Regarde-moi.

Et Charlotte, soucieuse de ne pas aggraver l'agitation de sa mère, lui obéit. Leurs yeux se rencontrèrent, solennels et pleins d'angoisse.

— Charlotte... Il faut que je te révèle quelque chose. Rassure-moi, tu promets de ne rien dire, hein ? Que Dieu me pardonne si je commets une imprudence.

— Tu me fais peur ! Je n'y comprends rien !

— Écoute-moi, reprit Elena, chuchotant presque. Écoute. Ted, ce monstre, ne reviendra jamais. Ce n'est pas la peine de l'attendre.

Quel rapport Ted avait-il avec tout cela ? Charlotte s'était si peu attendue à entendre parler de lui qu'elle eut soudain la peur irrationnelle que sa mère ne soit en train de perdre la tête ; elle avait l'air de délirer. Couvrant d'un mouvement réflexe la main d'Elena comme on calme une malade, elle ne voulut pas la contrarier, car elle avait lu quelque part que c'était l'attitude à adopter en cas de crise.

— Je t'écoute, mama, explique-moi...

— Il est mort, dit Elena dans un souffle. Il est mort il y a très longtemps.

— Mais on l'a retrouvé ! Plusieurs personnes l'ont vu !

— Ces gens se sont trompés, c'est impossible.

— Mais qu'est-ce qui te donne cette idée ?

— Ce n'est pas une idée. Je l'ai vu mourir, de mes

yeux. Que Dieu me pardonne si j'ai tort de te le dire, mais je ne crois pas, on peut te faire confiance.

Un grand frisson parcourut Charlotte.

— Bien sûr que tu peux me faire confiance, mama. Raconte-moi ce qui s'est passé.

— J'ai tout vu. J'étais là quand c'est arrivé. C'était un accident, ou du moins, je le crois. Parfois j'en doute un peu.

— Quelqu'un l'a assassiné ?

— Oui.

— Qui ?

— Ton père.

Un silence profond tomba. Il n'y avait pas un bruit dans la chambre, pas un bruit dans le couloir, ni dehors dans les ténèbres où ne brillaient que de rares lumières sur les eaux du Grand Canal. Dans la pièce confortable, capitonnée de velours de soie, de telles paroles n'avaient pas lieu d'être ; les mots terribles ravagèrent ce cocon protecteur, comme soufflés par un vent de folie. Charlotte ferma les yeux.

— Oui, répéta Elena, j'étais là, je l'ai aidé.

Comment pouvait-on dire des choses pareilles ? C'était incompréhensible...

— Charlotte, comment te sens-tu ?

— Continue, dis-moi tout.

— C'était le jour où j'ai quitté Kingsley pour retourner en Italie. Bill a voulu me conduire à l'aéroport. Nous sommes partis à l'aube pour éviter les embouteillages. Il faisait encore nuit.

Maintenant qu'Elena avait commencé à raconter son histoire, les mots sortaient à toute allure.

— Nous dépassions l'usine quand nous l'avons vu, Ted... J'ai un mal fou à prononcer son nom. Il avançait vite, portant un sac à dos et une valise. « Le petit saligaud, a dit Bill, où est-ce qu'il va ? Qu'est-ce qu'il fait ? Ne me dis pas qu'il s'enfuit malgré la caution, en plus du reste ! » Il a sauté de la voiture, et je l'ai entendu crier :

« Stop ! Je t'interdis de partir ! » Mais Ted ne s'est pas arrêté. Il s'est mis à courir et Bill l'a poursuivi. En sortant de la voiture, j'ai vu Bill l'attraper par les épaules. Ils hurlaient et se sont battus comme des fous furieux. J'étais paniquée, morte de peur ! Je ne savais pas quoi faire. Il n'y avait pas âme qui vive ; à cette heure-là, tout était désert. Et soudain, il... Ted... s'est arraché des mains de ton père, et il a filé, toujours avec sa valise. Il a dépassé l'usine et a commencé à traverser le marais en pataugeant dans la vase, Bill sur les talons. Je me souviens que j'ai appelé Bill pour qu'il s'arrête. Il y a des sables mouvants par là-bas. J'ai crié à m'en casser la voix, mais ça n'a servi à rien. Bill a fini par le rattraper ; ils se sont empoignés. J'ai vu Bill tomber, et je me suis précipitée pour lui porter secours. Je ne sais pas ce que j'imaginais pouvoir faire, mais je me suis accrochée au manteau de Ted. Peut-être bien que je l'ai un peu poussé en même temps. Je ne me souviens pas bien, c'était tellement confus... Enfin... Je sais quand même que Bill s'est battu avec lui. Il faisait noir comme dans un four... J'ai entendu un cri.

Elena s'arrêta. Charlotte avait les yeux rivés sur elle, ne parvenant toujours pas à assimiler la réalité de ce qu'elle entendait, comme s'il ne s'agissait que d'une histoire pour se faire peur.

— Et tout de suite après, reprit Elena, j'ai entendu Bill crier aussi. Il s'est tourné vers moi en titubant. Je me souviens de ce qu'il a dit comme si c'était hier. Des choses pareilles, ça ne s'oublie pas. « Mon Dieu, tu as vu ? Il s'est noyé. Il est tombé dans le puisard, j'ai failli être entraîné avec lui. Il doit bien y avoir six mètres de profondeur à cet endroit. »

« Je me souviens qu'on est restés figés là, absolument terrifiés, seuls dans le noir, loin de tout. J'ai demandé à Bill ce qu'il comptait faire. "Que veux-tu qu'on fasse ? m'a-t-il répondu, il n'y a plus rien à faire. Il est mort. Il n'a eu que ce qu'il méritait, cette ordure.

On n'a qu'à le laisser pourrir là. Viens. Il faut que nous sortions d'ici avant qu'on ne nous remarque."

« Je ne me voyais pas du tout maintenir mon voyage comme si de rien n'était, ni laisser Bill dans cet état. J'avais envie de rentrer avec lui et de rester jusqu'à ce que nous nous sentions un peu mieux, et que l'affaire se soit tassée. Mais il n'a rien voulu entendre. Il a dit que c'était inutile de retarder mon départ puisque nous avions déjà réfléchi longuement et que notre décision était prise. Il m'a promis qu'il arriverait à se débrouiller tout seul, qu'il tiendrait le coup pour s'occuper de toi, qu'il ne pouvait pas se permettre de s'effondrer.

« Alors nous sommes repartis. Pendant la bagarre, Bill avait perdu ses chaussures qui avaient été aspirées dans le marais. La pince dont il se servait pour serrer ses billets de banque était aussi tombée de sa poche. Au départ, j'ai dû conduire à sa place jusqu'à un magasin de chaussures. Je me demande encore comment j'ai fait pour ne pas quitter la route. J'étais persuadée que nous étions suivis et qu'on allait nous arrêter à l'aéroport. J'étais terrorisée. Je lui ai acheté des mocassins et je lui ai donné un peu d'argent pour qu'il puisse repartir de Boston. Au début, j'ai cru qu'il allait rester muet pendant tout le trajet, mais quand il s'est mis à parler, il n'a plus pu s'arrêter. Pendant plus d'une heure, il a hurlé de colère, et puis il a fini par admettre qu'une mort comme celle que nous venions de voir était horrible, et qu'on ne pouvait pas le souhaiter à son pire ennemi. Il avait essayé de le sauver, de le tirer de là tout en reprenant pied lui-même. Il disait que peut-être, dans sa colère, il n'y avait pas mis tout à fait assez d'énergie, mais que, de toute façon, vu les circonstances, personne ne croirait qu'il n'avait pas poussé Ted dans le puisard. Je pense qu'il avait raison. Oui, il avait raison... »

« Et toi, pensa Charlotte, toi aussi on t'aurait accusée, on aurait dit que tu étais complice. » Figée dans son fauteuil, les mains crispées sur les accoudoirs pour ne pas s'effondrer, elle attendit la suite.

— À l'aéroport, poursuivit Elena, nous nous sommes dit au revoir. Et voilà, c'est tout.

Charlotte se sentait coupée en deux, car, tout en étant happée par le récit d'Elena, tout en voyant, comme si elle y avait assisté, la tragédie qui s'était déroulée dans la nuit, elle n'oubliait pas un seul instant que sa mère lui demandait de juger les faits horribles qu'elle lui dévoilait. Que pouvait-elle dire ?

La vie, heureusement, lui avait appris à faire face à la dure réalité. Après quelques minutes de silence, elle fut capable de poser la seule question de bon sens qui lui venait à l'esprit.

— Que faut-il faire ?

— Mais rien, répliqua Elena d'une voix blanche. Le corps, ou plutôt ce qu'il en reste, est encore dans le marais. Ce pauvre Bill doit toujours en avoir des cauchemars. Moi, j'arrive à ne plus y penser la plupart du temps, mais il n'est pas comme moi.

Oui, le pauvre Bill... Son père avait dû traverser l'existence avec ce terrible fardeau. Il avait dû y penser sans cesse, que ce soit au spectacle de fin d'année du lycée, pendant leurs promenades, et quand elle lui montrait ses travaux universitaires. Il n'avait jamais dû pouvoir s'en libérer.

— C'est donc pour cette raison que tu ne veux pas que je touche à cette partie de la propriété.

— Oui, c'est impossible. Je suis heureuse que tu sois de mon avis.

Les paumes de Charlotte étaient moites. « Je ne me sens pas bien, pensa-t-elle, j'ai mal au cœur. »

Malgré tout, elle tâcha d'être logique, de réfléchir aux circonstances, aux conséquences, avec objectivité.

— Mais en fait, ajouta-t-elle, je ne saisis toujours pas très bien pourquoi ce serait si grave. Puisque personne ne sait ce qui m'est arrivé, je ne vois pas pourquoi papa serait soupçonné.

— À cause de la caution. En s'enfuyant, Ted obligeait Cliff et Bill à se ruiner pour rembourser la garantie.

— Mais dans ce cas Cliff aussi serait suspect, même plus que papa puisqu'il était le mari de Claudia.

— Tu oublies la pince à billets et les chaussures. Je marquais toujours les chaussures avant de les apporter chez le cordonnier : je suis certaine que son nom était inscrit à l'intérieur. La pince aussi est facilement identifiable, elle était en or, gravé à ses initiales.

Charlotte se souvenait à présent que, dans son enfance, tout avait été marqué par des initiales ou un monogramme, tout, que ce soient les serviettes, les draps, les chemises ou l'argenterie. Mais, malgré cela, les objets perdus devaient être méconnaissables après leur longue immersion.

— Non, tu te trompes, répondit Elena quand Charlotte eut exprimé cet espoir. Prends l'exemple du *Titanic,* on a remonté des chaussures, des valises entières en excellent état alors qu'elles étaient au fond de la mer depuis 1912.

C'était vrai.

— Donc, poursuivit sa mère, tu vois ce qu'il te reste à faire... ou, plutôt, à ne pas faire.

— Oui...

— Tu es sûre que ça va ? J'insiste un peu, parce que je sais quel choc je t'inflige. Je n'aurais peut-être rien dû te dire. Tu tiens le coup, tu es sûre ?

— Oui, ça va. Tu as eu raison de me parler, tu ne pouvais pas faire autrement.

— Jure-moi que tu ne diras jamais à personne ce que tu sais. Bien sûr, tu peux apprendre à Bill que tu es au courant. Oui, c'est même nécessaire, mais il faut que ça en reste là. Ne dis rien à ton... à Roger. Ne lui dis rien, surtout, jure-le-moi.

— Mais nous allons nous marier !

— Je sais, mais imagine que vous divorciez un jour. Tout le monde ne se sépare pas dans d'aussi bonnes conditions que ton père et moi. Les gens se déchirent, ils cherchent souvent à se nuire quand ils se quittent.

— Nous ne divorcerons jamais, ça, je peux te le jurer !

— Charlotte, ne rêve pas, nous sommes en 1996, pas dans un conte de fées.

Elle tâcha de cacher combien elle trouvait vexant le sourire condescendant de sa mère et l'arc dubitatif que prenaient ses sourcils parfaitement dessinés.

— Ce n'est pas si rare que ça, insista-t-elle. Prends Cliff et Claudia, par exemple.

Mais soudain, elle éprouva quelques doutes. Et si Claudia avait appris ce qui était arrivé ? Les conséquences auraient été catastrophiques. Claudia avait beaucoup aimé Bill, ils étaient parvenus tous deux à surmonter les blessures causées par le crime de Ted, mais... Elle se rappela la conversation qu'elle avait eue avec son père sur la route de la crête le jour où elle avait imaginé le Village Kingsley. « Cet endroit, c'est mon enfer à moi », avait-il dit en regardant la propriété en ruine.

— Bon, d'accord, concéda Elena, je veux bien croire que tu ne divorceras pas, j'accepte. N'empêche, je veux que tu promettes de ne rien dire.

— Tu ne connais pas Roger, on peut avoir totalement confiance en lui.

— Même si c'est le cas, ça ne change rien. Il arrive qu'on laisse échapper quelque chose par accident, ou sans se rendre compte de la portée de ses paroles. L'affaire est trop grave pour que l'on coure ce risque ; c'est la vie de Bill qui est en jeu.

« Et la tienne, pensa Charlotte. J'aurais voulu ne rien savoir. Je ne veux plus parler de ça. »

Comme si elle avait lu en elle, Elena insista :

— Je ne me tairai pas tant que je n'aurai pas ta promesse. C'est trop important pour Bill, il risque trop gros. C'est son secret, pas le tien. L'affaire est sérieuse.

— Comme si je ne m'en rendais pas compte !

— Alors promets-moi de ne jamais rien dire à Roger.

Pour son père, pour le protéger...

— D'accord... Je te promets de ne jamais en parler, ni à Roger ni à personne d'autre.

Elle n'aspirait plus qu'à se murer dans le silence, et pourtant les mots jaillirent de sa bouche malgré elle.

— C'est affreux ! Mon père... Je n'arrive pas à y croire, acheva-t-elle d'une voix brisée.

— Si tu imagines qu'il a sciemment causé la mort de ce criminel, tu peux te rassurer. Moi, j'en aurais été capable, sans regret même ! ajouta-t-elle avec un petit rire. Mais pas Bill.

Elena avait raison, évidemment... Elle parvenait même à en rire. La demi-heure terrible qui venait de s'écouler ne serait bientôt plus pour elle qu'un mauvais souvenir.

— Nous en avons assez dit, couche-toi, conseilla Elena en se levant dans un bruissement soyeux pour aller lui poser un baiser sur le front. Veux-tu que je te donne quelque chose pour dormir ?

— Non, merci. Ne t'en fais pas.

— Alors repose-toi bien pour que nous puissions sortir tôt demain matin. Nous ne penserons plus à tout ça. Venise est une ville féerique ; je voudrais pouvoir m'y promener avec toi pendant un mois entier.

Charlotte ne parvint pas à dormir. Son esprit était en ébullition. Elle remuait dans sa tête ce qu'elle avait appris, tournait en rond, se torturait. Pendant deux jours, elle suivit sa mère dans les musées et les églises de Venise, traversa en sa compagnie les ponts en dos d'âne, parcourut les ruelles, mais elle n'appréciait rien, minée par la tragédie.

Selon son habitude, Elena ne s'était pas encombrée d'états d'âme bien longtemps.

— Je t'avais dit que Venise était une merveille, une ville de conte de fées ! s'exclamait-elle comme si elle avait tiré un trait sur ce qui les préoccupait.

Pourtant, la question était loin d'être réglée. L'horreur ne faisait même que commencer... Charlotte ne pouvait détacher ses pensées de l'angoisse insoutenable que devait éprouver Bill, de l'horrible scandale qui accompagnerait l'abandon du projet — car il n'y avait pas d'autre solution. Il faudrait démêler les comptes des investisseurs... Tout cela l'obsédait pendant qu'Elena jouait les guides touristiques.

— Il faut que je te montre une petite place charmante, ma chérie. Après le déjeuner, nous irons regarder la sortie des écoles, et puis nous n'avons pas encore traversé le pont du Rialto...

À voir son attitude on aurait pu croire que leur conversation du premier soir n'avait pas eu lieu. Mais malgré cette apparente insouciance, Elena n'était pas indifférente ; elle avait montré un réel désir de protéger Bill alors qu'elle ne l'aimait plus, et ne l'avait, vraisemblablement, jamais aimé.

Plus qu'à aucun autre moment de sa vie, Charlotte aurait voulu comprendre comment Elena était devenue ce qu'elle était. Mais il n'y avait sans doute pas de réponse à cette énigme, ou du moins lui échapperait-elle toujours. Comme elle comprenait peu sa mère ! Enfant, elle s'en était tout d'abord vaguement étonnée, puis, en mûrissant, elle s'en était inquiétée, mais aujourd'hui, soudain, elle trouvait cette distance monstrueuse. Qui était Elena ? Une orpheline abandonnée chez des parents éloignés qui l'avaient élevée ? En tout cas, elle avait toujours eu de l'argent, beaucoup trop. Tant de choses avaient été passées sous silence, tant de tentatives de rapprochement avaient tourné court ! Après des échecs répétés, on se lassait, et on cessait de poser des questions.

« Pauvre mama, pensa Charlotte. Tu as dû beaucoup souffrir, j'en suis certaine. »

— À ta prochaine visite, avec Roger cette fois, j'y verrai un peu plus clair, promit Elena au milieu de son bavardage. Vous pourrez venir à Vérone. Et attention, quand tu seras à Florence, ne passe pas tout ton temps le nez dans tes livres. C'est la capitale de l'orfèvrerie, je vais te donner de l'argent pour que tu puisses t'acheter un joli bijou.

— Non, merci, mama, je n'ai besoin de rien.

Le projet initial de Charlotte, qui avait été de louer une voiture pour visiter les villas de Palladio sur la route de Florence, avait perdu tout son attrait. Elle décida donc de prendre le train, et c'est pourquoi, le matin du quatrième jour, elle dit adieu à Elena sur un quai de gare.

Elles s'embrassèrent, se promirent de se revoir bientôt pour le mariage, puis s'embrassèrent une nouvelle fois comme si tout allait pour le mieux dans le meilleur des mondes. La dernière vision que Charlotte eut de sa mère, alors que le train prenait de la vitesse, fut une silhouette pourpre sous un large chapeau de paille orné de fleurs.

À Florence, dans une nouvelle chambre d'hôtel, elle posa sa valise et sortit le dépliant qui indiquait la liste des conférences sur l'architecture de la Renaissance. Mais cette perspective ne lui disait plus rien. Alors, reprenant ses valises, elle quitta l'hôtel et, avec à peine une heure de battement, attrapa le premier vol en partance pour Boston.

12

L'univers de Charlotte avait basculé quelques jours plus tôt, à des milliers de kilomètres de là, au bord du Grand Canal. Mais le cauchemar se poursuivait sur la terrasse familière à l'arrière de la maison, entretenu par la voix de son père qui se mêlait au crissement incessant des sauterelles et des grillons.

— Je le haïssais assez pour le tuer, c'est vrai. J'en aurais été capable, et peut-être que je suis un peu coupable... Je connaissais le marais, j'étais conscient du danger. Même avec de la boue jusqu'aux chevilles, dans le noir, je connaissais le terrain et je savais où il fallait s'arrêter. J'aurais donc très bien pu l'avertir, mais il était dans un tel état de rage qu'il ne m'aurait sans doute pas écouté. J'avoue pourtant que je ne l'ai pas prévenu parce que dans notre corps à corps, en affrontant ce footballeur jeune et puissant, je ne voyais rien d'autre que ce qu'il avait fait à ma petite fille.

Sa voix s'évanouit dans l'obscurité profonde. À côté de la masse sombre de la maison sans lumière, Charlotte voyait se détacher la silhouette noire de son père qui appuyait la tête sur sa main. Elle se demanda s'il trouvait leur discussion intolérable ou s'il n'éprouvait pas plutôt une sorte de libération à exprimer ce qu'il taisait depuis si longtemps.

En reprenant sa voiture à l'aéroport et pendant le long trajet vers Kingsley, elle avait envisagé toutes les manières possibles d'aborder le sujet, mais, finalement, ses efforts s'étaient révélés inutiles car, à peine le seuil de la maison franchi, elle avait lâché les premiers mots. Ils avaient ensuite passé toute la soirée sur la terrasse, en état de choc, parlant librement, comme s'ils pensaient tout haut.

— C'est toi que je voyais, reprit Bill, à l'hôpital, sur le chariot qui t'emmenait en salle d'opération. Cette image m'obsédait, je ne pensais qu'à toi, avec ta petite queue de cheval... Si tu savais tout ce qui me tournait dans la tête ! C'était un sauvage, un monstre. Il avait menacé les deux filles... celle à qui il a cassé le nez et l'autre... il avait menacé de les tuer si elles parlaient. Quel imbécile ! Comme si elle avait pu cacher l'état de son visage !

Le vieux fauteuil à bascule en osier grinça ; Bill s'était levé. Il alluma la lumière puis tendit à Charlotte un magazine.

— Tiens, regarde ce torchon ! Il y a tout un article sur l'affaire : « Le violeur présumé retrouvé dans le Sud-Est asiatique. » Je te passe les détails. Quels menteurs ! Comme s'ils n'avaient rien de mieux à faire que d'inventer de telles sornettes. Tu veux le lire ?

— Non, j'imagine ce qu'il y a dedans.

Il s'assit dans un autre fauteuil, qui gémit encore plus fort que le premier pendant que Bill se balançait en se lamentant.

— Claudia me disait parfois qu'elle avait honte de ce que son fils avait fait, qu'elle osait à peine me regarder en face. La malheureuse. Elle me trouvait généreux, elle admirait ma grandeur d'âme. Pendant ce temps, j'enfermais en moi l'horreur de ce qui s'était passé. J'enfermais tout ça là-dedans !

Il se frappa la poitrine avec le poing.

— Je ressentais une culpabilité épouvantable,

continua-t-il. Chaque fois que Cliff me racontait qu'elle espérait revoir son fils, qu'elle pensait pouvoir l'aider à changer, dès qu'on annonçait qu'un nouvel imbécile croyait l'avoir vu, le poids devenait plus intolérable.

« Et, pensa Charlotte, il savait aussi que j'avais peur qu'il ne revienne, que ça me terrifiait. *Ne t'en fais pas, tu ne seras jamais obligée de le revoir,* je me souviens qu'il disait ça souvent. Comme il devait regretter de ne pas pouvoir me révéler la vérité ! »

Soudain, Bill se releva, incapable de tenir en place. Il s'avança jusqu'au bord de la terrasse et reprit la parole, le dos tourné à Charlotte comme s'il s'adressait à la nuit.

— J'ai souvent failli aller tout avouer à la police, mais je ne me suis jamais décidé. Par lâcheté, j'imagine. Et pourtant, j'ai toujours pensé que j'avais du courage. À l'armée je...

Il n'acheva pas.

— Papa, tu n'es ni un lâche ni un assassin, mais on ne t'aurait pas cru.

— Oui, je le sais bien. Mais j'avais surtout peur des conséquences pour Claudia, qui aurait tellement souffert, et pour ta mère. J'ai essayé de les protéger... et toi, aussi.

— Oui, je sais.

Il se tourna alors vers elle, et elle vit à la lueur de la lampe qu'il souriait.

— Tu comprends vraiment ?

— Elena m'a répété ce que tu lui avais dit... Tu voulais tenir le coup pour moi...

— Comment va-t-elle ? J'aurais dû te demander de ses nouvelles plus tôt.

— Elle est en pleine forme, plus dynamique que jamais, répondit Charlotte qui préféra ne pas parler des changements qui venaient de bouleverser la vie de sa mère.

— Cette pauvre Elena a toujours eu de l'énergie à revendre.

La formulation la surprit. Ne disait-il cela que par amertume, ou par pitié réelle ?

— Pourquoi « pauvre » ? Est-ce que mama a eu des problèmes particuliers ?

Elle connaissait évidemment les difficultés habituelles de sa mère, mais elle pensait à des événements plus anciens.

— C'est difficile de savoir, avec Elena, dit-il. Elle est comme beaucoup de gens, elle n'aime pas parler d'elle. Nous venions de nous rencontrer quand nous nous sommes mariés, et je ne la connaissais pas beaucoup mieux quand elle est partie de la maison.

« Tant de tristesse..., pensa Charlotte, celle d'Elena, celle de Bill, et la mienne aussi. » La détresse accumulée pesait sur elle, s'accrochait à sa peau comme de la glace.

— J'espère, dit-elle, que tu ne lui en veux pas de m'avoir parlé.

— Non, les choses sont plus claires, à présent. Tu vois, maintenant j'espère que je ne suis pas un vieux fou qui s'obstine sur des idées fausses.

— Oui, bien sûr.

— Si on assèche le marais, on le trouvera.

— Avec ta pince à billets et tes chaussures.

— Et ce n'est pas tout. Pendant la bagarre, il m'a presque arraché ma chemise. En rentrant de l'aéroport ce jour-là, tard dans l'après-midi, il a fallu que je m'arrête pour prendre de l'essence à Kingsley. Quand il m'a vu, Eddie m'a tout de suite dit : « Vous devez vraiment être fatigué. Ce matin, en ouvrant, je vous ai vu descendre vers l'usine pour aller prendre l'autoroute. Vous vous êtes levé avant les poules. » J'ai répondu qu'en effet j'étais allé à Boston. Je me souviens que j'ai eu peur qu'il ne remarque ma chemise. Il n'a fait aucune réflexion, mais il a certainement vu qu'elle était déchirée. Il est très curieux et il n'a pas les yeux dans sa poche.

Charlotte eut l'impression que le témoignage d'Eddie ne vaudrait pas grand-chose devant un tribunal, mais elle n'était pas juriste, et peut-être fallait-il tout de même se méfier. Un procureur habile, ou sans scrupule, selon le point de vue, pourrait se servir de ces maigres éléments pour présenter Bill Dawes sous les traits d'un meurtrier animé par l'esprit de vengeance. Le pompiste avait peut-être aussi vu Elena... On ne pouvait pas négliger les éventuelles conséquences. De toute façon, le lien serait établi avec les viols, et les journaux et la télévision s'empareraient du fait divers.

En pensant au calvaire qu'il endurerait, Charlotte se mit à trembler. Son père était un homme si doux qu'il n'avait jamais chassé et ne pourrait jamais prendre un fusil, contrairement à tant de gens qui vivaient comme lui à la campagne. Elle l'imaginait traîné devant les assises, sous le faisceau des projecteurs. Cette idée était insoutenable. Dans le silence qui suivit, elle eut conscience de ce qu'avait été la vie de son père. Les images se succédaient à toute allure : son triste mariage, la faillite et son honneur bafoué, son dévouement paternel, et, finalement, les années solitaires qui avaient suivi le départ de sa fille à l'université. En d'autres circonstances, il aurait pu de nouveau tomber amoureux après le divorce mais, avec la menace effrayante qui pesait sur lui, il n'avait sûrement pas dû avoir le cœur à cela.

La voix de Bill rompit le silence.

— Cliff et Roger ont lancé une grande offensive pour essayer de me faire changer d'avis. Roger a même appelé à la rescousse un avocat et un de ses investisseurs de Boston.

— Je sais. Ils pensent que tu t'entêtes bêtement.

— Je les comprends.

— Oui, je réagissais comme eux. Papa, je voudrais

te demander pardon pour toutes les horreurs que je t'ai dites au téléphone avant mon départ pour l'Italie.

— Tu avais d'excellentes raisons d'être en colère. Mes arguments sont trop illogiques. Je dois donner l'impression d'être une espèce de fanatique.

Il se tut. Sa détresse faisait peine à voir. On n'aurait jamais imaginé qu'un homme puissant comme lui, avec sa carrure massive, pourrait paraître aussi fragile.

— Ce projet compte tellement pour toi... et pour Roger aussi, bien sûr, ajouta-t-il. Il va être très déçu. Vous y avez mis tout votre cœur...

« Nous y avons mis bien plus que ça ! pensa Charlotte avec désespoir. Il y a de quoi sangloter. Malgré ce qu'il dit, il ne peut pas comprendre à quel point ce sera terrible pour moi et pour Roger de renoncer. C'est une année entière de travail acharné pour rien ! C'est pire que de la déception, bien pire... »

Il était très tard. L'air nocturne apportait la première fraîcheur annonciatrice de la fin de l'été.

— Tu dois être fatiguée, surtout avec le décalage horaire, déclara Bill. Allons nous coucher.

— Oui, d'autant plus que je veux partir tôt demain matin. Bonne nuit, papa. Tâche de ne pas te faire trop de soucis.

Comme si c'était possible ! Après l'abandon du projet, l'usine en ruine resterait là, au milieu de son terrain souillé, et il n'y aurait plus le moindre espoir.

Au matin, lorsque Charlotte approcha du chantier, elle ralentit pour y jeter un dernier coup d'œil. Les jalons des géomètres étaient plantés en terre, délimitant l'endroit où la Place Dawes devait s'élever au pied de la promenade surélevée. Ils avaient l'air d'une petite armée gaillarde prête au départ. Désespérée, elle pensa à Roger.

Mais le corps immergé derrière la Place Dawes ne leur laissait aucun choix. Rien d'autre ne comptait que de préserver le secret ; rien, ni une belle inspiration, ni l'ambition, ni l'argent, ni l'amour-propre, ni le plaisir ne valaient les vertus du silence.

— Quand j'ai trouvé ton message, je n'ai d'abord pas su qu'en penser, déclara Roger. Et puis je me suis dit qu'il avait dû se passer quelque chose en Italie. C'est pour ça que tu es rentrée plus tôt que prévu pour te précipiter à Kingsley ?

Lui-même avait accouru à leur petit restaurant en bas de chez Charlotte et était encore tout essoufflé.

— Non, il ne s'est rien passé. J'ai beaucoup aimé l'Italie, mais je m'ennuyais de toi, et j'ai eu envie de rentrer.

Elle s'était demandé toute la journée comment elle allait lui présenter les choses et par où commencer. Cette obligation absolue de lui mentir la faisait horriblement souffrir et l'effrayait, aussi. Son cœur battait à tout rompre et elle avait du mal à trouver ses mots.

— Et puis, continua-t-elle, il y a eu des... des circonstances particulières... des problèmes personnels de mon père... Il m'a téléphoné... J'ai été obligée d'aller le voir.

— Que se passe-t-il ? Il est malade ?

— Non, pas exactement, enfin pas physiquement. C'est plutôt dans sa tête que ça se passe.

— Je ne m'étonne pas beaucoup qu'il se sente mal, commenta Roger avec une petite grimace. Nous sommes allés le voir pendant ton absence. Nous avons mis cartes sur table. Ce pauvre Jessop, qui vient d'amener trois nouveaux investisseurs pour une valeur totale de trois millions de dollars, était fou de rage. Il n'a pas pris de gants, tu peux me croire. Même Cliff ne savait plus que penser de l'attitude de son frère. Mais nous n'avons toujours rien pu tirer de lui, à part les mêmes arguments vaseux.

Charlotte se força à absorber la nourriture qui se

trouvait dans son assiette pour se laisser le temps de réagir. Pour retarder encore le moment de répondre, elle but tout un verre d'eau, mais il fallut bien qu'elle finisse par dire quelque chose, et elle marmonna :

— Oui... oui, c'est très difficile.

Roger la contempla avec curiosité.

— Qu'est-ce qui est difficile ? demanda-t-il d'un ton légèrement impatient. Si tu parles de ces négociations ineptes, le mot est faible. Peux-tu me dire ce qui ne va pas ? Est-ce qu'il y a un rapport avec le projet ?

— C'est difficile, répéta-t-elle. Difficile à dire. Je ne peux pas vraiment t'en parler, malheureusement. C'est une affaire trop personnelle. Si seulement je pouvais...

— C'est confidentiel ?

— Oui, très. Mon chéri, je suis désolée de ne pas pouvoir t'en apprendre davantage. Je le regrette sincèrement.

— Je ne vois vraiment pas ce qui peut être confidentiel dans ce projet !

Charlotte se rendit compte qu'elle avait mal joué.

— Je n'ai jamais dit qu'il y avait un rapport entre le projet et les problèmes de papa...

Il réfléchit un instant.

— Dans ce cas, reprit-il, ça ne devrait pas affecter la construction du Village Kingsley. Je suis désolé que ton père ait des ennuis parce que, comme tu le sais, je l'aime bien, mais il faut avancer. Je suis en train de réunir un groupe de chercheurs pour visiter le site, trois ou quatre universitaires spécialistes de l'environnement qui vont tout faire pour le convaincre. Je suis sûr que cela suffira pour l'aider à remettre de l'ordre dans ses idées. Il est temps que ce cirque s'arrête.

Mon Dieu ! Maintenant il envoyait un comité pour faire changer son père d'avis ! Elle repensa à Bill, appuyé à la balustrade de la terrasse, perdu et fragile comme elle ne l'avait jamais vu auparavant... fragile, avec son mètre quatre-vingt-dix ! L'anxiété la rendit presque suppliante.

— Oh non ! Ce n'est pas le moment ! Ne fais pas ça, Roger. Il ne faut pas l'ennuyer avec ce genre de choses pour l'instant, je t'en prie.

— Combien de temps veux-tu qu'on attende ? On ne peut pas repousser le début des travaux indéfiniment ! Tout est fin prêt : l'argent, les avocats, le permis de construire, les certificats d'urbanisme, tout. Est-ce que je dois te rappeler ça à toi ?

La gorge de Charlotte était tellement serrée qu'elle ne pouvait plus avaler une bouchée pour donner le change, et sa voix la trahissait.

— Tout ça me met dans une position très difficile, dit-elle. Je me sens très mal, ça doit se voir.

— Oui, répondit-il en l'observant attentivement. Je m'en rends compte, et ça me fait peur. Que se passe-t-il ? Est-ce que ça a un rapport avec toi ? Est-ce que tu es malade et que tu ne sais pas comment me l'apprendre ?

— Non, mon chéri, non ! Je suis en parfaite santé et je te jure que je te dirais tout de suite si ça n'allait pas. Cela concerne mon père, pas moi.

Il étendit les bras sur la table et lui prit les mains pour mieux la convaincre.

— Ta mère t'a dit quelque chose lorsque tu étais en Italie, c'est ça ?

Comment faisait-il pour deviner si bien ? Charlotte ne put que secouer la tête en murmurant un « non » peu convaincant.

— Je ne comprends pas pourquoi tu ne peux pas me parler, insista-t-il.

— Moi, je pourrais, mais il ne s'agit pas de moi.

— Ne me dis pas que ton père a dévalisé une banque et qu'il a peur de se faire arrêter !

Loin de détendre l'atmosphère, la petite plaisanterie ne parvint qu'à la terroriser davantage.

— Je t'en prie ! s'écria-t-elle en se cachant le visage dans les mains. Est-ce qu'on est obligés de...

— Non, bien sûr que non, rétorqua Roger, recouvrant aussitôt son sérieux. On peut même tout arrêter. C'est facile. D'autant plus que tu as certainement pensé au moyen de tout décommander sans laisser de victimes sur le carreau.

Pour Charlotte, cette remarque évoqua aussitôt les salles de conférences avec leurs longues tables et les visages suspicieux des investisseurs. Elle vit aussi les portraits des dignes hommes de loi à favoris dans leurs lourds cadres dorés, les murs tapissés de livres reliés, les piles bien ordonnées de contrats qui devaient être signés devant des officiers publics. Elle savait très bien à quoi pensait Roger.

— Alors, comment allons-nous nous y prendre ? insista-t-il.

Sa voix s'était faite plus dure. La colère couvait. Ils ne se comprenaient plus. Pour la première fois, ils frôlaient la dispute.

— Je ne sais pas, répondit-elle. Ce sera très dur, et j'aimerais pouvoir éviter ça.

— Ton beau projet vole en éclats et toi, tu acceptes tout sans rien dire ! Comment peux-tu te résigner aussi facilement ?

— Je n'ai pas dit que c'était facile ! Mais je dois accepter l'inévitable puisque ni moi ni personne ne parviendra à convaincre mon père.

Le silence qui s'établit était lourd, menaçant, c'était le silence qui précède l'annonce des nouvelles graves. Mais il prit fin assez vite, probablement parce que la situation était trop douloureuse pour l'un comme pour l'autre.

— Si nous remettions cette discussion à demain ? suggéra-t-elle.

— D'accord, pas de problème, répondit-il en se levant aussitôt. Tu as besoin d'une bonne nuit de sommeil. Demain, tu seras plus détendue et tu auras peut-être réfléchi. Le décalage horaire doit être pénible. Je vais rentrer dormir chez moi.

Le dernier plan du Village Kingsley était appuyé à une pile de livres près du téléphone. Dès qu'elle répondait à un appel, Charlotte ne pouvait faire autrement que de poser les yeux dessus, avec un coup au cœur. Et pourtant, elle ne l'avait toujours pas retiré.

C'était ce plan qu'elle regardait à présent avec désespoir, tandis que la voix inquiète de son père retentissait à son oreille.

— Tu es bien rentrée, chérie ? Est-ce que tu as pu voir Roger aujourd'hui ? Je me fais un sang d'encre pour toi... Quelle situation impossible ! Comment lui as-tu présenté les choses ?

Cette avalanche de questions acheva de l'épuiser. Rien n'aurait pu la vider autant de son énergie, ni un jogging de dix kilomètres ni un nettoyage de printemps.

— Je ne l'ai vu que quelques minutes, répondit-elle calmement. Il veut t'envoyer une bande d'experts pour te convaincre de ton erreur. Je lui ai demandé de ne pas le faire parce que tu avais des problèmes personnels et qu'il ne fallait pas t'embêter pour l'instant.

— Des problèmes, mais tu es folle ! Quel genre de problèmes ? J'espère que tu ne lui as pas raconté que j'avais un cancer ou une maladie nerveuse.

— Non, je n'ai pas parlé de maladie du tout. Bien sûr que non. Je suis restée dans le vague.

— Tu n'aurais jamais dû introduire une raison personnelle !

— Il fallait bien que je lui explique pourquoi je m'étais précipitée pour te voir en rentrant d'Europe.

— Tu n'avais pas besoin de lui dire que tu étais passée à Kingsley.

— Je ne veux pas mentir à Roger.

— Bon, très bien, n'en parlons plus. Mais c'est inutile de t'opposer à la venue des experts. Qu'ils viennent, ils ne me font pas peur.

— Je voulais t'épargner ça.

— Je comprends, c'est très gentil, mais je crois qu'il vaut mieux les laisser venir. Je peux très bien les écouter sans changer d'avis.

— Mais tu auras l'air d'un imbécile. Tu auras l'air complètement irrationnel.

— Quelle importance ? De toute façon, c'est ce que pense déjà Cliff. Il ne me parle quasiment plus ; il se contente de me regarder d'un drôle d'air en secouant la tête comme s'il n'y comprenait rien. En fait, je sais bien qu'il est furieux, mais il ne le montrera jamais, ce n'est pas dans son caractère.

— Roger aussi est furieux, mais lui non plus ne veut pas qu'on s'en aperçoive.

— Ils ont d'excellentes raisons de m'en vouloir, reconnut Bill avec amertume. Si tu savais comme je me sens coupable ! Ça me rend malade ! Ce n'est pas... ce qui s'est passé avant qui me mine, mais c'est ce qui arrive maintenant ; tout ce gâchis, cet horrible, innommable gâchis... Si seulement les gens de la bibliothèque, le conseil municipal n'avaient pas eu cette idée désastreuse qui a tout mis par terre !

— Oui, je sais.

Charlotte considéra le décor qui l'entourait. Sans dépenser des fortunes, elle était parvenue à rendre ses deux petites pièces confortables et joyeuses, les égayant de couleurs, de plantes, de livres et de coussins. Mais, tout à coup, elles lui semblèrent froides et nues. Par la porte qui donnait dans la chambre, elle apercevait le lit qui occupait tout l'espace, et qui lui parut triste et abandonné. Si seulement Roger était resté là cette nuit, cela l'aurait tellement aidée ! Ils venaient de passer dix jours loin l'un de l'autre...

— J'ai réfléchi, déclara Bill. Il n'y a qu'une chose à faire : dire la vérité.

— Quelle vérité ?

— La seule et unique vérité, à toutes les personnes concernées.

— Ce n'est pas possible ! Tu ne parles pas sérieusement ?

— Si, très sérieusement.

— Ce serait du masochisme, papa.

— Pas du tout. Il s'agit simplement de la seule solution raisonnable. Je ne peux pas continuer à me taire en voyant tout s'effondrer autour de moi. Je veux que le projet continue comme prévu. Je disculperai totalement Elena, ou encore mieux, je ne dirai même pas qu'elle était là. Je m'arrangerai pour trouver une idée. Et puis le moment venu, je subirai les conséquences, quelles qu'elles soient.

Les conséquences... cela donnait froid dans le dos. Mais peut-être ne retrouverait-on pas les chaussures ni la pince à billets avec ses initiales. Eddie, le pompiste, pouvait très bien ne pas se souvenir qu'il avait vu Bill à l'aube ce jour-là. Mais c'était se bercer d'illusions que d'espérer avoir une telle chance. Son père serait-il capable de surmonter cette épreuve ?

Elle imaginait les gros titres : « Après la découverte du corps d'un adolescent, un notable est interrogé par la police. » Il passerait aux assises et, au mieux, s'en tirerait avec un verdict d'homicide involontaire. Et puis il irait en prison, et ce serait l'horreur.

— Papa, dit-elle très vite, ne parlons pas de ça au téléphone. Nous verrons plus tard, mais promets-moi de ne rien faire avant que nous en ayons rediscuté.

— Cela ne regarde que moi, Charlotte.

— Non, je t'en prie.

Pour le décider, elle chercha l'argument le plus convaincant. Il fallait qu'il ait l'impression de la protéger.

— Fais-le pour moi. Ça me rend malade, je ne me sens pas bien, et il faut que j'arrive à dormir cette nuit.

— Très bien, tu as ma promesse, je veux que tu dormes. Bonne nuit, je te laisse.

Se sentant emprisonnée entre deux énormes murailles, elle se mit à trembler. Elle ne pouvait se tourner ni d'un côté ni de l'autre sans se heurter à Roger ou à son père. Si seulement Elena ne lui avait rien dit ! Mais elle regretta aussitôt cette pensée égoïste et eut une envie irrépressible de se confier à sa mère. Mais c'était impossible, on ne savait pas qui pouvait surprendre la conversation. Des milliers de communications s'entrecroisaient dans les airs... À la place, frissonnant à sa table jusqu'à une heure avancée de la nuit, elle écrivit une lettre qu'elle enverrait le lendemain par express en Italie pour lui raconter le dilemme dans lequel elle se trouvait.

Avec les phrases sans suite et l'écriture rapide qui correspondaient tant à son caractère, Elena lui répondit : « Ne le laisse pas faire ! Je lui envoie une lettre dès aujourd'hui. Ce criminel ne vaut pas la peine qu'on gâche sa vie pour lui. Ça ne sert à rien de se sacrifier. L'histoire est bien trop compliquée pour qu'un jury puisse démêler le vrai du faux. Qu'il l'ait souhaité un peu ou pas du tout, quelle différence maintenant ? Pour ce qui est de ton fiancé, pas un homme ne vaut un père. Tu ne le connais que depuis un an ! Comment peux-tu songer à placer le sort de Bill entre ses mains ? »

Au téléphone, à mots couverts, Charlotte tenta pourtant de la convaincre encore.

— Essaie de comprendre. Tu ne connais pas Roger. Je te garantis qu'il réagira bien. Je te le jure.

— Tu m'as déjà chanté ça sur tous les tons, et je t'ai déjà dit que ce n'était pas ton secret. Jamais je n'aurais dû te révéler tout ça. Si tu savais comme je regrette de ne pas avoir su tenir ma langue.

— Si tu ne m'avais rien dit, je serais encore en colère contre papa. Tu vois, tu as bien fait.

— Charlotte, tu m'as donné ta parole.

— Je sais. Je ne dirai rien.

Charlotte poussa un soupir qui l'ébranla comme un tremblement de terre. Tout son corps en fut secoué, et il lui en resta un pressentiment terrible et profond.

Si Roger parvenait à garder son calme sans céder à la panique face à cet imbroglio, c'était, Charlotte le savait, qu'il se maîtrisait de façon extraordinaire.

— Le téléphone a sonné toute la journée, dit-il. Il y avait de quoi devenir fou. Tout le monde veut savoir ce qui se passe et je n'ai rien à répondre, hormis que nous sommes arrêtés par un obstacle imprévu. Personne ne comprend pourquoi je n'arrive pas à résoudre le problème.

Le silence qui suivit contenait une question muette, mais, pour toute réponse, Charlotte ne parvint qu'à présenter de plates excuses.

— Si tu savais comme je me sens mal ! C'est moi qui t'ai mis dans ce pétrin.

— Mais non, ce n'est pas ta faute, ne te culpabilise pas. C'est moi qui ai lancé la machine. C'est moi qui suis responsable, et je continue à penser que l'idée est excellente.

Ils partageaient un dîner tardif dans la cuisine de Charlotte, se retrouvant pour la première fois depuis plus d'une semaine. En effet, Roger avait dû travailler tard tous les soirs, car ce n'était pas chose facile que de faire patienter les associés qui l'assiégeaient.

— Mon oncle Heywood appelle deux fois par jour. Les travaux d'aplanissement du terrain à Kingsley devaient débuter à l'automne, pour prendre la neige de vitesse. Nous sommes en train de bouleverser son planning.

Tout en l'écoutant, parfaitement consciente des raisons de son inquiétude, elle se demandait aussi s'il allait passer la nuit avec elle. Ce n'était pas du désir qu'elle ressentait, car il n'était que trop vrai que l'angoisse tuait la libido. Pour faire renaître le désir, on devait supprimer la cause du malaise, on avait besoin de réconfort.

— C'est terrible de te voir dans cet état, remarqua Roger.

— Je dois avoir une tête à faire peur.

— Non, tu as l'air inquiète et fatiguée, c'est tout. Va te coucher.

— Tu ne veux pas dormir ici ? Ne reste que si tu en as envie évidemment, ajouta-t-elle précipitamment.

Il lui jeta un coup d'œil et répondit sans hésiter :

— Mais bien sûr que j'en ai envie. Nous traversons une drôle d'épreuve, c'est une crise très dure, mais ça n'a rien à voir avec toi et moi, je veux dire : avec ce qui se passe entre nous. Bien sûr, nous en ressentons les effets ; ça nous épuise, ça nous met de mauvaise humeur.

Il se leva et l'enlaça.

— Viens. Je t'en prie, laisse cette fichue vaisselle et allons nous coucher.

Ils restèrent allongés côte à côte, en silence, dans une parfaite intimité. Elle imaginait un tapis volant qui les emmènerait très loin en laissant leurs soucis derrière eux lorsqu'il prit la parole.

— Je n'arrive vraiment pas à comprendre ton père. En lui présentant mes experts — l'un d'entre eux est un spécialiste des marais et il en a étudié sur toute la côte Est —, je croyais parvenir à le convaincre. Mais ils se sont heurtés à un mur. Je suis désolé de devoir te dire ça, mais il s'est complètement ridiculisé. Son frère le lui a dit lui-même. Son ignorance a étonné tout le monde ; personne ne s'attendait à ça, avec l'expérience qu'il a. Tu devrais peut-être aller le voir pour lui parler encore une fois. Supplie-le, fais-lui comprendre le tort qu'il nous cause. Peut-être que toi, tu y arriveras.

— J'ai déjà essayé.

— Recommence, c'est notre seul espoir.

Elle n'avait pas le choix, mais elle essaya malgré tout de retarder l'échéance.

— Je suis en plein milieu d'un travail pour les Laurier, ils ne seront peut-être pas très contents que je m'absente.

— Qu'est-ce qui compte le plus ? Ton travail ou toutes les dettes qui s'accumulent ? Plus une banque ne me fera confiance, je vais perdre tout mon crédit dans la profession ! Ton père a peur pour sa réputation, mais est-ce qu'il pense à la mienne ? Et en parlant de dettes, j'imagine que les Laurier, eux aussi, aimeraient être payés de tout le travail qu'ils ont fourni pour ce maudit projet.

— Tu as raison. J'irai la semaine prochaine et je ferai tout mon possible.

Mais, malgré cette concession, ils ne retrouvèrent pas la paix fugitive qu'ils avaient éprouvée un instant auparavant.

— Le conseil municipal parle même d'un procès, annonça Bill. « Renonciation non motivée », c'est un nouveau truc qu'ils ont inventé. Apparemment, la ville a raté un terrain intéressant pour la bibliothèque à cause de l'accord passé avec nous. Je ne sais pas s'ils gagneraient le procès mais en tout cas, pour nous, ça signifierait des ennuis supplémentaires, d'autant que nous n'avons pas un sou pour payer les avocats.

Sous la lumière blanche du néon de la cuisine, il avait l'air hagard. Charlotte revit soudain l'allée majestueuse qui menait à la porte de l'usine avec ses parterres de fleurs. Quelles drôles de petites choses revenaient à l'esprit ! Probablement souffrait-on de n'avoir pas réussi dans la vie, se dit-elle, mais il était sans doute encore pire d'avoir construit quelque chose et de tout perdre ensuite.

— J'ai reçu une lettre de ta mère. Tu veux la lire ?

— Non, dis-moi ce qu'elle te dit.

Elle avait l'impression que sa tête allait exploser. On aurait dit que l'unique souci qui l'obsédait depuis des semaines, à force de tourner comme dans une centrifugeuse, s'était transformé en une pulpe sèche qui prenait toute la place.

— Ta mère me rappelle que si je parle, une armée de journalistes va m'assiéger. Quelqu'un finira par se souvenir d'un nom et parlera. Peut-être l'infirmière du cabinet médical où tu es allée au début, ou le personnel de l'hôpital de Boston. Ton cas était suffisamment rare pour qu'on s'en souvienne. Il y avait ta jeunesse, le nom de ta famille... Après tout, ça ne s'est pas passé il y a si longtemps que ça. Onze ans, ce n'est rien. Les gens ont la mémoire longue, surtout lorsqu'il s'agit d'un scandale. Le pire, c'est qu'elle a raison. Elena est très intelligente, je le sais depuis longtemps.

Cet enfer ne finirait-il donc jamais ? Charlotte avala une gorgée d'eau et considéra la question un long moment avant de répondre.

— Je m'en remettrais, s'il ne s'agissait que de moi. Ce ne serait pas si terrible. Je ne suis pas fautive. C'était moi la victime, et maintenant je sais qu'il ne faut pas avoir honte d'avoir été victime d'un crime. C'est pour toi que je m'inquiète, et pour mama. Il n'est pas du tout certain que tu parviennes à la tenir à l'écart.

— Tu as raison, mais c'est surtout pour toi que je ne me suis pas dénoncé.

— Je te dis que je n'en mourrais pas. Le pire pour

moi, ce serait que tu ailles en prison. Ça, je ne le sup-
porterais pas.

— Moi non plus, je n'en mourrais pas.

— Non, non, tout mais pas ça.

Après un silence, elle reprit :

— À propos, y a-t-il des nouvelles de la piste du
Sud-Est asiatique ? Est-ce qu'on le recherche toujours
là-bas ?

— Je n'ai aucune information récente. À moins que
Cliff n'ait appris des choses sans m'en parler... Je ne
sais pas. Nous ne nous sommes pas parlé depuis plus
d'une semaine.

Bill prit une cigarette dans le paquet qu'Emmabrown laissait toujours près de la table, se souvint qu'il
avait arrêté de fumer depuis plus de trois ans, et la
replaça dans le paquet.

— C'est ma faute, déclara-t-il. J'aurais dû tout
confesser à Cliff depuis longtemps.

— Pourquoi ne lui as-tu rien dit ?

— Tu le sais bien. À cause de toi... et de ta mère.
Et puis je ne supportais pas l'idée de révéler à Claudia
que son fils était mort. Quand elle nous a quittés, je
n'ai pas davantage eu le courage d'expliquer à Cliff ce
qui était arrivé ; j'avais menti à sa femme, je l'avais
laissée espérer qu'elle reverrait son fils tout en sachant
parfaitement que cela n'arriverait jamais. En me taisant, j'avais pour seul but de vous épargner tous, et
regarde le résultat !

Dans le silence qui était retombé, des bruits noctur-
nes éclataient de temps à autre : le jappement d'un
chien de garde dans le voisinage, le grondement de la
chaudière, le craquement de la charpente.

— Et Roger ? demanda Bill brusquement. Il est
toujours aussi furieux ? Question idiote, je le sais bien.
Il n'a aucune raison de me pardonner. On ne voit pas
pourquoi il comprendrait.

Un vide glacé, terrible, s'était formé dans le cœur de Charlotte.

— Je ne sais pas ce qu'il va faire, dit-elle.

— C'est un garçon très bien... J'espère que ce fiasco ne va pas créer de discorde entre vous.

C'était sa façon à lui de l'interroger. Il voulait qu'elle le rassure, qu'elle lui affirme qu'elle ne serait pas malheureuse.

— Ne t'en fais pas. Nous nous en sortirons.

Elle se refusait à imaginer autre chose. Il fallait pourtant reconnaître que, pendant les longues semaines qui venaient de s'écouler, ils n'avaient pas connu l'insouciance joyeuse de deux jeunes amoureux sur le point de se marier. Mais ce n'était qu'un contretemps. Cela passerait, il ne fallait surtout pas commencer à cesser d'y croire.

— Roger a dû engager des dépenses considérables, remarqua Bill.

Impossible de prétendre le contraire... Sur ce point, elle ne pouvait pas rassurer son père qui acheva d'une voix faible :

— Si tu savais comme je voudrais avoir assez de fortune pour tout régler moi-même... Malheureusement...

Malheureusement, compléta Charlotte en son for intérieur, il était pratiquement ruiné. Après la fermeture de l'usine, il avait tout perdu petit à petit, et à présent il allait certainement devoir vendre sa maison qui était hypothéquée depuis longtemps. Plus grave encore, la maison de Cliff, berceau de la famille, devrait aussi être mise en vente, et ils en souffriraient tous beaucoup.

Mais ce ne serait pas la fin du monde. Des millions de personnes avaient perdu tout ce qu'elles possédaient et avaient fini par s'en remettre. Drôle de consolation... Cela n'arrangeait pas plus les choses que de rappeler à un homme emporté par son cancer que d'autres malades souffrent autant que lui !

Ils avaient tourné et retourné le problème tant de fois sans trouver de solution qu'ils n'avaient plus le courage de prononcer un mot. Une fois de plus, donc, Charlotte monta dormir dans son ancienne chambre, qui lui paraissait maintenant si peu familière. Tôt le lendemain, elle repartirait pour Boston.

— Alors ça n'a servi à rien ? Tu es vraiment sûre qu'il ne changera pas d'avis ? demanda Roger.

Charlotte était de retour depuis trois jours ; chaque fois qu'ils relançaient la discussion, la tension montait et ils aboutissaient invariablement au même constat d'échec.

— Il ne signera pas, répéta-t-elle pour la énième fois.

Ils étaient assis dans un café par un samedi après-midi de grisaille ; la journée automnale était entrecoupée depuis le matin par de petites averses tièdes. « Un temps lugubre, comme nous », pensa Charlotte en regardant dehors par la vitre embuée.

Roger la regardait fixement avec un étonnement croissant.

— Tu me caches quelque chose, lança-t-il.

— Mais non. Je te l'ai déjà dit au moins mille fois. Tu sais tout. Tu as parlé à mon père toi-même.

— Oui, mais il ne m'a servi que son histoire à dormir debout. Il n'y croit même pas lui-même à son excuse du marais ; il sait comme nous que l'assèchement ne mettrait pas en danger l'équilibre écologique de la région.

— Justement, je n'en suis plus si sûre. Je me demande depuis quelque temps si mon père ne pourrait pas avoir raison...

— Non, alors là, tu divagues. Je te dis que ça ne

cadre pas. Je... nous sommes les victimes d'une machi-
nation ; tu n'arriveras pas à me convaincre du
contraire.

— Je sais que tu es à bout. Je t'aime, et ça me
désespère de te voir dans cet état. Si seulement j'avais
pu t'éviter ça... Je voudrais pouvoir t'aider. La seule
chose que je puisse faire, c'est de régler moi-même
les honoraires des Laurier. Ils m'ont déjà proposé des
paiements progressifs.

— Ne dis pas de bêtises ! Tu as l'intention de ne
plus manger que des corn-flakes et de la soupe en
conserve pendant que tu liquiderais cette dette ?

Le mariage, pensa-t-elle. Voulait-il dire qu'ils
seraient obligés, ensemble, de se serrer la ceinture, ou
sa phrase impliquait-elle autre chose ? Soudain, ses
yeux se remplirent de larmes amères, larmes de chagrin, d'humiliation et de colère.

Elle n'en voulait pourtant ni à son père ni à Roger
qui, ne connaissant pas l'ensemble du problème, réagissait comme n'importe qui dans les mêmes circonstances en ayant d'excellentes raisons de se montrer
furieux. La rage qu'elle ressentait se dirigeait seulement contre la fatalité, ou les aléas de l'existence, si
l'on préférait, et l'impuissance dans laquelle elle se
trouvait.

— Viens, sortons d'ici, dit Roger.

Ils restèrent un moment immobiles sur le trottoir
sans savoir où aller. C'était la première fois qu'ils
n'avaient rien prévu pour profiter de ces précieuses heures de loisir. Aujourd'hui, ils n'étaient pas d'humeur à rentrer pour finir la journée amoureusement
dans les bras l'un de l'autre. Ils n'avaient qu'un seul
désir : franchir l'obstacle insurmontable qui leur bar-
rait la route. Si seulement ils avaient su comment
faire...

À bout de nerfs, ils se mirent à marcher au hasard.
De temps à autre, ils s'arrêtaient devant une vitrine

et regardaient, ici des modèles réduits de navires, là d'immenses aquariums. Ils restèrent un moment à contempler les poissons qui filaient entre des roches vertes ou glissaient paresseusement dans des grottes aquatiques.

— Quelles belles couleurs ! On dirait des pierres précieuses, remarqua Charlotte qui se moquait bien des poissons et ne pensait qu'à la distance qui se creusait entre eux, ôtant tout naturel à leur conversation.

Ils dépassèrent des arbres qui perdaient leurs feuilles, des chrysanthèmes brunissants, traversèrent une large avenue, puis stoppèrent brutalement, sur un geste de Roger qui se tournait vers Charlotte.

— Tu m'as dit un jour que ton père avait un problème personnel.

En effet, et elle s'en voulait encore de cette maladresse. Roger se souvenait toujours de tout.

— Cela n'avait absolument aucune importance, je te le répète.

— Tu as tout de même écourté ton séjour en Italie pour te précipiter à Kingsley.

— Je ne me suis pas « précipitée » à Kingsley. Cela n'avait rien à voir.

— Au contraire, moi je suis persuadé que si ! Je veux savoir pourquoi tu ne me dis pas la vérité.

— Mais c'est vrai ! s'exclama-t-elle si fort qu'un passant se retourna. Je t'en prie, Roger, ne parlons plus de tout ça !

— Je suis sur le point d'être ruiné par cette affaire, et tu veux que je me taise ?

Il avait la mine terriblement sévère. Face à face sur le trottoir, ils se fixaient sans bouger.

Soudain, la bruine se transforma en averse, et les passants se mirent à courir pour aller s'abriter.

— J'ai envie de rentrer, dit Charlotte.

— Non, il faut que nous réglions la question une

fois pour toutes. Entrons dans ce bâtiment, c'est le musée Isabella Gardner.

« Un musée ! gémit-elle intérieurement, et moi qui ne rêve que d'aller m'enfermer chez moi ! »

Ils s'abritèrent de la pluie sous l'auvent de la cour. Charlotte regarda vaguement les buissons, les colonnades sculptées et aperçut des têtes de statues grecques. Trempée et transie de peur, elle se mit à trembler. Une fois de plus, pour dissiper l'horrible hostilité qui les empoisonnait, elle chercha un commentaire, n'importe lequel.

— Ce musée ressemble aux palais qui bordent le Grand Canal à Venise.

— Qu'allons-nous faire ? demanda Roger en ignorant la remarque anodine.

— Je ne sais pas ce que tu veux dire.

— Je veux dire que... que je ne vois pas comment nous pouvons nous marier si nous ne nous faisons pas confiance.

— Oh, mon Dieu..., murmura-t-elle.

Il lui annonçait qu'ils étaient en train de se perdre, ici, dans l'élégance splendide et silencieuse de cet endroit qu'elle n'oublierait jamais. Pourtant elle l'avait pressenti, sans vouloir l'admettre.

Elle rencontra une nouvelle fois son regard, suppliant à présent, et inquiet. « Tu ne sais pas que je pourrais mourir pour toi ? » pensa-t-elle.

Mais on ne se doute pas de la force des liens du sang avant de l'avoir éprouvée soi-même. Elle devait se taire pour sauver son père... Même Elena — même elle ! — avait gardé le secret pendant des années. Et dans sa dernière lettre à Bill, elle n'avait pensé qu'à protéger sa fille. Rien ne pouvait surpasser ces liens-là...

— Pour un peu, lâcha-t-il, j'imaginerais que tu as un autre homme dans ta vie.

— Roger, tu ne peux pas croire ça !

— Je n'ai pas dit que j'y croyais, mais si nous... si notre avenir comptait pour toi, tu ne me cacherais rien. Toi et ton père, j'ai l'impression que vous vous moquez de moi. L'excuse que vous me donnez est tellement fantaisiste que vous ne tromperiez même pas un enfant. Personne n'y croit, ni les avocats, ni l'oncle Heywood, ni les Laurier, j'en suis sûr. Personne. Mais toi, tu fais comme si de rien n'était, tu regardes le bateau se précipiter sur les récifs sans faire un geste, sans dire un mot. Que veux-tu que j'en pense ?

— Mais rien. Je t'aime, répondit-elle les lèvres tremblantes.

Puis elle s'arrêta, incapable de continuer.

— L'amour, c'est plus qu'une histoire de désir, déclara-t-il gravement. Non, je ne peux pas continuer comme ça, Charlotte. Ce n'est pas difficile à comprendre.

— Raccompagne-moi, je veux rentrer.

— Alors attends sous le porche pendant que je cherche un taxi.

Dans la voiture, ils n'échangèrent pas un mot ; seul le bruit de la pluie et de la circulation occupait le silence.

Ce soir-là, il lui téléphona. À sa voix, elle comprit qu'il était au désespoir, mais il ne put que lui répéter ce qu'il lui avait déjà si souvent dit.

Ensuite, il lui écrivit : « Nous nous sommes tant aimés. Je n'ai pas besoin de te dire à quel point tu comptais pour moi. Et pourtant, maintenant, j'ai l'impression de ne t'avoir jamais connue. »

Il lui expliquait une fois de plus qu'il ne voyait pas comment leur amour pouvait se poursuivre alors qu'elle lui cachait tant de choses, et que son silence désastreux leur faisait un mal mortel. Ce à quoi elle donna la piètre réponse qu'elle n'avait rien d'autre à lui offrir.

Après une ou deux semaines, elle n'entendit plus

parler de lui. Alors, elle lui renvoya la petite bague qu'elle n'avait pas encore une seule fois enlevée de son doigt. Elle la replaça dans l'écrin de velours noir, l'enveloppa et l'adressa à l'homme qui la lui avait offerte. Ensuite, le contact fut totalement rompu.

Charlotte s'étonnait beaucoup de sa façon de réagir. Se souvenant de son premier amour et des terribles sanglots que la rupture avec Peter avait déclenchés, elle ne comprenait pas comment, cette fois, elle parvenait à garder les yeux secs et à conserver son calme. Peut-être était-ce le choc qui la préservait en l'empêchant d'y croire, un peu comme des parents peuvent assister, le visage de marbre, aux funérailles d'un enfant disparu par accident.

C'était tout du moins l'explication qu'avançait Pauline. « On peut avoir le cœur brisé au point de ne plus être capable d'extérioriser sa douleur », disait-elle. Elle traitait Charlotte avec une immense gentillesse et, par délicatesse, lui épargnait les questions.

Elle disait aussi : « On guérit de tout, et le travail est le meilleur remède. »

Charlotte le savait mieux que personne ; elle passait ses journées devant sa planche à dessin, s'abrutissant dans le travail. Elle rentrait souvent fort tard, fatiguée, ce qui lui convenait parfaitement, car elle n'avait aucune envie de sortir. D'ailleurs elle n'avait personne à voir, car, depuis un an qu'elle connaissait Roger, elle avait été trop occupée et trop amoureuse pour cultiver ses amitiés.

Quant à son père, elle ne savait trop comment il s'en sortait. Quand elle pensait à lui, seul en ces courtes et sombres journées d'automne, dans la maison mal entretenue, son cœur pesait comme une pierre.

Il souffrait tout particulièrement, elle le savait, de se sentir responsable de sa rupture avec Roger, et elle devait lui rappeler sans cesse qu'elle eût trouvé encore pire de le voir condamné pour meurtre.

Sa vie s'écoulait dans la plus profonde solitude ; Boston ne lui avait jamais semblé aussi désolée. Dans les parcs, elle allait regarder les statues des hommes célèbres : John Adams avec son visage inquiet ; Garrison, solennel sur son fauteuil de pierre, des feuilles jaunes collées aux plis sculptés de son manteau. Lui aussi avait souffert, se dit-elle en l'observant. Se détournant, elle avisa un vieil homme, bien vivant, celui-ci, assis seul sur un banc, le bras passé autour du cou de son chien. Comme les gens étaient solitaires...

— Viens passer Noël à la maison, proposa Pauline plusieurs fois, car, depuis que Charlotte était redevenue célibataire, elle ne pouvait s'empêcher de reprendre son attitude maternelle.

La perspective d'un repas intéressant en joyeuse compagnie l'avait tentée, mais elle savait que sa place, ce jour-là, était à Kingsley.

Elle passa Noël seule avec son père, car Cliff dînait avec des amis. Bill avait réservé une table dans une auberge de campagne, une petite maison traditionnelle de la région, avec un rouet dans un coin et des chopes d'étain alignées sur le manteau de la cheminée ancienne. En pénétrant dans la salle, Charlotte reconnut instantanément le restaurant où ils avaient déjeuné en rentrant de Boston plus de dix ans auparavant. Son père avait sans doute oublié ce détail.

Pour la plupart, les tables étaient occupées par des personnes âgées qui devaient n'avoir nulle part où aller. Ici, comme ailleurs, c'était le règne de la solitude...

Pendant le dîner, ils essayèrent de n'aborder que des sujets neutres : le travail de Charlotte, les élections et la mutation du voisin de Bill au Texas. Mais cette conversation sonnait creux, et ils finirent par se taire. De retour chez eux, ils regardèrent des chorales interpréter des chants de Noël à la télévision, puis, avouant qu'ils étaient fatigués, ils allèrent se coucher.

Dans sa chambre d'enfant, Charlotte s'assit sur la banquette devant la fenêtre et regarda la nuit à travers le carreau. L'obscurité prit vie lorsqu'elle éteignit ; les lumières des maisons scintillaient çà et là sur la colline la plus proche, et, au-dessus, bien plus haut, dans le ciel noir, brillaient les étoiles. Elle aurait voulu savoir où Roger se trouvait ce soir. L'année dernière, à la même heure à peu de chose près — oui, vers dix heures du soir —, ils étaient sortis se promener ; la neige avait craqué sous leurs pas.

Après avoir rallumé la lampe, elle se prépara à aller se coucher. Elena, sachant que Charlotte allait passer Noël à Kingsley, y avait envoyé directement son colis habituel enveloppé de papier brillant. Il attendait sur le lit, le couvercle enlevé, les cadeaux à moitié sortis de leur papier de soie : un pull en cachemire bleu pâle, un sac à main en crocodile, et un cadre en argent auquel Elena avait attaché un petit mot explicatif.

« Ma chérie, garde-le pour y mettre la photo de ton prochain amant. Il t'attend, le monde est plein d'hommes séduisants. Reprends courage, et pars à sa rencontre. »

Et soudain, la chape sous laquelle elle avait implacablement contenu son désespoir explosa. Terrassée par les sanglots, elle s'abattit sur le lit, le visage dans l'oreiller qu'elle martelait de ses poings. Rien n'avait plus d'importance. Si seulement elle avait pu mourir sans s'en apercevoir ! Si seulement son cœur avait pu s'arrêter de battre avant le matin !

Au bout d'un long, très long moment, ses larmes se tarirent ; sa poitrine se souleva dans un dernier spasme déchirant et elle se rendit compte qu'elle avait froid. Elle se leva, se déshabilla puis se glissa sous la couette.

Le lendemain matin, elle avait retrouvé son calme, mais c'était un calme nouveau, qui n'avait rien à voir avec la tranquillité artificielle qui l'avait étouffée. Sa crise de larmes, cet effondrement total, l'avait étonnamment soulagée.

Quelques jours plus tard, elle alla trouver Rudy et Pauline afin de leur soumettre une proposition. Le cabinet devait répondre à un appel d'offres concernant un ensemble immobilier de pavillons de banlieue pour des ménages modestes, et elle leur demanda si elle pouvait s'en charger.

— J'y réfléchis depuis quelques jours et j'ai déjà des idées. Il me semble qu'il devrait y avoir des façades variées, peut-être quatre ou cinq façades de base, toutes en harmonie mais suffisamment dissemblables pour susciter l'intérêt. On pourrait s'inspirer du style victorien... Qu'en pensez-vous ?

Elle s'interrompit pour les laisser réagir mais, comme ils attendaient visiblement qu'elle développe son idée, elle continua :

— Devant chaque maison, il y aurait un jardinet avec des buissons et des fleurs. J'ai vu des photos de villes anglaises ; même dans les quartiers les plus pauvres, il y a une bordure de végétation des deux côtés de la rue, ce qui la fait paraître plus large. Alors ?...

Pauline et Rudy échangèrent un regard. Ils souriaient, et Rudy répondit tranquillement :

— En fait, nous nous demandions quand tu te sentirais de nouveau prête à t'attaquer à un projet de cette envergure.

Le visage de Charlotte s'éclaira.

— Je me sens prête, dit-elle. Tout à fait prête.

13

À la fin de janvier, Charlotte dut retourner à Kingsley, car Bill et Cliff avaient reçu chacun un avis de saisie pour leur maison. Cette nouvelle annoncée par un coup de téléphone de son père, bien que prévisible, la prit au dépourvu un beau matin et la plongea dans une profonde mélancolie tout le reste de la journée. Elle se rendait compte avec une tristesse non dénuée d'ironie que les images les plus évocatrices de la vie de famille et de l'enfance étaient finalement les plus banales : les citrouilles de Halloween devant la porte, les barbecues dans le jardin le 4-Juillet.

Des deux maisons, c'était celle de Cliff qui contenait le plus de trésors, des objets accumulés depuis trois générations, qui pour la plupart avaient surtout une valeur sentimentale. Son oncle lui demandait de venir choisir ce qu'elle voulait avant la mise en vente du mobilier.

— Je n'ai pas vraiment envie de prendre quoi que ce soit, confia-t-elle à Pauline, c'est trop triste.

— Tant pis, sauve ce que tu peux, les antiquités américaines dont tu m'as parlé et les tableaux...

— Mais je ne saurais pas où les mettre.

— Un jour, tu seras contente de les avoir. Tu ne

vas pas passer toute ta vie dans ton petit deux-pièces. Quand tu te marieras...

— Jamais !

— Alors, insista Pauline avec un sourire, garde-les pour le jour où tu deviendras une architecte célèbre et où tu te feras construire ta maison.

La neige disparaissait déjà sur le bas-côté des routes. Dans les rues de Kingsley, les dernières plaques de gel fondaient en formant des flaques. Profitant de ce dégel précoce de janvier, les gens gardaient leurs cols de manteau ouverts comme en avril. Il y avait pourtant une grande lassitude dans l'air, qui abattit d'autant plus Charlotte qu'elle trouva en arrivant chez son père une pile de cartons remplis d'affaires à jeter près de la porte du fond.

— C'est fou ce qu'on peut amasser de choses inutiles en vingt-cinq ans, commenta Bill. Je préfère m'y mettre tout de suite pour m'en débarrasser petit à petit. Emmabrown va prendre tes vieux jouets pour ses petits-enfants, à moins que tu ne veuilles en garder quelques-uns, évidemment.

— Je n'ai envie de récupérer que des livres : *La Toile de Charlotte* et *Les Quatre Filles du Dr March*, et deux ou trois autres. Je vais essayer de les dénicher.

— Ne t'en fais pas, je te les mettrai de côté. Je me doute bien de ce que tu as envie de garder. Je te connais assez, va, ajouta-t-il avec un sourire.

Bien sûr. Qui mieux que lui connaissait les livres chers à son cœur ? Car c'était lui qui les avait choisis, qui les lui avait lus à haute voix avant qu'elle ne puisse le faire elle-même et encore longtemps après, profitant des longs après-midi d'été et des soirées d'hiver pour lui faire la lecture.

Nostalgique, elle voulut prendre des nouvelles de Cliff.

— Vous ne vous parlez toujours pas ?

— Aussi peu que possible. Nous avons épuisé le sujet.

Rien de surprenant à ce que le dialogue fût difficile entre les deux frères, son père et elle également ne trouvaient plus grand-chose à se dire. Et, afin de s'épargner une conversation qui ne pourrait qu'être déprimante, ils mirent la *Tosca* pour accompagner le dîner léger qu'ils prirent dans la cuisine.

Au bout d'un moment, Charlotte se leva et sortit pour aller regarder les montagnes familières. Des nuages noirs tourbillonnaient au-dessus de sa tête, s'effilochant dans un ciel d'un bleu profond à peine rehaussé des froides lueurs d'argent du soleil couchant. Le temps lui parut lourd et menaçant, mais elle se dit que ce n'était qu'un reflet de son humeur, de la tristesse des circonstances, et elle rentra.

Pendant la nuit, il se mit à pleuvoir. La pluie, peut-être mesurée au commencement, finit par tomber si fort que le bruit réveilla Charlotte. Des trombes d'eau se déversaient du ciel comme d'un robinet grand ouvert qui aurait rempli à grandes éclaboussures une baignoire déjà à moitié pleine. Parvenant tout juste à percer le rideau de pluie, elle vit l'eau dégringoler sur le toit de la véranda en cataractes, et se précipiter avec des gargouillis dans les gouttières. Un vent effrayant mugissait, gémissait, s'acharnant contre le pommier près de sa fenêtre, et elle eut la sensation qu'un événement hors du commun se préparait.

Elle retourna se coucher, mais le vacarme des éléments déchaînés la tint éveillée, un peu comme si elle devait rester sur le qui-vive pour défendre une maison prise d'assaut, ce qui, elle le savait, était parfaitement farfelu. Pourtant, il avait beau être tôt et faire encore sombre, elle décida de se lever et s'habilla.

À l'horloge de la cuisine, elle vit qu'il n'était encore que cinq heures. Elle mettait une cafetière sur la cuisinière lorsque Bill, habillé lui aussi, descendit la rejoindre.

— Un vent du nord-est terrible, dit-il. Il doit au moins souffler à cent trente kilomètres à l'heure. J'ai peur que beaucoup d'arbres ne résistent pas.

Il s'exprimait d'un ton presque léger, et elle pensa comprendre pourquoi. Pendant la guerre, les gens avaient oublié leurs problèmes personnels, et, de la même manière, on se solidarisait contre le danger durant les grandes tempêtes. Ils attendirent donc ensemble que le jour se lève. Charlotte prépara des pancakes, tandis que Bill jouait avec les boutons de la radio pour passer d'une station à une autre.

Lorsqu'il fit jour, ils regardèrent par la fenêtre. Il n'y avait quasiment plus de neige mais des débris de branchages recouvraient le sol. Peu de voitures passaient, et un seul voisin avait osé mettre le nez dehors pour promener son chow-chow qui tirait sur sa laisse en frissonnant sous ses poils roux détrempés. Au milieu de la rue, un torrent d'eau dévalait vers le fleuve.

Un peu plus tard, ils reçurent un coup de fil d'Emmabrown.

— C'est un temps à ne pas mettre le nez dehors. Ton père ne m'en voudra pas si je ne viens pas aujourd'hui ? Le congélateur est plein. Sors la tarte au poulet. Et n'oublie pas de mettre une cuillerée de glace à la vanille sur le strudel, ton père adore ça. Je vais essayer de passer te voir avant ton départ, peut-être ce soir, si la pluie se calme. Ça ne peut pas durer avec une telle force toute la journée. Ce serait bien la première fois.

Charlotte pensa alors à tout ce qui allait lui manquer, à commencer par Emmabrown. La vie n'était qu'une suite pénible de départs et de renoncements...

Mais à quoi bon philosopher ? Il valait bien mieux travailler.

Elle avait apporté une pleine serviette de notes et de croquis pour son projet d'habitat à budget modéré. Elle les étala sur la table de la salle à manger et reprit sa tâche là où elle l'avait interrompue la veille. Mais aujourd'hui, elle avait du mal à se concentrer. Pour commencer, la désagréable ambiance du déménagement forcé se faisait sentir, puis le bourdonnement constant de la radio à laquelle Bill restait collé dans la cuisine la dérangeait.

Mais, par-dessus tout, il y avait la pluie. Finalement, après quatre ou cinq heures, Charlotte s'habitua au crépitement monotone, n'interrompant son travail que de temps à autre quand une rafale plus violente mitraillait les vitres. Jamais elle n'avait vu pareil déluge.

Désœuvré, Bill entra dans la pièce. Il regarda ce qu'elle faisait par-dessus son épaule, posa quelques questions, et lui répéta à quel point il était fier d'elle. Elle devina pourtant qu'il avait l'esprit ailleurs.

— Je me demande comment Cliff s'en sort, dit-elle.

— Comme nous, répliqua-t-il en repartant lentement vers la cuisine.

Mais il lui avait communiqué son agitation, et elle se leva pour aller à la fenêtre voir où en était la tempête. Le vent qui avait battu les arbres tout l'après-midi commençait à s'apaiser, alors que la pluie, déjà exceptionnelle à son réveil, tombait de plus en plus fort. Le rideau presque opaque formait un écran si épais devant le paysage qu'elle avait l'impression de contempler une photographie passée à peine reconnaissable.

Elle n'avait pas bougé, hypnotisée par le spectacle, lorsque Bill revint la trouver, lui apportant une tasse de café et de mauvaises nouvelles.

— C'est la catastrophe en amont. Le pont de

Smithtown est submergé et les autoroutes sont fermées. La route de Bradley s'est effondrée et deux voitures ont été emportées par le courant. Il y a cinq morts. Le niveau du fleuve a monté de trente centimètres.

Ils restèrent à la fenêtre en silence jusqu'à ce que Bill reprenne d'un ton soucieux :

— Le fleuve va dépasser la cote d'alerte ici aussi si la pluie ne cesse pas bientôt. Je crois que la dernière grosse inondation remonte à plus de cinquante ans. Je n'en ai aucun souvenir.

Emmabrown rappela de Kingsley, dans tous ses états.

— Ici, c'est l'horreur, vous n'en croiriez pas vos yeux. Les pompiers ont organisé des navettes pour emmener les gens se réfugier dans les écoles et les églises. Mais moi, pas question que j'y aille ! Je fourre mes petits-enfants, nos trois chiens et le hamster dans la voiture, et je pars dans ma famille qui vit plus haut du côté de Walker. Si nous ne partons pas tout de suite, nous ne pourrons plus passer. De l'autre côté de la grand-rue, les voitures en ont déjà jusqu'aux vitres. Soyez prudents, je vous rappellerai.

— Je téléphone à Cliff, annonça Charlotte.

— Pour quoi faire ? Rien n'a pu lui arriver : sa maison est située en hauteur, comme la nôtre.

— Tout de même, je l'appelle.

A peine eut-elle prononcé ces mots qu'un formidable craquement provint du jardin ; les fenêtres en furent ébranlées, et dans l'entrée l'élégant lustre d'Elena se mit à cliqueter frénétiquement.

— Un arbre a été déraciné ! s'écria Bill. Regarde ! Le frêne s'est abattu dans le jardin !

Le magnifique arbre centenaire, plus haut que la maison qu'il ombrageait, venait de s'effondrer dans l'herbe. Ses racines arrachées au sol saignaient comme la blessure déchiquetée d'un soldat, et les branches de sa couronne, qui atteignaient la barrière du fond, ressemblaient à de pauvres bras disloqués.

— Heureusement qu'il n'est pas tombé sur la maison, remarqua Bill d'une voix blanche. Tu te rends compte, la terre était trop détrempée pour le retenir...

Puis, plissant les yeux pour mieux percer le rideau de pluie, il déclara :

— Regarde, la ligne téléphonique a été arrachée elle aussi !

Quelques minutes plus tard, les lumières s'éteignirent, et la pièce fut plongée dans une pénombre bleutée. Le bourdonnement de la chaudière cessa. Le noir s'était fait dans toute la rue.

— Les pylônes ont dû tomber un peu partout, remarqua Bill avec nettement moins d'entrain que le matin, car l'aventure devenait inquiétante. Sortons les bougies et les lampes de poche avant qu'il ne fasse nuit.

Pour le dîner, ils partagèrent la tarte au poulet froide à la lueur des chandelles. La température baissait dans la maison. Charlotte essaya ensuite de lire près d'une bougie, avec un gros pull et son manteau, mais elle ne tint pas longtemps. Comme de toute façon elle était levée depuis cinq heures du matin, elle décida qu'elle ferait aussi bien de se coucher.

— Heureusement, la météo prévoit que la pluie va cesser demain, annonça Bill avec optimisme.

Mais les spécialistes se trompaient. À sept heures, les cataractes tombaient toujours. Le ciel était noyé d'eau et la terre ressemblait à un marécage.

Bill annonça que l'antenne ne marchait plus et qu'il allait écouter la radio dans la voiture. Lorsqu'il revint, il apportait des nouvelles : il y avait cinq centimètres d'eau dans le garage ; on récupérait des gens réfugiés sur le toit de leur maison ; c'était la pire calamité depuis un nombre d'années qu'il ne pouvait préciser, car il avait mal entendu, et le gouverneur avait déclaré l'état d'urgence.

— Il n'y a pas eu la moindre accalmie depuis trente-six heures, acheva-t-il, et on ne sait pas quand ça va s'arrêter.

Charlotte étala une nouvelle fois son travail sur la table de la salle à manger. Bill l'observa pendant quelques minutes, se retenant de lui parler pour ne pas la déranger, puis il repartit écouter la radio dans sa voiture. Au bout d'un moment, elle l'entendit remonter puis aller fureter dans la cuisine, sans doute pour manger quelque chose. Il n'avait pas l'air de savoir quoi faire. Elle alla alors le trouver et lui dit gentiment :

— Tu devrais arrêter de t'inquiéter comme ça. Nous n'y pouvons rien, il n'y a qu'à attendre.

— Je voudrais avoir du travail pour m'occuper, comme toi.

— Prends un livre, ça t'aidera à passer le temps.

— Non ! Je ne tiens plus en place. Je vais sortir.

— Quelle drôle d'idée ! Mais où veux-tu aller, pour l'amour du ciel ?

— Je ne sais pas. J'ai besoin de bouger.

— Au milieu de cette tempête exceptionnelle, de ce déluge ? En pleine catastrophe naturelle ? Tu es fou !

— Non, je ne suis pas fou, j'ai simplement besoin de faire un tour.

Impuissante, elle le regarda mettre ses bottes et fermer son imperméable.

— Tu es complètement inconscient ! explosa-t-elle. Les lignes à haute tension sont tombées. Tu vas te faire électrocuter si tu ne te noies pas avant.

— Je ferai attention. Je sais ce que je fais.

— Bon, dans ce cas, je t'accompagne.

— Non ! Pas toi, pas question !

— Je suis aussi têtue que toi, papa.

Elle devinait ce qui le préoccupait, et elle le suivit

sans avoir besoin de lui demander où il comptait aller ; elle le savait parfaitement.

Dehors, il tourna à gauche vers le fleuve. À part un groupe de moineaux pitoyables qui grelottaient dans un buisson décharné, il n'y avait pas âme qui vive dans la rue. Il n'y avait personne non plus sur la route de la crête lorsqu'ils s'arrêtèrent pour contempler le fleuve sombre qui charriait des tonnes de terre. L'usine Dawes avait été emportée par un torrent de boue. Quant aux amoncellements de déchets malsains, ils avaient été balayés par l'avalanche de débris qui se ruait du nord. Des quantités d'objets tourbillonnaient dans l'eau en furie : une cage pleine de poulets noyés, une vache morte, un chien qui essayait de surnager de toutes ses forces, des branches, des troncs d'arbres, un pneu... Derrière l'emplacement de l'usine, un terrain plat s'étendait, spongieux, couvert d'une eau noire.

— Il n'y a plus rien, tout a été nettoyé, marmonna Bill.

L'eau ruisselait en cascades sur leurs cirés jaunes, leurs bottes glissaient, et la pluie leur fouettait le visage. La nature se déchaînait, tumultueuse comme la peur qui s'était éveillée en eux.

Charlotte posa les yeux sur l'écharpe de laine écossaise marron et jaune qu'elle avait toujours vue autour du cou de son père en hiver. Aujourd'hui, il l'avait mise à l'envers, exposant la marque à son nom. Ah ! les étiquettes et les monogrammes méticuleux d'Elena...

Le vrombissement d'un hélicoptère se fit entendre au-dessus de leurs têtes.

— Les équipes de sauvetage, commenta Bill. Je devrais aller proposer mon aide.

— Tu ne sais pas piloter.

— Il y a d'autres choses à faire. À la radio, les shérifs adjoints lancent des appels aux bénévoles. Je vais prendre la voiture pour aller aussi loin que possible, et ensuite je monterai dans une barque. Des embarcations sont mises à la disposition des volontaires.

— Si tu y vas, je te suis.

— Non, toi, tu rentres.

— Je t'ai déjà dit que j'étais aussi déterminée que toi.

Elle avait décidé de ne pas le quitter d'un pas, aussi longtemps qu'il le faudrait.

Le marais derrière l'usine avait été dévasté.

Ils prirent place dans des bateaux différents et descendirent le fleuve, traversèrent Kingsley, puis dépassèrent la ville. Charlotte faisait équipe avec un homme vigoureux et son ancienne entraîneuse de natation qui était encore jeune et musclée. À eux trois, ils parvinrent à récupérer une mère et son enfant, un chat paniqué dans son panier, et rapatrièrent deux jeunes garçons épuisés qui avaient eux-mêmes passé la journée à sauver des gens. Ils remplirent leur mission qui les conduisit à quinze kilomètres en aval de Kingsley, ne s'autorisant à rentrer, sous la pluie battante, qu'à la tombée de la nuit.

Bill l'attendait dans la voiture, et Charlotte fut ravie de voir Cliff à ses côtés. La journée qu'ils venaient de vivre les avait peut-être rendus plus tolérants l'un envers l'autre.

— Cliff n'a plus que des crackers chez lui, déclara Bill, alors je l'ai invité à rentrer avec nous.

— Parfait, répondit-elle avec un sourire, je vais préparer des sandwichs. Comme nous ne pouvons pas faire chauffer d'eau, à la place de café, vous vous contenterez de bière. Avec ce temps, d'ailleurs, vous préférerez peut-être du whisky.

À l'intérieur, ils gardèrent leurs manteaux. Les chandelles, qui en d'autres circonstances pouvaient rendre les dîners si chaleureux, ne parvinrent qu'à jeter des lueurs lugubres sur leur repas. Le dîner frugal fut expédié ; ils avaient faim et étaient excessivement fatigués.

Soudain, Bill s'adressa à Cliff.

— J'imagine que tu as pu jeter un coup d'œil à l'usine.

— Oui, il n'en reste pas grand-chose.

— Le marais, par-derrière..., commença Bill avant de s'interrompre.

Le cœur de Charlotte se mit à battre à grands coups. Avant même que son père ne s'exprime, elle avait deviné ce qu'il allait dire. Elle lui jeta un coup d'œil interrogateur.

— Oui, Charlotte, dit-il, il est temps. Cliff, j'ai quelque chose à t'apprendre, écoute-moi.

Les bougies avaient presque entièrement brûlé, et Charlotte se leva pour les remplacer. Sous la vivacité renouvelée des flammes, les visages de son père et de son oncle lui furent brutalement révélés, trahissant terreur, tristesse et incrédulité.

Cliff avait les mâchoires crispées. Il se décida finalement à parler.

— Si tu m'avais dit tout ça quand Claudia était encore en vie, j'aurais... J'aurais pu...

— Oui, je sais, tu aurais pu me tuer, compléta Bill.

Cliff cherchait ses mots.

— Ça l'aurait détruite. Elle n'a jamais cessé d'espérer qu'il reviendrait.

— Je m'en rendais bien compte. Et chaque fois qu'un de ses espoirs était déçu, je souffrais de sa détresse.

— Ce qu'il a pu la torturer ! interrompit Cliff. C'était un monstre !

— Un monstre ? Non, moi, je pense que c'est plus compliqué que ça. Je ne suis pas psychologue, et je ne sais pas expliquer pourquoi les gens font le mal, mais tout de même... c'est très complexe.

Pleine d'une profonde compassion, Charlotte regardait tour à tour son père et son oncle.

— Maintenant, tu comprends pourquoi nous avons dû abandonner le projet, dit-elle à Cliff.

— Oui.

Il se leva pour aller serrer son frère dans ses bras.

— Quoi qu'il arrive, dit-il à voix basse, nous serons à tes côtés. Nous...

Mais il n'acheva pas, submergé par l'émotion.

Le matin du troisième jour, la pluie commença à s'apaiser. Une faible clarté semblait vouloir percer le plafond de nuages, si bien que, lorsqu'on levait la tête, on n'avait plus l'impression de se trouver au fond d'un aquarium.

Cliff alla se servir de son téléphone de voiture pour appeler quelqu'un qui travaillait au journal local. Lorsqu'il remonta, il avait l'air grave.

— On a trouvé un corps à la limite de la propriété. Il a été entraîné jusqu'à la route, je n'en sais pas plus.

Ils s'assirent tous les trois. Charlotte était au bord de la nausée et n'osait pas regarder son père qui fixait le tapis à ses pieds.

Cliff commença par un toussotement artificiel, raclement de gorge qui ne servait qu'à couvrir le silence et à camoufler son émotion.

— Ce vent du nord-est était tout à fait exceptionnel, continua-t-il. Il paraît que cent milliards de litres d'eau se sont déversés dans le fleuve. Des milliards de litres, pas des millions, vous entendez ?

Ni Charlotte ni Bill ne répondirent, car ils ne se souciaient pas de ce détail. La pluie avait cessé, laissant derrière elle un calme bizarre tant ils s'étaient habitués au crépitement et au gargouillement de l'eau.

À présent, on ne voyait plus par la fenêtre que des flaques stagnantes, et, au-delà des arbres dépouillés, au bas de la colline, près de la ville frappée de stupeur, s'embusquait la terreur, cette bête monstrueuse.

— Je vais rentrer chez moi, annonça Cliff. Si je parviens à me rendre en ville, j'irai voir si je peux en apprendre davantage. La crue est terminée, et je vais peut-être pouvoir m'aventurer jusqu'à la grand-rue avec mes cuissardes de pêche pour faire un tour au journal.

— Merci, dit Bill.

Charlotte éprouva elle aussi le besoin de combler le silence, même avec des commentaires de peu d'importance.

— On doit déjà travailler à rétablir l'électricité, c'est ce qu'on fait d'abord lors des catastrophes naturelles, non ? Nous allons bientôt pouvoir nous resservir de la cuisinière. Je préparerai du café dès que possible.

— Merci, répondit Bill une seconde fois, car il n'y avait rien d'autre à dire.

Il prit un livre et s'assit à la fenêtre comme pour profiter de la clarté qui revenait, mais ne put que faire semblant de lire. Charlotte retourna à la table de la salle à manger sur laquelle son travail était encore étalé, et tâcha de se concentrer. Vers midi, quand les lampes se rallumèrent, elle alla à la cuisine faire du café et en apporta à Bill avec un bol de céréales.

— Papa, dit-elle doucement, il faut que tu te nourrisses, ou tu ne pourras... tu ne pourras plus rien faire. De toute façon, nous ne savons encore rien sur le corps qui a été retrouvé ; on ne l'a pas identifié, et...

— Je ne pense qu'à toi. Tu as ta carrière, je le sais bien, mais tu vas te retrouver seule.

— Tiens, regarde ! s'exclama-t-elle, les employés du téléphone sont déjà dans le jardin. Quelle rapidité, c'est incroyable !

— Ne te fatigue pas à essayer de me changer les idées, ça ne sert à rien, nous n'en sommes plus là.

Son sourire de *pater familias* accompagnait la rebuffade.

— C'est bon, papa, je te laisse tranquille. Je vais à la cuisine pour essayer de préparer quelque chose pour le dîner. Nous n'avons pas pris de repas chaud depuis longtemps.

En trouvant dans le congélateur un ragoût de bœuf, elle bénit la prévoyance d'Emmabrown. Il restait assez de crudités dans le réfrigérateur pour préparer une salade composée. Quand ce serait prêt, ils dîneraient dans la cuisine, car la salle à manger était trop grande, trop triste pour deux personnes désespérées. Malgré son état, elle prépara le repas avec efficacité, confectionnant une vinaigrette à la façon de Claudia. Pour accompagner le ragoût, elle eut envie de faire des biscuits, cette fois encore suivant une recette enseignée par Claudia. Bill avait besoin d'un plat reconstituant...

Elle venait de s'attacher un tablier de cuisine autour de la taille lorsque la sonnette de l'entrée retentit. Cliff, pensa-t-elle en sentant le courage lui manquer. Cliff venait leur apporter des nouvelles, ils allaient être fixés sur leur sort ! Elle alla ouvrir.

— Bonjour, dit Roger.

Une seconde, elle crut qu'elle se trompait, que l'homme qui se dressait devant elle n'était que son sosie et qu'elle allait se ridiculiser si...

— Tu ne me fais pas entrer ? demanda-t-il.

Elle se mit alors à pleurer. Il entra, referma la porte derrière lui et la prit dans ses bras. Elle sentit qu'il lui caressait le dos, sous sa tresse, qu'il la caressait encore et encore ; il embrassait ses larmes, murmurait son nom, s'expliquait par phrases entrecoupées.

— ... J'ai été arrêté à vingt-cinq kilomètres au nord... impossible de traverser la ville, tout est sous l'eau... Je suis redescendu par le sud... grand détour...

401

La télévision parle d'un cataclysme... J'ai appelé Pauline... Elle sait à quel point je t'aime... que je me suis conduit comme un imbécile.

Lorsque Bill sortit du salon, ils se séparèrent, et Roger lui tendit la main, déclarant avec franchise :

— Je me doute que vous êtes étonné de me voir.

— C'est-à-dire que..., commença Bill.

— Je n'ai pas arrêté de penser à elle. J'étais tellement en colère... Elle ne voulait rien me dire... Même pour éviter ce qui était en train de se passer, elle n'aurait pas desserré les lèvres... C'était insupportable pour moi, alors nous nous sommes disputés...

Très ému, il leva la main pour prévenir toute interruption.

— Mais, quand j'ai appris ce qui arrivait ici, quand j'ai entendu le chiffre des sans-abri, des morts, il a fallu que je vienne. J'étais dans un état de panique indescriptible. S'il lui était arrivé quelque chose... J'ai eu une amende pour excès de vitesse sur la route. Charlotte, est-ce que nous pouvons nous retrouver ? Si tu savais...

— À vous voir ensemble, intervint Bill, cela ne fait aucun doute, mais vous arrivez à un moment un peu particulier. Il se passe des choses, ici...

Un nouveau visiteur remontait l'allée du jardin. Bill ouvrit la porte.

— Bill, dit Cliff sans même voir Roger, c'est lui. Aucun doute possible : la montre porte l'inscription *Pour Ted, de la part de Cliff.* Je la lui avais offerte pour son anniversaire.

Voilà, après toutes ces années d'angoisse, c'était arrivé. Charlotte, en scrutant le visage de son père, n'y décela pas la moindre expression. On aurait dit qu'il était anesthésié ; c'était ainsi que la nature épargnait les blessés.

Mais, en quelques secondes, il reprit vie.

— Cliff, je voudrais que tu continues à t'informer pour moi. C'est le jour du Jugement...

— La veille, je dirais. Il va falloir attendre au moins demain pour que l'enquête aboutisse.

Soudain, les deux hommes prirent conscience de la présence de Roger. Cliff fut le premier à retrouver contenance.

— C'est un plaisir de vous revoir, Roger. Le temps nous a semblé long.

— Oui, nous sommes très heureux, ajouta Bill. Très heureux... Vous restez cette nuit, j'espère ? Je vais aller dormir chez Cliff.

Charlotte savait que son père, homme de la vieille école, ne voudrait pas coucher dans la même maison que sa fille et son amant. Mais ses principes ne l'avaient jamais empêché de désirer son bonheur.

— Nous vous laissons, compléta-t-il. Fais-lui un bon dîner, Charlotte. Tu peux tout lui dire.

Lorsque les deux frères furent partis, Charlotte et Roger s'assirent sur le canapé. Il la prit dans ses bras, et, la tête posée sur son épaule, elle commença :

— Quand j'étais en Italie, ma mère m'a appris...

— Si on découvre des preuves, conclut-elle, il sera accusé de meurtre.

— Mais même s'il était vraiment coupable, il aurait eu d'excellentes raisons, déclara Roger gravement.

— Bien sûr ! Mais on ne peut pas raisonner de cette façon. Personne d'autre que toi n'est au courant, à part Cliff, et nous ne lui avons appris la vérité qu'hier. Je t'aurais tout dit il y a longtemps si j'avais pu le faire, mais ce n'était pas mon secret.

— J'ai honte. Moi qui ne targue d'être si attentif aux autres, je n'ai rien compris au moment où c'était vraiment important. Je ne voulais plus passer par le parc, parce que je risquais de te rencontrer et que j'avais peur que tu ne veuilles pas me parler. Et pourtant j'y allais quand même parce que, au fond, j'espérais t'y voir.

— Moi, j'avais terriblement honte de la situation financière dans laquelle je t'avais mis. Tu dois encore être en train de rembourser les dettes que tu as accumulées à cause de moi...

— Mon entreprise, ou plutôt l'oncle Heywood, a fini par les prendre en charge pour préserver la réputation de la société. Maintenant, c'est à lui que je dois de l'argent, mais c'est moins grave, ajouta-t-il très vite. Je rembourse progressivement, un peu toutes les semaines.

« Rien d'étonnant à ce que sa tante Flo ait fait semblant de ne pas me reconnaître quand je l'ai croisée dans Newbury Street, pensa-t-elle. Et s'il n'y avait pas eu l'inondation, je n'aurais jamais revu Roger ! » Elle tourna la tête vers lui et la douleur de la séparation la terrassa de nouveau. Il lui demanda ce qui n'allait pas, à quoi elle pensait, et elle le lui dit aussitôt.

— Non, tu te trompes, protesta-t-il. Je serais venu, avec ou sans crue du fleuve. Tu n'as qu'à poser la question à Pauline. Je l'ai rencontrée par hasard la semaine dernière, et je... enfin, tu n'as qu'à lui demander. Elle m'a appris que tu devais aller passer quelques jours à Kingsley. J'avais décidé de venir te voir pour te supplier de me pardonner, de reprendre ta bague de fiançailles. Regarde, je l'ai même apportée. Donne-moi ta main.

Ils parlèrent jusqu'au soir, prirent un souper léger puis poursuivirent leur discussion jusqu'à une heure avancée de la nuit.

— Nous allons encore devoir partager un petit lit, remarqua Charlotte.

— Ça ne me déplaît pas du tout, j'y prends goût.

Nous devrions peut-être continuer quand nous serons mariés.

Il se mit à rire, puis, reprenant son sérieux, lui demanda :

— À quelle heure les journaux sortent-ils le matin ?

— Habituellement, notre exemplaire est livré tôt, mais, avec l'inondation, je ne sais pas si nous en aurons un demain.

— Si nous ne le recevons pas, tu n'auras qu'à me prêter les bottes de ton père, j'irai l'acheter en ville.

Mais Cliff arriva avant que Roger ne sorte. Agitant le journal à bout de bras, il leur cria la nouvelle.

— Tout va bien ! Nous sommes tirés d'affaire ! Regardez, lisez ça !

Ils se penchèrent ensemble sur le journal pour lire l'article à la une : « LE CORPS DU VIOLEUR PRÉSUMÉ A ÉTÉ DÉCOUVERT... Ted Marple, recherché depuis longtemps à l'étranger, est mort noyé... identification certaine... s'enfuyait avec son passeport et une importante somme d'argent... Il a trouvé la mort en empruntant un raccourci qui lui permettait d'éviter les voies de circulation... Valise, sac à dos, et une paire de chaussures de rechange. »

— Pas de nom dans les chaussures ? demanda Charlotte.

— Non, pas de nom. Il n'y avait rien non plus sur la pince à billets.

Ce devaient être les deux seuls objets de la maison, le fourneau mis à part, qu'Elena n'avait pas marqués. Sans doute avait-elle été moins attentive à cette époque, perturbée par son projet de départ.

— Tu es sûr ? demanda Charlotte.

Cliff hocha la tête.

— J'ai passé la moitié de la nuit en ville. J'ai posé des centaines de questions, autant à mon ami du journal qu'au bureau du médecin légiste. Quoi de plus naturel ? J'étais dans un tel état qu'il a bien fallu qu'ils me supportent. Après tout, c'était le fils de ma femme, et je l'aimais beaucoup, ce garçon.

Le visage fendu d'un irrépressible sourire, Charlotte sentit le picotement de larmes de joie.

— Et papa ? demanda-t-elle.

— Tu imagines... Je l'ai obligé à se coucher. Il n'avait pas dormi depuis deux jours.

— Il n'a pas dû fermer l'œil depuis bien plus longtemps que ça.

— Je ne sais pas comment il a supporté la pression. Maintenant, des quantités de petits événements me reviennent en mémoire ; je me suis si souvent posé des questions sur ses humeurs, ses silences, la façon dont il esquivait certains sujets...

— Il devait éprouver une terreur insoutenable.

— C'est certain. Bien, il ne me reste plus qu'à rentrer chez moi. On doit m'envoyer des reporters. Je vais tâcher d'en dire le moins possible. Je soulignerai surtout qu'il faut oublier le passé pour pouvoir continuer à vivre.

Roger prit alors la parole.

— Est-ce que vous réalisez que nous allons pouvoir reprendre le projet ?

Du pas de la porte, Cliff sourit.

— Oui, j'y avais pensé.

Un rayon de soleil frappait la table du petit déjeuner ; le ciel était d'un bleu pur, sans la moindre goutte de pluie à l'horizon. Roger se mit à lire l'article tout haut, mais Charlotte l'entendait à peine. Libérée de tous ses secrets, elle éprouvait un soulagement intense.

— Je me sens toute légère, dit-elle enfin. J'ai l'impression d'avoir des ailes et de pouvoir voler.

Il releva les yeux.

— Mais des ailes, tu en as, et nous allons voler ensemble.

ÉPILOGUE

1997

Une palissade entourait la vaste zone dans laquelle, vue de la crête, une armée d'hommes miniatures montait les blocs d'un jeu de construction. Des remorques chargées de bois de charpente et des bétonnières entraient et sortaient du chantier. Le long du fleuve, un immense mur de brique, suffisamment haut pour retenir une prochaine crue, était en cours d'achèvement.

Malgré l'activité en apparence désordonnée, le plan final se distinguait clairement, avec la place du village, à une extrémité, et, à l'autre, la bibliothèque, déjà presque terminée. Entre les deux s'étendait un grand espace vert qui bourgeonnait pour son deuxième printemps. À l'emplacement du marais glauque se trouvait à présent un lac aux eaux claires, bordé de saules.

— Kingsley n'avait pas de parc, déclara Bill, je suis ravi d'en offrir un à la ville. Cette semaine, les paysagistes doivent venir ; il y aura une roseraie, des allées et des bancs pour s'asseoir et regarder les canards.

La main en visière, il scrutait le terrain où se dressait autrefois son usine.

— Les temps changent... Allons, je sais que vous devez repartir pour Boston tous les deux, et moi, j'ai des tonnes de choses à faire. À bientôt.

Ils attendirent pendant qu'il s'éloignait et montait dans sa voiture.

— Tu as remarqué ? Maintenant il a même un petit ton guilleret, fit observer Roger.

— Oui. Je retrouve mon père, Grand Bill. Emmabrown m'a appris qu'il avait une amie, une femme charmante, paraît-il. Je suis très heureuse pour lui. Il a attendu bien longtemps.

— Le pauvre, son secret était beaucoup trop lourd à porter, il ne pouvait penser à rien d'autre... Dis donc, il est tard ! Nous ferions mieux de prendre la route, Charlotte.

Puis, comme elle ne bougeait toujours pas, il se moqua d'elle.

— Alors, génie, tu n'arrives pas à quitter ton bébé des yeux ?

Mais il se trompait. Elle réfléchissait ou, plus exactement, elle voyait se dérouler devant elle le long ruban de sa vie, depuis le début jusqu'à ce lieu, ce moment précis.

— À quoi penses-tu ? demanda-t-il, comme à son habitude.

— Je ne sais pas. Je suis heureuse, c'est tout, je me dis que j'ai beaucoup de chance.

— Et comment ! À ton âge, tu t'es déjà fait un nom : tout un long article t'est consacré dans *Architecture et société* ! Sans compter ceci, compléta-t-il en étendant la main devant lui pour désigner l'activité à leurs pieds.

— Non, ce n'est pas ça. Je suis ravie, bien entendu, mais davantage pour toi que pour moi. Je reconnais avoir voulu la célébrité, mais ça n'a plus autant d'importance qu'avant.

— Alors, qu'est-ce qui te rend si heureuse ?

— Tu me le demandes ?

— Non, dit-il, avec ce merveilleux sourire et ce regard brillant qui révélaient si bien ses sentiments. Charlotte, mon amour, viens, rentrons chez nous.